# 孽凰

## 皇后善谋

下册

云哲
Yun Zhe
作品

重庆出版集团 重庆出版社

## 目录

| | | |
|---|---|---|
| 第二十一章 | 断情绝义 | 1 |
| 第二十二章 | 改头换面 | 16 |
| 第二十三章 | 甲字号房 | 40 |
| 第二十四章 | 诸事不顺 | 47 |
| 第二十五章 | 醉雨倾城 | 75 |
| 第二十六章 | 亡国之策 | 93 |
| 第二十七章 | 国策朝臣 | 110 |
| 第二十八章 | 王臣对峙 | 128 |
| 第二十九章 | 不曾放下 | 143 |
| 第三十章 | 重振朝纲 | 159 |
| 第三十一章 | 红色承诺 | 175 |
| 第三十二章 | 最后托付 | 190 |
| 第三十三章 | 守城之战 | 205 |
| 第三十四章 | 生死相离 | 221 |
| 第三十五章 | 雪落风吹 | 228 |

## 番外

| | | |
|---|---|---|
| 篇壹 | 若如初见 | 238 |
| 篇贰 | 落叶归根 | 260 |

# 第二十一章
## 断情绝义

慕晴来到冷宫，已经整整三日了。每当冷宫里其他女人回想起苏慕晴被锦衣卫强押来时候的情景，都会忍不住地浑身发颤。

那时候，苏慕晴心口血迹未干，黏腻着一种让人不敢直视的痛彻。她的眼神毫无神韵，每走一步都如同行尸走肉。自她身上时而泛出的冷漠气息，使得周围人不敢靠近，总觉得危险到极点。

像是被特别安排过，苏慕晴有自己的一间房，干净整洁，并不像其他地方那样肮脏凌乱，但也简单得如同空屋——一张木桌紧靠床畔，除此之外，就只剩下一张干硬的木床。

从那日起，苏慕晴就再没有说过一句话，除了维持最基本的生存之外，她不过就是弯身坐在木桌前，托腮看着远方的天空。看着朝日升起，再看着月夜降临，眸中空洞到没有任何的东西。

像这样一身丝质白衣，赤裸双足，总在夜间披散着黑发静默而坐的她，渐渐成为了冷宫之人的探讨焦点，只是谁也不愿意踏进她的房间与她说上半句话。

当然，她也不会回应任何人。因为心中曾经的炙热，已经不知何时渐渐地冷却了下来。

今夜，乌云遮月。苏慕晴同前几日一样静静地望着天空，指尖捏着泛了黄的馒头，一下又一下地啃食着，绝美的脸上看不出一丝一毫的神情。

在她的身边，放着凤阳宫差人送来的属于她的私人物件：一个锁住的锦盒，一支金簪，还有一件白绒披风。

对于这些，慕晴一眼都未曾看过，仿佛已经丝毫不在意这些东西。

突然听到屋外有些细碎的脚步声,月光下渐渐多了不少穿着整齐的锦衣卫,同时到来的,还有一个女人刺耳的咆哮。

应该是又被关进来一个吧,慕晴想。不过对于现在的她来说,已经有些麻木了。

关于这个冷宫,与过去史书上记载的均有不同。因为北堂风并不崇尚后宫佳丽三千,所以那些佳丽除了家族犯了大错,基本就是在她们自己的行宫里了却余生,真正有幸得见龙颜并得罪了皇上的,怕是也只有她这样的愚人了。其余的,大都是先皇的妃子或旧嫔,偶尔也会进来一些犯了大错的宫女给这冷宫换换血。

光是今日,就已经被送进三个人了。

慕晴垂了眼眸,径自咬下馒头,口中干涩,却也懒得去找水喝。

门响,许久未见的沈云之走了进来,看到苏慕晴月下白衣安静地坐于桌旁,一双俊眸悄然地转动。他走近,将一件棉质暖被放在了旁边,然后说道:"娘娘,打扰了。皇上说娘娘对南岳有功,无论过去过有多大,都要珍重身体。娘娘伤口未愈,衣衫单薄,并命属下送来暖被。"

慕晴正要再咬馒头的口,慢慢停住了。冰冷无物的眼神竟让沈云之的眸子为之一颤。

慕晴垂眸,指尖拂过棉被,感受着丝丝透凉,她忽然扬动下唇角:"罪妇苏慕晴,何德何能接受皇上的东西。"

说着,她起了身,已经长至腰际的黑发轻轻摆动着,身上白丝衣衫轻软飘逸,随着夜风拂过,将她绝美的身形尽现而出。她侧眸,只是静笑一声,便从沈云之身边走过,带起的一阵幽香,令沈云之亦垂下眼眸,不再多语。

这个女人,即使身陷囹圄,依旧高昂着头,从不屈服于任何人。

哪怕是皇上,亦然。

她似是不愿意再与沈云之独处,于是径自出了房门,赤裸的脚,静静地在肮脏的地上行走。

不远处,几个锦衣卫正在按压着一名女子,那女子怒不可遏,甚至抓伤了抓着她的锦衣卫。但当慕晴从她身边旁若无人地走过时,女子突然一惊,奋力将周围人拨开,拼了命地向着慕晴跑去,然后一把扯住她的胳膊大喊道:"苏慕晴!你是苏慕晴对不对!!!"

熟悉的声音自耳畔响起,慕晴冷冷回眸看向正扯着自己衣袖的女人。很快,便有一张原本清丽,现在却被染得乌黑的脸映入她的眼帘。

慕晴眉头轻蹙，随后冷冷笑了。

没想到，自己居然有一日会与柳惠蓉住在同一座行宫。更没想到，来到这里后第一个叫她"苏慕晴"这个名字的，竟然也是她。

但另一面，当柳惠蓉对上苏慕晴此刻冰冷慑然的双眸后，她心头一紧，竟不自觉地松了手，仿佛被这陌生的眼神所震。

这……真的是她认识的苏慕晴吗？为什么这个女人的眼神，再也找不到过去那种暖阳般的感觉，而是很冷，冷到彻骨，冷到让她都不自觉地想要环住身体。

苏慕晴冷笑了一声，而后抬起指，静静地拂下柳惠蓉紧抓她的手，便在柳惠蓉怔然与讶异的凝视中，孑然一身地继续前走，长发散在身后，轻轻地摆动着，落出了一分无声的宁静。

很快，柳惠蓉又被那些锦衣卫压了回去，只是这一次，她却始终凝视着慕晴的背影，再也没有做任何挣扎。

夜，深了。

凉风萧萧，明阳殿里竟有种没来由的空寂。

北堂风听着沈云之来报冷宫里的事，眉心不仅微微有些紧缩，看向被苏慕晴退回来的东西，眼神中透露着幽幽暗光。

待沈云之走后，北堂风独自来到窗旁，抬头望向半缺的月，心中竟有些淡淡的落寞。

他从怀里掏出一个半掌大的卷轴，月光将上面绣制的龙纹映出了些许的亮痕。

就在前几日苏慕晴归朝时，晚儿忽然出现在飞霜殿，并将这卷轴还给了他，据她说是在被苏慕晴迫害之后，付出很大代价才替他找回的。此时甘冒风险将它送回，就是表明她才是真正的苏慕晴，而那个出城的女人不过是个冒名顶替的背叛者，真正背叛皇上的人，绝对不会将好不容易到手的东西再还给他。

晚儿说的不无道理，但他却也不是十足的相信，只是唯一事可以确认，那就是那个与自己相识相知数月的女子，竟然从始至终都在欺骗自己。无论她背叛与否，都已经让他心寒透彻。但若按照晚儿所说，她当真是先前背叛自己的女人的话，那么那个女人，又是如何将这天衣无缝却又匪夷所思的计划在他眼皮底下完成的？而且她明明有机会可以离宫，却又选择回来，那么她又想要从他身上再得到些什么？

再度想起她，又让他不知不觉地陷入了一种沉重。

是啊，他还在自欺欺人什么，早该知道她不是自己的皇后，如果早就敢去面对的话，那么一切不都说得通了，无论是她性子上的改变，还是学识上的改变……最重要的，是情感上的改变。

他再度望向明月，深眸半垂，喃喃自语："你若不是晚儿，那么你是谁……曾经留在朕的身边……也只是想再次利用朕吗？"

心，忽然有些累了，累到什么都不想去想。

他缓步来到了门前，抬手轻触门角雕木。如果按常理，他应该先去与晚儿聊上一二，但是为何双脚变得如此沉重，竟如何也抬不起去凤阳宫的步子。就好像，那个在他已经熟悉的宫殿里住着的，已经是个他所不认识的陌生人。

他轻轻收回手，淡淡地自嘲了一下。罢了，见晚儿的事，还是以后再说。他想着，便转了身，却在步子稍稍挪动的时候，听到身后大门忽然被打开，随后便有一阵熟悉的香气飘入。北堂风一怔，顿时回头望向来人，心中莫名有些不知名的情绪。

"皇上，这么晚了，要去哪里吗？"放下推开门的手，晚儿轻语，声音若鸟，轻柔如丝，仿佛有一阵潺潺溪水流过。

北堂风眼中透着一股不知名的失落，随后渐渐恢复了冷静，道："朕哪儿也不去，只是想透透风。"

晚儿微笑，想探出手碰触北堂风，但是却被他下意识地轻轻避开。

晚儿微怔，低声说道："皇上莫不是仍不相信臣妾是苏慕晴？"说着，她便上了前，仰头深望着北堂风道，"臣妾一年前嫁与皇上，洞房花烛夜，皇上因为急着去解决边关之事所以未能与臣妾圆房。皇上三月初二，五月初六，分别在深夜来臣妾的行宫看望过臣妾，但是因为担心皇上身子疲惫，所以并未告知皇上臣妾当时已醒。敢问皇上，如此这些事，那个苏慕晴是否有向皇上提过一二？而她又是否真的协助了皇上去寻找丢失的密卷？"说到这里，晚儿面露哀伤，然后轻轻地贴在北堂风的怀中，泪水流下，染湿了那身明黄的衣裳，"臣妾在外一直担心这个冒名顶替之人会伤害到皇上。结果……竟真的如此。臣妾绝不会原谅她的。"她捏紧北堂风的衣袂，"晚儿不惜为皇上陷入险境，是因为晚儿深爱着皇上，比任何人都要爱。倘若皇上真的已经放弃晚儿，想要与那祸患在一起。晚儿……一定会伤心至死。"

感受着那颤抖的肩膀，和那将他龙袍染湿的脸庞，他渐渐垂下了眼。

如此娇弱，如此惹人怜惜，她……确是晚儿。

他有些不解，略微地抬起指尖，先是有些犹豫，却终是覆在了她的肩头并将她用力揽入怀中说着："不会的。你才是朕的晚儿。"眼神微转，竟与声调不同，带了一种深邃与冷漠。

晚儿点头，更加用力地回拥着北堂风，只是在他看不见的一瞬，露出了一抹夹杂着怒意的狰狞。

已经又过了五天了，宫里的春意当是又近了一些。

不知凤阳宫的伙伴们过得是否还好。记得平乱之日后她还没来得及赏赐和感谢小桂子及其他帮忙的太监，更是不知道他们和新娘娘处得是否融洽。

慕晴自嘲一笑。

或许，她才是那个鸠占鹊巢的新娘娘。

此刻慕晴坐在窗边，平静若水。她将五指伸直，幽静的月光透过指缝洒入她的眼中，让她觉着宫里的夜月都有些刺眼，甚至让她凝视的双眸感觉有些发痛。

"苏慕晴，你倒是说句话啊！喂！"一旁，时不时地传来柳惠蓉的叫嚣，这样的声音，对于慕晴来说似乎已经习惯。

据柳惠蓉说，她每天将自己和她苏慕晴关在一起，只不过是因为想给她苏某人一个赎罪的机会。但是从外面四处传来那些疯女人寻找柳惠蓉的喊声来看，她不过只是因为害怕外面的疯子，所以不敢从她的房间出去——因为唯有这间房，那些疯女人不敢进。

对她来说，柳惠蓉其实也算是相对无辜的人。慕晴看得出，她其实是一个并无城府的女子，性格外露得可以。如今柳家落魄，主要也是因为柳良杵自己做了悖逆苍生之事而作茧自缚。

现在柳家一蹶不振，柳良杵在南城被当街处斩，茗雪与那些被饿死百姓的在天之灵，也终于得以安息。对于这个从始到终也就只是咋呼，还反而被她利用过诸多次的女子，她也没那么多愤怒的心绪了。所以她倒是没有去捅破这层窗纸。

其实对她，慕晴始终并未下狠手，就是觉得这直性子的女人其实心眼并不坏。

她收回手，静静地回眸望了一眼这个敢堂而皇之躺在她床上的女人。见睡着的她因夜晚骤凉而冻得身子瑟瑟发抖。慕晴先是沉默，半响起了身。随后将身旁的白绒披风扔在了她身上，自己则安静出了房。

……

房外，有些寒冷，雪白的衣袂被吹得四处乱摆。

慕晴本想在院中透透气，却忽然觉得有一些不对劲的气氛。她扬起指尖将脸旁的发丝挂回耳后，唇角悄然扬动一抹笑意。

想来这些日子有些无聊了，竟在这时来了探望她的客人，还真是让她万分喜悦呢。

周围人影像是愈发的变多，渐渐地将地面上的月光遮掩，如同鬼魅那般。她们像是要将苏慕晴围住，却又个个谨慎小心，只能一点一点地往前挪动脚步。从这些人的白色衣着来看，应该也是冷宫里的疯子，怎么想都是来监视她的。

她就说，自她来之后，这冷宫进人的频率，好像就异常的高呢。

"想杀人灭口，这么犹犹豫豫，行吗？"慕晴轻笑，笑声中充满着讥讽，而在她缓缓抬开的眼睛里，同时迸射出一道利光，寒月照映，竟添了一分让周围人为之一震的残酷。

那些"疯人"身子一僵，不由得停住了上前的脚步，而她们的这份恐惧与焦躁，反而将苏慕晴的淡然凸显出来。

她叹口气，轻轻挪动了脚尖，已经做好要开打的准备。同时从容一笑，稳而不急。

见苏慕晴一点都不怕死，她们多少都有些犹豫，纷纷判断着眼前之人是否还有什么后手。但很快，其中一人终是没了耐性，指尖亮出一柄刀，眼看着就向苏慕晴砍去。慕晴眉头一拧，只是稍稍侧了身就躲过了。望着那人踉跄的步子，慕晴心中隐约猜出一二。

看来这些人都是犯了错的宫女，另一个苏慕晴定是与她们做了什么约定才将她们送到这里，例如……只要能装成是意外杀了她苏慕晴，那么这些人便获得出宫的资格。

原来皇后要想杀起人来，当真是方便得不得了呢，为何许久之前，她没能想到呢。慕晴扯唇，嘲讽一笑，而后望着这些连架势都不懂的女人，她脸上的神色，也逐渐归为了一缕平静。

与她过招，这些妇人当是鸡蛋碰石头，太过弱小。

其他几人一见，纷纷有些无措，随后像是下了某种决定，竟准备联起手来要围攻慕晴。

慕晴四下看了看，不由得长舒一口气。她本不想动手，但既然没地方逃，那就正对也无妨。只是心口的刀伤还在痛着,若是不小心的话,或许又会撕开了。

那种疼,疼在心口,疼在心中,让她讨厌极了。

可就在这时,忽然从不远处传来一声女子尖叫,同时大喊着:"啊!要面圣了,面圣了!"

几声字落,周围那些原本寂静的房里蓦地冲出来一堆疯女人,一边跑着一边重复着"面圣",苍凉的脸上显出诡异的喜悦之色。脚步声纷乱而诡异,引得那些"疯女人"心头一紧,下意识往后退了退。对于那些真疯子,她们或多或少还是有些发憷的,于是不由得摇摇头,暂且搁下眼前之事,消失在了院中。

慕晴收了手,看向那些乱跑的疯子,眸子微转,寻着方才那个声音的来源。

是有人刻意救她了。

肩头一重,慕晴突然感觉到有人抓住她,始终保持着警惕的慕晴眸子一颤,顿将反抓那人来了个过肩摔,然后利索地将其困在身下。只听下面一声"狼嚎",便转回一张熟悉的脸。

"苏慕晴你这狼心狗肺的女人,本官救了你你竟然还打我,唉唉唉……把我放了,放了!!疼死了!!"

看出是柳惠蓉,慕晴稍稍松了口气,也渐渐恢复平静。手臂一松,起了身,她像是什么都没发生过那般二话不说就往房间里走。

柳惠蓉气喘吁吁地从地上爬起,拍了拍身上的衣服,见苏慕晴再度丢下自己走了,一张俊俏的小脸上透出了怒气,然后狠狠一跺脚,大喊:"苏慕晴!你这个忘恩负义的女人!真应该死了算了!"但骂归骂,在看了几眼身边跑来跑去的疯子后,她冷不丁打了个寒颤,还是小跑几步跟着苏慕晴进了房间。

刚一进去,她就开始不停围着苏慕晴在絮叨,一会儿问杀她的人是谁,一会儿又问她为什么会被皇上打入冷宫,再一会儿还问为什么皇后进冷宫,外面却静悄悄地如同无事发生。

对于她的问题,慕晴当真不想回答,因为每每回想起来那日的情景,自己心头的伤都会不自觉地抽痛。

自己一份真心,搏命换来的承诺,却仅仅因为他人的一句话,而粉碎得如烟如尘。

如果这就是爱的话,那她……宁可不要。

"苏慕晴你倒是说话啊!别整天像个死人似的!"柳惠蓉上前抓了慕晴的腕子,脸上满是焦急之色。

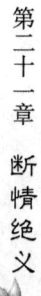

"死人，又怎么样。"慕晴忽然停下，回过脸看向柳惠蓉，月光下的她宁谧而幽静，却带了份淡淡的寒冷。

柳惠蓉眸子一颤，似是被"死人"这两个字刺进了心中的某处。她下意识的松了手，犹豫半晌，才小声地说："没什么……"

慕晴深望着她，过了许久，才淡淡地说了句："方才谢了。"她说完，又靠回了窗边，没再与柳惠蓉说一句话。但这简简单单的四个字，却让柳惠蓉有些惊讶。她瞥过脸，有些不自在地小声嘟囔："我……我还是很讨厌你的。我……也没特别要救你，反正……反正就是这么回事。"说完，她便快速地跑回了苏慕晴的床上翻身背对窗旁的苏慕晴，然后用小若蚊蝇的声音说道，"那个……刚才给我盖东西，谢了。"

慕晴只是淡淡地回看了她一眼，并未回答，而后转头看向夜空。

今日的灭口，她早便预料到了。想来那个女人已经坐不住了。

不过她不得不赞叹那女人的计划精良，连她苏慕晴都被她当做了板上鱼肉。现在想来，是在她背叛北堂风后，让她苏慕晴回来替她赎罪，同时还能借她的手铲除掉在宫里的心腹大患之一的柳惠蓉。

也就是说，皮肉之苦尊严之痛由她来受，与柳家的生死一战也由她来打，北堂风先前的处处杀意也由她来扛。当权力稳固，当苏慕晴这个名字在宫中、在百姓中得以立足，当皇上恨意消散不会再起杀意之后，她赫然出现，并将那段不堪回首的记忆全部推到她身上。届时只要她这个苏慕晴一死，那个苏慕晴就像是被洗得干干净净一样，人生得以全部重来。

归根结底，那个苏慕晴最终不仅得知了北堂风的秘密，还能享受百姓的爱戴，群臣的重视，最后……还顺便拥有了皇上的深爱。而这个她，则要在死亡的深渊中永远徘徊。

多么一举多得的计策，多么狠毒无情又胆小如鼠的女人。

只是……她不明白，那个苏慕晴究竟为何会重生，为何会长着和自己一样的脸，又为何拿了卷轴后又吐回来。但是相信过不了多久那个女人就会坐不住，然后将这一切的一切都告诉她……

想到此，慕晴的唇角微微勾起，月下的深眸中闪过一道利刃般的蓝光，冰冷无比。

逼死苏慕晴宣告失败的消息很快就传到了晚儿的耳朵里。她愤愤难平，将桌上的茶杯一把扔下，脸上显出一份愤怒。

"柳惠蓉那个贱人居然会帮她？"晚儿说道，捏住手上的一串佛珠，陷入了深思，"也不知李太医用那什么阴阳术从哪里把这个女人弄过来的。虽然先前让她与柳家对峙的时候，确实精彩，但现在，却是我们心头的一大祸患。要尽早除掉才行。"晚儿低喃。忽然感觉脸上刺痛，她蓦地跪在地上，慌乱地用指尖轻触着脸颊，嘴边也喃喃地发着哼响。

　　郑荣一见，紧忙遣退了上报的人，然后扶住晚儿的身子，道："娘娘，您的脸又痛了吗？不然先将这人皮面具摘下？"

　　晚儿忽然抓住郑荣的腕子，转眸间竟露出了一道狰狞的凶光，甚至让一旁的郑荣也惊得心头一怔。

　　过去的娘娘，就算是要替那位爷办事，秉性却也还不会如此，但不知何时……竟会有如此神情了？

　　晚儿蹙眉，深深地喘息了几下，她踉跄地走到铜镜旁看着自己的脸，眼中渐渐露出血丝，看着无比的恐怖。

　　"娘娘，您这几日一直没有摘掉人皮面具，哪怕是摘一会儿也好。"郑荣略微有些焦急。

　　"不行！"晚儿毫不犹豫地说，"若是本宫现在的脸被皇上看到，一定会被皇上追问更多的事情，更重要的是……皇上很有可能不再相信本宫。"

　　"但娘娘整日戴着面具确实也不甚妥当。"

　　"等处理完那个女人，本宫自会找到良医去易容，做回真真正正的苏慕晴，也是唯一的苏慕晴！"晚儿狠咬牙齿，然后转头说道，"你先下去吧。"

　　见主子已经不想再听他啰唆，郑荣便应声而退，只是在离开的时候，眼中微微露出了一丝担忧。

　　当年主子接了那位爷的令进宫成为皇后时，他就觉得已经有些不妥，总觉得那密卷像是一种毒般会牵制人的内心。之后也印证了他的话，在娘娘火烧皇宫，并盗走密卷后，渐渐起了权力的私心，她没有将那密卷给那位爷，只是偷偷地藏匿了起来，而后还找到通晓阴阳之术的李博李太医为她做一场仪式——找一个不知哪里来的人进入到皇后身体里做替死鬼，而皇后的魂再进入到另一个身体里重生。这样一来，一箭方可三雕。可娘娘却没有料到那个苏慕晴竟有本事让皇上收回罪责圣旨，甚至还当真成为了人人敬仰的正宫皇后。

　　自此娘娘开始寝食难安，愈发不甘心，终于做了决定开始布下这一惊天大局。

　　而今皇后娘娘顺利回来了，过去挡在面前的柳家消失了，皇上的心也再度

回来了，密卷之事更是不再追究了……可是他却隐隐有种更加强烈的感觉——那个被娘娘看做是自己替死鬼的女人，才是比柳家危险万倍的存在。

娘娘想要除掉她，真的像娘娘想的那般容易吗……？

他，当真有些不确定了。

深深地叹口气，郑荣不禁又四下看了看。

总觉得，这几日有人在暗处看着他们，是错觉吗？

他摇摇头，没再多想便离开了。

待他走后，有一抹黑影从树后渐渐走出，像是暗自确定了些什么，然后忽然消失在了夜里。没过多会儿，那身影便来到了明阳殿。他左右看看，随后小心来到了最后面的院中，在那里，正有一人在等着他。于是靠近，在那负手而站的人耳畔低语了什么。

微风轻起，带动了些看不见的凉意。那人缓缓眯住眼睛，而这人一身明黄，竟是当今圣上北堂风。

待黑影离去，北堂风静静地拿出一个明黄的小卷轴，放在指尖攥了攥，又将小卷轴对着明月放在了眼前："两个苏慕晴的秘密，朕，一定会把它剖开。你究竟是谁，究竟想从朕身上得到，朕……也一定会知道！"忽然捏住卷轴，眼中露出一抹夹杂了些痛楚的幽光。

自从那日柳惠蓉救了苏慕晴后，她就开始一心以恩人自居，干脆占据了苏慕晴的房间。不过慕晴之所以没拒绝她，主要因为一个很重要的理由，那就是她感觉到了在这冷宫里，似乎还有这一道道异样的视线不停地在监视着她们，像是伺机而动的饿狼。

"看来是不杀我灭口，就绝不死心呢……"慕晴轻轻而笑，指尖滑入发中，缠上了些许轻柔的墨色。

这几日，北堂风当真是对她这个苏慕晴不闻不问，本以为他还会好奇她是谁，但现在看来，那个苏慕晴已经彻彻底底地按照她的意愿为她"解释"了。

不过，既然北堂风已经不相信她了，那个苏慕晴的解释，也不过就是在已经泥泞不堪的她的身上，再泼上一把污黑。于她，已经无所谓了。只是觉得，之前那自以为可以凭借一缕残魂之身与北堂风相恋的自己，是多么的愚不可及。

慕晴轻蔑地笑了下，从房间走出，她四下看看，下意识地寻找着柳惠蓉的身影。

今日的柳惠蓉格外安静，好像是从早上开始就不知道跑到哪里去了。莫不是终于找到靠山，摆脱了她这个无趣的室友？慕晴心中想着，然后摇摇头，便向着自己本欲去的方向走去。

……

入夜，冷风不止，外面时而传来树叶晃动的声音。慕晴独自一人在房中吃着外面送来的饭，有些发腻的菜放入口中，引不起丝毫食欲。

放了筷，她看向对面空荡荡的座椅和饭碗，不经意地叹了口气，果然还是对柳惠蓉之事有些在意。于是扶桌起身，慢慢走出了房间。随后她径自进入了疯女们集中住的大间。刚一踏入，顿时便有一股诡异的味道袭来。慕晴冷冷地望了眼这间脏乱不堪的大房，裸足上前，步步安静。而那些疯女，则随着她的步子向后退去，像是怕当真被这女人冻成冰霜。

慕晴定住脚，眼眸倏然一滑看向了一旁正打着哆嗦的女人，冷冷问道：“有没有见过近来与我一起的那个女人？"

几个疯女人纷纷一愣，紧忙摇头。这时慕晴发现其中一名女子神色慌张，时不时看向窗外。慕晴轻哼一声，心中有些了然，于是径自离去。夜风吹动她白色衣衫，带动了一丝凉意。

苏慕晴在诸多的门前一间间地徘徊着，细细地感受着里面的声音，便是在经过其中的某一间时，忽然听到了什么动静。附耳一闻，竟是那熟悉的叫喊："你们放开我！！"

当声音窜入慕晴耳中，只见她眼眸一颤，即刻转身将门踹开，随着一声巨响及碎落的门板，一些白衣女子的身影渐渐落入慕晴眼中，她左右看去，果然看到了被她们困在中间的柳惠蓉。

此时柳惠蓉脸上被打得淤青，连眼睛也不见了平日的清亮，唇角还带着血，看来是受了不少折磨。

一见是苏慕晴来，柳惠蓉顿时像见了救星，眼看着就要向慕晴跑来。但是其中的一个女人却把她困住，回头对着苏慕晴说："我们只是听主子的话来要你的命，所以你要是识相乖乖听我们的话，我们就会放了她。"

原来，柳惠蓉一整天不在，就是被人逮到成为了威胁她苏慕晴乖乖就范的筹码。

慕晴单手搭在门框，侧身倚靠，月下的脸上有着一种清凛的神情。她瞥了眼柳惠蓉，而后勾唇一笑："那你们就杀了她吧。"

字音才刚落，柳惠蓉的眼睛就瞪得滚圆，她像是受了刺激，不停地开始骂

着慕晴，慕晴只是轻轻揉了下耳朵，转身离开。

那说话的白衣女子一见，自是心内生疑，但如今苏慕晴就在面前，就算没有人牵制她，她们也不能不杀。而且，不过是一个女人罢了，也不可能上天入地。

想罢，那白衣女子便带着其他几人一同从房中跑出，准备干脆将苏慕晴围死，而柳惠蓉自然是被扔到了一旁，根本没人再搭理她。

月光照过，慕晴静静地停在了原地。眸子左右环视，映出了那些将她围住的女人的身影与相貌。

都是些生疏的脸，想必是那个女人新派进来的，难怪比那夜的多了些胆识。

柳惠蓉跌跌撞撞地从门内走出，然后对着苏慕晴大喊："我……我才不会救你了！你这个忘恩负义的女人！以后也不会替你烧香！！"像是在报复方才苏慕晴的"杀了她吧"，柳惠蓉刻意撂着狠话。而她的话竟引来了那些白衣女子的嗤笑，对着苏慕晴说："虽然我们不知道你是谁，但是生得一副皇后娘娘的相貌就是得死。"

"皇后相貌……？"不远处的柳惠蓉扒着门，满脑子云里雾里地重复着那白衣女子的话。

慕晴倒是一脸从容，眼中划过了一缕光。

如果说连两个苏慕晴这件事都知道的话，那么这个女人定然是那个苏慕晴身边之人，或许……会从她口中知道些头绪。

"动手！"白衣女子厉声而喝，其他战战兢兢的女人便一股脑地拥上，柳惠蓉心口一提，反复踌躇，终于还是闭着眼跑上前想要帮苏慕晴挡一挡。因为对她来说，要是苏慕晴死了，那她在这冷宫里也好过不到哪去了！

然而，还没等柳惠蓉碰到那些人，只见她们纷纷惨叫几声，便被重重摔倒在地，就连那个领头的白衣女子也不例外。

柳惠蓉愣愣地站在原地一脸茫然，抬起头来，但见眼前苏慕晴只是轻轻动了动下颌，长发安逸地垂在身旁，怎么看都是毫发无损。

慕晴重重地舒了口气，低喃："幸好身手还不生疏。"

自上次见到这些女人，苏慕晴便已经知道这些人不过就是些普通的犯了事的宫女，对于她这专业的军人来说，对付她们简直小菜一碟。只是近来心情不佳，所以懒得"伺候"她们罢了。可是目前的情况却有所不同，基于忽然发掘出了些许的利用价值，故而动动筋骨，也未尝不可。

"你……你上次根本也不需要我救？"柳惠蓉忽然意识到苏慕晴身手了得，不知不觉多了些闷意。

慕晴只是冷冷地看着地上的几个人，并没有回柳惠蓉的话。然后她上了前，一把拎住为首那女人的衣领，二话不说就拖进了屋里。柳惠蓉吓得一激灵，紧忙后退了几步。

"你的身手，怎么……"女人难以置信地说着，单手用力的扶着自己脱臼的肩膀。

慕晴冷笑一声，蹲在了她的面前，指尖滑落，忽然狠捏了下她的痛处，使得那个人嘶喊一声，痛苦得连额角都渗出了汗水。

一旁的柳惠蓉看着，整张脸都扭曲起来，总觉得光是这么看着，都觉得痛到难忍。

"你只管回答我的问题。多说一个字，我就让你永远感受不到疼。"慕晴开口，字字清晰，让那女子为之一震，只能下意识地吞咽了口水，重重地点了头。

之后，慕晴便将几日来无法想通的问题一一问之，尤其是关于那个苏慕晴的脸的事。虽然这宫女并不知道太多，但是却提到了一个关键问题——每夜郑荣都要替那女人换水敷脸。

若是她没有猜错的话，那个苏慕晴定然已经用了另一个人的身子，就像是现在的她一样。若是不天天易容的话，很快那张新脸就会遭到北堂风的质疑。

"原来，不过也是个害怕皇上只喜欢这张脸的女人罢了……"慕晴淡笑，终于将连日来的思路顺清。

看来她想得没错，那个苏慕晴来势汹汹，是打定主意要让她这苏慕晴当替死鬼，但却将她这个苏慕晴想得太过没用了。"被人看不起的感觉，还真是不好呢。"慕晴低声喃语，声音中充满了冷漠与淡然。她起身，映照在月下显出一份神秘的幽蓝，在从已经听呆的柳惠蓉身边走过时，她落下一句："不想再被逮到，就把她们捆了关起来吧。"说着，便径自离开了。

柳惠蓉忽然打了个激灵，猛的惊醒。她张大嘴回头看着这愈走愈远的苏慕晴，眼中透着无法置信。

她不是之前那个皇后吗？究竟是从什么时候开始……

柳惠蓉忽然苦笑了一下。只是因为太过匪夷所思，所以她只当是苏慕晴得了癔症后判若两人……如当真是毫无记忆的第二个灵魂，那么……她究竟是，怎么熬过莫名被全宫人毒打折磨的岁月，又是怎么熬过……一次次的，风口浪尖的？

"放……放了我。我会替你向娘娘求情。"就在这时，身侧扶肩之人低喃，一脸哀求地看着柳惠蓉。

柳惠蓉深深凝望了她几许，随后脸色一正，一脚踹在她身上，然后说道："混蛋，那个苏慕晴骗得我好惨！求情？本宫不屑！！"说着，便找了绳子将这人捆起。

待大功告成，柳惠蓉侧眸望着房中尽数被关的女人，拍了拍手上的灰，而后蓦然看向方才苏慕晴离开的方向。

"哼！待会可得好好给本宫解释解释，气死我了！"说着，便向着苏慕晴离开的方向跑去。

苏慕晴回到自己的房间的时候，天色已经进入深夜的宁静，周遭的疯人像忽然间消失了那般，只剩下缠伴着萧瑟冷风的鼾声。

慕晴刚准备也小睡一会儿的时候，忽然感觉到自己的房间好像有什么人来过，她用鼻子稍闻，竟感觉出一股熟悉的香气。她扬唇，唤了一声"上官"，果不其然见到了穿了一身夜行服的上官羽从门后走出。慕晴扬眉，心中在判断着他的来意。上官羽自是知晓，诚恳说道："皇后娘娘替家妹上官雪报仇雪恨，便是对上官家有恩。如今娘娘蒙难，上官实在无法坐视不理，故而今日前来看看有什么能帮上娘娘。否则，上官实在良心不安。"

慕晴眉心一蹙，转身正视上官羽。她有些狐疑，于是问道："能说这番话，说明上官你已经知道我并非真皇后，而且连'人'都可能算不上。像我这种妖孽，上官当真愿意帮助我？"

上官羽脸上微露怒颜，说道："娘娘对南岳有功，又从未加害无辜之人，无论娘娘为何出现在宫里，都是上官认定的主子。只要对皇上没有不利，其他事，上官则愿意为娘娘赴汤蹈火！"

慕晴略微舒了口气，唇角露出一丝笑，她像是终于放了防备，然后正视上官羽道："既然你这么说了，就帮我办一件事吧。"说着，便从怀中掏出一封早便写好的信，轻轻地放在上官手里，并交代了几句。上官微愣，有些难以置信地说："娘娘，莫非您早就料到……"

慕晴莞尔一笑："我早就在等着你了。说明，我没看错人。"

上官羽重重点头，然后便把信收好："上官定不辱命！"语毕，便转身离开了冷宫。

慕晴站在冷风中下衣角轻轻地摆动，她看向远处模糊的大殿之影，眼中渐渐流露出一丝苦涩。

从今日起，这宫里的一切都与她再无关系，究竟是不是她盗走的卷轴密卷，想必北堂风这等聪明人定会查个水落石出。而且她抢了那女人的身体，已经用大好的前途还报给了她，她苏慕晴已经再不欠任何人的。

随即忽然嗤笑了一下，转身间风扬衣袍，发丝飞舞，只见她眉眼上挑，幽幽说道："若是我想离去，这区区围墙又岂能拦着我的路。北堂风，你要知，我之所以留下，只是为了你。如今情丝已断，你旧爱已回，我便再无理由留在这里。那么从今往后，你我只当……萧郎陌路，天各一方吧。"

方才追来的柳惠蓉听到慕晴的低喃，心头一紧，连扒着门框的手都不由得用了力，眼中渐渐滑出了些落寞。

苏慕晴……要走了吗？平日里对她千般恨，如今只剩她一人在红墙之中，心头……竟有些不知名的，失落了。

## 第二十二章
## 改头换面

自从经历变革，已经接近一个月了。京城骚乱平息，南城的重建也渐渐步入正轨。忽然合上今日早朝送上的奏折，北堂风用力地按压了下自己的眉心。

不知从何时开始，朝中大臣已经开始对这个皇后赞不绝口，每每提及南城大案，都会让他不经意地想起那个无论风雨中都可以从容带笑的女子。

想起她硬闯飞霜殿挨板子时紧紧握住他指尖的手，想起她曾在身后轻轻抚过自己长发的温柔，想起她在南城紧紧拥着他颤抖身躯的纤细双臂，甚至想起与她平静相处的每一个日夜。总觉得心头某处，还是会不由自主地泛起些从未有过的暖意，如同这个女人不知何时，竟在他冰封已久的心中，种下了一颗会将他灼伤的炙阳。

"嗯……是臣妾死了，还是皇上跟着臣妾殉情了？"

"我家这兄长，生来就爱扮贵相，其实胆子小得很嘞，你看他进来，还一直要抓着我的手，不然连夜道都不敢走嘞！"

想到她曾说过的话，北堂风竟扬起指抚唇笑起，先前的躁动也消失不见。

"永远不要忘记苏慕晴……"

忽然间有一个深刻而带了些忧伤的声音蹿入脑海，令北堂风倏然止住了一切的笑容。他紧闭双眸，像是比之前变得更为焦躁，如同万蚁同噬。

"皇上，用些膳吧，您今儿个一整日都没吃什么东西了。"这时李德喜端着冒着热气的粥从门口进来，见北堂风心情不好，便在心中重重地叹了口气。

他是贴身伺候皇上的太监，就算再木讷，但这一位皇后归朝另一位皇后却进了冷宫这种事，他又岂会不知。虽然不知道这一切究竟是为什么，但是他明白进冷宫的那位，一定是此时让皇上如此心情糟乱，且足智多谋的那位奇女子。

"德喜，朕想不通。朕还是想不通，她为何会与晚儿的伤处一样，为何那么像晚儿……她是谁的人，是北堂墨的吗？那想要的不是已经得到了吗？她还想要什么，为何朕完全不知道失去了什么，完全想不出来，你也帮朕想想，她究竟在私底下做了什么，啊对……收买人心，她收买了人心，可是……褪去皇后的头衔，那些对她根本无丝毫用处，也完全带不走。而且……"说到这里，北堂风的声音竟开始有些发颤，"而且，她要拿走就拿走，为什么……还要搅乱朕的心。"

他将右手抚在额前，满心的混乱，甚至连眼前的奏折都从未如此折磨过他的心。

李德喜终于看不下去，放下托盘狠狠地跪在了地上，然后对着北堂风低喊："皇上，奴才斗胆恳求皇上别再折磨自己了。您明明就是深爱着那个女子，旁观者清，奴才这么多年从未看过皇上对一个女人如此揪心，就连当年的皇后也从来没有让皇上这么在意。皇上您回想一下，在您大婚之后究竟去探望过几次皇后，在您心里，真的是爱着过去的皇后，还是只是将那个皇后当做一个'身边人'？而另一位皇后则不同，皇上究竟对她有多么的执着和在意，奴才看得真真的，皇上改变了多少，奴才也全部看在眼里。如今皇上最重要的东西已经回到手里，过去的皇后究竟是谁奴才觉得已经一点都不重要。皇上何不遵从自己的心，好好待这位娘娘，奴才觉得，她代替过去的娘娘受的罪过，已经太多太多，就算当真是她背叛的皇上，也已经还清了啊……皇上就原谅……"

"朕已经让江听雨去查了。但是朕还是想听她自己的解释。但是一个月了，她根本就不打算与朕说什么。"北堂风蓦然打断了李德喜的话，眼中透出一抹嘲讽。

李德喜摇摇头，有些焦急地说："皇上，您从未去过冷宫，那是一个什么样的地方您想象不到。就算是娘娘想解释，也没有任何办法啊。"

"只要她想找朕，她可以想出千万种方法。"北堂风低语，指尖攥起，忽然舒口气看向远处，眸渐深邃，"李德喜，你去把沈云之找来。朕……想在江听雨回来之前，看一看这个玩弄朕的女人的心，究竟是黑的，还是红的。"

李德喜讶异地看着北堂风，然后连连应下，满心喜悦地出了飞霜殿。

南岳，入春了。

慕晴坐在后院里的长椅上，双腿相叠，凝望着那树上蹦跳的鸟儿，嬉戏之声清脆灵动，竟让她感觉到一丝难得的平静。微风吹动了她脸庞的发丝，如同被纱抚过，温柔而轻暖。

前院忽然传来了极端纷乱的声音，不多时便又有一抹修长的身影遮住了她的视线。抬头望去，竟是押送自己来的沈云之。

"娘娘，皇上要见您。"沈云之说道，依旧冷漠，却好像让慕晴莫名地感到熟悉，使她意外地回想起不久前的岁月。她哼笑一声，脸上平静无波，没有期待，也没有欣喜，仅仅是冷静到仿佛冰封了自己所有的情绪。

算算日子，也该见见他了。

她倒是干脆，三两下从长椅上下来，然后拍了拍手便跟着沈云之出院，同时也被铐上了重刑犯才会用到的手脚长链。

虽然样子丑了点，但是若是能在离开皇宫前最后见见这个让自己爱过，又将自己折磨成如此的男人，也算是给自己做一个了结。

锁链声声，她缓慢地出了冷宫的大门，抬头望向四处飞散的春花，脸上扬动了些许久久未见的淡笑。

……

对于苏慕晴来说，她第一次觉得去明阳殿的路是这样的漫长。

来到门口，景色依旧，只是再也找不到过去那般雀跃的心情，取而代之的，就像是一种离开前的诀别。

身后的侍卫忽然不知轻重地将慕晴向前推了一把，以致她绊在脚链上狠狠摔倒。沈云之即刻上前想将慕晴扶起，却被一抹卷了些寒香的身影止住了动作。

慕晴没有抬头，看着那步步靠近自己的影，眼眸微微颤动，却只是含笑不语，而后吃力地撑起身子。她抬起头，慢慢对上了这已经一月未见的男人。

启唇，轻笑，刚要与这男人说上一句"好久不见"的寒暄之话，慕晴就感觉北堂风抓住了自己的腕子，而后就这样被他没有丝毫怜惜地拖入大殿中。

大门关上，纤细的身影被重重地甩在了地上，狼狈不堪。

慕晴轻轻攥住指尖，然后笑得肩膀不由得发了颤："这种待遇，真的很久没有过了。"她说道，回眸间却依旧平静，而那毫无波澜的声音，却忽然犹如千把针狠狠刺入了北堂风的心里。

"朕等了你一个月，为何不向朕解释？"北堂风忽然开口，他静静凝望着眼前的女子，竟还是忍不住被她心口的伤处引去了注意。

她的伤好些了吗？那日便见伤口裂开，是否还在淌着血？那些凌乱的想法不断地涌入他的脑海，使得北堂风紧咬牙，拼了命地在脑海中抵触着这份对她下意识的关心。

慕晴撑了身，拍了拍自己伏地的手，然后说道："臣妾觉得……啊，不。"她顿了一下，转而一笑，接道，"草民觉得，已经没有必要了。"

那一声草民，忽地让北堂风的眼瞳颤动了一下。

是吗，她已经不再将自己当做他的妻，更是承认了她冒名顶替的罪。他自嘲地笑，然后上前两步来到慕晴面前，一把捏过她的下颔，"那你留在朕身边的理由是什么？"北堂风问道，指尖也渐渐用着力，像是又在等待着她的答案，又在抗拒着她的答案，于是又接了一句，"是想从这里再得到什么吗？"

慕晴在听到北堂风后面的问话后，先是微怔，随后化为了一抹嗤笑。

为什么在他问理由的时候，她还曾有那么一丝丝的期盼，结果到头来，他不过是在追问着她的"阴谋"罢了。

慕晴渐渐抓住他的手，然后缓缓将它移开自己的下颔，锁链声回荡殿中，竟有些苍凉。

"没什么特别的理由，也没想得到什么。哦……"慕晴忽然挑起单眉，扬唇一笑，"皇后娘娘说是什么，就是什么吧。反正，皇上的晚儿，是不会欺骗皇上的。唯有我这种脑子坏了的贱民，才会对着皇上满口谎言。"说罢，她起了身，然后踉跄地向前走了几步。半晌，她停住，背对着北堂风淡淡说道："如果皇上没什么要问的，草民就先告退了。免得赶不上午膳。"

然而，就在苏慕晴要继续前走的那一瞬，她的手却被北堂风蓦地抓住，锁链叮叮作响，飘荡在这沉寂的明阳殿中。

周围的一切仿佛都化为了静止，再次相触的指尖似乎还残留着旧时的余温。他垂着眸想了很久很久，然后才用着夹带了一抹淡淡寂寞的声音说道："若朕相信你不曾盗取密卷。那么你是否会对朕说一次实话。"微微顿住，他转身面对着她的背影，"告诉朕，你究竟是谁，又为何会来到朕的身边？"

慕晴停下来，也同样安静了很久很久。在她的脸上，看不出一丝丝情绪。这时阳光照入，她抬起头看向窗中透过的金色，暖暖的，却感觉离自己如此遥远。于是垂下了疲倦的眼眸，她轻笑，随后回身望进北堂风那双深幽的黑眸，"我乃多年后的一缕残魂，位居国防上校。因为死了，所以魂魄来到了这个地方，来到了这个苏慕晴的身体里。遇见你非我所愿，但留在你身边，却只是因为我喜欢你，别无他求。"

北堂风眼瞳蓦然一颤，在他的眼中，有着震惊也有着狐疑。他启唇，却又紧闭，而他的凌乱——看在了面前从容不迫的她的眼中。于是轻笑一声，她凑近了北堂风，指尖抚过他俊美的脸庞。那沁入肌肤的温热，曾经是那么的熟悉。慢慢地，她的唇贴近了他，在下一刻，便悄然移去了他的唇畔。

这时北堂风猛然将她推开，致使慕晴身子略微晃了几下，她蹙眉，然后含笑望着北堂风："你爱的是晚儿，不是我，就算这副身躯是晚儿的，只要灵魂不是，你便不会爱，连碰都不愿意碰，我也不屑成为别人的替身。所以不用再挣扎和痛苦了，你爱的，不是我。"慕晴笑开，正如不久前般温暖，她缓缓地将手从他的手中抽回。当指尖最后脱离的一瞬，仿佛有什么曾经缠绕在他们指上的丝线倏然断裂。

慕晴对着仍然漠然看着自己的北堂风摇摇头，然后潇洒地转了身。

北堂风立于原地，右手狠狠地击打在门上，而后对着苏慕晴的背影大喊："既然是残魂，那你为何不就这么消失算了，还要来祸害人间，还要来搅乱朕！……为什么到了现在，还要编这么离谱的谎话，你无可救药了！"

慕晴停下来，绝美的脸上露出了些许的落寞，然后微微一笑："如君所愿。"说罢，她便再无停留地向前走去。春风扬动在她身上，带起了一阵似乎会让她随时消失的飘渺。这使得北堂风感觉到仿佛她这一走，便会永远永远地，离开这座冰冷的宫殿。他深深地凝望着她，而后闭了眼。

总觉得心头，像是被用力的挖出来了一块肉，沁着血，疼痛不止。

为什么会这么痛，为什么会这么烦躁？

这种感觉，从未有过。就算是晚儿，也……

沈云之此时进门，望见有些失神的北堂风，问道："皇上，现在要如何？"

北堂风冷笑一声，摆摆手："让她回去吧。以后，朕也不打算再见她了。"

"皇上，真的要如此吗？"沈云之不解问道。

"朕的事什么时候轮到你插嘴！"北堂风忽然厉喝，使得沈云之顿时跪地不敢抬头。

北堂风深深地吸着气，牙齿亦被咬得咯咯作响。

心，好痛，好痛。

回到冷宫，慕晴还没踏进门就见到柳惠蓉惊讶的眼神，而后便不由分说地被这女人抓住问道："你没走吗？！"

对于这个问题，慕晴微怔。想来那夜的谈话定然是被这女人给听了去。她不置可否地笑笑，并没有回答柳惠蓉什么，这使得柳惠蓉的神情显得更加焦急。

"你最好走，走了我就能用这间房了。"柳惠蓉将脸撇到一旁嘟囔，却发现今日慕晴的态度还像不似前几日那般冰冷，有种回暖的趋势。

慕晴舒了口气，缓缓来到柳惠蓉身边，忽然扬手捏动了柳惠蓉的下颌，然后靠近她。

柳惠蓉心头一紧，想要避开苏慕晴能看透人心的双眸，却又无法挣脱。

"我扳倒了柳家的势力，你因为我所以落到这冷官，你不是应该恨我么，为何会救我，又为何会缠着我？"慕晴问道，字字点到柳惠蓉的心口。见柳惠蓉有意避开，慕晴指尖便再度用了力，将她更加拉近了自己一分。

此时两人距离极近，竟令柳惠蓉有些手足无措，仿佛被她那足以震慑一切的气息所凝，于是终于面对了她，喃喃说道："我是恨你，恨你是皇后，恨你得了皇上的宠爱。但我们柳家落魄至此，虽不愿承认，但我也知道是因为柳家做了逆天之事，触及了皇上的忌讳。政局上没有谁对谁错，柳家，不过就是输了而已。而且……或许祸因还是我。"想起过去横行霸道时的样子，柳惠蓉心底确实有些惭愧，尤其是如今在被官里的其他人这么对待后，更是觉得自己当年愚不可及。如果不是因为自己非要和苏慕晴较劲，或许柳家也不会落至此步田地。

"很明事理嘛。"慕晴冷笑一声，松开了自己的手，使得柳惠蓉得以恢复了自由。

房内顿时一片尴尬，慕晴也并未打算说话，而柳惠蓉也不知道能再找什么话题来破开此时的寒冰之状。恰好一个小太监来送午膳，尽是些好菜，说是李德喜特别交代的。慕晴心头一暖，便从容接过。未曾想就连李德喜，都要比北堂风来得有心得多了。

这顿饭，慕晴邀了柳惠蓉一同吃，柳惠蓉吃得狼吞虎咽，再也不见了过去的优雅。慕晴随便吃了几口，便在一旁看着面前的女子，心中微微有些发沉。

若是她能像她一样，将什么事都很快放在脑后，既能直率地喜欢，又能直率地痛恨，该有多好？

……

冷官的一天，过得是很快的。

在与柳惠蓉几句无聊的调侃下，天色渐渐变得黯淡了。

她和柳惠蓉的关系，似乎近了很多，她也没再用冰冷的眼神吓唬这单纯的女子。

慕晴看向皇宫上方的苍月，心头有些发凉。

再过不久,她书信所约的人便会到此,而后她……终于可以逃离这不见天日的地方,重新开始。

她倚靠着门窗,最后瞭望着不远处的皇城,同时回想着过去的种种。在她的眼中,时而有回忆的画面飘过,她像是在整理,准备将这些不属于她的记忆全部整理干净,当然也包括关于北堂风的所有的事:她想起了他救她时的温柔,想起了为她疗伤时的担忧,亦想起了他执起她手时的温暖。

她忽然一怔,脸上露出了淡淡的寂寞。

现在想来,她所得到的感情,也不过是北堂风寄托在自己身上的,属于晚儿的情感。他连她这个人的存在都否认了,又岂会爱上自己?

"如果是一缕残魂,那你为何不就这么消失算了!"

忽然想起北堂风在不久前说的话,心头还是会一阵抽痛。

晚儿回来了。对于他来说,自己不过只是……一个多余的存在。

"真是傻得可以了。"慕晴苦涩一笑,将手滑入发间,撒下的黑发宛如流水,安静地搭落在她的肩头。

心头的伤,好像又一次地裂开,如此反复,不知何时才能痊愈。

不知是否来了兴致,慕晴忽然径自走到了院子里。伴着这缕清风,她忽然开始翩翩起舞。她闭着眼,如樱花散落,长发飘扬,步履轻悠。

逐渐来到窗旁的柳惠蓉一时看傻了眼,未曾想过从未跳过舞的苏慕晴的舞姿,竟然会是这样优美,宛如与这漆黑的夜融为一体。她是那样的美,她的笑容是那样的温暖,但是为何心头会这么寂寞,仿佛只是一个不久后便会消失在世上的残败的灵魂。

突如其来的泪水,渐渐地自柳惠蓉的脸上流下,沾湿了脸颊,滑落了一世的孤寂。她回想起了过去的奢华迷乱,想起了那浮华飘渺的生活,忽然大笑不止。然后她也出了屋,开始与慕晴同舞。

落叶垂落,如同飘丝般地缠绕在她们的身边,周围的白衣疯女都不约而同地围在了她们身边,似是都被这两个倾城女子的舞姿迷住。

苏慕晴笑了,笑得开心,柳惠蓉也笑了,笑得没有一丝一毫的杂念,这两个曾经生死相搏的女子,终于在这一时能够共舞一曲离殇。

指尖轻抬,如流水,如青鹊;长发飞舞,如飘纱,如海波。她们相视而笑,眼神再不见往日的敌视,多了一些清澈,多了一些温柔。

这样的舞蹈,让人心醉,卷伴着飞下的花叶,如梦似幻,仿佛永远都不会停止。

许多年后，当再度成家生子的柳惠蓉一脸苍老地回想起这段舞蹈，依然会在树下独自轻舞，孩子每每问起："母亲为何独舞也会如此开心？"她都会微微一笑，抚着孩子的头说："在这里，有母亲一生最美好的回忆。"

过了很久，这场夜舞终于在两人筋疲力尽后结束了。

慕晴静静地坐在地上，而柳惠蓉则顺势躺在了她腿上，时而用指尖摩挲下地上的落叶，时而轻笑着掩住自己的双眸。如此这般，倒像是平日里关系极好的姐妹，任谁也看不出曾经在她们之间的生死之争。

待一切重新归为平静，慕晴向后靠在树旁，指尖滑入柳惠蓉的发间，安抚般地轻顺着，然后看向广阔的天际，淡淡道："时候也差不多了。"

柳惠蓉安静垂眸，知道苏慕晴就快离开这冷宫。她想，或许明早一起，在这全是疯子的地方就只剩下她一个人，而她……也会像她们一样，慢慢地变疯，然后被永远地遗忘在这冰冷的皇宫中。虽然这是她早在进宫时便做好了的准备，但是一旦真的到了这一步，还是会忍不住不寒而栗。疯了的自己，一定是个让人不敢靠近的张牙舞爪的女人吧。她不禁自嘲地笑笑，然后闭上眼，不发一语地轻轻叹了口气。

慕晴低头看着柳惠蓉脸上的细微的变化，像是看透了她的心思。她抬起头望向孤寂的夜空，也同她一样沉默不语，只是发丝贴附在脸上，今日尤其冰凉。

对于后宫女人来说，一生勾心斗角，或死于冷宫，或死于毒药，或死于陪葬，一生得不到多少爱，只剩下一些虚无缥缈的东西。而最重要的是，她们的存在，除了繁衍生息，不会对这个世界有任何的贡献，仅仅是靠本能生下了孩子。

怎么说呢……莫名感觉到，有些可悲罢了。

声音渐渐陷入沉寂，唯有风声还在耳畔徘徊不止。那些出来围观的疯人们见没人再跳舞，也都纷纷回了房，时而还能见到几位美人凭着记忆舞动几下已经肥硕的腰。看她们的样子，在过去还在被先皇宠爱时，应该都是美丽多才的女子。想来那时候，没人会想到她们的结局会是这样。

慕晴收了视线，开始安静屏息，等待着不久后那如约而至的人。

果不其然在过了一个时辰左右的时间后，冷宫的院里便有几个黑影渐渐出现。其中一个身手矫健，另一个则有些彷徨失措。虽然两人身形相仿，但慕晴一看便知那战战兢兢的是哪一位。于是不禁掩唇轻笑，多了些爱怜。几乎是同一时间，便有一个低沉而熟悉而又充满了不满的声音回响在她们上方："苏慕晴，你笑什么。本王来接你了。"

慕晴唇角一扬，清了清嗓子，这才看向来人。柳惠蓉亦是身子一僵，蓦地从慕晴身上起来眨着眼睛看向这边，她揉揉眼睛，然后惊诧大喊："齐……齐哥哥？！"

想起火烧筱月殿之后北堂齐便再也没有和她走动，柳惠蓉莫名有些尴尬，总觉得自己后来给北堂齐的印象，一定是差之又差。但是北堂齐好像并没有想到那一点，而后眉头一皱，又将自己脸上的黑布向上挪了挪，没耐性地说："你怎么知道是本王？"

对于他的问题，慕晴只是莞尔一笑，反而是柳惠蓉一脸疑惑地回答："一般都会看出来吧。齐哥哥连顶冠都没摘。"

北堂齐一愣，伸手摸了摸，脸色顿时僵住，马上手忙脚乱地开始卸冠，同时口中还碎碎念道："完了完了，这岂不是一路都被人认出来了。"

慕晴摇摇头，淡声说道："黑灯瞎火的，一般没人看你。"说罢，心情愉悦地扬起一丝笑。

"你——！"北堂齐倒吸一口凉气，然后接道，"早知道你会提这个要求，本王当时就不和你赌了。真要命。"他闷闷不乐，却让慕晴面露笑容，"愿赌服输，为了这个赌局，我可也是喝了杯不知什么让全身痛不欲生的药呢。"

想起那日在太医院针对苏慕晴的事，北堂齐自己都感觉有些幼稚。他有些尴尬，用力地清着嗓子，然后小声嘟囔："谁知道顶着同一张脸的女人竟不是一个人，而且你又没和我说。"

"是吧！"柳惠蓉一听也来了劲，然后斜眼看向苏慕晴，"我又不知道你不是那个女人，所以落得一身伤也不能全怪我们。"

"呸！本王比你善良多了。"北堂齐不满。

"呸呸！你才是比我幼稚，别忘了你抢我糕点的事！"

……

这两个人似乎是吵上瘾了，某种意义上，慕晴还真觉得他们性子相近。慕晴无奈笑笑，脸上虽无奈，却因他们几人的笑谈调侃而绽开笑颜，心情也爽朗了不少。

不过话说回来，北堂齐果然还是北堂齐，虽然性子略显轻率，但神经却足够粗大和乐观。她和晚儿的事，想必上官羽已经和他解释过了，如今北堂齐这么坦然地接受，让她安心不少。

半响，吵累了的北堂齐忽然甩甩脑袋，单手按住柳惠蓉的脸制住她张牙舞爪的动作。然后故作帅气地向慕晴伸出手："时候差不多了，咱们准备走吧。"

慕晴点了头，将手放在了他温热的掌心上。北堂齐露出了一丝桀骜的笑，然后便将慕晴拉了起来。

原本还在挣扎的柳惠蓉渐渐放下了手臂，北堂齐像是在覆在她眼上的指尖感觉到了什么异样的触感，有些发烫，他有些讶异地回过头，用力抹了下，然后侧眸低语："这种东西，不适合你。"他双指摩挲了下指尖，不再多语。

柳惠蓉也笑开，对着北堂齐说："你说得是哦。"

……

收拾好东西，慕晴披上了北堂墨曾送给她的白绒披风，指尖抚过，有些温暖也有些惆怅。这一走，怕是不能再与王爷谈国论政了，这一走，便要整理清楚过去在这里的一切了。

慕晴转身，最后深深地看了眼这座自己待了整整一月的冷宫，竟忽然发现自己不知不觉已经在什么时候习惯了这里的生活。或许这个地方比凤阳宫更适合她。至少不用再伪装谁，而可以自由自在地做回她自己。

忽然听到了细微的动静，慕晴机警地转身望去，结果看到了杵在门口看着她收拾东西的柳惠蓉。她不安地用指尖捏着门框，启唇又闭口，看样子是想说什么却迟迟不敢开口。对于心口统一的柳惠蓉，慕晴自是能看出她的想法，忽然意识到她在忐忑什么，于是笑了下，向她伸出了手："不会到了现在，你还以为我会把你丢在这里吧。"

柳惠蓉顿时愣住，眨了眨泛着泪花的眼睛，她惊喜地倒吸口气，然后像是一个手足无措的孩子般小心翼翼地将手搭放在慕晴的掌心，慕晴一笑，蓦然握住，暖暖的温度让惠蓉心中顿时涌入了滔滔酸涩，酸涩到连与慕晴一同收拾东西的时候，都仍像个小孩子一样大声地哭着，连手上的东西都拿不稳。

望着她手忙脚乱收拾东西的样子，慕晴倒是笑了，心中多了些爱怜与宠溺。未曾想过她竟有一天会对柳惠蓉产生这样的情感。她摇摇头，稍稍感叹了下世事的无常与难料。

当一切都整理妥当，慕晴便拿出了一个平日里别在发中的钗子，她像是早有准备，然后镇定自若地拿起一面碎裂的镜。她深深地凝望着镜中的自己，又用指尖抚过这副倾国倾城的脸庞。

她笑了，笑得动人，却又笑得轻蔑。

"果然是倾国倾城。"慕晴淡语，过去的种种不停地在脑海飞过。她还残留着些许过去苏慕晴的记忆，此时此刻让她想起，竟是那样的如锥刺心。于是

第二十二章 改头换面

忽然扬起手,蓦地用钗子自自己的耳畔向脸的左下划去。长长的伤痕,顿时撕破了这张人人倾慕的绝美容颜。

再美,也不过是假的,对于她来说,不需要。她的自尊,不允许用这种方式,被任何人所踩踏。

这时,刚要来唤苏慕晴离开的柳惠蓉被她脸上的伤痕所惊,手上的东西倏然掉落,她不知所措地在房中转了转,然后大叫着想跑来阻止苏慕晴,便是连上官羽和北堂齐也忍不住被她的行为吓了一跳。但是很快,他们也都陷入了沉寂不想再多说什么,只是侧过的脸庞中不经意地浮现着他们那淡淡的哀伤。

这个骄傲的女人,终于将这张不属于自己的脸毁掉了。她宁可化为世间最丑的女人,也绝不会再做那倾国倾城的皇后。

金钗落地,上面黏腻着鲜红的血色。慕晴再一次地面对着镜中的自己,这时的她,唇角终于绽开了一丝轻松的笑,仿佛如获新生。而后随手丢开手中的镜,她甩开衣袍洒脱地走在了最前面。白绒飞散,墨色纠缠,她就如同世间最美的雪妖,带着背离天道的叛逆,带着浑身傲骨的执着,带着从容不迫的慧眸,永远地离开了这困鸟之笼。

这个女人,注定一世不平凡,注定不会屈服于命运,无论她是不是皇后,都是当之无愧的……万凤之王。望着她毫不犹豫的背影,身后三人深深地叹口气,而后打点起精神,也跟着苏慕晴离去了……

深夜的明阳殿,似乎比平常冷清的多,北堂风独自一人在喝着冰凉的烈酒,胃里如同被火烧过。一天没有进食的他,似乎更加容易醉,心头的痛还在依旧,如万蚁在啃食着他的心。

"留在你身边,只因为喜欢你,别无他求。"

回想起白日苏慕晴的话,顿时又有一种无法忍耐的痛彻袭上北堂风的心头。

他不明白……他不明白,若是她真的爱他,又为何要说那种弥天大谎,就算是她当真背叛过他,若是她肯说出原委,他或许还是会原谅她。因为他已经原谅过她一次了不是吗,就算再原谅一次,那又如何,那又如何!

北堂风紧咬牙,又狠狠地灌入一杯酒。

他,是真的爱上她了。而且在不知不觉中,竟然已经爱得如此之深。深到会无时无刻不在想着这个女人。

只是,如果她说的是真的……她真的是来自另一个世界的魂魄,真的什么都没有做过，那么，真正伤害了对方的人，便是他。

但是，这怎么可能，他是帝王，又岂会相信这等鬼神之说。

他又灌了自己几口，液汁入喉，竟是满满的苦涩。

不久后，明阳殿里散出一阵幽然的清风，像是有什么人进来。北堂风的心稍稍有些绷紧，因为他知道，全天下唯一能被允许这样进入他宫殿的，只有江听雨，而江听雨……将会把苏慕晴的秘密，彻底地带给他。

他倒是想听听这个女人，究竟想在他身上得到什么。

这时风止，一身盈白的江听雨悄然入殿，他脚步轻盈，却稍稍蹙了眉。他确实不喜欢酒味，而今日的明阳殿，却充满了这股味道。于是不禁也有些担忧，看向了直接拿着酒杯喝酒的北堂风。他呼出一口气，然后缓步靠近北堂风说道："皇上，属下已经查出端倪了。"

北堂风顿了一下，却依旧喝了一口，只是拿着酒杯的指尖稍稍加了些力。半晌，他才淡淡地说道："说说看。"

江听雨点头，然后凝重地说："关于两位皇后娘娘之事，属下查到这是原皇后苏慕晴通过李太医的阴阳术搞的鬼，属下不久前擒了李太医逼问才知道，据说不久前在宫里的皇后，是他从多年之后唤来的残魂，她被引入皇后娘娘的身体，只是来当替死鬼赎罪的。因此皇上才会看到她身上有着皇后的伤痕。属下一开始有些匪夷所思。或许皇上也不会相信，但是属下已经将所听的事做了证实。"

啪——！

金铜的酒杯倏然落地，透明的汁液无情地洒落在四处。北堂风渐渐回头，难以置信地望着江听雨："她……真的是……这种匪夷所思的事，怎么可能……"

忽然回想起白日曾对苏慕晴说过的话。

"你若是一缕残魂，为何不就这么消失……"

"但是皇上已经知道这位娘娘是无辜的，那便好好待她即可，其他的事，交由属下办即可。属下一定会查出现在凤阳宫的那位……"

"来不及了。"北堂风低喃，脸上渐露痛楚。

为何不消失算了……

蓦然想起白日他对她说过的话语，竟然到了此时此刻才想明白，那句话究竟有多么残忍。他否定了她一切生存的理由，也完完全全地否定了她！

忽然间，他感觉到她今日的话语是那样的平和，宛如是在道别。

如果，她真的就这样消失的话……那他……

北堂风猛地起身，像是陷入了从未有过的惊慌失措。他顾不得摔落的酒杯，顾不得没有整理好的龙袍，顾不得任何的一切。

不可以道别，不可以离开，不可以让她消失在自己的世界。

如果在这冰冷的皇宫中，连她都离开的话，那么自己又会回到曾经的地狱深处，又会在冰冷的深渊中徘徊不前。

他第一次如此懊悔，第一次心头如此揪痛，第一次像是要死掉。

他跑着，然后狠狠推开了冷宫的大门。包括李德喜在内的所有人都疯狂地拦着他，都害怕这污秽之地会玷污了龙身。但是此刻在北堂风的心中，没有皇上，没有皇后，没有祖宗规矩，只有一个人……那就是苏慕晴，就是那个该死的扰乱他一切的女人！

"苏慕晴，苏慕晴！！你给朕出来！"北堂风蓦地进入了冷宫院里，然后疯了一样推开苏慕晴的屋子，但是这里却空空如也，像是从未有过那个女人生活的痕迹。

他的心，越来越沉，他一间一间地找着，那些睡梦中的疯女人亦都被他吵醒。

见到皇上，那些女人忽然像是爆发了一般，亦是疯了一样地往他身上冲。锐利的指甲划伤了他的肌肤，划伤了他的脸颊，撕破了他的衣衫。他似乎失去了痛觉，失去了一切，只是在寻找着，寻找着那个曾经会对自己回眸一笑的女人的身影。

但是在这漆黑的夜里，却独独失去了她。

而他留给她的最残忍的话语，也如同双刃尖刀那般，狠狠地刺入了他的心窝。

这时李德喜忽然端着一个红色锦盒出来，有些胆怯地来到了北堂风面前，北堂风推开手边缠绕的女子，略微有些颤动地打开红盖。

这是他送给她的雕龙玉笛，她带走了一切，却独独留下了这样东西。

她……真的如他所说的消失了，真的离开了他，真的……将他独自扔在了这座孤寂的皇宫。他将再也见不到那温暖的笑容，再也没有人会紧抱着他颤抖的身体，也再也没有人会与他一起……站在这座皇宫的最寒冷的顶端。

"苏慕晴，你真的以为，你离开了，朕就会去爱那个那个从始到终，都贪恋皇后之位，甚至将朕陷于火海的女人吗。明明是你让朕知道了什么是爱，明明是你让朕知道这份苦涩的滋味，却将朕抛在原地……朕不是没有感情的物件，朕又岂会去碰你以外的任何女人！"

这时江听雨走近，他犹豫着，最终还是沉重地说道："皇上，属下劝您还是将这份情谊收住。天下百姓和群臣都爱戴着皇后，就算现在的皇后才是背叛皇上的女人，但是她也必须得替那位娘娘维护住大局。就算是棋子，您也不能将她摘掉。"

北堂风安静了许久，手上的玉笛也渐渐落地，这时他突然笑了，笑得癫狂，笑得痛彻，而后字字咬牙地说："苏慕晴你听到了么，你夺走了朕的心，夺走了天下人的心，如今连当年真正的苏慕晴，都成为了你的替身。但是……你却在这时候，抛下了一切一走了之，朕不会原谅你……朕一定会找到你，苏慕晴！！！！"北堂风低吼，然后因无力慢慢地单膝跪地，周围人一见全部惊吓得纷纷跪地。

天，下雨了，一颗一颗地打落在他的手上，脸上，冰凉凉的，正如同许久之前，苏慕晴刚来的那日一般。

只是这一次，她却走了，如同她来时那般，无声无息地消失在了他的世界。

过去的他一直弄错了，将对晚儿的执着当做了爱情。如今终于体会到了，真正的爱情，竟是那么地痛，那么地……撕心裂肺。

如果，时间还能再倒回到白天，他一定会紧紧抓着她的手，绝对不会再放开。

绝对不会……

就在南岳皇宫中隐约有些压抑的同时，晋国却也陷入了一场更为凌乱的处境之中——因为晋国最危险的四王爷东方楚晏……人间蒸发了。

晋国，皇城正殿，不断传来扔东西的声音。殿外宫女太监惊恐万分，谁也不敢踏入一步。

只见此时晋王东方穆再度狠狠地将手上的几个奏本扔在了地上，带了些戾气的脸上满是怒意："一群废物！我晋国数万大军竟然连一个没带一兵一卒的人都找不到，还一统千秋什么！"东方穆说着，大口地吸着气，一双眼中充满了血丝。

朝中大臣一见，紧忙纷纷跪下，大喊饶命。

"东方楚晏究竟把那些死士藏在哪了，藏在哪了！！！"东方穆边说边狠狠地拍了桌子，而后迅速从龙椅上坐起，狠狠地推打下面的大臣，狼狈不堪，"他想杀孤王，他想杀孤王！！！他想谋反！给孤王把他找到，把这个疯子找

到，然后碎尸万段！！碎尸万段！"说着，东方穆狠狠说着，呼吸早已紊乱，虽然口气强硬，却好似在惧怕着什么。

然后他忽然手指正殿大门，半晌后，忽然大喊："都给孤王滚，全都给我滚！！去动用所有的力量，把那个疯子给孤王找到，然后杀无赦！孤王不要他活，孤王要看他的项上人头！"

听了东方穆的大喊，大臣们连连应了，而后抱头鼠窜着离开了正殿，留下了东方穆一人，无力地手撑皇案，而后慢慢无力地坐倒在了地上。

他双手抱头，然后用十指不停地在自己的脸上搓动着，仿佛是想保持最后的一份清醒。

"东方楚晏……"东方穆一字一定地低喊，然后双手攥拳，额露青筋，"这么多人都找不到，会不会跑到南岳去了？"

想到此，东方穆又忽然摇摇头否决了这个想法，"不可能……南岳与晋为大敌，怎么可能去南岳呢，不可能……"

东方穆说着，便又狠狠地咬住唇，然后疯了一样全身扭动着，踢蹬着旁边的东西，而后声嘶力竭地大喊："东方楚晏！！想杀孤王，没那么容易！"

同一时间，在外面还走了不远的大臣们纷纷对视，而后摇头讨论着关于这消失的四王爷的事。

"王上这是将王爷逼入死境了，看来王爷是想反了。"

"没办法，王上很久以前就一直很害怕王爷，若是不诛杀他，王上寝食难安啊。"

"那也得诛杀得了才行啊，对方可是东方楚晏啊。"

"是啊……"

几名大臣说到此，又纷纷摇头，因为在他们的眼里，王上之所以能坐稳王座，是因为四王爷东方楚晏根本就没想要王位，但是这么多兄弟中，王上唯独害怕四王爷。

因为四王爷东方楚晏绝非一般人，他的狠辣满朝皆知。

他目无礼法，无所惧怕，而且永远都带着一副如同面具般的笑脸，他从来不哭，从来不怒，可以说至今为止从来没有人能让他认真起来。而且他是一个满身血腥的男人，即使在万人杀场上，都可以拿着刀柄，哼着小曲，面带笑容地将敌人一刀刀割碎。以至于至今为止，无人敢靠近他，更无人敢去揣测他的内心。

"你们说，四王爷会不会暂时去了南岳？"

"不可能吧，不过……以四王爷的性子，怕是没有他不敢去的地方。"

"若让四王爷真将那藏起来的几十万大军整装完毕，怕是晋国天下，就要换主了。"

几位大臣只是微微在心中想了下东方楚晏，便冷不丁地打了个寒颤，紧忙匆匆地离开了大殿，只剩下身后正殿传来的声声嘶喊，久久回荡。

同一时间南岳与晋国边境线。

一身黑衣的男子用着极其利索的身法，正与十个晋国的城兵做着厮打。他身手凌厉，武功不弱。

在他们中间从容站着一位一身白衣却缠绕了几条暗红蛇纹的男子，被束起的墨色长发自身后汇成一缕静静地随风摆动，周围嘶喊阵阵，而他则闭目倾听，唇角处扬动着一抹始终未变的笑容。他双眉略微上扬，长得妖冶而俊美，可独独唇角那抹笑容，与周围的一切显得如此违和。

此时，他双手轻轻摇晃着本不应该出现在这个季节的墨扇，扇下挂着的两个小铜铃叮当作响，将空气染起了一丝压抑。

就在这时，一个漏网的侍卫忽然上前，想要对这看起来毫无防备的男人直接下手，可就在指尖即将碰到他的一霎，只听那人口中一声嘶吼，便因痛苦而跌倒在地，而他方才差点碰到那男人的四指早已落地。红血飞溅，让人触目惊心。可男子依旧从容，看了看扇边上染着些许冰冷的红，然后忽地将扇子合上。

紧接着，那男子便用指尖轻而缓地将扇边上的鲜红抹去，随后低下身，在依旧嘶喊的男子身上擦动了几下，气息没有丝毫凌乱，更是看不出他的任何情绪。

"王爷，惊扰到您了。"这时，那黑衣男子低声而道，侧眸之间便一下将那侍卫砍杀。

这一刻，周围落入了前所未有的寂静，东方楚晏轻轻地抬起眼眸，露出了一双异族般琥珀色的眸。转而滑过，他看着地上的一具具尸体，然后笑着说道："本王不过是想入关，竟然如此大动干戈……"

"王爷，前面就是南岳国了。"黑衣人说道，"您是准备穿过南岳，去边部村庄暂住一阵子吗？"

东方楚晏悠然吸气，看向重兵把守的城门，脸上笑容依旧，"慕枫，哪里是本王最最亲爱的皇兄，死都不敢去的地方？"

第二十二章 改头换面

慕枫蹙眉，想了想，道："很多地方。"

东方楚晏摇摇头，而后将手上的扇子轻轻扬起，当静止在空中的某一点后，忽然下压，直指远处的南岳大门。

慕枫一听，脸色顿时一僵，然后有些难以置信地说："王爷，您当真要……"

东方楚晏轻笑两声，双手背后，然后哼着小曲向着大门处走去，留下一身僵硬的慕枫默默望了一会。慕枫长叹口气，便也抬了步子跟去了。

看来，他要提前打点好关系，好为自家王爷入驻南岳铺顺前路。

但是，竟敢孤身前往敌国，怕是只有自家主子做得出来了……哎，总觉得心里隐隐不安，只希望不要再遇到什么怪人或再出什么岔子，因为一个王爷已经够他受的了。

慕枫叹气，顿时心操碎了一地。

今夜的南岳京城热闹非凡，四处都喧闹不止，百姓似是要玩闹到天亮那般。外面灯笼照出的红色，时而顺着马车帘子泛到里面，惹得人不禁多了些暖意。

柳惠蓉一脸僵硬地坐在马车里，悄然散发着一种几乎快要爆发的闷气。因为那个风雨无阻带着她出宫的苏慕晴已经倒在她身上睡了足有一个时辰了。

天知道为何这个女人这么能睡，就像是把在冷宫里缺少的份额全部补回来了一样。

忽然听到一声轻喃，这时才见这快要睡死的女人稍稍将眼睛睁开了一条缝，像是被外面的喧闹嘈杂吵醒。她揉揉惺忪睡眼，慵懒地伸了伸筋骨，这才勉强地从柳惠蓉身上起来。才刚一挪窝，柳惠蓉就拼了命地揉着自己的大腿，一边揉着还一边嘟囔着："真不知道皇上怎么受得了你，啊……口水都流到我衣服上了！"听着柳惠蓉发着牢骚，慕晴微微露出笑意，然后用袖口擦拭了下唇角的"余孽"，顺着马车看向外面。

吵闹的人群中，似乎有很多商家正在兜售着皇后娘娘的诸多物件，看样子是不久前的那场南城事件让她名声大噪。慕晴淡笑一声，眼中透着淡淡的寂寞，随后便用指尖将帘子拉上。

还好此时她的脸已经不再和过去相同，否则以这种知名的程度，还真有可能刚一出马车就被认出来了。她侧眸看向柳惠蓉，忽然像发现了什么惊奇之物那般蓦地将她的脸扳过，看着她那陌生的容颜，慕晴不禁有些呆住。

未曾想，江听雨易容术了得，连上官羽的易容术也相当不错，至少给柳惠蓉做的这张脸能让她都惊讶不止。

见到苏慕晴如此深刻而呆滞地凝视着自己的脸,柳惠蓉不禁有些羞涩,她一把推开慕晴的手,然后说着:"越看你越像一个男人,真不知道是不是投错胎了。"

"兴许吧。"慕晴洒脱地笑了一下,"我本就是在男人堆里长大的,要是女人味十足,岂不是不正常了。"说着,便将头探出去对着外面正在赶马的上官羽道,"上官,齐,我们这是到哪了?"

"快到城外了。"上官羽回道,回头看了眼慕晴的伤,而后继续说,"娘娘的伤还痛吗?"

慕晴指尖微触,发现竟真的没有出宫时那么痛了,想来是擅长医术的齐弟弟又展现了妙手回春了,于是侧过头在北堂齐耳畔道:"苏某人谢过齐大侠。"

北堂齐微愣,脸上竟多了些浮红。

这时慕晴忽然开口说道:"上官,麻烦你停下吧。"

慕晴的一句话,令前面的两个男人同时为之一惊,他们疑惑地回头看去,却看到苏慕晴正拉着一脸不愿意的柳惠蓉往马车下走。俩人一急,急忙追问,只见慕晴只是摆摆手说:"若是知道我们的动向,皇上问起你们不照实说则是欺君之罪,若是你们本就不知道我们的去向,那便可以如实答。"

慕晴一语,确实让他们一激灵。仔细想想,按照皇上的性格,一定会将有可能接触苏慕晴的人一问到底。如果他们知道她的动向,不仅给自己招来祸患,而且皇上也一定会很快找到苏慕晴的。那么这次冒险出宫,也就没有任何的意义了。

两人面面相觑,也只得点头。

看把他们说服,慕晴着实松了一口气,然后说:"以后有机会再见。"

"若有事,找我们便可。"北堂齐说,但是声音中却隐约透露着不舍。

"放心吧。"慕晴做了个"没问题"的手势然后便用力地拍了下马,只听一声嘶叫,那马便向前面跑去,利索地离开了她的视线。

慕晴在后面轻轻摆手,无视了北堂齐愤怒的大喊,唇角始终噙着笑意。反倒是一旁的柳惠蓉一脸的不悦,然后说:"若是跟着齐哥哥去了襄城多好,干吗留在京城。"

慕晴收回手,淡淡说道:"你我都没有通行的文书,我们出不去京城的,未免连累那两个人,我们还是自己想想办法吧。"

柳惠蓉一愣,即刻转头看向苏慕晴,忽然有种不好的预感:"怎……怎想办法？"

"你说呢。"慕晴转头，轻轻一笑，而后拉上柳惠蓉便往城内走去，"先找份工作赚点盘缠再说吧。"

"不……本宫才不要做那些粗活，本宫……"

"那就给你找些细活好了。"

"我不是这个意思，苏慕晴！！！"

夜晚，略微有些喧闹。柳惠蓉嘟囔着跟着苏慕晴走，却不经意扬起嘴角。

总觉得，苏慕晴……好像又活了一样，和过去第一次见到她时一样，可恶到极致！

……

苏慕晴与柳惠蓉在街上游走了许久，也连续问了几家，似乎目前找人用工的地方并不是很多。这给她们带来了非常大的阻碍，眼见着柳惠蓉已经垂头丧气，慕晴不由得伸出手揉了揉她的头发以示安慰。看过街角，发现只有一个地方还没有去过，不知是否能抓住这最后的希望。

做了决定，慕晴便拉着柳惠蓉向那边走去，只见那里灯红酒绿，时而传来琴声瑟瑟。门口站着几位妖娆的美人在扭动着水蛇般的蛮腰。慕晴脸色一僵，琢磨着不会是到了青楼吧。不过她这张脸倒是不担心会怎么样，柳惠蓉这漂亮的小脸蛋说不定就会被老鸨盯上，以她那小性子，还不得把青楼翻了天？

见慕晴有些踟蹰，早已走累的柳惠蓉才管不了这么多，反拉着慕晴一溜烟就向着那里走去，看了眼牌匾便惊喜地笑开了花。

不过与之相反的，慕晴的眼睛一亮，主要是因为看到了门口赫然贴着的一张"招工书"。被柳惠蓉拽了几下才抬头看去，只见匾额上写着"醉雨阁"三个字。

原来不是青楼，慕晴心中庆幸而喃。不过……

"怎么那么耳熟。"慕晴自语，在脑中搜索着一切有关的名字。这"不太好"的记忆惹得柳惠蓉不由得翻了个白眼，然后上前略显自豪地说道："这是我家姐妹蓝瑶儿在的那家酒楼，待会只要我和蓝姐姐说一声，她一定会收留我们的。"

蓝瑶儿？慕晴心中苦笑了下。然后指尖轻轻转动了下发丝，侧头一笑，道："你还真是天真呢。"

"什么意思？"柳惠蓉蹙眉。

慕晴摇摇头，并没有回答她，只是拍拍她的肩说："总之，你我现在都不能亮身份，既然招工，没有理由不去。你也可以重新和你的蓝姐姐认识一下。"似是有深意地笑了笑，慕晴便先一步踏入了醉雨阁。柳惠蓉一时摸不着头绪，便也跟着进去了。

醉雨阁是京城最大的酒楼。夜夜笙歌，从未停歇。不似青楼妓院，这里的女子虽然各个美貌非凡，但是却从来不出卖身体，有着有别于青楼的清新脱俗的感觉。如此便引得那些王公贵族更喜欢来这里听曲。

虽然慕晴总觉得尚有不妥，不过如今自己已经不再倾城，柳惠蓉更是已经易容，或许也只是自己多想了罢了。

在说了"用工"后，门口的掌柜的便将她们带到了房里。对于柳惠蓉的相貌掌柜的甚是满意，所以给了她一间还算不错的房，打着将来培养成头牌的小算盘。虽然关于这一点，慕晴知道以柳惠蓉这样的急性子，是绝不会答应的。另外相对于她这等"丑女"，掌柜的就很是爱答不理，直接丢给她一个牌子，算是勉强可以住的地方，以此慕晴便判断出，这里的掌柜唯美人善待之，丑女及男人，便随便处理处理。

她一笑，凑近柳惠蓉的耳畔，道："如何，擦擦桌子还算是细活吧。"

柳惠蓉闷哼一声，小声嘟囔："从小到大都没擦过桌子，这算什么细活……"

"那你要劈柴吗？"慕晴微微一笑，将手上的牌子举到她面前，柳惠蓉紧忙推开，连看都不想看，然后便开始找寻她的蓝姐姐的身影，却发现她今日貌似不在醉雨阁，于是失落地垂下了头。

对于蓝瑶儿，慕晴虽然不喜，却也觉得她不至于迫害柳惠蓉。于是便攥着自己的牌子，指尖摩挲，看到上面写着"甲字号房"。

慕晴轻声念着这四个陌生的字，渐渐抬起了双眸，在她的脸上，有着前所未有的异彩。因为她知道，从这一刻开始，苏慕晴便有了新的人生，她不再属于任何人，也不会被任何人利用，她不用再去猜测人性好坏，更不用再因为自己污浊的双手而痛苦。

从这一刻开始，她终于算是活过来了。

走过重重回廊，慕晴才似乎找到了窝在角落里的"甲字号房"。据掌柜所言，这里过去很久没人住过了，近来才有一个帮工住进，考虑到她的相貌不至于引人犯事，才将她安置在此，不然就只有睡柴房的命了。慕晴倒是不在意，指尖弹了弹这块小牌，然后抬头望向门上的小字，凝视了半天，才勉强从已经落了的灰木牌上，判断出这房间的名字。

　　看来，她的室友不甚喜欢扫除。这性子应该也和柳惠蓉差不多。

　　她轻轻推门，顿时便有"吱呀"声泛起，而且在这漆黑的房间里，还有些不自然的摩挲声。双脚踩在地板上，冷不丁地会发出吱吱咯咯的声音，有些森冷冷的，让人难受。

　　若是说不诡异，那定是苏慕晴自欺欺人了。怎么说呢，她其实不应有所胆怯，更不应觉得里面有神鬼作祟，可是既然她这只鬼都能活，那还有什么事……是不可能的呢？

　　想到这里，慕晴忍不住环住身子打了个冷战。真心祈祷着即便有鬼，也一定要是像她这样有人性的鬼，万万别是披头散发满处吃人索命的那种。

　　慕晴吞咽了下唾液，然后眯住眼，她稍稍放低了脚步，重整旗鼓，这才下定决心正式踏入房间。

　　借着外面的红红绿绿，她先是环视了下这间房。首先映入眼帘的，就是几个非常简陋的摆设，一张桌子，一张床，没了。但是除此之外，有一点却让她稍稍有些在意，那就是这间房里明明陈旧已久，按说如果只有一位帮工在住的话，至少应该有些忙碌后的汗味或者家具的霉味。可是这里却没有一点这样的味道，反而有一种让人感觉到有些窝心的甜香，暖暖的，甚至有些让人忍不住的想缠在这股甜香中发懒。

　　或许，这里有比较香的鬼魂？慕晴悚然一笑，嘲讽了下自己的多想。于是甩甩高束长发，回了回神。

　　她丢下行囊，随意地解下王爷送的白绒披风，小心珍惜地将其叠好平放在了桌上。而后才用力伸了个懒腰，脸上透出了些疲惫的神情。她侧头看了看摊在那里的包袱，眉头微微一蹙，想着明日再收拾行囊吧，反正也没什么好收拾的。想通了这一点，慕晴便松了口气，然后将出宫后穿上的布袍随便一扯任它散在了地上，而她则转头就扑进了床上。稍稍一滚，脸上透着幸福。

　　今日，已经太累了。明天或许还要干些对这个身体来说比较吃力的力气活。她叹口气，枕在自己的胳膊上，准备就这样入睡。

　　然而就在这时，慕晴却蓦地睁大了眼睛。不知道为什么，她忽然感觉身后正有一只胳膊，开始如蛇般渐渐环上了她的腰际，它动作缓慢，带着那柔软的温度，渐渐沁入她的肌肤，便是在她还没任何准备的时候，那双手臂突然将她向后拉了有一段距离，而后便有一个温热的气息吹拂到她耳畔："你是哪家的美人……"

慕晴想挣扎起来，却被身后人紧紧锁住。是鬼魂吗？但是鬼魂哪有这般贪恋凡人身体的？慕晴脸上一沉，忽地舒了一口气，只见她蓦地转身贴近身后之人，猛然抬膝，便听那人倒吸一口气，顿时松了力道。

借着这个功夫，慕晴迅速从床上爬起，踉跄跑去将大门一把拉开想借着光将这床上的登徒子看仔细。

可这门是开了，还没等光线进来，就先冲进来一个慌慌张张的人。那人一见床上之人在呻吟，便开始大喊："爷！！爷您怎么了！！！"他飞奔而至，跪在地上拼命地察看那人，脸上挂着强烈的悲痛，当然，还有连连不断的哀嚎。

此时光芒渐渐洒向房中，将方才的幽暗渐渐照亮。慕晴挑眉定睛看去，果不其然在床上看到一个人，但是当那人相貌不经意地落入她眼帘时，慕晴还是忍不住赞叹一声。

虽然她自从来到这里后的遭遇大致都是倒霉而悲苦的，但是从另外一个角度来看，却是截然不同的，比如：自从来到南岳后，她似乎总是遇见相貌不错的男子，而且还都是才貌双全。就是不知道眼前这一位，又是哪来的奇葩？慕晴叹口气，无奈地再度将视线落回眼前的人身上。

此时床上的这位男子，正未着寸缕地躺在床上。他发丝轻掩，相貌惊艳妖冶，隐约透出了他那几乎要吃了慕晴的利刃般的眼眸。他鼻梁高挺，唇瓣微薄，竟在光下泛着淡淡的水润。而最重要的是，这个男人盖着本应属于她的被子。明明是花色如此平凡的料子，在将他的身体若隐若现地凸显出来之后，倒是像一种天然的点缀，让她心头不禁酥麻了一下。

这个男人，还真是不可小觑。

不过，无论相貌再好的男人，于她，也不再有任何的吸引。

"你们是什么人？"慕晴挑眉问道，声音不急不缓，似是已经平复了方才的讶异。虽然想过他会不会是所谓的帮工，但是这等气质，可与帮工截然不同，倒像是……北堂风。

再度想到那个名字，慕晴忍不住蹙了眉，心情愈发不好。

可是她的一声质问，却让冲入的男子回头怒喊："你知道你做了什么吗？那可是我们爷……"

"南楚！你没事吧！"同一时间，忽从门外闪出另一个声音，随后又多出一抹纤细的身影从门口进入，慕晴再度一看，竟然是今日未曾见到的蓝瑶儿。

不过，这个男人的名字还真是有趣，南楚，难处，还真是很难相处呢。

"居然敢……"这个叫南楚的人唇角微颤，他抬起手想要指慕晴，但还是

捂回了痛处。

"对如此相貌的人，你还真下得去手！"蓝瑶儿回头厉声呵斥，在看到慕晴脸上一道深深的伤痕后，不仅脸色一怔，有了些许的胆怯，而后轻咳两声，不再作声。

在此尴尬时分，另一男子便道："蓝姑娘，可否先请您暂时出去一下？"

蓝瑶儿微怔，随后笑笑，点了头，满眼雾水地望着南楚道："若是有什么事，尽管告诉我便可。"她恢复了柔软的神情，然后点头笑笑，这才起身离开，在与慕晴交臂的一霎，她露出了些不快的表情，令慕晴心底微微淡笑。

好一个皇上的红颜知己，原来红颜知己的背后还有蓝颜知己，真是一个混乱而真实的关系呢。

"还有你……"男子说道，可话还没说完，却被床上之人扬手打断，那人抬起狭长而俊逸的眼眸凝望向慕晴，低声狠语："伤了我，想就这么走吗？"

慕晴眨眨眼，心中猜测着这个男人的意思，唇角一扬索性向着男子走来，她毫不犹豫地拨开身旁人，径自坐在了床上，而后便在南楚的惊讶之下，一把掀开了被子并顺手捏住了他的痛处，引得南楚顿时闷哼一声。而后慕晴毫不避讳地检查了手里的东西，道："疼痛过会儿就消失了，看样子不会影响到这位爷将来的传宗接代，那么没事了，我就走了。"说着，她安抚似地轻轻拍了拍他的肩膀，随后便潇洒起了身，毫不犹豫地向外面走去。

南楚一脸怔然，身上的余温尚在，一丝复杂的神情浮现在了他的脸上，于是忽然扬声喊道："你叫什么？"

慕晴顿足，眸子转了转，随后悠悠一笑回头说道："我叫念晴。"语毕，她便踏着清凛的步子离开了房间，留下了渐渐露出笑容的南楚。

旁边那男子咬牙，而后回头说道："王爷，您没事吧，您这里要是有事，将来可是有灭国之危啊！"

南楚回眸，冷冷一笑："无碍，没那么严重。"说着，便又平躺在了床上。

而这位南楚，正是千里迢迢来到南岳暂避风头的晋国最危险的四王爷——东方楚晏。身边那位，自然就是跟在他身边的内侍太监慕枫了。

自从那日来到南岳，慕枫是四处打探落脚之地。本想找一再低调些的地方，但是王爷却被这醉雨阁的美酒所吸引，然后直接扔了银两住了进来，随性得让慕枫险些崩溃。不过还好这里的头牌蓝瑶儿似乎对王爷很感兴趣，在她的协助下，多多少少算是找了份差事。当然，干活的肯定是他，而非那位养尊处优的爷。对于他来说，只要那位爷不将这里弄得翻天倒地，他也就圆满欣慰了。

可是就在片刻之前，他忽然听掌柜的说又进了一个新人，也是住在"甲字号房"，慕枫当是就有种极其不好的预感，于是二话不说就向着这边冲来，然后果不其然地让他看到了这惊险的一幕。

想到这里，慕枫怒不可遏，开始滔滔不绝地说着那个叫念晴的女人，反倒是东方楚晏始终默不作声。半晌他忽然笑了，俊逸的脸上透出了无比妖邪的神情，他舌尖撩过唇瓣，然后双手环住身体，露出了一种妖艳的神情，他眼中透着雾气，狠狠地呻吟了一声，而后喃喃说道："这种疼痛感……很久没有过了，呵呵……"

慕枫脸色一僵，方才眼中的焦急顿时化为了几近白眼的神情。

自家爷向来口味不一般，没想到竟已经严重到这个地步了，于是苦笑一声道："爷，为了保住国脉，那你就不要再让它疼了，还是换成别的地方吧。"

东方楚晏缓缓一笑，"礼尚往来，下次，本王也要让她开心开心。"

慕枫深叹口气，紧紧地闭了眼。

王爷啊，这种开心，想必只有您才会有吧……

总觉得，心，操碎了一地……

# 第二十三章
## 甲字号房

　　离开了甲字号房的苏慕晴狠狠地打了个哈欠，心里暗叹今日的诸事不顺。本来就已经劳累不堪，方才又被那个不知哪里钻出来的男人折腾了一番，使得她仅剩的体力被瞬间耗光。她整理了下思路，随后双手相叠，趴伏在二楼的栏杆处往下看去。现在虽然是深夜，却还是喧闹不止，想来那些王公贵族今日都打算留宿。那些凌乱嘈杂的声音，好像被莫名阻隔在另一个世界，让她没有一丝一毫的代入感，在她的世界里，安静得出奇。

　　在台的正前方，传来悦动的琴声，原来是已换了身纱衣的蓝瑶儿正在抚弄琴弦，动作如水，声音轻灵，在这纷乱的地方，如同清水点缀，确实不愧是醉雨阁的当家头牌。这份出淤泥而不染的感觉，也难怪北堂风会将她视为红颜知己。

　　正当这时，慕晴忽然从蓝瑶儿身侧的黑影里捕捉到了柳惠蓉的身影，她站在那里一动不动，神采奕奕，于是不期然地向前迈步，却不料打断了蓝瑶儿最得意的音色。

　　蓝瑶儿蓦地停下手不快地看向柳惠蓉，随后压低声音说："废物，滚开。"

　　柳惠蓉微微一怔，像是受到极大的打击，她想开口对她说些什么，却不知从哪忽然冒出来了一位女子，上前挽了蓝瑶儿的手道："蓝姐姐，你弹得真好，有空一定要教我！"

　　听了这女子的话，蓝瑶儿即刻挂上了淡然而平和的笑容，温柔地应了她。

　　两厢差别如此之大，让柳惠蓉心头发紧，她看向那突然出现的女子，隐约记得是哪家大臣的女儿。她渐渐垂眸笑了，指尖却紧紧相握。

　　原来，蓝瑶儿根本不是将她柳惠蓉当做姐妹，而是将柳贵妃当做姐妹。如今她莫说没亮出身份，要是让她知道了自己是柳惠蓉，怕不仅仅是被报官，而且还会被这个女人狠狠嘲讽一番。

慕晴视线微垂，平静而黯然，不由得因为柳惠蓉此刻的痛楚而感到很不愉悦。

自她第一次见到蓝瑶儿便已经多少感觉到了这人心中尽可能想要掩饰的野心。北堂风或许就是知道这一点，所以不仅不碰蓝瑶儿，也不将她收入官中，更是没给她任何幻想，只将她当做一个如妹妹般的存在。他确实能驾驭得了这个女人，但是柳惠蓉，则是被她玩弄在股掌之中的阶梯。想来上次她在万人宴时对蓝瑶儿提及的两宫同治，让那女人晚上没少兴奋。

只是她虽然知道本性难移，可是却没想到原本的她与在皇宫时候表现出的样子差距是如此之大。还真是知人知面不知心。总觉得，这个女人总有一天会为了自己的利益，在北堂风的身后无情地下手。

想起北堂风，慕晴的心头又是一番沉重，她甩了甩头，懊恼地敲了自己几下。

甩掉了烦闷的心情，慕晴便主动下了楼，她霍地从蓝瑶儿身边走过，扬起一阵能冻结一切的冷风，交臂的一瞬，蓝瑶儿似也为之一震，回头看去，见到苏慕晴不发一言地拉住独自站在那里几乎要发作的柳惠蓉。慕晴回眸淡淡一笑，对着蓝瑶儿礼貌示意，然后便强硬地将柳惠蓉带走，柳惠蓉脚步踉跄，时不时地看向蓝瑶儿。独剩蓝瑶儿眯眯看着已经走远的二人。

那位大臣之女亦随之看去，然后问道："蓝姐姐认识她们？"

蓝瑶儿沉默了一会儿，随即轻蔑地淡笑，喃喃自语："我又岂会认识这种地沟里的杂种。"

"姐姐你说什么？"那人又问，像是没听清。

这时蓝瑶儿才莞尔一笑，回眸温柔地对着她说："我是说，她们也都是醉雨阁的好姐妹。好了，我们继续聊琴吧。"

那女子喜悦而笑，再度开始滔滔不绝的自言自语。却不知蓝瑶儿此时却悄然滑了眸，凝视着她们远去的方向。

这两个女人，让她焦躁。

进了房间，柳惠蓉本以为强硬的苏慕晴会对她说教一番，谁料门才刚一关上，就见这个方才还很有精神的女人先一步钻上她的床，倒头便开始大睡。柳惠蓉一怔，明白了苏慕晴方才只是在帮她解围。被看透心思的柳惠蓉闷闷不乐，索性坐在了桌子旁,一杯一杯地开始喝着茶水,清秀的小脸上一阵青一阵白,像极了黑白双煞。

慕晴背对着她,听着茶杯有规律的碰撞之声,闭着眼眸说道:"茶是醉不了人的。"

柳惠蓉蓦地将杯子用力放在桌上,然后说道:"蓝姐姐过去待我如此温柔,现在虽不知我真容,但只因身份低贱,便待我如草芥那般?"

慕晴缓缓抬眼,似是早已知道会有这样的情况,于是说道:"你虽易容,但长相依旧秀美。此刻你受排挤与你是娘娘虽有些关系,但更重要的是,你现在的相貌对她有着极大的威胁。这么对你,理所当然。"

"我又不想抢她头牌之位,要想我给那些臭男人弹琴,我才不会去做!"柳惠蓉愤愤说道。

"可她不是你,不会知道你想什么,就算你说,人言可信吗?"慕晴说完,便摇摇头。

柳惠蓉确实语塞,想来自己当年也没相信过几个人。于是只得将闷气又吞了回去,而后忽然转头看向慕晴道:"话说回来,你怎么跑我屋里来了,你不是有甲字号房吗?"

提起"甲字号房",慕晴便不由得想起那个"变态",脑子一热,便蹙眉闭嘴,死都不愿多提。可就在柳惠蓉想去追问的时候,她这屋子的大门却忽然被打开了,随后便有一个带了些蛊惑和妖娆的声音蹿入其中:"终于找到你了。"

这一声砰响,使得慕晴猛地抬开眼睛,柳惠蓉更是吓了一跳。可还没等慕晴回过头,便感觉自己眼前的视线一度调转,然后竟被什么人如物件般扛在了肩上就这么走了,如风如尘,没丝毫停顿。

一切都来得太快,快到让人无暇反应。

柳惠蓉拿着杯子始终愣在那里,门声砰响,她手中的杯子倏然落地,左右滚动,将里面的茶水洒落一片。

她缓缓回头看向门口,喃喃自语:"刚才……那是……怎……怎么回事?!"

苏慕晴终究是被这个男人怎么扛回到"甲字号房"的,她已经完全记不清了,就记得自己胸口的伤隐隐发疼,颠簸得胃里的东西几乎快翻涌而出。直到进了门被扔在了床上,她才终于能将憋闷在胸口的淤气吐出,而后凝视着将自己以这种方式扛回来的男人,然后眉头一蹙,冷不丁地咋了下舌。

又是这个南楚，还真是阴魂不散。慕晴心中嘀咕，眼中泛着些躁动。

只见这个罪魁祸首不但没有丝毫的歉意，反而那俊美的脸上像是写着"感谢我吧"这四个字，慕晴没来由的有些发堵，恨不能将他一脚踹开。

不过细细看来，此人现在衣着整齐，倒是与先前的印象不大一样。他双鬓发丝系着青色铜环，优雅地垂在一侧，略微上扬的眉下是一双妖冶的眼瞳，而且还泛着淡淡的琥珀色，如同宝石那般。他身形修长，身带香气，还真是难得一见的浊世佳公子。

还真是应了一句老词：衣冠禽兽。

不过既然这个南楚睡醒了，她刚好可以问个究竟，看看这翩翩俊朗的"帮工"究竟是真帮工，还是走错了房的公子。于是慕晴扯扯唇，对着东方楚晏道："南楚公子，贵宾房在东侧，这间房是我等下人的地方，别脏了您的身子。"慕晴说着，便做了一个请的动作。

东方楚晏耸耸肩不为所动，也没有说话，只是安静地看着她。

慕晴眉心轻蹙，看向他处。琢磨着不会是自己的一记"猴子偷桃"把这位公子给偷傻了吧。于是轻咳两声，说道："方才，抱歉。"

东方楚晏扬起笑，道："无碍。"

语毕，房中再度陷入了寂静之中，慕晴眼睛左右瞟瞟，着实有些不自在，于是反问："既然公子不介意了。那公子是否还有话与我说？"

东方楚晏微微一笑，从怀中掏出块牌子扔给了慕晴，慕晴一下接住，乍看之下竟然也写着"甲字号房"，慕晴一时间有些混乱，但很快便睁大眼睛回看向这个悠闲的男人。

他这种无声的方式，算是在向她解释原委？她狐疑地低头再度看向手中的牌子。顿时如被重击。

结果，这个"变态"还真是与她同住一屋的帮工！

慕晴忽然有些气绝，回想起那掌柜的脸，不由得暗暗怨念：明明是个大男人，却开了这一家全是美人的醉雨阁，而像南楚这等俊美之人想来是被众女子青睐的，这间甲字号房的空位也应该是被众人觊觎，因此掌柜为了让那些美人断了念头，所以将她这个破了相的女人塞在这间房与南楚共住，简直就是一石二鸟。

哈……慕晴唇角抽动了一下。她就说为何自从进了甲字号房后，就一直感觉到身上冷飕飕的，原来自己已经成为了女人们眼中的众矢之的。

她蓦地抬头看向东方楚晏，没来由地多了些压抑。

这个男人，就是她的命中克星，难得的安稳日子，看来又要被破坏了。

不过其他人的态度对她苏慕晴来说倒也无所谓，反正当众矢之的已经久了，正所谓虱子多了不愁咬。她四下看了看，便拿起一旁的棉被走到地上，唰地一铺，然后对东方楚晏说道："我明白你的意思了，睡吧。"慕晴挠挠头，眼皮当真沉得不行了，说着她便吹熄了蜡烛，径自跑到床上。

东方楚晏看了眼地上的棉被，又看了眼床上的苏慕晴，忽然捂住唇，脸上透着些惊喜与浮红："竟然让我睡地上，居然如此凌辱本王……"

门口趴着偷听的慕枫心头一紧，看着东方楚晏就要脱衣服去夜袭床上的苏慕晴，便蓦地冲出来抱住他身子低喊："爷，爷，这可不是咱的地界，而且咱就在这里呆一段时间，您可不能冲动啊！"

东方楚晏抿了抿唇，淡笑一声，将腰间别的那把带铃铛的折扇拿出敲了慕枫的头一下，道："本王有分寸，这个女人，非凡人。"说着，他便勾唇笑起，眉眼中透出淡淡的光晕，"看来南岳之行，不会无聊了。"

次日清晨，天还没大亮，苏慕晴就被外面的吵嚷惊醒。她有些朦胧地晃了晃神，渐渐地想起来昨日的事情。转头看去，发现那怪异的南楚当真睡在了棉被上，她唇角微扬，倒是安心地笑了笑。她之所以能这么坦然，还真是因为此时脸上的伤疤，想必褪去倾城的面容，还不至于被这么个俊美的男子饥不择食反扑过来。

她安心地起了身，趁着南楚没醒，便褪下上衣开始重新包扎自己胸口的伤。

经过昨日，这伤口似乎又有些裂开，还好在来醉雨阁前被北堂齐稍加处理了下，不然现在当是鲜血不止了。

收了北堂齐留给她的药瓶，她轻手轻脚地向着门口走去，听到了外面的不大正常的喧闹声，像是有什么人在争吵。于是加紧了步子想一探究竟。可临出门，她却忽然被睡在地上的东方楚晏抓了脚腕，结果一个趔趄险些扑倒在地。她长吸口气，缓缓站稳，着实有些不快地看着那从被中渐渐探出头的脸庞，看着他朦胧的神情，慕晴有些无奈，当真是有种惹到麻烦的感觉。

她虽喜爱观赏美色，却并不为之动容，否则在宫中遇到王爷时，早便成为了带下之奴了。

她站定，蹲下身扒开东方楚晏的指尖，冷静地问道："南楚公子需要小的做些什么吗？"话虽这么说，但是语调却成平字音，丝毫没有真的要服侍他的感觉。

东方楚晏倒是淡然，只是一拉，便将慕晴拽倒，然后从下向上望着她的脸道："给我更衣洗漱。"

慕晴还当真没有料到这男人会真的撂下这么一句话，心想着这人莫不是家道中落的王公贵族，不过从他的气质来判断，却也绝不是什么市井小民。她轻笑了声，于是起身离去。以为慕晴去打水的东方楚晏一转脸便抱着被子爬上了床，贴在那还带着余温的榻上，他再度入睡，时而传来了淡淡的凛香，让他不禁睡得更加深沉。

未曾想，连这女人身上的香气都带着一股清凛的傲然。

出了门，慕晴当真打了一盆子水。在路过大堂之时，她刻意放慢了脚步。视线透过那些围观的人，她看到了一个浓妆艳抹的女人正在叉腰呵斥着谁。这个女子她似乎在昨夜见过，她拼命缠着一个不愿意理会她的男子，且将那有些发福的身子不停上凑。

一个将酒楼当青楼的女人。这是苏慕晴昨夜对她的第一印象。

忽听那女人再度大声呵斥："别以为你有几分姿色就可以抢了咱家蓝姑娘的位置，你以为你是谁啊，难不成还是富贵家的小姐？你不过就是个贱民，学着夹着尾巴做人比较好！"那女人骂声阵阵，刺耳得要命。慕晴视线一转，看向了在不远处唇角噙笑，低眉抚琴的蓝瑶儿，她确实美艳动人，但是在这种境况里，慕晴却不怎么欣赏她的曲子了。

总觉得，难听得刺耳。

"我才不屑抢什么头牌，你们这些势利之人，总有落马的一天！"被教训的女子忽然开口，声音和腔调，都有些熟悉。

这时慕晴忽然一怔，二话不说便向回跑然后推开了柳惠蓉的青字号房，看到空空如也的房间，她心中大念不好，即刻丢了盆子往下面走。

她从几个看热闹的女人中间穿过，很快就看到了坐倒在地上的柳惠蓉。只见她捂着泛红的脸，美目透怒。

脸颊泛红？

慕晴忽然收回视线落在了柳惠蓉的脸颊上，她记得上官羽为了能透出柳惠蓉的脸色，刻意给她做了薄一些的人皮面具，若是再被谁打几巴掌，想必这张脸就要掉了。

慕晴蹙眉，抬眸间见到那浓妆女子再度扬手想要掌掴嘴硬的柳惠蓉，慕晴咋了下舌忽然上前，而那巴掌则重重地落在了她苏慕晴的脸上，一时间伤口裂

开，红色血液慢慢滑下，顺着她白皙的脖颈沾染了衣衫。这一突然的血色，使得动手的那女人微微愣住，看向了手上的红。

慕晴将溢入唇中的血吐出，而后冷冷看向那女子，凛冽染冰的眸里渗透出一丝寒气，那女人身子一颤，便将手收回，多少有些不自在。

慕晴冷哼一声，收回视线，随即看向坐在上座抚琴的蓝瑶儿。慕晴渐渐凝住了脸上的一切神情，像是在脑海中盘旋着解围的对策。半响，她忽然一笑，一把拉过柳惠蓉便对着蓝瑶儿低头说道："蓝姑娘大人有大量，我们二人才刚刚来此，还不懂得规矩，望蓝姑娘原谅。蓝姑娘美人倾城，像她这种庸脂俗粉又岂能攀比。"

柳惠蓉眼瞳一颤，本想发作，但还是被苏慕晴硬生生地给按了回去。

蓝瑶儿这才渐渐停了手上的琴，唇角微扬，缓缓抱着她的古筝离开坐席，她的意思周围人自是明白，也算是将此事暂时了结。周围人纷纷散去，慕晴也松了口气。但眸子一转，忽然怒瞪了柳惠蓉一眼，使得柳惠蓉一惊，紧忙看向他处。

正拿着早膳的慕枫看到东方楚晏倚着栏杆正饶有兴趣地看着下面的一幕，不禁有些意外，因为按照王爷的性子，总会搅搅浑水，于是问道："王爷，您不是对那破相女子颇有兴趣吗？"

东方楚晏托腮眨眼，唇角泛了笑意。他以指尖点了点栏杆上的雕木，静静说道："那道伤，是新的。若是其他女子有这种伤，眼神必然是厌恶的。而她则坦荡相对，想来……"东方楚晏唇角一扬，"那是她自己划的。而且破相前，当是倾国倾城的美人。"

慕枫虽然不大了解东方楚晏的话，但还是失笑回道："天下哪有美人愿意让自己破相，奴才看王爷这回是看错了。"

"是吗？"东方楚晏回答，悄然地舔过自己的唇，使得慕枫脸色一青，有种莫名的坏预感。

这是王爷看到猎物时的神情，除了狩猎场之外，他还是第一次用这种眼神看一名女子……想来那女子，怕要遭遇人生最凄凉的阶段了。

## 第二十四章
## 诸事不顺

摆平了蓝瑶儿，慕晴一人安静地在前面走着，长发在身后轻摆，成为了柳惠蓉唯一能看到的光景。她确实有些对不起苏慕晴，险些因为自己的冲动铸下大错，但是这也不能怪她，谁让那些人先仗势欺人！

慕晴顿了步子，侧眸看向那生闷气的柳惠蓉，鼻息发出一声闷哼。虽然不会告诉她，但是自己心中还是不由得回想起很久之前她给柳惠蓉的预言。不过想来有过这一遭经历，以后这丫头也会学聪明点，不会再处事那么骄纵。

"脸疼吗？"进了房门，慕晴终于开口说了一句话，而后回身看向柳惠蓉泛红的脸颊。慕晴眉头蹙起，冷语了句："下手还真狠。"

柳惠蓉捂了脸一脸委屈，尤其是结合了自己此时的处境，更是难过得直抽泣。慕晴什么话也没说，递给她了一条随身备着的丝绢，然后安静地坐在旁边听她讲这场闹剧的来龙去脉。

结果，也不过是一位平日里青睐蓝瑶儿的酒客看上了惠蓉，想强行带走，却被惠蓉严词拒绝，这下不仅惹怒了酒客，还得罪了一向受宠的蓝瑶儿。这还真是两边不讨好。

慕晴无奈摇摇头，开始在屋中翻找着可以替她消肿的东西，翻箱倒柜了半天，也只找到了些陈旧的首饰。慕晴有些颓丧地将东西扔在了一边，然后说："不然，你忍忍，反正肿得也不是太厉害。"慕晴轻语，眼中有着些逗趣。柳惠蓉眼睛一直，顿时对着慕晴落了一记狠毒的视线，道："你你你……你这个女人还真狠，枉我对你那么好。"

慕晴笑了笑，上前揉了揉柳惠蓉的头发，然后说："你在这里稍等，我出去问问别人。"

可慕晴脚尖才刚一动,柳惠蓉忽然捏住了苏慕晴的衣角,然后有些黯然地问:"苏慕晴,你见过很多很多我从来没有见过的事,你说……我是不是很愚蠢?"她低垂着头,长发无情地掩盖在她的眼前,苏慕晴看不到她的任何表情,只能从那正在颤抖的指尖上感觉到一丝痛苦。

慕晴沉默,明白她言语中的含义,于是缓缓将手放在她的指尖上,轻声回道:"人有好有坏,不要因为一个女人而否定了全部。否则你会错过很多人和事。"慕晴又轻轻地拍了拍她的手。

柳惠蓉微怔,在努力地参详着苏慕晴口中的话,然后缓缓点头,这才安心松了指尖。慕晴见状,稍稍松了口气,然后说道:"行了,自己活着开心就好。我先去给你找药,迟了留下瘀痕就不好了。"说着,便欲离开。谁料这时门声轻响,莫名地有一抹轻飘的身影走过,使得柳惠蓉和苏慕晴都吓了一跳。乍看之下那黑影是一秀气的女子,她笑颜淡露,眼中平静若水,那份凛然与冷傲,倒是与苏慕晴有着几分相似。这时她将一个小盒子放到柳惠蓉面前,然后说道:"此药敷上两日,便会散去淤红。"说完后便转身要走。慕晴心头一紧,在后问道:"姑娘贵姓?"

女子只是安静地停了步,半晌才轻声说道:"冰薇。"

言毕,她便离开了房间,这种不愿近人的感觉令柳惠蓉嘟起了嘴,"冰薇好像是醉雨阁的二牌,那股冷劲儿还真有点像你。"

"我冷吗?"慕晴转眸看向柳惠蓉,惠蓉回望,嘴巴扭到了天上,"不仅很冷,而且性子还很差。"

"这样啊。"慕晴拍了下手,然后撑桌而起,"那你自己收拾那张脸吧。"

柳惠蓉瞠目结舌,嗔怒地对着苏慕晴低喊:"性子果然差死了!!"

苏慕晴哼笑,没再回应,只是拿起冰薇送来的药,轻轻地涂抹在了柳惠蓉的脸上。

上完药,慕晴轻轻地出了房门,突然感觉到什么异常,于是停住脚步看向侧面,果然见到正在探听的冰薇。她神情淡漠,听到苏慕晴出来的脚步声,也同时回头看向了她。在那孤傲的眼中,透露出丝丝敌意。

为何她要这么窥探柳惠蓉,难不成是在怀疑什么?慕晴暗忖,却也不动声色。

冰薇冷冷看了眼苏慕晴,随后冷哼一声这才转身走了,慕晴感到有些茫然,倒也没加理会,径自回了她的甲字号房。

可是进了房，却突然又涌入了另一道视线刺穿了她的身体，她心中咋舌，看向了慵懒地坐在她床上的东方楚晏。

"水打得怎么样了？"楚晏问道，语气理所当然，慕晴怔怔地看着他，也理所当然地回答："洒了。"

楚晏蹙眉，却也没有说话，一时间房内寂静无比，仿佛只有两道寒流穿过。此时门外忽然响起了一个丫头的声音："念晴，南楚，你们快些准备下吧。据说晚上会来一位重要的贵客！"

慕晴心头一紧，心中念着这位贵客。不知为何心中竟有种不好的预感。慕晴专注地想着，却不知她这一闪而过的神情完完全全地落入了楚晏的眼中，他微笑，若有所思。

"今天天气尚算不错，掌柜的要我去置办些东西，我人生地不熟的，你来带路可好？"东方楚晏开口提议，脸上带着盈盈笑意。苏慕晴努了努嘴，又看了眼外面众人的躁动气氛。于是稍稍一耸肩，说道："好，听你的。"

出了醉雨阁，慕晴像是获得了新生那般，感觉到周身无比放松，宛如翱翔天际的鸟儿。楚晏在身后看着，始终挂着深不见底的笑容。

到了店里，楚晏看着里面挂得琳琅满目的东西，顿时将眼睛眯起来。他买东西，一般都是由慕枫直接交付银两，今日为了和这女人能单独相处，故而将满脸泪水的慕枫给排除在外。谁料现在就收到了现世报，开始完全不知所措了。

他掏出钱袋，想要和掌柜的说什么，但是话到嘴边，又不知如何表达，最后终于没了耐性，将一袋银子往桌上一扔，道："舶来品，新的。"

一旁的慕晴一张脸顿时全黑，然后忍不住地笑了下。看样子这傲慢的男人还真是从来没有买过东西，根本不知如何与掌柜做交谈。于是她一把扣住掌柜满脸堆笑而伸出的手，而后将钱袋一点点抽出，莞尔一笑道："老板，只要舶来品中的银器，这些银子应该就够了。"说着，她便将算好的银两推到了掌柜的面前，掌柜顿时将脸拉下，大有"到嘴的鸭子飞了"的架势。

东方楚晏从旁看着，倚靠门边露出淡淡笑意，周围时而有美人攀上，却换不来他一个眼神，在那如宝石般的琥珀色中，满满都是这个女人。而这样的出行，竟让他有种身在民间的感觉，如此这般，他几乎从来没有体验过。

经过这一遭，苏慕晴是彻彻底底地感觉到了东方楚晏的身份不一般。在外每经过一个摊位，这个男人的眼睛就像炸开了一朵莲花，双脚如何也挪不动步子。不知北堂风在第一次微服出巡的时候，是否也会像他这样。

不，他一定会口是心非地说："这些东西，我又岂会喜欢。"然后让李德喜私自出宫买了给他送去。

北堂风就是这样一个男人，高贵而不愿意袒露心扉。

正走在街上的慕晴脚步一顿，冷不丁地敲打了下自己的头，着实因再度想到北堂风而懊恼不已。

正拿着一串吃的在品尝的东方楚晏亦停下脚步回头看来，大好的心情稍稍冷却了一点。这天下女人，跟他在一起时还想着其他人的，想必就只有眼前这个了。

出于心中的不愉快，东方楚晏咬住了买来的煎豆腐，然后走向慕晴，忽然靠近，慕晴躲也不是，不躲也不是，想跑却发现双臂都被东方楚晏擒住，如果就这样闭着嘴，想必自己的脸就要惨遭毒手。实在不得已，苏慕晴张开了嘴，生生接下了东方楚晏用嘴送来的煎豆腐。楚晏微微一笑，又向前咬了一寸，便是在准备顺势占一把便宜的时候，苏慕晴蓦地将豆腐咬断，即刻向后退了五步，那"生人勿近"的气息顿时自她身边迸发出来。

"千万别随便往别人嘴里送东西，伤到可就不好。"慕晴冷哼一声，意有所指，也算是警告了东方楚晏的轻佻。东方楚晏摆摆手，当然明白苏慕晴的意思，但是换过来想想，也是"牡丹花下死，做鬼也风流嘛"。

在经历了这一小小的插曲后，苏慕晴便被东方楚晏强拉入了醉雨阁不远处的另一家酒楼，照他所言，是醉雨阁的掌柜的特别让他来试吃新酒楼的招牌菜，可是话入苏慕晴耳中，却着实也相信不起来。不过，近来总是有很多让她烦心的事，由东方楚晏陪同一起散散心，倒也不失为一件好事。

菜肴上了，慕晴一看，脸色就黑了。桌上的菜肴基本是老百姓饿到抬不起头时才会吃的东西，但是东方楚晏却两眼放光地看着，每每夹起一筷放入口中，都是满脸的幸福。

她无奈地笑笑，第一次好好观察一直在自己身边绕来绕去的他。

其实，他长得确实算得上是绝世妖孽，方才她和他走了一路，也被女子盯了一路，那些几乎可以将她烧化的炙热眼神，足以证明了眼前这个男人是多么的"祸国殃民"。而此刻他吃饭的动作也极其优雅，每一口菜夹起的分量都是相差不多，而且连咀嚼的次数，都是平均而准确的。

她也不是瞎子，这"王公贵族"的来头，应当不会是商户家公子这么简单。慕晴安静地埋头吃着菜，渐渐陷入沉思。

"咦？念晴！"就在这时，忽然有一个似曾相识的声音蹿出。慕晴一转头，便看到了一身花衣的某位丫鬟。慕晴在脑中不停回想，半天才对上号，想起这位的主子是蓝瑶儿。于是勉强一笑，道："嗯，是我。"

那丫鬟兴高采烈地过来，弄得慕晴毛骨悚然，可也不好将这份阴霾的情绪表现在脸上。

"念晴，没想到在这里碰到你，咱俩关系这么好，帮我一个忙呗！"那丫鬟说着，便从怀里掏出一个被锦布包着的玉镯子，随后轻轻放在了桌上道，"这个待会帮我带回醉雨阁吧，给蓝姑娘。"

慕晴有些茫然，伸手拿过镯子，想要打开，却忽然听到那丫鬟再叫了一声："哎呀，我赶着出去，先走了！"丫鬟慌慌张张地撂下了这么一句，扭头就跑。

楚晏和慕晴相互对视，随后叹出一声笑。

慕晴将镯子拿出，在阳光下照了照，然后悠然地说道："真是麻烦啊……竟然就这么被栽赃陷害了。回去有得忙了。"慕晴说罢，便将那镯子随手丢在了桌上，玉镯轻轻晃动，半晌才安静地停下。

楚晏拿起看了看，心中亦是了然。因为这镯子的色泽很是奇怪，一点都不通透。按照蓝瑶儿的性格绝不会戴残次品，若是没猜错，一定是方才那丫鬟找了镯子掉包，只要能塞给难得撞上的熟人，便会推脱得一干二净。

栽赃这种事很常见，不过比较有意思的是……这个女人，对于这种事居然毫不在意，似乎一点都不担心。

"不害怕吗？"楚晏问道。

慕晴不置可否，只是淡淡地说了句："兵来将挡水来土掩。"

楚晏怔了一下，随后托腮看向正在凝望大街的慕晴，在他的俊眸中闪动着熠熠星光。总觉得，待会回去后这个女人一定会让自己有一丝惊喜，让他已经有些迫不及待了。

正当两人准备继续用膳时，大街上突然涌入一批百姓，像是来京城赶市场。这时慕晴才想起不久前柳惠蓉曾提过，京城近期像是要举办一个书会。看这样子，应该就是这个了。

"要不要去看看书？"慕晴提议，变成她满眼期待。楚晏自是不会拒绝，欣然接受了这个听来很不错的提议。

……

吃过饭的他们，一路来到了京城最大的书场。这里热闹非凡，四处弥漫着书香气息。慕晴脸色微红，如何也抑制不住心中的兴奋，她四处乱看着，恨不能将自己埋在书堆里。

当然，东方楚晏也是一个好书之人，而且与苏慕晴的喜好还半斤八两。于是这两人便像是旁若无人那样窝在某个房梁底下开始专心地看上了书，任谁也不会看出这两个人辉煌的来历。

不知不觉，两人的身体背靠在了一起，分别支撑着对方然后面向街的两头。原本这是一个极其正常的姿势，但却恰好因为这份平常，让这两个人分别看到了完全不同的画面。

面朝东面的慕晴刚刚快速浏览完了一本战略书籍，正准备挑另一本，忽然有些许锦衣卫的影子晃入了她的眼帘。慕晴心头一惊，急忙又拿起书籍遮挡在自己的脸前。虽然她知道那些锦衣卫不至于能看出她是谁，但是出于心虚，还是不愿意直面这些官中的人。

而另一面的东方楚晏也好不到哪去，也是刚刚放了书，就看到了东方穆派来南岳查他的细作，东方楚晏亦是一惊，跟着将书遮住了自己的脸。

"咱们换个地方吧。"慕晴侧眸低语。

"同意。"东方楚晏说罢，便起了身。

可是当两人准备带着对方往相反的方向走去时，却发现他们的步调完全不一致，两人被迫撤回，同时疑惑地面面相觑。在眼神的交汇中，两人像是忽然明白了什么，即刻侧脸望向了对面。

"有人在找你啊。"他们异口同声，然后不由得咋了下舌。这种情况，无论走哪边都是很成问题的，他们眼神对了对，决定蒙混过关。谁料才刚一挪窝，晋国的那几个人便瞄上了这边，开始逐步向此地走来。

东方楚晏微怔，想要拉着慕晴走，但是回头看看，竟然是死路。

眼见着那些人就要过来，楚晏的脸色也愈发的凝重。慕晴虽不知其中原因，但是东方楚晏身上有许多秘密也已经不是什么神秘的事了。于是便在那些人马上就要过来的一瞬，慕晴忽然做了决定，一把拉过楚晏而后将他紧紧压在地上。她捧了他的脸，凑近说道："忍忍，这是下策了。"说罢，她便倾下身，突然将唇贴在了楚晏的唇上，柔软相触，使得楚晏的眼瞳顿时缩动。

"南岳的人怎么当街就做这些……啧啧。"

"那位爷肯定不会，走吧，去别处看看。"

追来的人嫌弃地看了眼强吻中的苏慕晴，然后便纷纷离开。待脚步声走远，苏慕晴这才将唇瓣移开然后用力地吸了口气。若是再堵住她的嘴，想必就要憋死了。

"人走了，咱们也赶紧撤吧。"苏慕晴利索地说着，伸手准备拉起楚晏，谁料却见到这个男人一脸的红晕倒在地上一点要起来的意思都没有。

慕晴翻了个白眼，然后说："权宜之计，什么都不代表。而且还是下下策。"

"这是上上之策啊！"东方楚晏蓦地坐起，眼中泛着些璀璨的星光，"刚才我一时没感觉到，不如，再来一次！"

啪——！

只见一堆书飞过，将东方楚晏掩埋其中。

回到醉雨阁的时候，时间还早，像蓝瑶儿这种头牌似乎还没有睡醒。慕晴交了掌柜用的东西，又悄然去了某个房间寻找什么，待一切妥当，她便笑意盈盈地提了从掌柜那里买下的酒径自前往一个她从未踏入过的房间——慕枫的房间。

自打来了这里后，她便感觉到慕枫或多或少对自己有所抵触。刚好趁着这个机会，相互了解了解，于是站定在门口，慕晴敲响了房间的大门。

这时，门缓缓打开了，一个满脸阴霾头发凌乱的男子渐渐浮出，如同鬼魅幽冥，当真吓得慕晴心头哆嗦了一下，定睛一看，才发现是房间的主人慕枫。

"念晴姑娘……？"慕枫缓缓而道，声音飘忽，令慕晴身上汗毛根根立起。

慕晴勉强抽动两下嘴唇，然后提起酒壶在他面前晃了晃，示意来此的目的。慕枫有些不解，但还是将门打开允许她进入。

踏入了这间房，慕晴当真明白了什么叫"怨念也能杀人"，虽然这间房整洁干净，但是却莫名压抑到让人冷汗直冒，这使得慕晴不得不暗暗猜想，平日里这慕枫跟着那个家伙，究竟要多操心才能将心绪压抑成这步田地。慕晴吞咽了下唾液，不由得替慕枫担忧。

慕枫像是在忙什么，随手替慕晴拉了椅子，然后坐到另一面凳子上，继续在修补东西。慕晴稍稍看来，发现是坏掉的裤子。

那个南楚如此华贵，而这个慕枫却节俭，果然是主仆，而且一定是差距很大的主仆。

想着，慕晴便将酒放在了桌上，然后说："方便喝一杯吗？"

慕枫无奈地放下东西，然后抬头看向慕晴道："别以为你可以灌醉我，然后套话，我是什么都不会说的。"

"那是自然，只喝酒，不说话。"语毕，慕晴便开了罐子，先一步仰头将酒喝下。慕枫见她如此豪迈，也就放心跟从。

慕晴见他喝了酒，唇角扬起笑。

不套话这种事……怎么可能呢!
……
"告诉你!自从服侍了那位爷,我至少折寿十年,不!二十年!!"
过了没多会儿,房间里突然传来了一声咆哮。

慕晴跷着腿,托腮听着慕枫痛苦而悲愤的发泄,她指尖轻点桌面,数着在慕枫口中提到的有关那位南楚大爷的罪责,例如早上不起,喜好美色,时常消失,花钱不问……慕晴深表同情,却还是时不时地给他斟酒。

直到看见慕枫已经有些浑浑噩噩,慕晴便觉得时间已经差不太多,于是凑近,若有若无地说道:"晋国可真美啊。"慕晴的语气随意而悠然,却在说话的同时自眼中划过一道幽光。

慕枫猛地抬头,醉醺醺地看着慕晴,半晌突然笑开,拍拍她的肩说:"你识货。晋国山清水秀,比你们南岳要强多了……嗝。"说完这句话后,慕枫哐当一下就脸朝下地睡倒在了桌上,慕晴沉默着饮了一口酒,眼神渐渐深邃。

方才她就觉得在书市追来的人口音有些不对,果不其然这南楚是来自晋国。

晋国人……为何跑来南岳避难?

慕晴淡淡一笑,放了杯子起身。只要知道这一点就好,至少知道在他面前,什么是该说的,什么又是不能说,其余的,她也不想探究。

慕晴掸了掸手上的酒味,然后上前将慕枫费力地扛到了床上,撩上被子,她笑盈盈地道了声:"抱歉了兄弟。"

可就在她准备转身离去的时候,突然见到了正抱着衣服准备沐浴去的东方楚晏,她一怔,东方楚晏也是一怔,随后侧头看向慕晴身后藏起的人。

楚晏抬手指了指,满脸疑惑,想问却好像又有些开不了口,慕晴也始终沉默不语,不知楚晏究竟听到几分。

终于,楚晏忍不住了,低声说道:"那个……你不会是喜欢这种感觉的吧?"

"啊?"慕晴眨了眨眼,竟一时没能意会他的意思。

楚晏倏然一笑,摆摆手:"他可不行哦,不过我可以。"

慕晴像是忽然间明白了,脸上一黑,接着便见一个空酒坛飞向了东方楚晏。

楚晏轻松地接住,颠了颠:"他酒量不行,下次还是我陪你吧。"

"好啊,那下次再约。"慕晴说着,便带着深意的笑容从楚晏身边离开。

楚晏捻了捻头发，随后走到床边看向正满脸幸福打着嗝的慕枫，皱着眉头低语："这小子，怎么这么不胜酒力。酒前酒后两个样。"

床上的慕枫呵呵笑开，七手八脚地抓着楚晏的衣角，"娘……"

楚晏脸一僵，用被子完全将慕枫遮住，随后出门去后院沐浴去了。

出了门的慕晴脸上始终挂着淡笑，没曾想那个整日绷着脸的慕枫喝下酒竟然还蛮有意思。她走着走着，忽然感觉有什么人挡住了她的去路，抬头才看到是刚刚睡醒的蓝瑶儿。慕晴微怔，以为她要直走，于是便错开一步给她让道。

谁料蓝瑶儿根本不动，反而扬起了手，眼看就要掌掴苏慕晴。慕晴反射性地挡住，然后利索地转身欲用擒拿术将她按下，但很快慕晴便意识到这样不妥，即刻改了主意，仅仅是避开了她的那一巴掌。

掌掴落空，蓝瑶儿气得脸红。慕晴看着疑惑，着实不知自己什么时候让这女人生了这么大气。可是当一个小丫鬟从蓝瑶儿身后气哼哼地站出时，慕晴眼睛便渐渐眯起。

啊哈，她今日心情一直不错，险些将这么一档子事给忘了。

"你给我下来！"蓝瑶儿狠狠低喊，而后便先一步走到了下面大堂。

慕晴低头看去，知道那是醉雨阁的女人经常欺负小厮的地方，她淡淡一笑，便也扬袍跟着去了。

来到了大堂，蓝瑶儿非常主动地坐于上座，回身扬袍，还真有几分娘娘的架势。她狠狠敲打了下雕木的扶手，像是想威慑慕晴，但是对于从皇宫最高点出来的苏慕晴，却带不来任何的影响。蓝瑶儿有些气急败坏，脸上露出了些铁青。周围女子一见，紧忙上前用好话吹捧蓝瑶儿，见她稍稍平了怒气，那些人这才松口气。

从始到终，慕晴都保持着缄默，眼神平静如水，反比蓝瑶儿更让人生畏。

"小姐，我就是把镯子给她了，本来是信任她，没想到听人说她竟然拿去调包了，若是再晚一步，她肯定会把假镯子给蓝姑娘你。"那丫鬟说得头头是道，像是早就编好。

蓝瑶儿听了，怒火中烧，蓦地又拍了下椅子，"你连我的镯子都敢偷，不想在这京城待下去了吗？！"

慕晴眨眨眼，又好好看了眼蓝瑶儿的脸色，见她整张脸都气红了，一看便知那东西是王公贵族送的。而且，如果她没猜错的话，应该是北堂风送的。

"倒打一耙。"慕晴淡淡而语，视线看向嚣张跋扈的丫鬟。

恶丫鬟有些心虚,眼见着周围人向自己看来,面子上有些挂不住,于是几步上前准备掌掴苏慕晴,而就在千钧一发之际,忽见柳惠蓉从不知哪里钻出来,一双眼睛迸着怒火,直接将那丫鬟推了一个跟头,然后说道:"这里有你说话的份儿吗?你知道得这么清楚,我看你也脱不了干系!"柳惠蓉叉腰说道,那训斥的样子,还真有当年柳贵妃的样子。慕晴看了看,倒是有些怀念。

"好像这里就有你说话的份儿了!"那丫鬟爬起,上来就要扑倒柳惠蓉,顿时间两人掐成一团,连蓝瑶儿看得都有些发愣。

只见气势被压住的丫鬟愤愤起身,当真是有些急了,一把拔出发上的钗子,眼看着就要向柳惠蓉划去,惠蓉一惊,向后退了两步不小心摔倒。丫鬟乘胜追击,举起钗子就想刺,可是冷不丁地感觉脚下被人绊了一下,她跟跄几步,结果一头扑进苏慕晴的怀里。不,确切地说,是被苏慕晴刻意揽在身边,悄悄地往那丫鬟的腰间塞了什么。

她微微一笑,说道:"姑娘,路滑,小心走路。"说罢,便用力将丫鬟推回,而后方才被苏慕晴塞入腰间的东西也倏然落地,丝布摊开,竟是一个玉镯在四处滚动着。

一见这镯子,众人皆愣,连那丫鬟自己也傻在了那里。

蓝瑶儿即刻起身,几步走到了下面捡起镯子,拍了拍上面的灰,然后说道:"这不是我的镯子吗?"

丫鬟一见,脸色顿时吓得惨白,难以置信地说着:"怎么……怎么可能,我明明……"

"呀,看来是姑娘你记错了,这不是在你身上吗,我还奇怪呢,何时接受过你给我的镯子。对不?"慕晴蹲下,向那瘫倒的丫鬟伸出手,丫鬟一怔,即刻说:"对,对,蓝姑娘,我记错了,是我记错了……"

蓝瑶儿蹙眉,又验了验那镯子,随后收起,道:"以后小心说话。"

丫鬟连连应了,用着复杂的眼神看向苏慕晴,柳惠蓉闷哼一声,终于知道方才苏慕晴去丫鬟房里找什么了。于是在被苏慕晴拉起时,她在她耳边低语了一句:"狡猾的家伙,又使诈了。"

慕晴莞尔一笑,道:"结果是好的就行了。"

待丫鬟退下,苏慕晴重新站好,蓝瑶儿忽然若有所思地来到了慕晴面前。她有些不愉快地看了眼柳惠蓉,然后微微一笑,对着慕晴说了句:"跟我来。"语毕,便先一步回房。慕晴有些疑惑,硬着头皮跟了上去。

进了屋,蓝瑶儿随便插了点头饰,将镯子稳稳收好。她差慕晴坐下,眼神中流动着些善意。

"方才那件事，我看得出来，你救了那不知好歹的丫头一命。其实自上次我就看出来你是个可造之材，而且懂得为人处世，与那些冲愣之人不同。所以我有个提议。"蓝瑶儿走过，用指腹挑起慕晴的下颌说道，"你别再跟着那个容荟了。跟着我，我保证你能吃香喝辣。"

慕晴侧头想了想，随后一笑，将蓝瑶儿的手移开："多谢蓝姑娘好意，念晴不过是一个下人，只要蓝姑娘能帮忙和那些冲愣之人说说，别再刁难念晴，念晴便感恩戴德了。"

蓝瑶儿长叹口气，像是有些失望。但是很快，她便抚着慕晴的肩头说："罢了。人各有志。你这次找到这只镯子，算是帮了我大忙，我也要还你个恩情。"蓝瑶儿一笑，接道，"你知道我与当朝皇上关系甚好。待他下次来，我会帮你引荐引荐，说不定能有个好差事。"

慕晴一听，脸色顿时变得铁青，于是紧忙回道："多些姑娘好意，念晴不敢高攀。"

"呵呵……别推托了，就这么说定了。"蓝瑶儿说着，便起了身，慕晴心焦，本欲再加把劲将她的念头掐掉，谁料外面却传来了一个男人的声音。

蓝瑶儿一听，脸色顿时凝重，只冷冷道了句："我先去忙了，你也好好收拾下，准备接待那位贵客。"语罢，她便离开了房间，慕晴预感有事发生，也跟了出去，在她离开的时候，蓝瑶儿和那个男人都不说话，像是谈话的内容极为保密。

那男人一身简衣布装，款式虽简单但料子却极好，总觉得有些眼熟。慕晴想了想，随后忽然一怔。见两人看向自己，慕晴恍神，顺势点头示意，随后便转过身真的离去，然而她最后轻微的一瞥中，却将那男人的相貌牢牢地印在脑海里。

直到出了他们的视线，慕晴才站定，缓缓攥起了指尖。

她绝不会看错，那个男人一定是郑荣。

看来，蓝瑶儿已经不知何时和晚儿结在一起了。

她们之间，究竟在筹划着什么呢？

傍晚时分，天还没全黑，醉雨阁便再度沉浸在一片欢声笑语中，不时能看到一些大臣官员来此宴请宾客。

收拾完东西的慕晴慵懒地撑在二楼的雕栏上往下看，眼中没有丝毫的璀

璨，反倒是有种看破红尘的沧桑。同样半倚着栏杆的东方楚晏始终静默地凝视，凝视她，也凝视着下面的人，心中暗暗有数，很明显地察觉出身边的女人定是见惯了这种场面。当然，对他来说，亦然。

"你认识这个人吗？"楚晏问道。

慕晴静静地听着，而后随意地答了一句："皇城里的大官，我又岂会认识。"她答得很淡，却透着轻微的黯然，像是在回忆着什么过往云烟。对于今夜要来的这位大人，她没有特别去打听，只是想着无论是谁，她都会敬而远之，以免遇到不必要的麻烦。而且看见平日里冷冽如冰的冰薇竟然对镜梳妆了一天，想来那人应该是她的心仪之人。若是不小心，说不定也会遭遇惠蓉一样的惨。

想到此，慕晴不由得多了些沉重，暗暗警告自己要小心应对了。

不过，天下之大，也不一定会是她认识的人，或许方才那番想法，也不过是她杞人忧天了。

这时忽然听到一些零碎的脚步充斥了醉雨阁，声音阵阵，非同凡响。不一会儿便有几个男子扫通了一条通向自己二楼对面的尊字号房的路，慕晴看了看那架势，马上就认出这些人是变装的护卫。

她抿住唇角，微微陷入了沉默。而那边安静已久的冰薇也在护卫冲入后突然雀跃起来。只见她从房中走出，连带着些小跑地向着下方赶去，像是在等候着那即将到来之人。

慢慢地，四周似乎开始环绕起一片悠然的香气，慕晴慢慢地敛住了闲散，脸上逐渐溢出了凝重，因为那股香气……

随着大门的推开，一双雪色丝靴踏入其中，扇声轻摆，便有一身着蓝白贵袍的男子进入。在这泛着红光的黄昏，他的身上如流水般洒下了一片金黄。他步履稳重，不慌不急，墨色长发随着幽风在身后撩开。半晌，他停住，收了扇，衣角在身侧轻轻扬动。

慕晴蓦地向后退了一步，眼神中多了些动摇与颤动，她即刻向回跑去，步履踉跄，如失冷静，然后将自己重重地关在了甲字号房中，拼命调整着呼吸。

东方楚晏有些疑惑，随后垂眸看向下面一探究竟，却发现那人也恰好在往这边看来。一瞬间，视线交汇，楚晏的眼瞳轻闪幽光，而后像是看到熟识的人那般轻哼一声喃喃而语："北堂墨。"语毕，他傲然地俯视着下方，指尖滑入发中，有些妖娆，也有些逗趣。他像是稍稍了解了点关于苏慕晴的事，然后便带着从容的笑，转身随着慕晴的脚步走了。

站在下方的北堂墨眼中琉璃一闪，像是对看到楚晏有些意外，他沉默，本欲追去，却听到耳畔传来了冰薇的轻唤。北堂墨倏地收回了所有的视线，敛住方才的失神，唇角渐渐噙回了从容的雅笑。冰薇脸颊一红，有些不敢对视北堂墨的眼，只是温柔地带着这位日思夜想的爷向尊字号房走去。

尊字号房，是醉雨阁专门接待最为尊贵的客人的，设在二楼，无人打扰。北堂墨每每来此，都会入尊字号房，原因是因为这里足够清净，可以让他安静地赏完冰薇过人的琴上音色。

但今日则不同，进了房，北堂墨却并没有急着想听曲，而是开门见山地询问冰薇道："薇儿，她在哪？"

冰薇欲倒酒的手蓦地一顿，脸上暗暗有些苍白，于是放下酒壶，说道："爷想见她，为何不亲自去找。"

"本王确要见她，劳烦薇儿唤她。"北堂墨脸上含笑，像是在期待什么，而这抹高兴的神情，在冰薇眼中却尤为刺眼，于是她只得暗暗应了，转身去叫王爷所找之人。

当房间独独剩下北堂墨与同来的离若白后，离若白满心疑惑地问道："王爷今日来此不听曲子，究竟是在找何人？"

北堂墨噙笑，缓缓展开了手中的扇子，他看向远处的烛灯，不禁喃喃低语："若白，你可知，在你不知道的皇宫里，已经有了翻天覆地的变化。本王的人早已暗中告知，当真是很有趣味的事情。不过本王觉得，以你的性子，说了，也不会相信。"

"若白岂会如此迂腐。不过……皇宫？"若白反问，忽然想起什么于是问道，"说起来，王爷很久没去凤阳宫与皇后娘娘请安了。"

北堂墨冷眸顿现，轻轻饮了口桌上的清酒，然后意味深长地说："一切都归回原点，凤阳宫之人，已并非本王所要之人。而且现在的皇后娘娘……"说到此，北堂墨唇角渐渐显出一丝冷意，便是连半垂的俊眸中，也闪耀着淡淡的杀意。

离若白见状，紧忙噤声不敢多提，只觉得现在凤阳宫里的娘娘，好像与王爷有什么渊源。说起来，他总觉得王爷有些事情并未告诉他，而且此事，事关那凤阳宫的主人。

无论是之前的，还是现在的，抑或是……一年之前的。

出了房门的冰薇一脸不悦地走在回廊中，指尖卷动了几下长发，然后又缓缓地将手垂下。在她清秀的脸上浮现着苍白的色泽，完全不像是刚才去找北堂

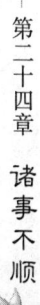

墨的样子。

来到了木门前,她抬头看了看牌子,然后低声喃语:"不就是长得比我漂亮了一点,有何了不起。"她说着,便推门而入。

一声轰响,使得正在房中忙里偷闲的柳惠蓉惊了一跳,手上的鸡腿也倏然掉地,油乎乎地沾了一片,随后厉声说道:"喂,冰薇姑娘,你不知进来要先敲敲门的吗?"

"对你,用得着吗?"冰薇冷语,声音透着些火药味。

柳惠蓉找来旁边的湿布擦擦手,着实不知哪里惹到这位大小姐了,于是闷声说道:"话说回来,你不是该照顾贵客吗?怎么有空来我这里?"

提到北堂墨,冰薇的怒意更甚,她忽地上前走了几步,细细地打量着柳惠蓉,甚至还伸手去探摸柳惠蓉的胸口,这突然的无礼使得柳惠蓉惊得连连捂着前胸后退,结巴说道:"你这是干什么,我可没有怪癖。"

冰薇握了握自己的手,脸上浮现了些不快。然后冷冷说道:"那位贵客要见你,你收拾收拾我带你去尊字号房。"

"见我?"柳惠蓉有些失笑,摆摆手道,"我可不陪客。"她语气带笑,很明显是将冰薇说的话也当成了玩笑。

但是冰薇的脸上,却没有丝毫的轻松,反而是绷得越来越紧。

"由不得你。"冰薇冷冷说着,而后上前便开始剥柳惠蓉的衣服,柳惠蓉吓得手足无措,几番争执下还是被冰薇改头换面,弄了一身七彩流裙,同时还为她点绛唇,梳长发,活像是在打扮即将出嫁的闺女。

柳惠蓉尴尬不已,时不时地就会轻咳几声。

换了装的她,让人惊艳,柳惠蓉当然自信满满,总归来讲,能被选入宫中的柳妃娘娘的身段,那可是羡煞旁人的,她神采奕奕,而冰薇则满脸铁青,因为就连她都不得不承认,柳惠蓉的身姿相貌,绝对算得了上乘,甚至可以说倾城。

冰薇闷闷不乐,直接抓了柳惠蓉的腕子打断她的镜前顾盼,二话不说便向外走。她的步子沉重而急躁,很明显地感觉出那份降至冰点的心情。直到接近门口,才冷冷丢下一句:"总之是美差,好好应对吧。"

柳惠蓉踉跄着被她拖走,不住地向周围人以眼神求救,但是在看到她的那份惊艳后,众人皆嫉,谁还会去救她,反倒还因为祈亲王要点名接见,而怨念十足。

柳惠蓉长叹口气,终是没了办法,开始老老实实地跟着冰薇。总的来说,冰薇还算是个好人，至少还给她送过一次药，现在美差也让给了她，多少给她些面子。于是她站在门前，稍微合作地整理了整理有些凌乱的衣衫。

冰薇见她已经准备好，便冷着脸，缓缓推开了大门。

门声骤响，房内等待已久的北堂墨的眼瞳倏然有了些许的颤动。他似笑非笑，下意识以指尖整理了下耳侧轻垂的长发。很快，自门那边便有一袭美裙飘入，轻若画卷。

可是当柳惠蓉渐渐走入视线的时候，北堂墨却不像方才那般欣喜，反而有了一丝丝的狐疑，因为眼前的她虽美艳动人，可是他总觉得不知哪里有些不对劲，有些不像他想找的人，是气质不对，还是香味不对？也可能，全部都不对。

说起来，向他报告的人说过，北堂齐是将两个女人一起带出的，而从马车出来的时候，据说两人都已经换了一副样子，夜黑昏暗，他们站得较远以至于没有看清。后来在城门那边跟丢了，根据推断大致的方向，应该是来了醉雨阁。但若没来，那就真成大海捞针，无从下手了。

思及此，北堂墨的眼神渐渐归于了沉寂，缓缓吐了一口气，他眸子一侧，扬手遣退了满心疑惑的离若白和脸色黯然的冰薇。

只是此时的北堂墨，却还不知面前的女子正是曾与自家敌对的柳惠蓉，于是淡漠以对，没有丝毫敌意。但与之相反的，柳惠蓉可是无比震惊，牙齿都快被她咬碎在口。她记得冰薇明明告诉她是个好差事，怎么是来服侍这个男人？柳惠蓉再度看了眼北堂墨，一张小脸顿时扭在了一起，心中闷喊着"冤家路窄"，但是现在的她又不敢去招惹这个一人之下万人之上的男人，只能清咳两声，勉强地挤出笑容。

北堂墨静静地望着，在看到柳惠蓉生硬的笑容后，他叹口气，将原本想说的话生生吞咽回去，然后低下头，开始一言不发地喝着茶。一时间房间内便流窜着一股尴尬的气氛，柳惠蓉时不时地往外看，第一次深刻地理解了"如坐针毡"四个字。她几次扭头，当真想要喊救兵来，但是又害怕北堂墨发现，完全就是一副惊弓之鸟的样子。而她的样子，尽数落入了北堂墨的眼中，连眼中细微的神情也未能逃过。待他将杯中茶喝尽，小声自喃："不是她……吗。"他说着，眼神却透露着淡淡的落寞。想来是冰薇弄错了对象，这个女人，绝不是苏慕晴。

他叹口气，顿时放了杯子。

这下要想再找到她，那就是难于登天了。

守在门口的冰薇悄悄附耳在门，她听得仔细，恨不能在门上开个洞，里面

始终沉寂，令她有些不解，但再度传来的谈话声，令冰薇眼瞳一颤，再度被其引去。

"请问，爷，您找我究竟是何事……"惠蓉坐立不安，若不是戴着人皮面具，那刷白的脸色任谁看都有些不正常。她挪了挪身子，小心翼翼地为北堂墨斟茶。北堂墨始终凝视，琉璃中晃动着幽幽静光。

这时他忽然探出手按住了柳惠蓉的柔荑，惠蓉一惊，险些吓得将茶壶扔掉。她僵在原地不敢动，只是呆若木鸡地看着眼前的这位"熟人"。

"水满了。"北堂墨淡语，眼神依旧如常，见柳惠蓉忽然意识到然后仓惶失措后，他才缓缓收回手。他继续饮茶，脸上看不出任何情绪。

柳惠蓉哭丧着脸四处找着能擦桌子的布，心中不知怨骂了将她扔进房里的冰薇多少次，冰薇在门口连连打嚏，便知道这小女人在房里没少骂她。

难得因找布混掉了些时间，柳惠蓉再度正襟危坐，小手时不时地捏动着袖口，然后干笑一声说："不然，我唱个曲儿给爷听。"

"好。"北堂墨言简意赅地说道，现在的他还留在此处，完全就是顾虑到冰薇的面子，否则大半夜的，没必要在这里耗费时间。如此让这不知是谁的女子唱唱曲，或许还能让他不这么烦闷，于是放了茶杯，他抬眸凝视着她道："那你唱吧。"

柳惠蓉一愣，顿时僵在原处。这祈亲王不会是想就这样大眼瞪小眼地让她唱吧，那还不如静坐不动呢。

她心中咋舌，焦躁地挠挠头，然后僵硬地挺直身子坐在那里，准备开口唱曲。这时忽然想到了自己的声音祈亲王识得，于是眸子一转，开始故意压瘪声音，刺耳声飘入，如锯朽木，吱吱啦啦的，令北堂墨锁紧了眉头。

就这样离去吧，离去吧！柳惠蓉在心中不停地念叨，唱得也是愈发的难听，就连在门口守房的冰薇都忍不住拧起了眉，琢磨着长得挺好的一个姑娘，怎么一张口是这么的惊世骇俗。

房内近距离闻听的北堂墨终于也忍不住，突然用手拍了下桌案。柳惠蓉一惊，及时收了这足以充当攻城凶器的声音。看出北堂墨已经到了极限，她莞尔一笑，满面红光。

"我向你打听一个人。"北堂墨倏然开口，令本以为他要离开的柳惠蓉再度一僵，于是小心翼翼地问："爷说的，是谁……"

北堂墨想了想，随后压低声音道："原贵妃，柳惠蓉。"

惠蓉心底蓦然震动，她愣愣地眨着眼，像是被他一句话给制住。他已经知道了吗？柳惠蓉想，指尖放在凳子边上，开始不安地扣动着。

"贵妃怎么会来这种地方。或许几位头牌会知道吧。"柳惠蓉干笑着，活像是被抽掉了魂。

"你也没见过吗？"北堂墨若有所思地说，"她和我的一位友人一同离开了。罢了，就当我没说过。"北堂墨淡语，随后又饮了一口茶。

见北堂墨原来没发现自己，柳惠蓉这才在心底长舒口气，她悄悄用袖口擦了下额角溢出的汗水，凄苦地看向他处。

苏慕晴，这不是喜欢你的男人来了吗？为什么要扯上她！再这么下去，她不被揭穿也被北堂墨弄疯了，谁……快来救救她吧！

尊字号房，再陷沉寂，唯有两人独自喝茶的声音，还在不断继续。

另一方面，在得知柳惠蓉被北堂墨请去喝茶之后，甲字号房的苏慕晴可就有些焦躁不安了。她是了解王爷的，知道王爷洞若观火，凭借着柳惠蓉的那点小伎俩和急性子，很容易就被王爷牵扯出一些不必要的事情。

她默默沉思，随即拿过镜子，细细端详了镜中的自己。指尖拂过脸上刚刚止了血的伤痕，还有些微痛。这条伤，一直从眼角划至另一面的耳根，倾城之貌早已不在，或许王爷根本就认不出来，很多担忧的事，也不过是她多想了。不过除去这点，惠蓉的性格确实绝对地有破绽，所以她决不能让柳惠蓉与王爷多待。现在，她必须进到尊字号房中想法子领出柳惠蓉，否则，事情可就麻烦了。

想罢，她放下镜子即刻走出房门，临到尊字号房，她随便抄了哪个小厮手里的茶壶，便来到了房间的正门口。她深呼吸了几次，终于鼓起勇气推门进了房间，只听"吱呀"的一声，瞬间将房中快要结冰的气氛打破。

柳惠蓉一见慕晴，眼中即刻泛出了光，像是得了救星那般。苏慕晴见她的样子，也知道方才她究竟有多惊恐，她用眼神安抚了下柳惠蓉，随后便看向了眼前的北堂墨。

在她面前的他，虽然有段时间没见，但依旧俊朗如初。他着装一丝不苟，俊雅清幽，如同不食人间烟火的天人。听到了慕晴的脚步声，他也轻缓抬眸，那道深而红的伤也同时印在了他的琉璃色中。光晕微动，他的心微微有些发沉。

"这位爷，东房有急事，不知是否能将容荟姑娘带走。"慕晴有条不紊地说着，眼神冷静，毫不惊慌，只是袖中遮住的指尖，微微有些攥紧。

北堂墨凝视着她，放了杯，然后看向惠蓉轻声而道："抱歉，方才没问你的名讳。"

柳惠蓉摇摇头，表示并不介意，因为现在的她，只想溜之大吉。

但是很快，北堂墨却将视线转向了一旁的慕晴。他起了身，渐渐走去。他似是在望着慕晴，又似是在探究着什么，一双眼睛印满了苏慕晴的身影。这时他走到她的身边，停步，又悄然地靠近。一时间屋中所有气氛都被凝结住，连粗气都无人敢喘。慕晴低垂着头，只能看到北堂墨腰间的白虎玉佩正在左右轻摆，映在烛火下泛了些幽光。

半晌，她听到北堂墨凑近了她的耳畔，低声问道："你是……"

"哎哟这位爷！"

正在这千钧一发之际，房里忽然闯入一个带着怪异音调的声音，众人齐看去，便见一个悠哉的男子倚靠在门边。他眼神慵懒淡漠，唇角一勾，说道："看样子王爷不大欣赏几位美人，不知男色可喜？"

话音未落，又冷不丁地冒出了另一个声音，给这房间添置了一分躁动，"南楚，你……你不能……！"冰薇紧随其入，紧紧抓着东方楚晏的衣角，见北堂墨看向了自己，冰薇身子一僵，即刻将手缩回，尴尬地笑了笑。

北堂墨静默，眼中琉璃幽幽闪动。他站直了身子凝视着门口之人，忽然迸出一缕怒意。

"你们都下去。"北堂墨开口，声音低沉，不允许任何人拒绝。冰薇一惊，生怕自己再做错什么事惹得王爷不喜，于是她不敢有丝毫迟疑，紧忙点头转身离开了房间。

这时东方楚晏也对苏慕晴使了个眼色，手臂一揽，说道："你们也别碍了我和爷的好事。"

慕晴略微有些疑惑，但也明白南楚是在解围，于是拉着柳惠蓉便离开了房间。

大门一关，瞬间就将这两个倾世男子困在了同一个屋里。

"东方楚晏，你为何会在南岳？"北堂墨挑眉轻语，看样子却并不大关心。

"来巡游的。"楚晏作答，唇角噙着笑意。他走近，拿起酒壶给自己斟了一杯，轻轻饮入然后道，"我以为你没认出来我呢。"

"你这张脸本王永远也忘不了。"北堂墨冷冷说道，似是想起了童年时随着先帝出征经过晋国，结果被一个奇葩夜袭恶整的事。他脸色一青，忍不住冷哼了下。

"这还真是我的荣幸。"楚晏得意地扯动了唇，然后继续说道，"你在找人？"

"如果你不打扰的话。"北堂墨说道，语气甚是冰冷。

"找到了吗？"

"还没有。"

"不如，我帮你找找？"楚晏轻笑，眼中透出些异光，"不过，找到之后，人，可就是我的了。"他说着，舔弄了下唇瓣，样子妖艳而蛊惑，可是眼神中，更多的是挑衅。

北堂墨倏然抬眸，顿时上前，右手狠狠击在楚晏的脸庞右侧，扇动而起的风将他的长发也随之挑动。北堂墨收敛了一切可以窥探出他心思的神情，渐渐地压低上身在楚晏耳边低语："你若是敢碰他，我会让晋国，永远战乱不休。"

"好一个威胁。"楚晏勾唇，侧眸看向他，"只可惜，于我，没用。"说罢，他便以手抓住北堂墨的腕子，瞬时间两人便扬起了一阵敌对之风。两人针锋较量，眼中都透露着怒意。

是了，南岳的北堂墨与晋国的东方楚晏早在许多年前就有了嫌隙，那时北堂墨随父出征，结果被东方楚晏的奇谋击败，一时间士兵溃逃，他北堂墨则成为了父皇口中的重责之人。自那时起，但凡有关东方楚晏这四个字的事，北堂墨统统都不听不看不关心，绝对不想再回忆起陈年旧事。而现在，这个唯一给他人生落下污点的混蛋竟然来了他的地界，甚至还盯上了他看上的女人，这让他如何不怒，如何不气。

思及此，两人的打斗更加激烈，招招致命。

"王爷？"这时外面冰薇有些担忧地唤道，两人一听，即刻止住了所有的动静。北堂墨回眸看向东方楚晏，而楚晏也冷哼一声看向他，在激烈而不悦的对视之后，北堂墨冷冷抽回了右手。他转身向门，准备离开。

"呀。不需要我服侍了吗，爷？"收了手的东方楚晏恢复了从容，然后含笑而语。他索性坐在了桌上，略微露了些肩，接着说道，"不让我服侍服侍，真是太可惜了。"说着，他又拿起酒杯晃了晃。

北堂墨顿了下足，斜侧过眼眸，压低声音说道："如果让本王知道你在南岳会做什么对南岳不利之事，别怪本王没提醒过你。"

东方楚晏扬杯示意，目送着北堂墨离去。半晌，他唇角的笑意也渐渐收敛。他将酒杯在唇旁蹭了蹭，低声自喃："连北堂墨都在找你，你究竟是……什么人呢？"说着，他笑了笑，琥珀色中闪过了一缕暧昧的幽光，而后扬唇，杯中之酒一饮而尽。

砰——！

一声巨响，门被狠狠推开。苏慕晴孑然立于门口的身姿和霎时闪过的冰冷视线，让东方楚晏有些措手不及，险些就将手上的杯子给弄掉了。

这时慕晴莞尔一笑，以单手压在他的肩上，并凑近他耳畔说道："这么快就服侍完喜好美色的爷了？"说着，她侧眸相望，眼中露出了些邪恶。

东方楚晏一口酒险些喷出，他挑眉回望着苏慕晴，看出她那份调皮的戏谑，于是忽然一笑，将手上的杯子随意一扔，而后竟将慕晴顺势压到了桌上。他俯视着她，长发自两边垂下，遮掩了屋中的光芒："是啊，服侍完了，男人还是无趣。正少个女人给我解解闷。"

"那请推门左转或右转，您会见到许多貌美若仙的女子，小女子我面目可憎，不会是爷你的菜。"慕晴说得从容，一点都不慌乱。

"你好像对你脸上的伤很是得意。"

"还好吧。"慕晴扬唇，而后一把将东方楚晏推开。她拍了拍身上的褶皱，下颌一扬道，"干活了，还有很多'男色'等着爷你去服侍呢。"

东方楚晏唇角一咧，脸上有些发闷。慕晴像是明白他心里所想，于是悠悠一笑，"方才，谢了。兄弟。"说罢，她绽出暖阳般的笑意，使得东方楚晏为之一愣，随后才化成轻笑。

见她潇洒离去，东方楚晏摩挲了下下颌："兄弟这个词，不甚讨喜。"但说归说，在他的眼中却闪耀着一抹浓厚的兴趣。想必通过今夜的事，他便对这个女人更加的难以自拔了。

他笑笑，而后也跟着苏慕晴走了。


离开了醉雨阁的北堂墨始终不发一言，马车的颠簸引不去他丝毫的注意。在他的脑海中始终徘徊着那脸上带伤的女子，总觉得心中有些在意。因为那道伤，他看不清她的相貌，可是却隐约觉得如此的熟悉。那份清凛，那份镇静，还有那份毫不屈服的自信。

会是她吗？北堂墨心中静想。但若真的是她，她脸上的伤又是如何出现？

北堂墨手捂心口，不禁有些隐隐发疼。

"王爷，冰薇姑娘似乎很失落。"门口赶车的离若白忽然开口。

"你从库里拿些银两，买个钗子送给薇儿。"北堂墨淡语，声音却很随意，离若白听着，不禁摇摇头。

冰薇姑娘每月都会去王爷府中奏曲，王爷对她也甚好，只不过从来也都只是相敬如宾，没有一丝一毫越礼之举。而且王爷满心都是皇后娘娘，冰薇姑娘怕是就算当真努力坐上了王妃之位，也不过是个傀儡女人罢了。这么一想，离若白倒有些同情冰薇，觉得还不如就这样和王爷划清界限的好。

临近王府了，北堂墨忽然想到什么，饶有兴趣地问道："对了，近来皇上心情如何？"

离若白"啊"了一声，紧忙说道："回王爷，皇上近来很是勤政，几乎不再接近后宫。听说连膳食都鲜少去用。"

北堂墨唇角悄然一动，轻笑了两声："他当然没心情用膳了。"他眼眸一凛，墨扇便扇开，被掩住的唇角扬动着弧度。

他早便知道苏慕晴会离开这座皇宫，唯一以为苏慕晴会一生一世留在那笼子里的，也就只有北堂风一人。如今苏慕晴已不再是皇后，更不再是北堂风的所属之物。

从今往后……她，将会更名易主。

月下，清风，北堂墨眼中渐渐露出一丝深邃。

夜里的飞霜殿里，一片寂静，偶尔会传来几声低沉的咳声，引得这份孤寂尤为冷清。披了一件宽袍的北堂风独自一人在烛下批阅着奏折，整个人像是消瘦了一圈。当红色笔墨点完最后一张奏折后，轻轻合上，却莫名多了些茫然。

"只有这些奏折吗？"北堂风说道。

李德喜慌忙上前应了北堂风，使得北堂风的眼神更加孤寂。

第一次感觉到这些奏折这么少，少到竟会留给他空暇再度想起那个背离自己而去的女人。他将奏折推开，恰见江听雨回朝。北堂风眼神顿时微微多了些急切。

于是满心期待地等着江听雨的答案。

然而世间总是事与愿违。江听雨虽然赶回，但是带回来的消息却是冷冰冰的"没能找到"四个字，北堂风有一瞬的失神，随后苦涩地垂下了眼睑。

感觉就像是苏慕晴很久很久以前用行动告诉他的那样：她若是想走，早便可以离开这皇宫，她若是想躲，那便让他找遍天涯海角也无法寻得她的踪迹。

"朕早该想到她会离开，早该想到的。"北堂风低语，手臂上被冷宫女人抓伤的红印还历历在目。指尖抚过，却痛在心中。

"皇上不去凤阳宫看看吗？如果是思念皇后娘娘的话。"李德喜提议，却得到了北堂风一记凛冽的视线，而后说道："你要知道，朕现在还没动她，是

因为苏慕晴功劳非凡，百姓尚且爱戴。这个背叛了朕的女人，不过是沾了苏慕晴的光罢了。若是与她相处，朕宁可去醉雨阁待上一夜。"

"蓝姑娘？"李德喜大喜，他怎么就忘了这么一位仙姑了，若是说能为皇上排忧解难的，怕也只有她了，然后精神一抖，说道，"奴才这就去准备便衣。"说着，他便溜走了。

北堂风本想叫住李德喜，告诉他那只不过是一句戏言，但见李德喜如此高兴，便也就作罢。

近日确实心情不佳，偶尔去醉雨阁听听曲喝喝酒，或许还能让自己心里好过点。

可是在同一时间，飞霜殿门口守夜的小太监却满脸讶异，他掩唇噤声，然后悄悄地跑离了大殿，紧接着一路赶往凤阳宫。

刚一进门，他便将自己的所见所闻告知了晚儿和郑荣，一听之下晚儿吓得面色惨白，顿时跌倒在地。她慌乱地抓着郑荣的胳膊，惊慌而问："为什么，皇上为什么会知道，怎么可能！"

郑荣也为之惊讶，突然一怔，想到了这几日如何也联系不上的李太医，便推测道："莫不是皇上抓了李太医问出了事件始末。如果这样，那皇后娘娘您现在可是站在了刀刃上！"

晚儿蓦地握住拳头，唇角忍不住地抽动，为何她这真正的苏慕晴回来了，却还是输给了那个不过在这皇朝呆了仅仅数月的女人！她不能容忍，不能容忍！

忽然想到了什么，她回到屋中拿出一个锦盒，打开来竟放着一颗红色的丹药。她抬头，看向微微有些怔然的郑荣，而后说："找机会将这个放在皇上的膳食中。"

这药，是她先前从李太医那里要来的，就是在提防着这么一天，说不定可以让她反败为胜。

"若是给皇上下药，那罪可当诛啊！"郑荣有些焦急，未曾想自家娘娘居然敢再次对皇上下手，但晚儿却心含凛冽，一把扣上那锦盒，"若是皇上不吃这药，本宫也是要死，索性博一博，反正也不会伤了皇上的性命。"

"可皇上又岂会吃娘娘您送的膳食？"郑荣问道。

晚儿先是有些微嗔，但很快便扬起笑，在郑荣的耳边说了些什么，郑荣一愣，随即缓缓点了头。

自北堂墨走了之后，醉雨阁似乎又恢复了平日的喧闹，看到掌柜兴高采烈的样子，慕晴便知道他没少从王爷那里拿好处。

收拾完最后的一桌残余，慕晴侧眸看向一脸不快的冰薇，心中淡笑，暗暗想着原来王爷也有自己的红颜知己。想到此，她不仅又将视线落在了正在抚琴的蓝瑶儿身上。今日她一身湛蓝，甚是好看，但是那清幽的眼中却显动着些许的落寞。慕晴心头忽然一紧，意识到了一件极为严重的事情。

既然王爷会来醉雨阁，那么北堂风会不会也会来此？虽然她已经破相，但是若是面对那个男人，她不知自己是否可以像在王爷面前这般冷静，更是不知自己是否能从容过关。

好不容易才从那深宫冷殿中出来，她绝不会再成为北堂风随手丢弃的草芥。

慕晴捏紧手上的丝布，想要先做些防患于未然的准备，可就在她转身想要离开的时候，忽然有一股如此熟悉，又如此让她心痛的香气传来。

这抹香，如同千万支针狠狠刺入她心底。她捏着布的手，也在用了力，蓦然回身，眼中渐渐地映出了那人的身影。他依旧是那样的俊逸，白衣裹身，长发微垂，他不似王爷那般来得如此慑人，反而用了最不经意的方式出现在了她的面前。

他向着她走来，他的视线始终停留在她的身上，而她的呼吸也越来越凝重，乃至停止。可就在靠近的一霎，他的眸子却倏然转开，就这样毫不犹豫地从她身边交错而过，长发散起，成为留给她的最后的画面。

这一切，来得太快了，快到她像是木头一样傻在了那里，一双眼睛仿佛顿时失去了焦点。她安静地喘息，随后将身体转过。她看到他折扇轻点，压住了蓝瑶儿指尖的琴弦，然后用着轻柔的声音低唤："瑶儿。"

蓝瑶儿稍一抬头，竟见到那双自己思念多时的狭长双眸，她蓦地起身想要唤"皇上"，却被北堂风点住了唇瓣，而后拉着腕子向着房间走去。那毫不迟疑的动作仿佛是在告诉全天下的人，他只是来找蓝瑶儿的，没有其他任何目的。

慕晴看向那连一眼都不曾看到她的男人，身体渐渐地沉寂了下来，恍然中竟多了些自嘲。

她竟然没出息地还有一丝丝的期待，在期待他能认出她，然后将她带回。女人还真是一个既矛盾又可怜的生物，这种飞蛾扑火的想法，或许总有一天会将她推向最不见底的深渊。

柳惠蓉从一边经过，她像是也看到了北堂风，清秀的小脸上也瞬间布满了担忧。她看了眼苏慕晴，然后长长地叹了一口气。暗叹着幸好自己没有爱得那么深，否则定会像苏慕晴这般，痛不可忍。

皇上，终归是世上最不能爱的男人。无论哪个女人在他身上丢了心，回报的，就只有惨败凄凉的一生。她柳惠蓉已经死过一次了，她可不想再去沾染这些危险的男人。与其那样，还不如与爱自己的平凡男子相合一生。

进了天字号房，蓝瑶儿有些娇嗔地替北堂风打点一切，北堂风在门口看看没人跟来，这才松了口气。总觉得每次来醉雨阁，就像是一场斗争那般，必须避开各种人的眼线。不过还好瑶儿算是聪慧女子，总能帮自己顺利度过。

关了门，他拿起蓝瑶儿为他倒的茶，轻轻地饮了一口。瑶儿在一旁逗趣说道："今儿个皇上来也不打个招呼，瑶儿好提前准备。"

北堂风垂眸，并没看她，只是淡淡而道："不过是临时起意罢了。"

"今天临时起意的还真多。"蓝瑶儿笑笑，"方才祈亲王也刚刚来过。"

北堂风指尖一顿，眉心微微蹙起，他再度饮茶，只是动作放缓了很多，仿佛是在沉思着什么。

蓝瑶儿刚想接话，却忽然听到外面有人唤她，她微微有些不悦，本欲拒绝，却听到北堂风淡淡说了句："你去便好，我一人没事。"

如此随意的态度，让蓝瑶儿不禁有些失落。但她却不知，其实今日北堂风前来，只不过是想在这喧闹的环境中独自喝点酒。

待蓝瑶儿出了门，掌柜的便匆匆跑来说是有人急着要见她，蓝瑶儿有些恼怒，却也没法推拒。恰好掌柜的适时将慕晴和惠蓉叫来，想要让她们来帮蓝瑶儿搭把手。

蓝瑶儿眉头一竖，脸色有些铁青，尤其是在看到长相秀美的柳惠蓉后，更是不想让她见到皇上。于是暗暗考虑，便推了苏慕晴一把，将她推上了风口浪尖。

慕晴一愣，柳惠蓉也当真发了憷，她知道若是苏慕晴与皇上此时相见，那绝对不会是什么好事，于是一把拉住苏慕晴，自己一步上前道："要去我去，不用她！"

这不说还好，一说可当真是激起了蓝瑶儿的怒意。在她眼里，这妖媚女子是铁了心地要抢她头牌位置，所以她忽地也拉起苏慕晴的另一只手，冷声道："今日我就是要她暂时代我服侍那位爷，去也得去，不去也得去。"

慕晴眉心一蹙，说道："不用争了，我不会去，她也不去。"苏慕晴说着便执起手要拉着柳惠蓉走。蓝瑶儿顿时像是被人打了一巴掌，她狠狠咬唇，又将苏慕晴拽回，道："若是你不听我的话，我可以现在就告诉你，从今往后你休想在这京城混下去！"

"你——！"柳惠蓉怒气攻心，当真想上前跟这蓝瑶儿打一架，但慕晴却将惠蓉压住。她凝视着蓝瑶儿，忽地想起将军宴时的情景，心中蓦地自嘲。

原来这就是风水轮流转，终于也又轮到她身不由己的时候了吗？

她看看柳惠蓉，又看看铁了心的蓝瑶儿，知道这已经不再是一桩不痛不痒的小事。

其实想想，她早晚有一天要面对北堂风，或早或晚罢了。若是因为自己没出息地还在留恋结果连柳惠蓉的命也搭进去的话，未免有些不妥。

不过是倒杯茶服侍一下，她又在怕什么，又在忸怩什么。

慕晴深吸口气，终于是没了辙。她抽回被两人紧握的手，长叹一口气，便点了头，从蓝瑶儿身边走过。柳惠蓉本想追上，却被蓝瑶儿横跨一步挡住，她微微一笑，道："大家都这么忙，你这么闲可以吗？"说着，便带着盈盈笑意跟着掌柜的去了。

柳惠蓉狠狠跺了一下脚，她看向天字号房，暗暗为苏慕晴祈祷。

推门而入，北堂风那淡漠凛冽的侧影渐渐落入慕晴眼帘。她的脚步沉重，感觉身上总有一道绳索将她狠狠地往外拽着。

北堂风侧眸看了慕晴一眼，先是将视线落在了她脸上的伤，随后又看回茶杯，淡淡说道："你若有事，也出去吧。"

慕晴自嘲一笑，知道北堂风误将她此刻略有僵硬的神情当做了外面有事，于是淡然说道："我也想。但蓝姑娘叮咛我将爷服侍好。"慕晴声音低缓，脸上渐渐变得平静无波。

北堂风忽然顿了一下，他看向慕晴的身影，眉心轻拧："你的声音，似曾相识。"

慕晴心头一紧，慌忙咳嗽了两下，道："小的只是第一次见爷，如我这般污秽之人，本不应前来服侍。想来蓝姑娘也快回来了，小的就先行告退了。"实在是顾不得蓝瑶儿的嘱托，在北堂风似乎对她有所感觉的时候，慕晴便已经有些凌乱。她果然不应该待在这里，待在这随时会将她灼烧殆尽的地方。于是转身欲走，谁料脚尖刚动，却被身后的北堂风唤住，他像是收了方才的狐疑，

只是淡淡道："我并非以貌取人之人。方才没有贬低的意思。只是觉得你的声音像一位故人。若姑娘不介意，坐下聊聊也好。"他声音有些苦涩，随后翻开另一个扣着的杯子，反倒为她倒了一杯茶。

慕晴微微一愣，却在下一刻化为了平静。想来那个晚儿虽然易了容，但是声音却有着细微的变化，北堂风若是恋着这具身子，思念其声音也是理所当然。

为了不引起怀疑，她倒也不闪躲，径自坐下，拿起了北堂风倒的茶。双手捧着杯子暖了暖手，然后小口抿住，微苦，如心头之感。

"为何不说话？"北堂风忽然开口，而后侧眸看向慕晴。慕晴下意识地避开了脸庞，像是害怕被他识别出蛛丝马迹，于是硬着头皮说道："爷想听什么我便说什么。"

"随便说些什么都好。比如……"他凝视着慕晴，忽然探出指尖捏过她的下颌，他望着她脸上的伤口说道："这么长的伤痕，是如何弄的。"

慕晴心头一紧，对上了北堂风深黑的视线，从他的眼中，亦看出了自己此刻的彷徨。

她抓住他的腕子，渐渐将他的手拉开，相触的肌肤如针扎过，刺痛不已。她用力地咬了下牙，随后才扬起一丝平静的笑容说道："探究别人的伤处，难倒是爷的喜好不成？"

北堂风看到她有些不愉快，忽然意识到自己失礼，这才将手收回。他长舒口气，陷入了沉默。像是过了许久，才接着说道："因为你的声音确实太像我那位故人。所以无意间重叠了，有些心疼罢了。"

他说得很不经意，却还是在慕晴的心口落下重重一击。她忽然感觉到有些窒息，觉得自己果然还没法与北堂风共处一室，虽然过去的事她不想再记住，但是那如锥般刺入心底的痛，却又是那么真实，于是下意识蓦地起身，咬唇站在那里。茶杯也因这突然的动作而打翻，洒了许多水。慕晴这时才恍然一愣，一边懊恼着自己的失控，一边迅速蹲在地上拾起零散的残渣，而后低声说道："小的去拿另一个杯子。"说着，便匆匆地跑掉了。

北堂风见到地上的水渍，心中隐隐有感，他像是忽然意识到什么，蓦然起身想要追去，却顿时撞倒了重新回到房间的蓝瑶儿。

蓝瑶儿低哼一声坐倒在地，无意碰了右手。北堂风见状，虽然想再追过去问问心中疑惑，可见蓝瑶儿摔倒，却也无法置之不理，便还是将蓝瑶儿扶起，问道："瑶儿你没事吧？"

蓝瑶儿含笑摇头，对方才那一幕有些狐疑，心里琢磨着会不会是那个念晴闯了祸，于是便说道："爷，那位丑娘是我们掌柜的家里的远房亲戚，看在瑶儿的分上，若是她做了什么失礼的事，还请爷多多包涵。"

北堂风一怔，眼中露出了些落寞，喃喃说道："原来是远房亲戚。没事，她没有失礼，倒是我失礼了。"

蓝瑶儿深舒口气，这才和北堂风又进了房间。大门重重关上，站在拐角侧面的苏慕晴一脸凝重，她以指尖抚过脸上的伤痕，最后落在了方才被北堂风轻触的地方，明明以为没事的，到头来却还是那么无助，伤口也明明是在脸上的，却不及心中之痛彻。这份爱究竟需要多残酷，才能让她将他彻底忘记？

她深深地吐了口气，不想再回忆，于是转身去找柳惠蓉了。

不远处本是在生着闷气的柳惠蓉一见脸色如此凝重的慕晴，便顿时明白了定有事发生。可还没等她开口，便先一步被苏慕晴干脆利落地拉到了房里。

慕晴警戒地左右看看，随后压低声音说："此地不宜久留。这里王公贵族太多，皇上王爷也会经常光顾，若再待下去，总会暴露。如果被抓回去，就不会是在冷宫那么简单了。"

柳惠蓉打了个哆嗦，缓缓点头，有些忧伤地说："本来是想找蓝姐姐的，现在看来，那个女人也不会帮什么忙了。"

做了决定，两人随便拿了几件衣服便准备离开，可就在要出门的一霎，忽然间一抹人影出现。那人散着些蛊惑的凝香，修长的手臂拦在门口。

慕晴心头一滞，眯住眼，道："南楚。"

东方楚晏侧眸，微微一笑，凑近两人中间悠悠说道："这是去哪里啊？"

慕晴深深地吐了口气，自言自语："诸事不顺啊。"

东方楚晏俯视着眼前愁苦的人儿，好似没看到她的困扰神情那般微微扬起笑容，璀璨了一片。

天字号房，火光幽幽。北堂风始终保持着沉默，他不明白自己为何会将一个陌生女子看做是苏慕晴，难不成是因为自己久未见她，所以思念成狂？

他自嘲地笑笑，接过了蓝瑶儿为他斟好的酒，放在唇边一饮而尽。酒中苦涩，唯他才能感受。

蓝瑶儿痴迷地在旁边看着北堂风，脸上浮现着些许的微红。她双手叠覆在桌上，像个少女一样仰视着北堂风绝世俊颜。她觉得，北堂风是这个世上最为俊朗的男人，而且地位崇高，如果有一天能将这个男人掌控在自己手上，那该是多么幸福的事。而且，还能摆脱掉现在的身份，成为光耀门楣的高贵之人。

想着想着，蓝瑶儿的心有些醉了，她小心翼翼地探出手，覆在了北堂风的手背上。

北堂风感觉到冰冷的温度，眉心微蹙，将手渐渐收回，他依旧喝着他的酒，却不知被拒绝的蓝瑶儿心中渐生了一层不悦。因为在她的记忆里，皇上从没像现在这般抵触过她，她在万人将军宴的那日也吻过皇上，而皇上也并没有将她推开，皇上现在究竟是为何不再愿意别的女人碰他？或许答案，已经不再是秘密。

蓝瑶儿有些难过，也有些焦躁，干脆上了前，想要追吻北堂风，但是在唇瓣还没有碰到的一霎，却被他倏然制住，他冷静地看着她，眼中没有任何的情感，只能隐约映照出此刻来自于她的狼狈。

"瑶儿，朕今日，只想喝几杯酒。若是你有事，朕一个人也可。"北堂风低语，声音透着些寒，蓝瑶儿心头一紧，即刻明白了他的意思。

这是皇上的逐客令，比起和她在一起，皇上宁可自己喝闷酒。

蓝瑶儿有些黯然，袖中双手紧紧撕扯着丝绢，她仿佛想起了一个深宫中的女人，更是想起了她那日差人前来对她说的话。

难道这世上，真有如此匪夷所思的事？真的会有两个人？她想着，然后陷入了沉思。

如果皇上能忘记那个人，该有多好，因为那个人，占据了皇上的心，只有忘记那个人，才能成就她蓝瑶儿的野心。

"朕出去透透气。"见蓝瑶儿丝毫没有离开的意思，北堂风忽然说道，他起身，然后从门口走出。正当他独自一人走在回廊的时候，恰好遇到了朝中的工部尚书，那人见到皇上为之一惊，而北堂风也长长地叹了口气。他按了按有些痛的额头，喃喃自语："罢了，反正在这里也找不到她，还是回宫吧。"他说着，最后又看了看紧闭大门的甲字号房，而后便从工部尚书身边走过，令工部尚书满头是汗，吓得一个字也不敢说。

## 第二十五章
## 醉雨倾城

　　在被东方楚晏堵回来后，柳惠蓉便磕磕巴巴地编造了一系列的理由，东方楚晏始终认真地听着，时而会用眼睛瞟向一旁端坐喝茶的苏慕晴。

　　"原来你们是从大户人家跑出来的丫鬟啊！"东方楚晏故作惊讶地说道。看他如此反应，柳惠蓉才稍稍放了心，胳膊碰触下慕晴，想要显示一下自己的功绩。反倒是慕晴满面从容，只是唇角含笑，却不发一语。

　　不多会儿，还是有人将柳惠蓉叫了出去，一间房子只剩下了东方楚晏和苏慕晴。他忽然凑近，对着慕晴的耳畔吹了口凉气，带香的味道缓缓飘入，却勾不起慕晴任何的兴趣。

　　忽然放下了茶杯，杯底碰在桌上发出了不小的响声。慕晴回眸对上了东方楚晏，而后说："你究竟是谁，为何插手我们的事？莫不是……"慕晴眯住眼眸，像是在看他的反应，东方楚晏眸子一转，倒也配合慕晴，认真凝重地点了点头。

　　慕晴忽然笑了，抬起手心一把扣在了东方楚晏的俊脸上，而后将他一点一点地推回他的座位。

　　"说什么你都承认，真是不知如何与你对话了。"慕晴说罢，便垂下了眸子陷入沉寂，在她的脑海中，似乎还是被北堂风所影响着，小脸泛着淡淡的苍白。

　　"刚才那位爷，应该已经回去了。"东方楚晏忽然开口，然后说道，"像是被几位大爷打了招呼，所以被迫离开了。"

　　慕晴下意识地扯动唇角，自喃而道："这种地方，想要安稳过夜当是不容易。"

"你知道他是谁?"东方楚晏问道。

"是谁都与我无关。"慕晴抬眸与东方楚晏对视了一下,而后便轻笑着从凳子上起来。她离开了房间,而后紧紧贴在门上,心中忐忑不安。

如果方才北堂风有所怀疑的话,会不会很快便有所行动……慕晴双手环胸,脸上露出了些痛楚:"既然已经选择舍弃,又为何还要说出心疼这种话语。"她指尖轻碰伤口,握拳,然后狠狠地打在了墙上。

东方楚晏在房中慵懒地趴伏在了桌子上,眼神渐渐变为落寞:"她是南岳皇宫里的女人……吗。"

就在东方楚晏微微有些发呆的时候,早就等候多时的慕枫迅速钻入房中,吓了楚晏一跳。慕枫神神叨叨地看了看周围,随后附耳对楚晏说了几句话,楚晏眼瞳微缩,轻抚下颌:"你是说,东方穆开始四处征兵了吗?"

"没错,东方穆不知在打什么小算盘。"慕枫说着,脸上露出愤怒。他跟了四爷这么多年,东方穆是如何赶尽杀绝的他看得清清楚楚,如今终于到了迫在眉睫的关头,他一定会辅佐四爷到最后!

正在义愤填膺的慕枫忽然感觉到自己的肩头多了份重量,楚晏搭着他的肩悠闲地喝着茶,单腿跷起,丝毫没有如临大敌的感觉。他叹口气,也跟着沉默了一会儿,随后说道:"王爷,那个女人,您是认真的吗?奴才感觉,那个人的来头不小。"

"能让南岳的祈亲王及皇上共同追寻的人,当然来头不小。"他悠悠笑着,眼神落入深邃,"而且,还有晋国的四王爷也对她很感兴趣。"

"王爷,总之您别忘了,晋国南岳是死对头,就算是您再怎么亲近南岳,但是久战多时,要想平息也不是一朝一夕的事,总有一天会和南岳兵戎相见。如此这般,这个女人可就危险了。若是要您亲手杀了她,您下得去手吗?"

楚晏微微一笑,眼眸垂下:"下不去手,带走不就好了,反正本王,还没有王妃。"楚晏说着,哈哈笑出了声,听得慕枫一脸铁青。

自家的王爷,总是这么不正经,也难怪被东方穆视为怪物。

心,操碎了一地。

北堂风回想起方才在醉雨阁见到工部尚书的事,仍然有些不愉快。他在回宫的车辇中,始终一言不发。出来迎驾的李德喜自是知道,深深地叹了口气。

皇上明明是一朝天子,却无法如此自由地处事。然而就在这时,北堂风却忽然想到什么,叫停了李德喜,同时低声喊了句江听雨的名字。不多时,江听雨当真从不知何处赶来,像是待命已久。

北堂风回想起在醉雨阁中看到的女子,又想起蓝瑶儿说北堂墨今日也曾来过,于是便问:"江听雨,你去帮朕查查,看北堂墨今日都见过什么人。"

江听雨听后,倒是明白了什么,于是应了一声,即刻消失在了夜中。李德喜回头不解地询问,北堂风却没再说一句话。马车再起步,北堂风独自在夜中深思,唯有口中喃喃自语:"那道伤……是新的。"

回了皇宫,北堂风心绪始终有些凝重,见到天色渐亮,便也没有精神再去想其他的事,然后匆匆换了衣服,准备上朝去了。可是他人虽是到了大殿,心却不知掉在了哪里,甚至几次在朝堂上失神,连他自己也无法控制。

转眸间,他忽地对上了北堂墨的视线,他像是在含笑地看着他,令北堂风感到一些莫名的异样,总觉得北堂墨好像知道很多他不知道的事,尤其是关于苏慕晴的。每每想到这个可能性,北堂风的心中就会泛起一层焦躁。

下了朝,北堂墨出奇安静地离开,这倒是在北堂风的意料之外,可是让他焦躁的事,却还是止不住地接踵而至——晚儿竟然来明阳殿求见。

回想起这个女人,北堂风着实已经爱不起来。一年多前他迎娶她时,她温柔淑雅,母仪天下,可是却不知受何人指派,竟背叛于他,她火烧皇宫,想要置他于死地,为的仅仅是他手中握着的卷轴密卷。

或许真的如李德喜所言,那时的他,不过是因为自己曾经信任的人背叛了自己所以无法接受,而那并非是爱。因为那时的他,虽然感到心中温暖,但是竟没有一次有过想要碰触她的欲望。

但后来的苏慕晴不一样,她倔强,她如韧草,她从来不会对他臣服,如此强烈地想要得到一个女人的欲望,他是第一次尝到。

就算是一缕残魂又如何,她现在活着,会笑,会哭,会痛,她只是一个普通的女人,是一个可以爱,也可以选择被爱的女人。

只是这一点,他明白得似乎太晚了。

想到慕晴,北堂风的头又开始有些痛,他摇摇头将那种讨厌的感觉甩开,而后再度看向大殿的正门。

这时一抹修长的倩影渐渐落入,很快便有一个熟悉的容颜出现在他的面前。

在看到的一霎,他的心还是刺痛了一下,于是紧闭双眸,宁可陷入一片漆黑。

晚儿知道北堂风的想法，所以心中更为愤怒。她知道，这张脸已经不再属于她，而是完完全全地刻在了那个女人的身上。在皇上的记忆里，已经再也不是她这个晚儿，而是那个苏慕晴，那个妖女！

但很快，晚儿便笑开。因为对现在的她来说，皇上越是想起那个苏慕晴，她便越有利。深吸口气，晚儿手端着一碗粥，幽幽走到了北堂风身边，然后低语："听闻皇上未用早膳，故而臣妾为皇上做了粥，请皇上多少用些。"晚儿说着，刻意地用从小桂子那里逼问的苏慕晴的说话习惯来平衡语调，这使得北堂风的眸子微微有些颤动，竟当真转眸看向晚儿。晚儿唇角微扬，眼中扬出了如慕晴那般倔强的目光。

"慕晴……"北堂风像是受了些诱导，他深深凝望着与慕晴相同的脸，呼吸着与她相同的香气，他的心开始愈发的凌乱，愈发的让他无法思考。

不对，这是晚儿，这不是苏慕晴！

北堂风拼命告诫着自己，而后恍然回神，他侧过眸，说道："放在这里吧，你先回凤阳宫，朕今日很忙。"

晚儿微微一笑，确实按照北堂风的话将粥放在了桌上，她乖巧地跪恩，当真是没一句废话地离开了明阳殿。

望着她的背影，北堂风有些许的错觉。他拿起晚儿带来的粥，本想就这样让人拿走，可是却忽然被那粥飘来的味道所吸引。因着先前被晚儿弄得有些混乱的意识，北堂风缓缓端起了粥。他记得，苏慕晴曾经在他忙碌之时亲自做过几次粥，他永远也忘不了那粥的味道，如同沁人心脾般的温暖，而这粥，竟有着相同的味道。

"慕晴……"北堂风轻声低喃，而后拈了勺子，缓缓地将粥喝入口中。还站在门口未曾走远的晚儿侧目而看，唇角扬起了一丝笑容。

整整七天过去了，在东方楚晏的巧舌如簧下，慕晴终是被他留了下来。这七日的时间，也充分证明了北堂风并没有认出她是苏慕晴。因为上回工部尚书的事，想必他很长一段时间都不会再来醉雨阁，多少也算是让她放心了。

当然，自那日后，王爷也没有再来过，某种意义上，这两个人也真是给了她一个喘气的机会。

算算日子，明天就是南岳一年一度的祭春大典，本是欢乐喜庆的日子，苏慕晴却不幸染了风寒。可让她如何也想不到的是，那平日里看来游手好闲的南楚，竟然会帮她顶工，虽然好像最后做活的是那个叫慕枫的人，但南楚的这份好意，她也倒是铭记于心。

过了晚上最忙的时间，东方楚晏独自去后院沐浴更衣。他换了一身清爽的衣衫，步履轻盈地回到了甲字号房。推了门，发现苏慕晴已经因累倒而陷入熟睡，身上的衣袍松垮地裹在她的身上，将她曼妙的身姿凸显出来。

看到她微微启唇且无邪的睡颜，楚晏当真有那么一瞬的失神，正在擦拭湿发的手慢慢地停住了。他轻步走近，指尖滑过她的脸庞，碰触了她粉红丰盈的双唇。他的眸子微微有些发深，也有些暗淡，收敛了平日的古怪，多了些看不透的欲望。

楚晏侧身坐到床边，撑在慕晴的上方，他看了很久，而后轻轻垂下了唇瓣，他碰得很轻，很慢，如同蜻蜓点水，但是却仿佛在留恋她唇上的温暖，迟迟不愿离开。他像是在挣扎，而后又压低了一分，当两片唇完全贴在一起后，他竟忍不住地探出了舌尖去感受眼前女人的芳香。

他轻笑，想着直到挨一巴掌之前，他是不打算离开，而且会更进一步。如此与这个女人独处这么久却连碰都没碰过，那还真有些不像他了。

这么想着，他吻得愈发的深，黏腻的声音充斥着两人四周。但是吻了许久，却发现身下的女人依旧没有醒来，东方楚晏这才想起掌柜的似乎给她吃了去除风寒的药，那个东西似乎能让她一觉到天明。

东方楚晏停了停，虽然声音已经有些沙哑，口中灼热到快要融化，但是望着那睡得安详的女人，他还是有些无可奈何。终归来讲，他怎么也是堂堂晋国四王爷，若是再进一步，就真成他在欺负这个女人了。

还是看她生气的样子比较有意思。

可就在这时，东方楚晏忽然看到慕晴开始有些不安稳，一双小手开始四处乱抓，楚晏急忙回握，而后便听苏慕晴喃喃自语："我是人……我不是什么妖后……我不是替身……为什么不相信我……为……什么……"

在一阵碎语下，慕晴渐渐地回归了平静，可是东方楚晏的眉心却反而越锁越深。

这个女人口中的措辞，总是那么引人深思。

正当东方楚晏有些失神的时候，忽然冒出来一声低唤引去了他的注意："我当你这麻烦王爷跑哪去了，果然是来了南岳。"

东方楚晏一个激灵，即刻向后看去，便见身后那人突然向自己袭来。楚晏眸子一颤，极其利索地闪过并同时回了身。他努努嘴，有些无趣地用指尖揉了揉自己还沾染着水雾的长发，道："你怎么找来了？"

来人闷哼一声，用脚把大门关上，瞥了眼熟睡的苏慕晴，然后说道："你还欠了我银子，哪能让你跑了。"说话人一身青衣，长相俊俏，有着绝对古怪的脾气，与东方楚晏站在一起，堪称是一对常人不敢接近的双煞。在他的肩上，挎着一个形状特别的医药箱，他将肩上的东西扔下，而后毫不犹豫地躺在了大床上，且顺势靠在了苏慕晴身边，侧眸望向脸有些阴沉的东方楚晏，那人说道："别这么看着我，你皇兄快把我烦死了。不过……"那人用鼻子嗅了嗅，轻轻扳过慕晴的身子，狭长的眼眸向上一挑，道，"这个女人有种特别的感觉，你是从哪里找到的？"

东方楚晏额角起了些青筋，他上前，指尖一转便将腰间的墨扇拿出，然后"啪"的一声打掉了怪男人放在苏慕晴身上的手，道："靠边，我找到的。"他将慕晴挪到离男子稍远的地方，这才长舒口气，正视了这位不速之客。

青叶，晋国最优秀的御医，但也是世上性子最怪的男人。除了与他性子相当的东方楚晏之外，几乎再没有人能驾驭得了他。

楚晏坐到床边，月光下看向青叶不满的脸，道："不过，你来得正好，给本王开两帖镇静的汤药，这两日有些兴奋过度了。"说着，他看向慕晴，总觉得自己忍得有些难受。

青叶微愣，再度闷哼，"你这混蛋，都不问我为何前来，当真是把我当医药包用了吗？"

"你除了能当医药包，还能有其他作用吗？"东方楚晏冷语，两人似乎顿时将气氛凝固了一层冷霜。

夹在两人中间的慕晴轻声闷哼，动了动身子，而后竟下意识地抱住了坐在她身边的青叶，青叶眉头一颤，看向了眼中透了一丝杀意的东方楚晏。

"小心我砍掉你的腰。"楚晏说道，同时墨扇拉开，透出了尖锐的刀刃。

青叶扬唇一笑，突然倾下脸在慕晴的额上落下一吻，还不忘发出了用力的声音。当他起身的一霎，忽然感觉到那墨扇向自己袭来，青叶稍一侧脸，虽免去破相之险，但还是有几缕长发缓缓飘落。

青叶唇角一勾，道："看来你很中意这女人。"

"那又如何？"

"我们向来同一口味。"青叶说着，见东方楚晏要动真格，便迅速喊了停，而后说道："我来是有正事找你。"说到此，他将东方楚晏一把拉过，而后在他耳畔低语了几句，东方楚晏眉头一动，脸色渐渐凝重。

"东方穆与南岳宫里的人开始接触了？"他闷哼一声，随后静静起身，月下的他顿时多了一份慑人的冷意,他像是在沉思着什么。半响他忽然抬起头,淡淡笑道:"无妨,本王从来就不会怕北堂风,从来都不会。"

青叶扬唇淡笑。若是晋国有什么人能与南岳北堂风相提并论的,那便只有面前这个看似随意的男人,只有这个……兵法治国的天才。

"念晴!"就在青叶和楚晏交谈的时候,门外忽然传来了柳惠蓉的声音,只听"砰"的一声巨响,甲字号房的门就被狠狠地撞开。

柳惠蓉一脸兴冲冲地进入,刚要再喊苏慕晴的名字,便被眼前的景象吓得呆住。

眼前,苏慕晴正懒懒地在床上熟睡,她双手拥着一个坐在床边的男人的腰际,而传说中的南楚则是单膝跪在床上。

三个人……都在床上?

柳惠蓉愣愣地眨了一下眼,然后无声无息地又将门关上。

楚晏忍不住地蹙眉,用扇子敲了下青叶,青叶盈盈一笑,反而抱住慕晴的身子:"被误会,不是挺好的。"

楚晏脸色一正,又和青叶扭打起来,只有毫无意识的苏慕晴,什么都不知道地深深昏厥着……

一夜过后,天地变幻。莫名出现的青叶毫无悬念地留在了醉雨阁。对于那些平日里觊觎东方楚晏的人来说,这个凭空出现的俊俏男人倒是稍稍分散了一下她们的注意。但是最让其他人为之不解的是,这么一个翩翩公子,却同那个南楚一样,一定要挤在"甲字号房"里,她们想来想去也没有扯上慕晴,最终得出的结论不过就是这两个男人或有断袖之癖罢了。于是流言四起,似乎连苏慕晴也被深深卷了进去。

还真是一个好解释,这让一觉醒来便看到两个大男人的苏慕晴感到万分的怒火中烧。

才不过一夜,为什么会演变成这样。

回想当日,依旧让她历历在目。那日她经过一夜深睡,正舒爽地伸着懒腰,刚一睁眼,便被一幅诡异的画面彻底地击溃:东方楚晏和往日一样变态地上身半裸躺在对面的床上,另外还有一名陌生男子倒睡在地上,虽然是和衣而睡,但却一直在那里磨牙骂人,连做梦都在暴躁。

慕晴单手扶额,总觉得自己的风寒更重了,险些就发作将这两个人从房里扔出去,或者自己另选一间房。但她是寄人篱下,又不能去挑房间,只得叹口

气，跨过青叶的身体，小心翼翼地出了门。

刚一出去，就听到了外面的喜庆之声。她有些茫然，只是下意识地往外走着。

这时柳惠蓉突然冲出，二话不说便愣愣地将她拽到了台旁，然后兴高采烈地喊着："快看快看！"

慕晴晃晃头，仍然觉得晕头转向，但忽然之间响起的振聋发聩的喊声，却让她的瞳孔顿缩。

"龙凤共祥！龙凤共祥！"

心头忽然有些抽痛，像是不知被什么狠狠地刺到心口。她向后退了两步，下意识地想要闪躲，却抽不开被柳惠蓉紧握的手。

她想起来了，今日是祭春大典，皇上会携着他挚爱的妻子出巡。

她站定，淡淡地笑着，想要抽回的力道渐渐放松。

方才心中那一瞬间的胆怯是什么，是因为……她还没能完全放下这个男人吗？

总觉得心口那处，还是在隐隐作痛。

那边的他，带着挚爱的皇后受万人称颂，而这边的她，站在无人能见的角落里，沉默寂静。

周围的声音，似乎渐渐远去，同时带着一种淡淡的寂寞。她渐渐冷静，顺着所有人的方向望去，指尖抚住胸口，感受着那撕扯着她的痛苦。

今日的街上正如柳惠蓉所言处处张灯结彩，极其喧闹。不远处可以看到渐渐往这边来的马匹顶轿，那震慑四方的气势，除了皇家又有谁能有这等待遇。

慕晴只是轻轻地双手叠放在木栏旁边，眼神平静而黯淡地望着那愈来愈近的人马。长风撩动了她额角和双鬓的发丝，却再也撩不起她的心动。

慢慢地，祭春的队伍靠近了，马蹄阵阵，让她回想起很久之前的出行。那时的她，还傻傻期盼着回宫后北堂风的温柔，未曾想得到的却是锦衣卫的利刀。

女人一旦陷入爱的泥沼里，就会如同扑火的飞蛾，再也找不到回来的方向。

虽然已经到如此境地，她还是会没出息地寻找着他的身影，尽管知道，等待她的，会是将她融化的痛楚。

视线渐渐清晰，那熟悉的身影也渐渐地落入她的眼帘。一身明黄的他，今日依旧是那样的俊美，甚至在烈日下有着宛如真龙的尊贵，她感觉他离她好远，远到即使伸出手也无法碰触。他像是平常那般，没有任何多余的神情，只是静静地牵着身边人的手……

慕晴垂下眸，缓缓淡笑。

是啊，北堂风正紧紧牵着皇后的手，偶尔转眸看向晚儿的时候，眼神竟是那般的温柔。

慕晴依旧淡笑，转身离去，长发飘散如藻，在空中流浪。

心中仍有一个声音在喃喃低语。

不想看，不想看……他对另一个女人的温柔。若是看了，然后痛了，她就不得不承认她还没有忘记他。

然，慕晴才刚走两步，突然感觉到头上一阵晕眩，她动了两步，忽然就这样倒了。但接下来等待她的，却不是想象中的疼痛，而是一双带有浓浓甜香的臂膀，让她像是忽然找了倚靠，紧紧地抓牢。

"风寒又重了，先回房吧。"耳畔传来的声音很淡，很轻，却如同轻羽，让她微微放了心。她轻喘息，脸色带着浮红，满身的无力。可她此刻的样子，却让东方楚晏为之一怔，露出了平时不会有的苦笑。

"露出这样的神情，会让我忍不住的。"他淡语，声音有些玩味，却隐隐透露着认真，而后忽然用力将慕晴横抱，慢步向着甲字号房走去。

不远处的蓝瑶儿也在看着，眼眸深邃，先是在思考着什么。然后像是意识到什么，蓦地回头看了眼被楚晏带走的苏慕晴，俏丽的脸上，透着满满的疑惑。她摇摇头，继续看向下面的人群，忽然对上了晚儿的眼睛。她一惊，不禁往后退了半步，唯有晚儿，渐渐露出了一丝无人察觉的诡笑。

回了房，慕晴像是已经失去了意识，还在熟睡的青叶就这样被东方楚晏不客气地踹醒。青叶闷哼两句，看了看慕晴，露出了凝重的神色，"风寒又严重了，再加上忍耐的东西太多，气血攻心，已经晕过去了。"

东方楚晏微怔，看向枕在他怀里的女人，那无助的喘息和痛苦的神情，让他心中不禁动容。让他愈发地想知道，她究竟是谁，究竟与南岳有着什么样的关系。

"不打紧，我去煎药，一会儿就好。"青叶开口，欲转身而走，却突然被楚晏喊住。

他转身，只见楚晏脸色凝重，随后回头说道："先摸摸她的脸。"

青叶一怔，而后"哦"了一声。

他精通医术和阴阳术，可以摸出人的相貌。楚晏的意思，怕是想要知道这个女人究竟是谁。如此让他急切，看来方才又发生了什么新鲜事。

"没经她告诉就私自知道她的相貌，你这样算不算舞弊？"

"无妨，摸就是了。"楚晏忽然脸色一正，转头说道，"只能摸脸。"

青叶耸肩，很可惜地闷哼了一声，而后将楚晏拉到一旁。

他沉下心，闭着眼，以指尖轻轻抚过慕晴带伤的脸庞，他像是在感受，脸上有着各种各样丰富的神情。

"这个女人，生得艳美。"他喃喃说道。

东方楚晏眉头一蹙："这个不用你摸也知道。"

这时青叶松开手，对着东方楚晏一笑，道："这回你可欠了我的。"说着，便走到桌旁，拿出纸笔，熟练地开始拟画着方才摸出来的相貌，而后将画好的图往东方楚晏身上一扔，道："我去煎药了，你好生欣赏吧。"

东方楚晏接过图画，眉头有些深锁。正如青叶所言，这个画像上的女人倾国倾城，而且……还有些眼熟。

忽然一怔，他不仅惊讶到开启了唇瓣。

这个女人，这个女人不正是方才与北堂风天鹅交颈，凤仪天下的南岳皇后吗？！

她与皇后是什么关系，与北堂风是什么关系，与北堂墨又是什么关系，东方楚晏扶住额头，拼命在脑海中寻找着答案，忽见慕晴胸口的亵衣处有些泛红，他即刻为她解开察看，而这一看，使得他更加的惊讶，随后干脆用了力，将苏慕晴上身的衣衫一把拉开。

明明是如此美貌的女子，却是满身的伤痕，有旧伤，也有新伤。而最最新的伤口，则是胸口处还在淌着血的刀伤。

东方楚晏太过震惊，一时只能愣愣地看着，忽然一阵扭痛，让他身体开始颤抖。他渐用右手抚向自己的胸口，然后将衣衫撕开，那与苏慕晴相似的刀伤渐渐浮现。

他忽然苦涩地笑开，甚至有些癫狂，望着慕晴痛楚的脸庞。渐渐地，他敛住了笑容，神情变得冰冷而让人害怕，他倾下身，慢慢来到慕晴的胸口，然后在她的伤口上落下了轻轻一吻，沾染了些血红，如艳丽的曼陀罗。

回想起多年前被父皇当做皇兄的替身来培养，回想起自己曾挚爱，却因嫉妒而用刀狠狠刺向自己心口的皇兄，更想起了为了一丝生存而远走他乡的自己。

他淡淡笑了，眼中划出一抹柔，指尖抚过慕晴的伤口，抚过她的唇瓣，他舔掉了自己唇上落下的红，漠然地说着："终于知道，为何第一眼见到你，心口就会隐隐作痛了。"他靠近，将慕晴紧拥入怀，甚至用力到开始颤抖，抬眸间，浮现着恨意与杀意，"原来，你我都是被最亲近的人，在心口狠狠地开过一刀的，从地狱回来的人啊……"

城内浩浩荡荡的祭典队伍还在前行，北堂风不知为何却感到心中有些发闷，晚儿见到，便轻轻握住北堂风的手道："皇上，您的身子没事吧？"

北堂风扫开了晚儿的手，不想再与她装作任人羡慕的鸳鸯眷侣。

这时他莫名感觉有一些飘忽，似是心口在隐隐作痛。甚至感觉周围一切都在变得异样。忽然紧握缰绳，开始极度地忍耐。却还是没有放弃的在人群中搜寻着熟悉的身影。

但是走了一路，却没有看到一个类似慕晴的女子。

他的慕晴去了哪里，究竟在哪里？

北堂风忽然感觉头痛欲裂，痛到让他窒息，这种感觉从什么时候开始他已经不记得了，只是到近几日疼得厉害。

临到祭典结束，终于在黄昏时看到了皇城的大门。北堂风眸子一颤，竟先一步快马加鞭地往里奔去，周围人不明所以，直到北堂风进了皇宫，直到北堂风蓦地从马上摔下，直到北堂风蜷缩在地上开始颤抖，这些跟随的侍卫方才反应过来。

皇上的身体不对劲了！而且已经忍了一路，就是要等进了皇宫才显露出来！

那些随从一边自责着自己的疏忽，一边紧忙跑到了北堂风身边。晚儿也是满脸惊慌，却在不经意时露出了笑容，她从辇车上跑下，慌慌张张地来到北堂风身边，然后紧握着他的双手大喊："太医，快宣太医！"

一时间周围乱成一锅粥，四处飘散着凌乱的脚步的声音。

但是在北堂风的脑海中却好似忽然变得一片寂静，总觉得有什么画面在眼前不停地闪过，而且如流水般正在从他脑海中消失。

是慕晴……为什么与她相处的片段在消失，为什么渐渐想不起她的声音，为什么渐渐忘记了她的笑容，为什么连那未曾兑现的约定也在渐渐消失……

北堂风蓦地瞪大双眼，他双手紧紧环抱着身体，似是预感到了这份即将袭来的恐惧，他摇头，紧紧咬着下牙，而后拼了命地抱着自己的头。

"为什么……为什么……不可以，不可以！"他忽然低喊，声音几近沙哑，连眼白中也渗出了血丝。

晚儿微微淡笑，缓缓送来了握着北堂风的手，然后倾下身拥住他的身子，呼吸着他身上的寒香，她低声而喃："皇上……很快你就会把那些与她的记忆重叠到我的身上，从今往后，你只爱一个人，只有过一位皇后……那就是我，苏慕晴，你的……晚儿。"

她渐渐地笑了，任由北堂风痛彻心扉地凝视着自己，而后凑近，轻轻吻上了北堂风的唇："皇上，睡一会儿吧……醒来后，就不会再痛苦了，呵呵……"

晚儿就这样抱着浑身发冷的北堂风，然后侧眸看了眼郑荣，低声而道："找机会告诉蓝瑶儿，就说事已成了。"

郑荣微怔，而后应下了。

晚儿回头看向北堂风，指尖抚过他的脸庞。再过不久，她就能凭借着那种药支配皇上，也就是说……她能够一尝支配天下的滋味了！思及此，晚儿唇角扬了笑，连郑荣都不由得感觉到一丝透过心骨的寒意。

当苏慕晴再度醒来的时候，天色已经暗了下来，醉雨阁周围也已经恢复了平日里的吵嚷。

她动了动身子想起来，却感觉身边暖暖的，让她有些留恋，可是当那张离着自己极近的俊脸陡然充满了她眼帘的时候，苏慕晴心头一颤，竟僵在了那里。

此时东方楚晏正半撑着身子，饶有兴趣地看着慕晴丰富的表情，他动了动，竟多了些摩挲。这时慕晴才惊恐地发现，自己竟然睡在东方楚晏的怀里，而且两人的身体极近，几乎是贴在一起。而那温暖的感觉，结果就是这男人的体温。

慕晴脑中轰响一片，似乎又开始头痛欲裂，她想起身，却因脚下一软又被东方楚晏揽了回来。

这时他凑近她耳畔，吹了口气凉气，说道："不多睡会儿吗？慕晴。"

慕晴摇摇头，本欲挣脱，却忽然怔在了那里。

方方才南楚叫她什么，慕晴？

她蓦然回身，眼神变得犀利，而后一把抓住了东方楚晏的腕子，冷冷说道："如果没有一个满意的解释，我不会就此罢休。"

"好个厉害的女人。"东方楚晏喃语，手腕忽然用力，反将慕晴拽到了跟前，"你的脸，和当朝皇后一样，你做过她的替身吧，被北堂风伤了心？"

简单的几句话，慕晴心头犹如被刀尖划过，她用力抽回手，而后转身即走。

再不能被这男人的话语扰乱，还是即刻带着柳惠蓉离开醉雨阁好了，在这种达官贵人集中的地方，本就不妥。

"又想离开？"东方楚晏开口，像是将慕晴看透。

慕晴有些不悦地定住脚，冷冷地回眸看去，像是在测探着东方楚晏的用意。

东方楚晏懒懒起身，而后走到慕晴身后，幽光下的他，竟当真带了一份无法抗拒的蛊惑。长长的袍子拖地，他从后面轻拥慕晴。慕晴并未急着反抗，而是侧眸等待着他的下文。

他指尖在她胸口划过，稍微用力地按压了下她受伤之处，然后凑近耳畔，幽幽低语："这里还痛吗？"

慕晴眉头轻蹙，当下便知道了这个男人趁着自己昏睡将自己的身体看了个遍，于是没好气地说道："没想到南楚公子不仅难处，还趁人之危。"

"你可以赚回来。"楚晏轻笑，随即敛住轻佻，"怎么办，你的秘密都被我知道了……要如何收买我？"

慕晴长舒一口气，忽然回头，反倒让东方楚晏稍有无措。慕晴忽地扬唇一笑，挑起东方楚晏的下颌说道："身为晋国的皇族贵人，呆在南岳，风险会不会大了些？"

东方楚晏微愣，当真是被慕晴的话震了一下，但很快他便开始轻笑，笑得愈发地开心。慕晴始终挑眉在一旁等着他，等着他的欢愉结束。

这时楚晏摆摆手，道："果然是聪明的女子。不过为了避免危险，我是谁，你就不要探究了。出于你近日帮我保密，我送你一份大礼可好？"

"什么大礼？"慕晴微有狐疑。

"你原本的容貌。"东方楚晏说得轻松，却让慕晴为之一震。她渐渐放下环住的双手，苦涩地一笑，道："真的，可以吗？"

东方楚晏一笑，脚上踢了踢，慕晴这才看到在房里还赫然躺着另一个人——青叶。

青叶哼动着起身，嘴上碎碎地咒骂着东方楚晏。

楚晏像是习惯了，对他的话语毫不在意，而后说道："这是晋国和南岳都认可的神医，唯有他能还原你最初的相貌，当然……我说的最初，是你出生便带的，而非是目前的这张。"

慕晴眉心微微颤动，指尖抚过脸颊。

当真能回到过去吗？

她垂了眸，心中一时没有答案，而后走近东方楚晏，第一次诚恳地对他说

了一声:"多谢你,明知道我的秘密,还替我着想。"

楚晏确实没想到慕晴会露出这种神情,他的心也微微有些发沉。而后低下头,忽然淡语:"我说对你有兴趣,不是在逗你,而是认真的。"说着,他忽然用唇轻点了下慕晴的唇,使得慕晴眼瞳一缩,有些茫然地看向东方楚晏。

她不懂,明明现在的自己如此丑陋,为何身为晋国贵族的他,还会对她说出这种话语。

"你只要知道,这个世上,最了解你的,是我便可。"楚晏淡笑,又亲吻了下她的发,然后抬起身再度恢复了先前的笑容,"脸的事,你考虑一下吧,我等你。还有,别忘了吃药,免得又昏过去了。"

慕晴有些僵硬地点头,然后离开了房间。总觉得脑中恍惚一片,不知如何是好。

她如同幽灵一般来到了柳惠蓉的房间,惠蓉像是一直在和她说些什么,她却一点都没听清,只是缓缓地抚过唇瓣。

除了北堂风之外,这是第一次有人吻她……陌生的气味,陌生的感觉。

这种感觉,让她不知如何应对……

而慕晴离开后的甲字号房却也不宁静,青叶冷笑着单手搭在东方楚晏的肩上,望着慕晴离开的方向,淡淡地说:"伟大的四王爷,你是动了真心吧……"

东方楚晏笑了一声,道:"你是猜的吗?"

青叶回头,忽地拍上了楚晏的脸:"我是用看的……还是屋里黑,你整张脸都红了。"

东方楚晏"啊"了一声,用指尖抚过脸颊,最后才点在了自己的唇上,微微一笑,喃喃自语:"原来如此,原来动真心……是这种感觉……吗。"

就在房中陷入一片大闹的时候,却谁也没有发现门口不远处冰薇的身影。她小心翼翼地听着,双手早已捂在唇上。她的眼瞳不住地在颤抖,双手也早已退去了温度。

原来,原来她一直弄错了,原来那个脸上带伤疤的女人才是王爷要找的人。最重要的是,她还是当今的皇后娘娘,那个王爷朝思暮想的女人。

冰薇难以置信地摇着头,像是有些无法接受一样跑离了房间,然后一路冲向大街。

这种匪夷所思的事,要让她如何相信,如果那个念晴当真是当朝的皇后的话,那么自己,又如何能取代她成为王爷心中的人。

走着走着,冰薇蹲下了身子,半落的夕阳渐渐照下,将她身上染满了金黄。

周围路人匆匆而过,时而会向她投来疑惑的目光。小贩的叫卖声越来越大,夜市也渐渐开始热闹。

只是在人流之中,却唯有冰薇一人,沉默而无助地静止原处。

然后她也开始随着人潮奔走,只是恍惚的自己完全不知道应该去哪。忽然停下脚步,她抬头看向匾额,"祈亲王府"四个字倏然落入她的眼中。

她像是做了某种决定,蓦地咬下牙,上前敲动了大门。

就算是任性一次,她也想知道,这个女人在王爷心中的地位为何。她绝不会输给她,绝不会!

不一会儿,门开了,老管家走了出来,见到冰薇时也是一怔,说道:"冰薇姑娘,今日你好像没和王爷约琴啊。"

"王爷在吗?"冰薇问道,双手紧紧相握。

"王爷去陈大人府上与几位大人喝茶去了,如果有急事,你去那里找找。"

冰薇咬下牙,轻轻点了头。

无论王爷身在何处,今日,她一定要知道这个答案!

陈大人府上,傍晚。

亭之外,北堂墨正在石桌旁与几位手握重权的大人一同品茶。微风轻扬,有着一份独特的宁谧之感。

这时的北堂墨一身闲时白袍,腰挂白虎玉佩,长发垂肩,满面淡漠。而周围的那几位大人,则似乎在商讨过些日子要请北堂墨去醉雨楼一同听戏的事。

对此,北堂墨只是静静地听着,始终一言不发。他偶尔饮上一口茶,扬动着温温的笑容。

这时,在后院一直留守的离若白看到一个小厮跑进,于是他悄然离开,可在听了那小厮的几句话后,他的眸子冷不丁地一颤。之后,他紧忙来到了北堂墨的身旁,在他耳边低声说了几句。

北堂墨不动声色地轻轻垂眸,放在石桌上的指尖轻轻敲动几下,而后他又拿起茶杯,不急不缓地饮了一口。

"王爷?"若白轻唤。

北堂墨始终轻笑不语,使得离若白有些看不明白。

王爷这是,暂时不见冰薇姑娘吗?于是点点头,回了那小厮。当转身再回来时,离若白被其中一位大人唤住:"若白,别一人站着,一起聊聊。"

虽然不愿应酬,但大人们的邀请,他却无法拒绝。所以离若白终是坐到其中一个石凳上，礼貌地向几位大人寒暄。

待聊了几句后，一位方才始终在滔滔不绝的大臣转眸看向一直在沉默的北堂墨，问道，"王爷，刚才微臣替王爷挑的那几出戏，不知王爷可有相中的？"

北堂墨垂了眸，似是在沉思。而后略微一笑，道："不知大人是否听过'凤鸟'这出戏？"

一提"凤鸟"，包括离若白在内的所有人都有些不解，面面相觑后，便回望北堂墨。

这时，北堂墨轻轻淡笑，仿佛闲聊般地说："传说世间有一种鸟，名为'凤'，它身形娇小，看似弱不禁风。于是便被所有天地猛兽视为盘中之物。故有一日，一只天上猛虎下到凡间也想一尝究竟，万物见它身形威猛力量无穷，均不敢阻挡。只有这小小凤鸟敢与之一战。本王最爱听的就是凤鸟斗天虎这出戏。"

"看来，王爷心里也有一只凤鸟，否则不会露出如此笑容。"陈大人笑起，有些起哄的架势。

留下的几位大臣也纷纷互相看了看，随即露出了深不见底的笑容，望着那依旧悠闲自得的北堂墨道："除了凤鸟，王爷也要多看看其他风景嘛，人生难得，始终没人作陪不是虚度了。"

北堂墨淡淡而笑，并未说任何一句话，只是在那微微抬开的眸中，闪动着一缕幽蓝色的光晕。

"是啊，王爷为了那只凤鸟，不惜和皇上作对呢！"就在这时，一个清脆却带着些怨气的声音响起在院中，几位大人一愣，不由得喃声："冰……冰薇姑娘？"

"抱歉了几位大人，我想找王爷聊聊。"

几位大人有些尴尬，不由得看向北堂墨。见他稍稍扬了下手，大人们便纷纷找了理由先避开，将这小院让给了他们。

北堂墨依旧安静地喝着茶，而冰薇则是焦躁不已，她几步上前坐到北堂墨面前，然后说道："王爷，您是不是有事瞒着我？"

北堂墨一听，倒是笑了："薇儿，本王平日也没告诉过你几件事。"

冰薇心头一紧，默默将头埋下，然后有些激动地说："总之，王爷您若是爱上当朝皇后，皇上的女人，那么罪可不是一星半点的，王爷可要三思！"

北堂墨饮茶动作微微一顿，抬眸看向冰薇，他像是在揣测着这句话后的含意，随后渐渐地归为了凝重："你找到她了？"他问。

冰薇有些言辞闪烁，只是小心翼翼地说："没有。"

北堂墨静静地看着，随后倏然一笑，上前用手轻抚冰薇的长发，他动作轻柔，让冰薇脸上多了些惊喜，小脸也不禁浮红。

"薇儿，是否因为我喜欢一个脸上有伤的女子，所以……"北堂墨悄然点出，令冰薇一怔，原来王爷已经知道了，她想。然后愤愤地咬着唇道："王爷，薇儿只是不能明白，薇儿也不算是丑陋，为何要选那样一名女子，她甚至连琴棋书画都不甚精通，薇儿不服！"

果然是她！北堂墨眼瞳悄然一颤。

"本王在你眼里就是个物件吗？"北堂墨轻语，渐渐收回手，但是在他的脸上，也同时换了一副谁也看不懂的深邃，"本王和几位大人还有约，如果你不想本王从此与你断交，便别再胡闹，早些回去吧。"

冰薇一怔，想要再说什么，但是当她对上了北堂墨顿时冷却的眼神后，她便收声不敢多言，只是不得已地点点头离去。

这时离若白走回，看到王爷在心情愉悦地喝着茶，于是不解地问："王爷，这是怎么了？"

"本王找到了哦。"北堂墨淡淡说道，然后抬眸看向离若白，"找到那只凰鸟了。"

离若白同样一惊，渐渐明白了北堂墨的意思。

然而就在这时，北堂墨猛烈地咳嗽了几声，手中的茶杯倏然落地，染湿了一片。离若白见状紧忙上前搀扶，却见北堂墨唇角带了些鲜红。

"王爷，您旧疾复发了，今日还是回府吧！"离若白担忧地说。

北堂墨将他的手拂下，然后道："小毛病，无妨。"

离若白叹口气，着实因为北堂墨的坚持无奈了。

古来主子多愁人，自家主子尤其甚！


经过一番彻查的江听雨，终于找到了醉雨阁，江听雨独自来此，仰头看向上面挂着的大匾，心中似是在暗忖着什么。这时一道黑影顿时出现，拦住了他的去路，剑锋划过，江听雨机敏地向后退了三步，这才看清眼前之人。

上官羽？

江听雨扬眉，幽暗的眼中渐渐浮现了些流光。他收了架势，挪步一旁，负手望着上官羽，而上官羽也收起佩刀，静静地站在前方。一阵微风撩过，将他们隐藏在了宁谧的夜中，他们视线中流窜着默契，还有这一份无法抹去的敌意。

"我就说一个大活人，怎么可能找这么久都没蛛丝马迹，原来是有人都给拦了。"江听雨淡笑，宁谧的声音中渐透着冷漠。

"我并非阻拦，只是立场不同，多多见谅吧。"上官羽答得淡漠，却让江听雨拧起剑眉，"狗果然是狗，连主人是谁都不记得。"

"既然你说我是狗，那么狗，岂有恩将仇报之说？"上官羽眼中冷意，令江听雨笑得更加厉害，但是下一瞬，江听雨却蓦然从腰间抽出深藏的软剑攻向上官羽，上官羽机敏一躲，向后滑行了五步之远。

"早就说想和你一较高下了，既然这次你我非同一阵营，刚好趁着这个机会让我解解恨。"江听雨哼笑，向着上官羽追去。上官羽顾虑到周围百姓，于是向着反方向而跑。

到了郊外，两人再次激打起来，剑锋相对，刀光如阳。当两人对峙又被重重弹开后，他们相互对视。江听雨一甩软剑，剑柄如蛇般轻动："我只是要完成皇上交予我的任务，你这么阻拦我，真的不像你。"

"我只是觉得有些不好的预感，所以我不能让你找到她。"上官羽说道。

"预感？"江听雨大笑不止，"为了预感就敢违逆皇命吗？"

"你不觉得，皇上周围，现在布满了老鼠吗？"

这时江听雨亦沉默了，缓缓地将软剑收起，他蹙眉，轻轻点了下头。

是了，近日来他虽然是在接受皇上的圣旨，但是不知为何皇上身边突然多了能将明阳殿和飞霜殿围得水泄不通的太监侍卫，这些都有些违反常态，让他挂心不已。

见江听雨不再争斗，上官羽也渐渐收了剑，忽然见到不远处有马车要进入京城。

这些进城的马车构造与南岳的有些不太一样，色泽也是南岳很少使用，不少人从马车上下来，用着有些别扭的话语与侍卫说着，听来像通货的商人，可就通货商人来说，未免又多了一些。

上官羽微微蹙眉，然后与江听雨相互对视了一下，说道："你不觉得，不止老鼠变多了，就连晋国人……也变多了吗？"

江听雨努努嘴，不置可否。随后有些沉重地闷哼了一声，转身离去了。上官羽亦然，他望着那些进城的人，眼神透了些深邃，而后深深叹了口气，亦朝着相反的方向离去。

而这无声的结束，只因他们二人都有了同一种预感——南岳，要出事了。

## 第二十六章
## 亡国之策

从那之后，不知又过了多少天。慕晴似乎已经开始渐渐习惯了醉雨阁的生活。东方楚晏虽然没有将所有的一切都告诉她，但是对她的态度，却好像比之前更加的奇怪。而青叶，则像是一个旁观者那般，总是逗趣地看着两人的一举一动。

而关于北堂风的消息，似乎也从大典那天消失了，再也没见过他来醉雨阁，连提，都没人会提到他。

慕晴心中的焦躁，似乎也因为这样的关系，被渐渐平息；而那挥之不去的身影，也随着时间渐渐地被她封存到了心里。

是啊，她已经要摆脱北堂风了，摆脱他在她心中留下的梦魇。

但是重塑容颜之事，她却一直没有给楚晏答复，像是依旧在考虑。而楚晏倒也不着急，只是安静的陪着她，等待着她的结果。

春季已经过了一半，南岳渐渐开始变热了起来，加厚的衣服已经不能再穿。这一天，慕晴换了一身轻便的服饰，利索地在收拾着桌子。离去的盘缠似乎已经存了一些，若是再过阵子，说不定可以真的离开醉雨阁。

终于做完了一天事情的慕晴深吸口气，刚准备歇息一下，便见到醉雨阁的小厮匆忙跑来，慌张喊道："念晴！念晴！帮我一个忙，一定要帮我！"

慕晴被这个声音惊了一下，一脸怔然地听着他将这件"一定要帮"的事连串说出。

将五盘菜肴送去祈亲王府？

慕晴忽然止住小厮的话，即刻摆手拒绝，不料小厮却连连哀求，然后竟将东西塞在她手里就跑了。

慕晴阻拦不及，手足无措地拿着东西站在那里。她看了看下面忙碌的人们，又看看虽然很闲，但很明显绝对不能出入祈亲王府的东方楚晏，蓦地咬下唇瓣，只得赶鸭子上架。

不过是送个晚膳，只要不见到王爷，倒也不会有事，想着，她便不得已提着东西出了酒楼。

今夜的南岳街市，依旧是喧闹非凡。慕晴抬头看向周围的灯火，心头竟稍稍有些开朗。这里不像皇宫，自己的一举一动都会被所有人注视，在这里，她可以将自己掩埋在人群中，再也不用担心那些躲在黑暗中的细作。

走着走着，她便已经来到了王府，这是她出宫以来第一次到此，总觉得那扇大门还是有些过于沉重。而且莫名觉得，今天会发生什么让自己措手不及的事。

她轻轻地拉动了门环，顿时便响起了震动之声，而后便有一位老人出来。慕晴对他是稍稍有些印象，当是祈亲王府的老管家。管家看了慕晴手上的东西，也没多问，便将她带入了大堂，然后说：“姑娘，你先在这里等等，我去叫离爷。”

是离若白的话，应该不会察觉出自己的异样。慕晴点了点头，平静地等待着待会要见的人。谁料这时，却有许多丫鬟匆匆从北堂墨的房间跑出，在她们的手里还端着盆子，而后又见到离若白出来，也是有些神色慌张。

慕晴站在原地有些怔然，心中渐起忧虑。

王爷是病了吗？又或是出了什么事？

无论她与北堂风的关系如何，无论她是否已经有自由之身，但是王爷……终归是她心中最尊敬的人。

慕晴稍稍有些不安，她将东西放在桌上，然后轻声来到了门口，忽然见到坐在床边的北堂墨唇角染红，像是刚刚呕过血。

慕晴一怔，下意识挪动步子要靠近北堂墨，但是很快，又蓦地停住，她握紧双拳，焦躁不已。恰在这时，离若白刚好从屋里走出，看到慕晴后微微有些不悦地说：“这里人手不够，你却还愣着，还不快进去！”

一句话末，慕晴像是忽然得了福，唇角扬起，而后即刻进了房。离若白在身后看着她，又看了眼王爷，深深叹了口气：“你们几个，先和我出来，那个送饭的女人，你先留在这里照顾王爷。”说着，便转身离去，身边的丫鬟也应了，匆匆跟着离若白走了。

几乎是一瞬间，整个房间里就只剩下了苏慕晴与北堂墨，始终将视线落在北堂墨身上的慕晴却丝毫没有察觉。她为北堂墨擦拭着被血染红的唇角，而后担忧地问道："王爷，若是哪里不舒服，一定要告诉我。"

北堂墨眉心微微蹙动，他睁开眼眸，有些迷离地看了看，视线逐渐清晰，却在看清是慕晴后微微一怔，他即刻侧过脸说道："本王……没事，你是醉雨阁的小厮吧。先……回去吧。咳咳……"说着，又开始止不住地咳嗽。

慕晴心中自是担忧，刚想回头叫离若白，却发现房间里空空如也。她心头一紧，有些发懵，而后只得回了头道："王爷，我去叫离爷，如果王爷觉得我……"慕晴轻声说道，指尖碰了碰脸颊示意，然后起身准备离去，心中暗暗责怪着自己的冲动。

因为她的焦急，险些忘记了自己的相貌，若是惊扰到王爷，怕是让她不得心安。

可是她才刚一挪动步子，反倒是北堂墨微微有些怔然，于是忽地伸出手抓住了慕晴，使得慕晴一下子愣在原地。

"不然，还是坐会儿吧……"北堂墨低语，这才慢慢松了手，"只是因为没想到是你来，所以有些意外。另外，本王无碍，不过是方才饭局酒喝得多了点，旧疾复发了。"

慕晴听了这句话，略微有些迟疑，但对于王爷的话，她向来不会多做怀疑，于是便点头应了。

她来到床边，第一次见到王爷的病容，但却风华不减，反而多了些宁静的美。

北堂墨淡笑，微微有些苦涩，"方才吓到你了吧。"

慕晴摇摇头，转身拧了拧盆中的湿布，且听着北堂墨的声音，细细入耳，竟还是那么让人安心。

北堂墨淡笑，反而因为她的安静而舒心。他扬起手，不经意地撩过她身旁的长发。

"你很像本王认识的一个人。"他说，言语轻飘，却透露着些许的落寞。

慕晴有所停顿，只是淡淡回了句："是个怎样的人？"

"奇女子。"北堂墨道，脸上扬起了些深幽，而后深望着慕晴，像是出了神，"是一个，本王所深爱的，却得不到的女人。"他悄然望了眼慕晴，在期待着她的反应。

慕晴当真是如他所愿地愣住了，她拿着那湿透的布，完全僵在了原地。在听到身后两声咳嗽后，慕晴这才忽地恍神，但她的脸上，还是有着抹不掉的仓惶。

　　王爷方才说的，那深爱却得不到的女人，应当不会是她，对吧？

　　这么安抚着自己，慕晴终于舒了口气，同时心中懊恼着自己的自作多情和自我感觉尚好。她干笑两声，放开了心思，问道："能被王爷深爱的，一定是个优秀的女子。"

　　看到慕晴如此豁然开朗，毫不介意，北堂墨的眼中却透出了些许的落寞。他忽地抓住慕晴的手，紧紧凝视着她的那双清澈黑亮的双眸。

　　慕晴被北堂墨盯得有些不自在，于是找个借口说："草民去看看离爷是否回来。"可她刚刚挪步，却再度被北堂墨拉回，使得身子一个不稳，重重跌在了床畔。她呼吸着北堂墨身上淡淡的檀香，心中一片凌乱。

　　她记得，记得王爷是不近女色的，更别说她这已经破了相的女子。王爷为何会如此纠缠于一个小厮，为什么会……

　　忽然一怔，慕晴似是想明白了。她渐渐抬头看向北堂墨，眼眸多了些许的黯然。

　　"王爷是什么时候知道的？"她开口，想要缓缓将手抽回，却被北堂墨紧紧抓牢。

　　"你看出来了？"北堂墨轻笑，用另一只手轻抚过她的脸庞，"第一次在醉雨阁看见你，就有些怀疑了。然后……"北堂墨戛然而止，似是隐瞒住了谁，慕晴也不再追问，只是长叹口气有些失笑。

　　她早该知道的，万事瞒不过王爷。

　　"我就说方才那句话有些奇怪，想来王爷又是在逗我了。"慕晴有些无奈地干笑，却让北堂墨的眉心微蹙，他想要说什么，但还是收回。

　　对他来说，他还能等，等待这个女人，自己明白的那天。

　　"我与人饭局旧疾复发，没有骗你，这一点是真的。"北堂墨淡语，然后拉过慕晴的手放在胸口，"不然，本王再咳一次血？"

　　见到北堂墨像过去那样调侃，慕晴忽然有种回到了宫里的感觉，她的眼神有些复杂，一时说不出是愉悦又或是感伤。

　　"既然是真的，那还是先调理下身子，晚一些慕晴自会将宫里发生的事告诉王爷。"慕晴说道，便起身想要去拿水。

　　北堂墨眸子微微颤动，想要伸手将她拉回，就在这时离若白门口的低语却打断了他的动作，据说是来了一位客人。北堂墨微微有些惋惜，又将手收回，他看向慕晴，只得淡淡而道："可以在这里等本王一下吗？本王去去就回。"

慕晴点头，给北堂墨让了路。但在交臂的一瞬，还是感觉心绪有些繁杂。

北堂墨像是看出了她的失落，于是静静一笑，忽地将手抚在了慕晴的发上，像是在安抚一个受伤的孩子，"本王险些被你骗过，只不过看到你受苦，本王太过心疼，所以不能坐视不理。"北堂墨离开，慕晴怔怔地站在原地，指尖覆上方才被北堂墨碰触的地方，脸色隐隐有些发烫。

即使不是皇后，也可以与王爷继续以友人相称吗？

慕晴指尖下滑，划过自己的双颊。心底似乎在悄然地蔓延着一种淡淡的想法——如果，能以自己的面容来到这个世上，那会不会当真像重生一般，可以自由自在地摆脱一切，重新活一次？

缓缓地，慕晴攥住了双拳，像是暗暗做了什么决定。

北堂墨出了房间，长长地舒了口冷气，有种被人打扰的不快感毫不遮掩地浮在脸上。径自推了门，竟看到一抹熟悉且绝对不应该出现在此的身影傲然立于他的前院。

他眉头微蹙，幽幽说道："晋国四王爷这么踩在我南岳国亲王的府中，难道是想让本王背上通敌之罪？"

东方楚晏会心一笑，转身间撩起了一阵清幽之风，"我只来讨走我的东西，讨到了，就走。"

"祈亲王府没有任何一样东西是你的。"北堂墨依旧淡雅，笑得怡然，却让东方楚晏的眼中滑出了一抹凛冽。

"你还是同过去一样，手段卑鄙。"东方楚晏挑眉而笑，"若不是苏慕晴和我认识的北堂墨不是一人，那么就是……她陷入了你这坏男人的泥沼里了。"

"你说的，就好像你是翩翩公子了？"北堂墨轻笑，舌尖舔掉嘴角的血痕，"这个女人，我不会让给任何人。"

"是谁的，她说了算。"东方楚晏冷语，随后看看天上渐渐被风吹散的云，而后说道，"我来，并非与你说这些，她大病初愈，而你会让她想到过去的事，先让她去吃了青叶的调理之药，不然，你也会心疼不是吗？"

北堂墨沉默，略微有些烦躁地看向他处，微风撩发，显出了他脸上的不耐烦。更是因为慕晴瞒着自己出宫，却将自己的事告诉了东方楚晏而心情大为不好。

他冷哼一声，不发一语地转身往回走去，临进门，他却顿了下步，而后用着低沉的声音回身说道："你了解她吗？这个女人，远比你所见到的，要璀璨得多。所以，唯有她，本王不会放手。"语毕，便迈入了大堂。

　　留下的东方楚晏先是一怔，似是第一次见到北堂墨如此认真的神情，随后微微扬唇，眼神透着暗光。

　　简简单单的几句话，终于让他想明白了先前百思不得其解的事，但同时也让他的眼中滑出了淡淡的落寞。

　　因为北堂墨，知道一个他完全不知道的苏慕晴。

　　回到房中的北堂墨意外地发现慕晴竟在等待他的时候睡着了，看样子在来之前就已经很累了。北堂墨微微一怔，有些心疼，先前因为东方楚晏话语的不快像是在瞬间一扫而空，在他俊美的脸上，渐渐浮现了些许的温柔。

　　这个女人，在他这里竟如此毫无防备，虽然某些意义上让他有些挫败，但是更多的，是欢愉，因为她会警戒北堂风，会提防东方楚晏，会对天下所有的人竖起防备，独独会信任他。

　　"如果能永远这样该有多好。"北堂墨若有所思地说，语气中夹杂了些不知名的情绪。他慢步靠近慕晴，然后坐到了她的身边，恰见慕晴慵懒地动了动身子。北堂墨微笑，顺势让她枕在了自己的腿上。指尖抚过她的长发，抚过她脸上的伤痕，脸上透露的，却是一抹不经意的笑，因为这道伤对他来说，是她斩断与北堂风最后一丝情分的刻印，只要它还在，那么就说明这个女人，永远不会原谅北堂风，而后总有一天，他会好好疼惜这个女人，让这个女人爱上自己，光明正大地成为祈亲王妃，而他，也会一生一世只娶一位王妃。

　　北堂墨宠溺地抚着她的发，周围的气氛宁谧而美好，如同一幅世间最安逸的画面。

　　如果可以这样停滞不前，那该有多好。他想着，露出了些许的落寞，而后缓缓垂下头。他凝望着慕晴，很深很深，而后终是将自己的唇落在了她的唇上。

　　这转瞬即逝的吻，在他的心中激起了千层波涛。

　　想得到，想拥有，哪怕，毁掉……已经近乎扭曲的执着让北堂墨变得愈发痛苦，然后他开始吻得愈发的深，像是等待了太久太久。

　　这时慕晴却忽然轻动了下，使得北堂墨心头一紧，下意识地脱离了慕晴的唇。他深深地吸了口气，埋怨自己的冲动。他还不想这么早地让她害怕，他会慢慢地沁入她的心间。只要她不在宫里，只要北堂风永远不出现在她的面前，那么……他一定会得到她，一定会。

　　慕晴眉角轻动，揉了揉惺忪睡眼，一见自己枕在了北堂墨的腿上，顿时惊醒坐起，然后干笑着说："慕晴，慕晴不是故意这么无礼，慕晴……"她有些慌乱，紧忙站起，而这样的仓惶也是只会对这她为之尊敬的男人才会有的。

北堂墨淡笑，欣赏着她的每一个因他而起的神情，他缓缓执起她的手："无妨，是本王不愿意打扰你。"说到此，他微微有些落寞，"接你的人来了，听闻你大病初愈，还是早些回去……"

见慕晴点头，拿上东西准备离开的时候，北堂墨略有不舍地脱口："王府，你随时可来，无论何时何地，为了什么，只要你来，本王无论在哪，都会赶回来见你。"

慕晴微微一怔，未曾多想的她却将这句话当做了王爷的客套话，于是点了头，道："慕晴记住了，若要有重要的事，一定会找王爷商议。慕晴打扰王爷休息了，先告退了。王爷也注意身体，快些把大夫的药吃了吧。"

北堂墨点头，心头却微微有些发空。他知道苏慕晴再度略过了他的心意，天下女子，怕是只有她，才会让他如此头疼。忽然起了些惩罚的念头，于是北堂墨淡笑，起身蓦地将慕晴横抱，慕晴一愣，下意识地挽住北堂墨的脖颈，手上装菜的篮子掉在了地上，四处滚落着。

"算是惩罚你企图欺骗本王，所以本王抱你出去。"北堂墨说着，便抬步向着外面走去。怀中慕晴一脸僵硬，当真是以为北堂墨还在为她先前隐瞒的事生气，于是只得点了头。

但是如此一幕落在了东方楚晏的眼里，却极其不爽快，尤其是看到北堂墨眼中浮现的挑衅之色后，便明白了这是他故意为之。

他是想让他知道，全天下能让苏慕晴如此听话的，为之臣服的，就只有北堂墨一个人。

"讨厌的男人。"东方楚晏闷语，上前说道，"现在将她交给我吧。"说着便伸出手想要继续横抱慕晴，但却被慕晴的手推开，道："我又不是没长腿。"

而后，她便从北堂墨的身上下来，对着北堂墨微微一笑，拜了别，这才看向东方楚晏道："南楚，走吧，谢谢你接我。"

北堂墨看到被拒绝的东方楚晏脸色铁青，不仅扬唇一笑，心中沁入了无比的愉悦。而这份愉悦，让他恨不能就此将这个女人拉回王府，然后在她身上即刻刻上他北堂墨的名字。

但是，好女人，要慢慢驯服不是吗？

北堂墨淡淡而笑，转身欲走，忽然见到离若白慌张跑来，说道："王爷，不好了，听说您这次上奏的南城调款的事，都被皇上驳回了，而且不仅如此，

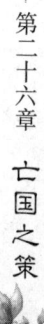

几处建设也全部叫停。"

"你说什么？"北堂墨扬眉，"建设叫停，皇上这是在想什么！如果这样下去，又会生乱！"

"总觉得，近来皇上有些奇怪。"离若白锁紧眉心，"就好像，被什么人掌控了一样。"

北堂墨先是深思，随后眉头顿舒。

莫不是……她？

东方楚晏伴着苏慕晴一路向着醉雨阁而走，看到慕晴始终沉默深思，东方楚晏不禁闷哼一声。他知道这女人目前心里琢磨的，肯定是北堂墨。

"我特意来接你，难道没有话和我说吗？"东方楚晏开口，忽然上前搭上了慕晴的肩，使得慕晴身子一颤，回眸间竟有些动摇。如此闪过的视线让东方楚晏为之一震，心中起了些许悸动。未曾想，这女人小心翼翼的样子，也很入他的心。

"我在想……重塑旧颜的事。"慕晴低语，忽然转身看向东方楚晏，"如果我将过去的容貌绘出，青叶真的能为我塑出吗？"

一听不是北堂墨的事，东方楚晏这才舒了心，而后道："你放心吧，如果青叶都塑不出，那天下便没人能塑出。"

"那……"慕晴有些犹豫，而后凝视了东方楚晏的眼眸，楚晏一见，便说道："才去了一趟祈亲王府就决定了？"

"嗯……"慕晴唇角似笑非笑，有些羞涩，这让东方楚晏的眼里充满了疼惜，恨不能就此将她揉进怀里，于是轻松一笑，道："我知道了，今夜，就让你变回自己。忘记过去，重生一次。"

慕晴咬唇，然后重重点头，眼中充满了真挚："南楚，这份恩情，苏慕晴绝不会忘！"

"转变成爱意会更好。"楚晏轻笑，使得慕晴有些无奈，可刚要回嘴，却突然因为一幅告示引去了注意。

为何深夜还有官兵在贴布告，难道是南岳出了什么紧急之事？

她与楚晏对视了一下，而后上前，借着月光轻念，忽然一怔，向后倒退了一步。

北堂风要大兴土木，为皇后建宫外之城？！

这等亡国之君才会做的事，为何会出现在北堂风身上？

慕晴微微有些茫然，她转头看到饶有兴趣的东方楚晏，明白就连他都觉得有那么少许意外，那么这一切便不会是她的错觉。

这件事绝非小事，为何大臣会同意，为何这道令真会就这样传下去，这是怎么回事？

就在这时，忽然见到城门处一辆马车飞快地向内冲入，慕晴一见，便知是北堂齐的马车，如此夜间匆匆而入，也定然是十万火急之事，于是突然咬牙冲上前去，双臂一横。

马夫一见，即刻拉住缰绳，骏马踏停，狠狠地嘶叫了一声。

这时北堂齐撩开帘子，出来就是一声大吼："本王在赶时间，是谁挡了本王的去路！"

慕晴收回双臂，答道："我。"

北堂齐蓦地一愣，喃喃而道："苏……苏慕晴？"

慕晴凝重地舒口气，然后点头。

一见是慕晴，北堂齐二话不说便从马车上下来，虽然对旁边的东方楚晏不甚喜欢，但是能再见到慕晴却也是一件开心之事。

"慕晴，虽然本王现在很想与你谈天说地，但是我们可能要换个时候了，今日当真有急事。"北堂齐说道，脸色焦急。

"是因为皇上要大兴土木的事吗？"

"大兴土木？！"北堂齐挑眉，似乎并不知情，在看了一旁的告示后，脸色猛地一青，"怎……怎么会这样，皇兄怎么会下这种旨！"

"你也不知道吗，那你是……"慕晴问道，心中隐隐有种不好的感觉。

"皇兄下旨，从我襄城大肆争抢男丁，如今襄城都快空了，百姓哭号不止，人人愤慨，再这样下去，襄城我是坐不住了。"

"民暴。"慕晴喃语，开始用力地咬着自己的指尖，在她的眼中隐隐闪过了幽光，"朝中或许有奸臣了。"

"奸臣？"北堂齐不解，"近日没有什么官员变动。但无论如何，本王先进宫，看看就知道了。然后回来再找你，对了你现在是在……"

"醉雨阁。"慕晴一字一定地说。

"现在怎么肯告诉本王了？"北堂齐苦笑了一声，想到先前她说过的话。但是这一刻，慕晴的眼神已经变得凌厉无比，只是凝重地说："再这样下去，南岳都要灭亡了，有什么事比国事还重要！"

北堂齐一震，眼神多了些复杂："你果然，是本王认识的那个苏慕晴……"

楚晏微怔，心中喃着苏慕晴说的"国事"，又回想起北堂墨的话，不禁暗暗一叹。

原来这个女人，竟有治国之才……也难怪能让北堂墨这种绝不轻易对女子心动的男人，也为之倾心了。

"那本王先走了，晚些再见。"说罢，他便回到马车上，马夫一声大喝，再度消失在了漆黑的夜中。

慕晴凝望着远去的影子，脸上渐露担忧之色。

南岳究竟要有什么翻天覆地的变化……心中这种崩坏的预感，究竟为何？

"啊……慕晴，朕的慕晴……"

空荡荡的飞霜殿中，一遍遍地回响着缠绵和黏腻的声音。北堂风正与晚儿亲热。

月光下，他神色幽然，早已不见了过去那般的正气凛然，反而缠绕着一种夜中的癫狂，如同世间最让人不寒而栗的邪君。

"皇兄！皇兄！"北堂齐的身影忽然闯入，随之而入的，还有一些阻拦的侍卫。

然而当北堂齐一步踏入飞霜殿看到如此暧昧的画面后，竟让他惊得倒吸一口凉气，身体变得僵硬，乃至险些忘记了来此的目的。

北堂齐瞠目结舌，即刻将视线移开，道："皇兄……飞霜殿是处理国政大事之地，岂可……"

"国政大事？"北堂风忽然低笑，声音蛊惑却带着些邪佞与绝望，却未曾停止亲热的动作。

"皇上……齐王爷……"晚儿低语，却享受其中。

"朕乐于向全天下……展示朕对你的宠爱……慕晴，朕的慕晴……"他低喃，又靠近了晚儿的耳畔，一遍又一遍品尝着晚儿的耳垂。

"襄城征男丁，在京城大兴土木，真的是皇上的圣旨吗？"一改"皇兄"的称谓，北堂齐有些伤心地说道。

"啊……那些啊。"北堂风低语，指尖抚过晚儿的脸庞，"只要慕晴喜欢，朕都可以哦。"说着，他便执起晚儿的手，开始亲吻她的指尖，如此沉醉，如此爱怜，眼神充满了迷恋。

北堂齐的眼神，忽然变得冷漠，而这一刻北堂墨却也赶到，在看到如此画面后，眉心不禁蹙起，见北堂齐双拳紧握，恨不能动手杀了那个晚儿的时候，北堂墨即刻上前，抓着北堂齐便离开了飞霜殿。

这里，依旧暧昧灼热。

晚儿双臂挽住北堂风的脖颈，妖媚而道："皇上，这样可以吗……？不理会几位王爷。"

北堂风微微扯唇，再度亲吻着晚儿的唇。

"这样，可以哦……只要，慕晴你喜欢，只要不再离开朕，其余的，都可以……"

不远处的上官羽和江听雨纷纷对视了一下，在他们的眼中也有着沉淀的心情，而后像是下了某种决定，一同消失在了夜里，唯剩下那冷风中虚假的温暖，还在依旧，还在依旧……摧毁着这个曾经的盛世王朝。

夜，依旧很冷。

北堂齐和北堂墨均沉默了，在他们心中有着一种痛彻心扉的感觉。

亡国之策……

皇上已经，放弃南岳了。

忽然间觉得，皇上像是变成了沉迷于那个苏慕晴的邪龙。

"先出宫，从长计议。"北堂墨说道，北堂齐紧紧咬着牙，在嘶喊一声后便跟着北堂墨离了宫。

……

离开了皇宫的北堂齐和北堂墨各奔东西，坐在马车里，他的心却始终沉甸甸的。回想起许久之前皇兄那新欢天下的仁政，回想起他为国操劳的爱民之心，北堂齐的心不禁再度隐隐作痛。忽然想起还答应了苏慕晴的事，他临到了城门，才回过神来，有些黯然地说："去醉雨阁。"

醉雨阁里，亦不平静。

坐在甲字号房里，慕晴始终沉默不语，一旁的东方楚晏只是倚靠在门旁，安静地垂望着眼前宁谧的女子。

在回来的路上，苏慕晴终于将过去的一切都告诉了他，令他没料到的是，那让晋国次次陷入危机的左寻将军竟也是她的好友。更没想到的是，这个女人竟然经历了这么多离奇而又让人不敢想象的事。他深吸口气，心中有些沉闷。如果苏慕晴来到这个世上的时候，是在晋国而非南岳，是否会遇到他，是否会有着与现在完全不一样的命运。

"你动摇了？"这时青叶开口，看了看身旁的东方楚晏。

楚晏沉默半晌，有些苦涩地将指尖滑入长发，"只是有些懊恼。越是知道她越多的事，越觉得，她离我遥不可及。"

"看来你真是爱上这个女人了。"青叶笑道，然后拍拍他的肩，"别忘了，你也是身负重任的男人，过不了多久，也要撑起一个国家的百姓。这里只是你的暂留之地。"

楚晏深吸口气："苏慕晴深爱南岳，是否能将她带回晋国，我……已经不确定了。"

"那就在一旁见证好了，见证这个女子的传奇。"青叶说道。

"目前，只能如此了。"

正当两人悄然对话的时候，醉雨阁的门声忽然响了，北堂齐一脸黯然地从门口进来，还在门口忙活的柳惠蓉一见，即刻把他拉到身边说："齐哥哥，你怎么来了，苏慕晴究竟是怎么了？"

北堂齐微怔，道："苏慕晴在哪？"

"在甲字号房呢，方才一回来就没说一句话。"柳惠蓉不禁有些担心。

"我带来的消息，可能会让她更沉默。"

"那你就别告诉她了！"柳惠蓉有些不悦。

"她必须知道。"北堂齐忽然用着前所未有的认真说道，随后甩开了柳惠蓉紧抓他的手，径自上楼推门进了甲字号房。

慕晴一见，即刻上前询问情况。北堂齐不知如何表达，只能沉下心，将晚上看到的情况一五一十告诉了慕晴。

一语既出，东方楚晏即刻上前捂住了慕晴的双耳，对着北堂齐说："够了，苏慕晴已经离开皇宫里，一切与她无关。"

北堂齐忽然像是受了某种刺激，忽然上前对着苏慕晴喊道："怎么可能无关，你是皇嫂，你才是真正的皇后，其他女人蛊惑皇上，难道你身为皇后就不管吗！！"

慕晴蓦地睁开眼睛，她拉下东方楚晏有些僵直的双手，然后凝望着北堂齐道："你要我管，我怎么管，我堂而皇之地到他面前说有用吗？他现在迷恋的是那个正在位的皇后娘娘，对他来说，我不过就是一个给他触了霉头的肮脏鬼魂！现在正好，他找回了他真正的女人，也不再心痛了，这不是最好的结果吗？！"

"你真的是这么想的吗？！"北堂齐用力喘息，"是，皇兄确实不再心痛了，皇兄已经没有心了！！你若当面看到皇兄，绝不会说出这等无情的话。皇兄……已如行尸走肉，对那个苏慕晴言听计从，你以为这天下的祸乱是谁怂恿的！你难道不会心痛吗，你难道已经不爱皇兄了吗？你可知，他曾是多么爱你！"

"你也知道，那是曾经。"慕晴嘲讽一笑，幽幽靠近，"还是那句话，你要我管，我怎么管，为何管？"

"皇后娘娘的醍醐灌顶之言满朝皆知，这是你自己立下的承诺，你难道不去履行吗？"北堂齐低喊，似乎是铁了心地要将慕晴拉回过去的生活。

慕晴心头震撼不已，她双手紧抓桌角，紧紧咬着唇瓣。

是啊，她不是不想管，她不是放任百姓深入水火却视而不见的女人，但是……她如何管，她没有权利再去管！

"我们也求皇后娘娘，如今能劝解皇上回归正途的，只有娘娘您了。"就在这时，上官羽和江听雨居然同时进入，而在他们身后跟着的，还有公孙敬。

一见到他们，慕晴的心蓦地一紧，顿时像是被击溃了防线。她紧紧咬住指尖，想要将心中溢出的情感收回。

"求皇后娘娘为皇上清君侧！"公孙敬说道，忽然跪在了地上，连同上官羽与江听雨一起，跪地，而后，便连北堂齐也跪在了地上，使得慕晴为之一震，不停地想要上前将他们拉起，但是却没有人愿意起来，在他们的脸上，全部浮现着痛苦的神情。

"你们以为，北堂风真的会发现不了我吗？"慕晴苦笑，"说不定，我还没到他身边呢，就被他给斩立决了。"

周围一片静默，此时江听雨上前，淡淡说道："我觉得，皇上一定是被人下了某种药物。那日我向皇上报告娘娘您的行踪。但是皇上只说了句'朕何时让你查这个人，这个人又是谁？'……"

只是简单的一句话，令在场的所有人都愣了一下，更是让苏慕晴开启唇瓣怔在原地。半晌她苦笑了下，大概明白了其中的含义。

北堂风，忘记她了。

就算是药物的原因，于她，都如同被长剑刺穿了身体，有些讶异，有些落寞，还有些痛。

"竟然用这么卑劣的手段……"慕晴咬牙，指尖咯咯作响，"是想支配皇上然后以令诸侯吗？"慕晴无声地喃喃自语，无形地将一份凛冽的气氛凝结在了空气中。

半响，慕晴忽然有些放弃了，于是无力地坐到在地上，神情归为沉寂。仿佛过了很久，她才低垂着头，幽幽说道："让我，考虑一下吧。"

一语出，北堂齐他们瞬时多了一分喜悦，东方楚晏看向他处，露出了凝重的神色。

这时北堂墨恰也匆匆赶至，看了眼北堂齐的马车，他眉头一皱，然后即刻加快了步子向前。柳惠蓉一见，马上想伸手阻拦，却不料被他狠狠反捉。

"别以为本王不知道你是谁，还想活的话，还想给你们柳家留条命的话，就走开。"北堂墨低语，清淡的声调中却充斥着一种血腥味。柳惠蓉心头一惊，不由自主地松了手，然后眼睁睁地看着他走上甲字号房。

"他已经知道了……"柳惠蓉低喃，长长叹口气。

明明决定要过好平凡日子的，为何这些人就是不放过苏慕晴，如果再回去的话，就真不知道还能不能活着回来了。

北堂墨来到门口，刚要推门进去，恰好听到了在里面的苏慕晴说出"让我考虑"这四个字，琉璃色的眼瞳倏然一颤，多了些烦躁，他忽地攥住拳，用力地击打在了墙壁上，在他的脸上也充斥着痛苦的挣扎。

他知道，此时此刻，皇上再也听不进去任何人的话，此时唯一能拯救南岳的……或许，真的只有她了。

但是，他却有种自私的想法，他不想让她再回到那个人身边，一点也不想……

这一夜，慕晴睡得很不安稳，虽然暂时劝退了北堂齐他们离开，可是他们说过的话语却依旧回荡在耳边。

夜又深了，慕晴独自一人趴伏在狭小的桌上，烛光幽静，缓缓地照出她此刻黯淡的神情。东方楚晏自是知道她心中之痛，于是靠近几步，忽然从后面探出双手，将她轻轻地拥入怀中，顿时甜香卷入她的身边。但这次却与平日不同，慕晴并未急着推开东方楚晏，而是当真听话地任由他环住那单薄而颤抖的身躯。

他不明白，一国之大，为何却要把命运架在这女子身上。就算她足够坚强，却也仅仅是一个女人。那些劝她回宫的人，难道就没有一个人会想到，她将面对的，是自己曾经心爱的男人，日日与另一个女人的暧昧笙歌，更要承受那份被人遗忘的悲哀与辛酸。

他在身后，下意识地靠近了她的耳畔，将她紧紧拥住，"呐，慕晴。告诉你哦，我是晋国的四王东方楚晏。"

慕晴微怔，确实因为他的话而震惊，轻轻侧头，"为何现在告诉我了？而且，这么致命的事，告诉我是不是太危险了。"

"我只是想铤而走险试着利诱你。"楚晏笑笑，却拥得更紧，"忘记南岳的事，不久后晋国就会是我的天下，然后跟我走，无论南岳变成何样，都与你无关。"

慕晴深深地吐了口气，缓缓将右手抬起，抚过楚晏的脸颊，"如果真能这么一走了之……就好了。"

"看来，你心里早有决定了。"东方楚晏问道，眼中不经意地撩过一层失落。

"或许吧。"慕晴苦笑，突然想起了什么，她转过身，对着楚晏说道，"南……啊，不。楚晏，早些时候与你说的事，还算数吗？"

"你是说……重塑旧颜？"

"嗯。"

楚晏想了想，忽然了然："啊，你如果没有一个完好的容颜，就进不了宫了。"他倏然笑笑，"那我要是毁约，是不是可以阻止你进宫。"

慕晴顿时陷入沉寂，然后说道："那我便与你绝交。"

"这算什么问题，根本就是逼我给你塑颜，早知道当初就不提了。"东方楚晏略微有些不满，但是看到慕晴那执着的视线，他还是被她折服，有些无奈地说道，"那你答应我一个要求。"

慕晴微怔，随即点了一下头。

"我能在南岳的时间，只剩下一个月了。这一个月，我陪你进宫。然后……"东方楚晏说着，突然上前，用力在慕晴唇上轻啄了一下，使得慕晴突然一僵。楚晏笑笑，"这个，是酬劳。"

慕晴有些无措地看向他处，"一个月，就一个月吧……南岳皇宫重兵把守，你要……自己小心。"

楚晏扬唇，突然敲了下慕晴的额头："我和你一样，想要去的地方，从来没有去不了的，想要出去的地方，也从来没有出不去的。这下你放心了吧。"

慕晴长舒口气，也同样有些无奈地看向楚晏，而后点了点头。

楚晏深深望了她一眼，指尖抚过她的伤痕，有些深意地说："至少，我可以成为第一个见到你真颜的男人。"

"第一个见到她真颜的男人是我。"忽然冒出的声音顿时打破了这宁谧的

气氛，楚晏不悦地回头，看到了悠然进入房中的青叶，而后摇摇手上的医箱，道："早就为你准备好了，现在就可以开始了。"

慕晴眼前蓦地一亮，然后重重地点了点头。

真正的自己终于要回来了，终于可以做回真正的……苏慕晴了。

"如果本王不让你回宫呢？"就在这时，一个低沉而熟悉的声音缓缓沁入到慕晴耳畔，慕晴一怔，即刻起身回头望去，便见一身凛冽的北堂墨徒步进入，他无视着东方楚晏上前将慕晴一把压在墙上，随后侧眸道："麻烦先出去一下可好？"

若是真能将慕晴说服，倒也不失为一件好事，他只是点点头，而后说："别太过分，我可是只尊重慕晴的意愿。"

待东方楚晏离开，北堂墨这才再度看向慕晴，"你忘记了你费了多大的功夫才出的宫吗？你忘了他是怎么对你的了吗？要本王提醒你吗？"

慕晴一怔，知道王爷是来阻止自己的，于是说道："那么，王爷能阻止皇上吗？"

"本王不能阻止皇上的话，那便取而代之。"他说着，声音愈发地低沉。

"这可是谋反大罪，王爷受得了吗？而且，王爷要想反，怕是早反了，或是因为没准备好？"她微微一笑，"但是可以吗？等王爷准备好了，南岳就已经不复存在了。皇上，还是很重要的不是吗？"

慕晴一语击中，让北堂墨的眉心微蹙。慕晴深吸口气，将身体站直望向北堂墨铮铮道："慕晴此番进宫，只是为了南岳，一旦成事将皇上拉回正轨，便会自动请辞离开这里。而且，听江大人说，皇上也不知为何已不记得我了不是吗？"

"既然知道他已经不记得你了，你还有把握吗？"

"我本就没想让他记起来我，只是去帮他重整国威。这一点，我还是乐意做的。"

"答应本王。"北堂墨突然有些痛苦地闭上眼眸，而后将慕晴重重地抱住，他的手臂愈发地用力，甚至带了些不舍的颤抖，"事成之后，迅速出宫，不要再被北堂风牵去了心。"

慕晴微微一怔，露出了丝苦笑，在北堂墨的怀中点了点头。

"此行只为清君侧，不谈情爱。"

北堂墨深深地叹了口气，紧紧咬着牙，但不知为何，总觉得这次一旦松手，这个女人再难抓住……不，他不会让这种事发生，一旦苏慕晴做完该做的事，他会即刻将她接出宫，决不让北堂风再将她困住。

决不！

暗暗下了决定，北堂墨这才缓缓松开了慕晴的身子，而后深望着她道："那么，本王将助你一臂之力。给本王，漂亮地清君侧！"

慕晴扬唇，眼中泛着幽光，喃喃而道："遵命，王爷。"

对于公孙敬的回宫之谋，并非他一人之为，而是联合了朝中所有的众臣。他们虽然曾经都赞誉过皇后娘娘的本事，但此刻却都恨不得将朝中的妖后剥皮蚀骨。当然，这一切的真相却只有极为少数的人知道，因此对那些大臣宣称的，则是要送另一个人进宫。

关于这个计策，在秘密筹划时，北堂墨却始终保持缄默。在大臣们七嘴八舌的时候，他忽然扬手拿过了一个锦盒，而后将一道保存完好的圣旨拿出，并推到他们面前："用这个便可。"

众臣不解，纷纷看去，但在看到圣旨内容的一霎，全部惊讶，唯有北堂墨淡淡露出了笑容。

有此一旨，苏慕晴便可直入皇宫最深处，更可成为离北堂风最近的人。

慕晴，放手去做吧，你将会有比皇后之位更加无上的地位。

真真正正的，一人之下万人之上。

北堂墨拿过茶，轻轻饮入口中，眸中透出利光。

# 第二十七章
## 国策朝臣

三日后，倾天雷雨，阴云遮日。

在众官的齐奏下，北堂风终于上了朝。与过去完全不一样的是，他并未穿着九龙皇袍，而是一身黑色的亮色锦袍，墨色长发随肩垂下。他双眸微垂，狭长轻扬，眼神黯淡，唇角却始终噙着蛊惑的轻笑。他慵懒地坐在龙椅上，手上拿着酒杯，里面晃着如血般色泽的烈酒，随着他的饮入，时而从唇角落下，妖冶而让人不敢直视。

邪君。这当是朝堂上所有大臣唯一能想到的词。此时的他，邪如妖魔，仿佛坠入地狱最深处被染污的邪龙。

其中一个大臣实在看不下去，上前说道："皇上，您……您怎么能穿着此衣，列祖列宗在天有灵……"

"嗯？"北堂风轻轻哼动，侧眸间透出的杀意竟让那大臣双腿一软，就这样跪倒在地。

"哼……"北堂风轻蔑地淡笑，又仰头将酒饮入，偶尔将鲜红染到唇角，他便会探出舌尖轻轻舐过，便是连下面的那些大臣看了都不禁会脸红心跳。

不得不说，虽然皇上此时已经堕为邪君，但是却比过去更加惊艳，让人更加不敢直视，仿佛多看一瞬，便会被他吸入最沉寂的无底深渊。

看周围一片寂静，北堂风眉心微微蹙动。他蓦地将手上的酒杯放下，淡漠说道："若是没事，便下朝吧。"说罢，他便径自起了身，长发扬动，卷起了一丝凛冽。

正当这时，忽然小太监来报，大声说道："祈亲王求见！！"

北堂风顿了足，侧眸望去，不知不觉多了些阴沉。心中不知为何会对北堂墨如此排斥。就好像，北堂墨正觊觎着他最重要的东西那般。

"让他进来。"北堂风眸子一凛，慢慢地坐回原位。他冷漠而视，等待着那即将进入之人。

但是当北堂墨这一进来，北堂风却发现他的手上似乎正托着一个圣旨。微微蹙眉，暗念着他的心思。

只见此刻一身白衣蓝袍的北堂墨站定，他一如既往地沉默，更是一如既往地扬动着深不可测的笑容。慢慢地，他抬起双臂，说道："先帝遗诏，若半数大臣赞成，便可在朝中加设一职。"

"特意把朕叫来，便是要加设一官职？"北堂风挑眉，"那先帝可说，要加设何官职？"

北堂墨抬眸，字字清晰地说道："国策官。"

北堂风先是蹙眉沉思，而后忽然看向北堂墨。

国策官，乃是与其他大臣截然不同的官员。是足以监国的大臣，位阶至高无上，甚至在诸王之上。此官可随意出入皇上寝宫，议政大殿，乃至皇宫任何一个地方。此官可有先斩后奏的权力，更是可以对皇上忠言逆耳。

此官，可谓是南岳名符其实的一人之下万人之上。而正是因为这个官职很是重要，所以通常不设，除非到了紧要关头。

北堂风突然笑了，笑得淡漠从容："朕的皇兄，是想当国策官吗？"

北堂墨失笑，"微臣？微臣当然不当。微臣与众大臣推举一人，非此人不可，而且有先帝遗诏在此，皇上，也不能拒绝。"

北堂风冷笑一声，"你想逼朕？"

"当然不会，这名人选乃是臣等精挑细选出来的有才之人，唯有她能担当此任。"

"既然你都说朕不能拒绝，那设便设吧。反正……"北堂风前倾，微微一笑，"也不过是空有其名罢了。"

"此人已经在殿外候着了。"北堂墨再道，当捕捉到北堂风眼中一闪而过的怒意后，他的唇角便扬得更深。

"宣。"北堂风简简单单一句话，外面太监层层传达，顿时将这个字绕遍了整个皇城。

北堂风向后仰去，再度拿起明案上的酒杯。他轻饮，如看好戏那般地等待着所谓的"国策官"。但对他来说，这些不过是那些大臣又想出来的边边角角的小方法，想降住他北堂风，却不那么容易。

正当这时，脚步声渐渐临近，一穿着流水拖地长袍的女子渐渐走入。她满身的湛蓝，阳光洒下，竟如天仙下凡，长发垂后，随着她的步子轻轻摆动。她走得安静，走得轻稳，双袖平放，遮住了半面容颜，点缀了蓝晕的双眸微垂，顿时将方才被北堂风带起的惊惧气氛悄然吹散，转而换了一种让人无比安心的轻柔。

随着她的进入，北堂风先前那轻蔑的神情不经意地烟消云散，连视线都不知不觉地被眼前女子引去，甚至忘却了身边的一切。

"国策官，徐锦瑶，叩见皇上。皇上万岁万岁万万岁。"她轻语，声音字字落定，决绝而清脆。而她，正是已经改头换面的苏慕晴。

徐锦瑶，则是她人生的第三个名字，也是北堂风面前的重生的名字。

慢慢地，慕晴将双袖拉下，慢慢地，她抬起了那蓝晕下深藏的双眸，慢慢地，她看向了坐于上座的他……

当视线相对的一霎，北堂风手中的杯忽然落地，滚在地上，不知去了何方。北堂风像是被那双清凛而没有丝毫动摇的眸所吸引，他静静地望着她，竟连一字都说不出。

只是莫名觉得，心头的某处，有些发紧。

站在慕晴身侧的北堂墨亦然，在那俊逸的脸上，悄然划过一抹复杂的心绪，而琉璃色的眼中却还是刻印着眼前她的陌生却又熟悉的容颜。

此时的她，不像过去那张脸那般妖媚倾城，却有着如水如冰的清澈，白净的脸上，毫无瑕疵，不需粉饰，便已撩人心魄。

一尘不染，清凛动人。

北堂墨看向他处，心中隐隐作痛。

东方楚晏居然真的做到了。真的找回了真正的苏慕晴，但是当他终于能得见她真颜的时刻，竟是要将她送回北堂风的身边。

他双拳紧握，捏着圣旨的指尖，渐渐颤抖。

北堂风像是忽然间变得安静许多，方才的妖冶也渐渐敛住。他无声地起身，来到了慕晴的面前，他面对着她，不发一语。

他就这样看着她，而她也这样回望着他。似是过了很久很久，北堂风才轻笑一声，扬起指尖，缓缓掠过苏慕晴的脸颊，很轻，轻到没有碰触，只是就这样划过她的轮廓。

"你叫徐锦瑶？"

"回皇上，是叫徐锦瑶。"慕晴回答，毫不闪躲地回望着北堂风。

"连朕进后宫也要管？"

"若是有碍国政，要管。"

"朕宠幸嫔妃你也要管？"

"若是有碍江山，要管。"

忽然间，北堂风笑了，笑得大声，随后凑近了苏慕晴耳畔，低声说道："什么都要管。你以为，你是朕的皇后吗？"

轻轻的一句话，却不经意地刺中了慕晴最痛的地方，但她只是垂眸淡笑，侧头看向旁边离自己极近的北堂风说道："皇上错了。微臣不是皇后，也不屑当皇后。而且……"慕晴慢慢凑近，在只要稍一靠前便能吻到他的距离，轻声说道，"微臣自有心上之人，不会对皇上有任何非分之想。"

一语落，北堂风的眸子轻轻颤抖，便是连北堂墨也下意识地望向慕晴。

北堂风轻哼一声："你的心上人竟把你送到朕的身边，想来，也不是太爱你。"说着，他悄然看向不远处的北堂墨，北堂墨齿间用力，似是当真在忍耐。

原来是北堂墨的女人。北堂风想。他慢慢站回身子，就这样甩袍从慕晴身边走过，在交臂的瞬间他侧眸看了她最后一眼，他露出了轻蔑的哼笑，而后如风般消失在了大殿中，留下了窃窃私语的大臣以及依旧平静淡漠的苏慕晴。

慕晴缓缓闭了眸，脸上渐露复杂的情绪。

或许这个男人，一生也不会知道她口中所道的人是谁，不过对于现在的她，也不过是过眼云烟罢了。

她深吸一口气，回看向北堂墨。

"王爷，自此，慕晴便要进宫了。多谢王爷相助，慕晴定当拼尽全力。"

北堂墨苦涩地笑了下，抬起指尖抚过她的长发，最后才落在了慕晴已经泛红了的唇上："嘴唇都咬破了……以后若是要忍耐，便来找本王。你现在是国策官，不再是后宫女子，不用忌讳太多了。"

慕晴指尖微触唇瓣，看到了些许的血渍，她淡漠一笑，而后抬头看向北堂墨："一定。那么慕晴就此告退了。"

慕晴说罢，便也渐渐离开了大殿。

北堂墨看着她消失的身影，心头，阵阵抽痛。

离开了大殿后的北堂风在走到无人之地时，突然有些无力地靠在一棵树下大口喘息。他以手用力按压胸口，俊逸的脸上透着苍白。

为什么那个女人，会让自己这么痛……

忽然失笑。

是厌恶吗？

啊……他明白了，一定是厌恶。

是因为厌恶这个女人，却要接纳她，所以才感到如此痛苦。

北堂风渐渐滑落坐在地上，眼神透着淡淡的黯淡，半晌，他才轻笑出口，用着苍白的声音喃语着："一定……是如此。"

树上，樱花开放，渐渐随风垂落，飞舞在他身畔，绚烂无比。

只不过，树旁之人，无心欣赏罢了……

从大殿出来的苏慕晴深深地舒了口气，因太久没有站在朝堂上而微微有些紧张。

走过回廊，忽被几片樱花瓣吸引，她侧眸望去，果然见到已经盛开的樱树。她眉头舒展，心绪平静了许多。不禁踏前几步去欣赏一二。她记得，在她出宫之前，这树还没有这番景象，没想到不过数日，却已这般繁茂。

她轻步来到树下，扬起指尖接住垂落的粉红，眼中映出春色美景。忽然有了些童心，想尝试下曾经见过的美人追蝶，于是便效法着过去看过的书籍，提着裙摆尝试一下。可当她绕到树后，却无意被什么东西绊倒，使得她重重摔落在地，蓝袍轻缓垂落，如同一朵盛开的冰色莲花。

慕晴支吾一声，心中咋舌，念叨着自己果然不适合这种小家碧玉才能做的事。刚欲撑身起来，却感觉周身有着一种冰冷的气息。她怔然，缓缓侧头，惊讶于眼前所见之人，她有些晦气地叹口气，淡淡喃了一句："皇上。"

北堂风不客气地将裙摆从身旁扯开，他冷傲地凝视着眼前从见面到现在不停打扰他的女人。

"才刚从朝堂上下来，就迫不及待来私下见朕？"北堂风扬起眉，却不知为何心中隐隐渗透着愉悦。

慕晴干笑两声，冷静地回答道："皇上误会了，微臣是冲着樱花来的，若是知道皇上在此，也就绕道了。"

此语一出，慕晴忽然感觉到自己的裙子被北堂风拽住，下一时刻便因站不稳再度跌倒，而且是重重地倒在了他的面前。

当一切都静止，他与她的距离忽然拉得很近，一缕寒香缱绻着一丝凛香，在这樱花缭绕的地方飞舞开来。

慕晴有些不自在，想要向后退开，可刚一挪窝，还是再度被北堂风拽回。

她不明所以地望着他，而他也无言地望着她。这时一阵风吹过，拂动了他们的长发，慕晴终于忍不住蹙起眉心，缓缓捏住自己的裙角，"皇上这样于礼不合。"

"朕不让你走，你以为你能走？"北堂风说道。

慕晴忽然笑了，重新看了下眼前的他。虽然很多事情他已经记不清楚，但是本性却还是和过去一样，于是她捏紧了自己的裙角，道："犹未可知。"四字刚落，慕晴忽然向己方用力，蓝裙瞬间撕裂，绒毛飞舞漫天。

慕晴淡笑一声，整理好撕裂的裙子，起身向北堂风行了个礼，然后从容离去。

北堂风坐在原地轻靠在树边，指尖摩挲了几下落在手上的冰蓝残布。他忍不住轻声一笑，因为这种让他记忆深刻的离去方式，好像触动了心底的某块被捆锁的地方。

那么让他意外，同时也那么熟悉。

但离开了北堂风视野的苏慕晴却不像他那般轻松，而是靠在墙边深深地喘息了几口气。方才的她当真将忍耐力发挥到了极致。她狠狠击打了下红墙。面对这个男人，何时才能归为真正的冷静，何时才能不用像方才那般狼狈地逃跑，何时才能将心中的情感，真正地忘记……

"慕晴，啊，不，大人。"这时，一个清脆的声音飘入耳际，慕晴抬头，看到了一身贵服的北堂齐，只见他摇摇手中的酒坛道，"本王就快要回封地了，最后一起喝一杯？"慕晴微怔，看到北堂齐在说完这句话后，上官羽江听雨他们也一并从房里走出，他们就像是她久违的好友，在那里等着为她接风。

是啊，她已经不再是一个人，而是有一群可以依靠的好兄弟。

慕晴脸上阴云渐散，重重地点头，然后揽过北堂齐的肩，一同向着马上就要入住的文锦阁走去。几人的欢声笑语，在空中久而不散。

收了酒席，接了圣旨，慕晴终于算是正式以国策官的身份住入了宫中。

她这次入宫的身份，是独在皇上之下，却凌驾于百官之上，当然其中也囊括了皇后。不过除了苏慕晴以外的人都心知肚明，这个职位，若是换做别人，皇上绝对没那么容易答应了，只因这个女人皇上即使忘记了，却也仍然无法拒绝。

这就是命运与牵绊，一种即使忘记了，也无法割断的东西。

当然，慕晴却不这么认为，因为在她心里，北堂风已经是一个深爱着另一个女人的男人。而她在大殿上说的那个心上之人，便是那已经埋在她记忆深处的他。但正是因为他还在她心上，所以，便要挥刀割肉，砍去心中的痛处。

因此，她答应来到此宫，除了要重整国风之外，便还有一个重要原因：那就是借着这个机会，将那个男人彻彻底底地忘记。

有一种痛，痛过了，痛到撕心裂肺，然后就会绝望，然后才能放弃和忘记。忘记了，才能重获新生。

樱花开放，皇宫里却显得有些格外的凋零。

送走了北堂齐，她独自一人徘徊在文锦阁前，她仰望天上飞舞的樱红，脸上渐渐有些平静。

来宫里，没有想象的那般痛苦，至少比第一次来这里时要习惯得多了。

明日起，她就要开始履行国策官的职责了，想来会是一场艰难的斗争。

她深吸一口气，重整精神，然后便回了房间。

夜幕渐渐落下，宫里的气氛也逐渐化为了冷清。这里寒鸦瑟瑟，让人不禁有着透凉的寒意。

慕晴整理好最后的东西，便坐在床上环视这座文锦阁。此地书香飘逸，充斥着一种难得的宁静，若要她来说，这里要比凤阳宫好了不少，至少不用被那些后宫女子虎视眈眈，更不用连做梦都要提防着被人陷害。这里，如同宫中唯一的小憩之地，让她很是舒心。

这时外面的大门有了一些轻微动静，慕晴意识到，于是赶紧出门去望。却见正欲进门拜访的北堂墨踩到了被她丢在门口还没来得及收拾的捆绳。北堂墨淡淡一笑，稍微示意了一下，慕晴不好意思地吐了下舌，而后上前替北堂墨轻轻解开。

"你搬来至此，本王却诸事缠身，这才刚腾出时间来看看怎么样，如何，还习惯吗？"北堂墨问道，当看到苏慕晴起身，抹花了小脸，他的脸上渐渐浮出了宠溺的笑容，然后用指尖为她拭过，撩起了一阵幽静的檀香。

"王爷能来此，文锦阁可谓是蓬荜生辉了。"慕晴谦虚说道，重新摆了摆绳子，便迎接北堂墨进阁。

"是本王多有叨扰了，你现在可是位列本王之上，不用再如此客气。"北堂墨笑笑，然后将手上一直拎着的小盒拿出，轻轻放在了桌上，道，"这是本王前阵子去别地时带回的点心，本王觉得还不错，给你带来尝尝。"

慕晴有些惊喜，接过来看了看，做得形状各异的点心，顿时让她眼中闪出璀璨。于是拿起其中一块，放入口中品尝。香酥入口，竟让她感动得几乎落泪，北堂墨默默看着，唇角始终挂着笑容，于是问道："见过皇上了吗？"

短短几个字，让苏慕晴顿时噎了一下，她咳嗽两声，点心的粉末也不住地在旁边散开。北堂墨以为是吓到了慕晴，紧忙有些歉意地坐到她身边并为她拍着后背，待慕晴好转，才淡淡说："本王只是随口问问，居然这么大反应。"他的语调轻松，像是在逗弄这个憋得满脸通红的女子。但笑容收回，他这才意识到自己竟离苏慕晴如此之近，来自她身上的香气缓缓沁入，让他有些动容。

"见过一次，可惜没什么好印象。"慕晴笑笑，想起了自己被撕烂的裙摆。北堂墨本想对她稍加安抚，忽听到外面有些许的动静。

他神情微敛，于是说道："本王就是来送点心，锦瑶你早些休息。"

一听"锦瑶"，慕晴便很快明白了，当是这房外来了宫里的人，于是也不再多留，起身出去送王爷，刚好看看是哪位大爷又来拜访她这文锦阁。

刚一出门，慕晴的眉角就忍不住地跳动了一下，顺着视线望去，居然有人再度踩上了她好不容易才盘好的绳，定睛一望，这被她无意间"捕捉"的人不是别人，正是早些时候还和她有所敌对的当今圣上——北堂风。在他的脸上似乎有些无法掩饰的不愉快，尤其是怎么也甩不掉缠过来的绳子，当真是为这寒冷的春夜，又增添了一份透骨的寒意。

"还真是捆仙绳，捆下的都是大人物。"慕晴忍不住喃喃自语，令一旁的北堂墨忍不住地低笑，温柔地揉了下她的长发。

"打情骂俏待会再继续，先给朕把这东西解开。"北堂风莫名焦躁，扬了扬腿，却还是扯不开乱如麻的绳子。

慕晴轻咳两声，然后长叹口气，她走过去蹲身为他解开，当她视线一脱离风与墨时，这两个人对视的神情瞬间骤降一个温度。

"皇上真有兴致，大半夜的来此。"北堂墨淡笑，举止上稍稍行了个礼，但唇角却扬着一丝轻笑。与之不同的是，北堂风却始终冷着一张脸，每当这女人为了解绳而碰到他的腿时，都会让他有种莫名的感觉蹿入心间，他只当是不喜，眉心微微蹙动。

"朕，只是要去凤阳宫，路经此处才有所停留。祈亲王这么晚居然还停留在宫里，有些不妥吧。……啊。"没等北堂风说完，慕晴蓦地拉了下绳子，使得北堂风脚下一疼，有些愠怒地看向不知是无意还是故意的女人。

慕晴冷哼一声，在结了扣后迅速一拉，即刻起了身，道："绳子已经解开，皇上请自便。后宫在东面。"慕晴说着，稍稍扬手示意了一下，很明显是有些逐客的意味，让北堂风心中不由得怔了一下，他失笑，却当真有些生怒了。

这个刚刚见面的女人,当真让他无法平静。更确切地说,是气得牙痒痒。

于是北堂风抬眸看向北堂墨,对他稍加示意。北堂墨即刻明白什么意思,虽然极度不悦,还是说道:"锦瑶,本王送皇上一程,你好好休息,明日就要开始受累了。"

北堂风蹙眉,一时没听明白北堂墨的意思。

开始辅佐他,就是开始受累?

但最让他受当头棒喝的是,那个女人竟然很认真地点了头。

见北堂风脸色发青,北堂墨悄然笑了一下,但是眉宇间却露出了些淡淡的苦涩。

他看得出,慕晴是在拿北堂风逗趣,就如同他逗她那般。

在她的心里,果然更多在意的是北堂风,而并非他。

北堂墨不经意地叹了气,转身来到北堂风身边:"皇上,微臣送皇上一路。"

北堂风淡哼一声,瞥了眼身后的苏慕晴,便转身与北堂墨一同离去。

两人身影愈走愈远,慕晴渐渐落下眼眸。

凤阳宫吗?还真是一个……又喜爱,又可憎的地方呢。

路走了一半,北堂风与北堂墨始终谁也没有开口,当然,两人对于为何会一同走出文锦阁,也是心知肚明的。

因为他,不想让苏慕晴单独和他在一起。与其留下孤男寡女,还不如两个大男人一起出来的好。

快到凤阳宫时,北堂墨倏然停住了脚步说道:"微臣就送到这里吧。臣子不方便进后宫。"他的声音平淡,却好像还包含着另一层意思。

北堂风静默回身,下意识地说了一句:"你进得,还少吗?"他像是意有所指,但是却又连他自己也有些不大明白。

他为何会担心北堂墨进后宫,他又曾几何时进过?

北堂墨倒是恣意,他轻轻笑开,夜风撩动了他的发丝,而后淡淡说道:"微臣只是怕吓着皇后娘娘。"

对于他的话,北堂风冷冷一哼,他可从未见过苏慕晴会害怕北堂墨,倒不如说,还很喜欢和北堂墨待在一起,就像是方才的徐锦瑶一样。思及此,北堂风的脸上略显不悦。却在刚要与北堂墨再说上一二时,听到了晚儿的唤声:"皇上,您来了?"

北堂风戛然而止,他侧头看向晚儿,见她如此雀跃便开心不已,随即看向北堂墨，像是在示意着自己是多么得这女人的深爱，但是下一刻，他却有些狐疑了，因为那个在他印象里很是觊觎苏慕晴的他，一脸淡漠，仿佛是对这苏慕晴完全没有想法，甚至还有那么一瞬的轻蔑。反倒是自己的皇后在看到北堂墨后，一脸讶异地站在原地，身子僵硬无比，当真像是对北堂墨有些怯意。

"微臣告退了。"北堂墨幽幽一笑，行礼，转身离去。晚儿用力吞咽唾液，小心翼翼地躲在北堂风身后，眼睛不自然地四处乱瞟。

北堂风轻抚着晚儿的肩，心中渐渐有些发沉。

他的慕晴，曾经也如此胆小吗？为何总觉得，不知道哪里有些不和谐。

……

是夜，晚儿侍寝。

但是突然间，一切又都戛然而止。

北堂风撑在晚儿身上，长发垂落在两旁，他低头看着如此娇美的晚儿，眼神竟有些空洞。

"皇上，为何不继续？"晚儿转眸，脸色浮红。

北堂风静静地望着，用指尖抚过她的双眸，道："慕晴，你还记得当初你看着朕的眼神吗？在筱月殿的时候……"

晚儿心头一紧，不知北堂风为何忽然想起这段自己缺失的记忆，于是勉强笑笑说："当……当然记得。"

北堂风有些苦笑，挑起晚儿的下颌："再给朕看一次可好，若是不给朕看，朕便不给你想要的。"

晚儿有些发慌，但仅仅是一个眼神，应该不会露出马脚。于是扯动了唇，抬起双眸。

北堂风凝望，心中却平淡无波。他有些疑惑，有些不解，半晌只是轻声而道："当时，你是这么看朕的吗？"

晚儿勉强笑了笑说："当然了，皇上……"

北堂风无声呼吸，月下的他竟有些凛然，使得晚儿心头一颤。北堂风侧过身，从晚儿身上离开，他仰头看向头上的瓦顶。

为什么，会没有丝毫的感觉，为什么……找不到那种，好像不知不觉被自己遗忘的，悸动。

这时一抹清凛的眼神突然从北堂风心中闪过，北堂风幕地从床上坐起大口喘息。他手肘撑着膝盖，有些仓惶，然后焦躁地用指尖将长发划拨脑后。

想起那个女人的眼睛，他的心会再度痛起。

若是厌恶，为何如此……刻骨铭心。

他长叹一口气，独独留下一句："今夜，你先回去吧……"

次日一早，天渐初亮，就在一切都还笼罩在一片昏暗中时，才起的太监宫女们却因着今日一个异常的情形而聚成一团。

在通往明阳殿的皇城路上，一身冰蓝色长发清凛的女子正带着两名内侍稳步前走，她每步都带着一股淡淡的香气。那是一种说不出来的凛香，飘散而过，让那些闻惯了浓烈味道的宦人们不禁感到很是舒服。

走过回廊，终于来到了自己不止一次到过的地方，慕晴站在匾额下，抬头轻望。

"大人，皇上还在熟睡，当真要这时候进去吗？"其中一个内侍询问，略微有些担忧地看向眼前镇定的女子。因为就他所知，皇上自从不久前性情大变后，就开始有些让人摸不透，尤其是早上的早朝，更是不怎么去。这位国策官刚刚到任就硬闯明阳殿，会不会太过惊险了？

慕晴昂首挺胸，单手负后，对于他的问题只是淡淡回了句："你们准备好给皇上洗漱的东西便可。其他的不用管。"说着，便向前走去。

来到门口，她深深地吸了口气。指尖抬起，悄然贴附在门上。

这一推，便要将那最后的防线打破；

这一推，就彻彻底底地没法回头；

这一推，她便要跟着南岳一同生死。

慕晴垂眸，做了最后的斟酌，随后蓦地抬起双目，狠狠地将大门推开。

一时间，慕晴的眼眸便被一阵幽暗所笼，慕晴关了门，发现明阳殿的所有外窗竟然都被黑帘所遮，就像是惧怕着白日洒入的光芒那般。

这个男人的变化，还真是耐人寻味。

慕晴心中暗暗琢磨，心头却不经意地划过一丝刺痛。她尽可能地甩开那些不应再存在的想法，而后轻步来到了龙床边上。

会不会看到龙凤同寝的一幕？慕晴心中嗤笑着自己。

但是就算是这样，她又岂能因此而怯步？还是那句话，这一行，不为自己，而是为了南岳百姓，就算是神魔阻她，她也会毫不犹豫地诛魔弑神。

思及此，慕晴便拉住了床帏纱幔，缓缓拉开。

随着缝隙的加大，北堂风的身影也微微现入到她的眼中。此时的他睡得安稳，长发遮面，竟像个未曾经过沧桑的少年。

幸运的是，龙榻上只有北堂风一人，没让她在第一天便看到那让她刺目的画面。

慕晴舒了口气，重新正视北堂风。

现在的他，依旧很俊美，甚至比过去更加让人动容。

但是……

对她，已经无用了。

慕晴淡淡一笑，俯下身来到了北堂风的耳侧，轻声说道："皇上，要上早朝了。"

北堂风眉头微蹙，脸上多了些烦躁，他没有睁眼，只是淡漠地回了句："不想死……就从这里滚出去。"

慕晴了然，缓缓起了身。她看到外面已经渐渐亮起的天，像是在琢磨着什么。而后便起步来到了窗边的黑帘旁。前来看情况的李德喜一见，顿时脸色吓得发青，然后一把抓住慕晴的手道："哎哟大人，万万不可！皇上近来脾气难控，若是强来，怕是要触犯龙威，那可是杀头之罪啊！"

慕晴安静地看向李德喜，忽地苦涩说道："杀头之罪，又不是第一次犯了。如果一颗人头能换来皇上临朝，那也死得其所。"说罢，她脸色正回，随后一把将黑帘拉开。

顿时间，光芒照入，瞬间将明阳殿内映照得清晰无比。窗户被推开，去除了这层隔阂，连屋外清脆的鸟鸣声都可以清晰地听见。

李德喜脸色刷白，慕晴却双手抚着窗棂，享受着晨时美好的感觉。

然而床上的北堂风却与之相反，这忽然刺入的阳光使得他的眼睛感觉到一阵难忍的刺痛，他紧忙用手遮住双眼，方才的睡意也顿时全无，取而代之的便是那几乎能燃烧一切的怒意。而后，便听到了从他口中挤出的一声压得很沉，却能冻结一切的低吼："徐锦瑶！！"

对他来说，这还真是一个惊喜的早晨！

闻声，慕晴回身靠在窗旁，莞尔一笑道："微臣在。很荣幸皇上还能记得微臣的名字。"

这一瞬，暖阳似乎有意地将自己的色泽染在了这如冰雪的女子身上，她的笑容暖如春风，声音轻灵，竟让北堂风微微有些怔住。

心口，又有些不经意的刺痛。

北堂风不由得多了些焦躁，只见他半撑起身，肩膀上的衣衫滑落，露出了雪色的肌肤。他安静地凝视着她，像是有意刁难，然后渐渐将手从纱幔中探出，道："过来。"

清淡的一语，让李德喜多了几分担忧，他转头看向身旁之人，却不见她脸上有丝毫的惧意。

慕晴一言不发地起身向北堂风的方向走去，然后站于床畔，望着那如妖如魅的北堂风说道："皇上有何吩咐？"

北堂风眸子一颤，倏然抓住她的手，稍一用力便将她拉到了自己面前。

"敢对朕如此无礼，你当真不想活了。"他一字一字咬牙而道，眼中迸射着怒意。

但是慕晴却像是听惯了这种话般，毫不惊讶地笑了下，抬眸时有着一闪而过的倔强与不屈："那便让微臣死，否则微臣是不会停的。"

北堂风忽然像是被她那抹几乎可以击穿一切的眼神所震，心头那隐隐的疼痛又开始不经意地蔓延。他指尖微动，想要捂住胸口，却又只能怔怔地望着眼前的女子。他不愿承认，更是不愿面对，于是冷声说道："你若这么想做南岳大功臣，可以，但是要付出代价。"北堂风忽然将她拉低，然后在她耳畔低声说道："朕去上朝，但是，朕上朝的时候，你要在殿外跪候，直到朕出殿。"他的声音很轻，很淡，也很冷，仿佛一切都回到了刚刚来南岳时的那样。他的呼吸染在她耳畔，时而传来一种女人身上才有的香气。

那香气她岂会不熟，是来自苏慕晴，不……是晚儿身上。

慕晴轻舒口气，随后眼神渐渐归为冷寂，回道："如果，这是皇上所期望的话。"

皇宫出了一件大事，国策官第一天上任，竟然就让皇上重回大朝。

这件事，让满朝官员为之振奋，纷纷赞誉这位国策官的本事。于是一个不差地全部赶往皇宫进行今日的早朝。

可是当这些官员正赶往大殿的时候，却发现这位国策官竟然跪在了大殿前的石阶上。

只见她神色悠然，昂首而跪，无论多少人从她身边走过，她都心无旁骛，仅仅是凝望着上方的皇龙殿大匾。周围过路之人，也都不敢多打扰这位女子，因为这其中的事，想必只有她与皇上最为清楚。

不久后，众人皆入，在这空寂时分，自慕晴耳畔传来了稳而慢的脚步，那阵舒心的檀香飘然而至，使得慕晴眉眼微颤，下意识地有些黯然。

如此这般狼狈，当真不想让王爷看到。慕晴心里这么想着，也只能这么想。

忽然感觉到头上有着微微的重量，渐有一阵暖流蹿入她的心田。

北堂墨安静地抚着她的发，像是在安抚一个困乏疲惫的孩子，他不多言，只是淡淡落了句："若是扛不住了，就算本王真的要起事，也会将你带走。"

慕晴莞尔一笑，指尖抚上，缓缓拉住北堂墨的手，"那慕晴为了不让王爷起事，拼死也要扛住。"说着，便神态轻松地拍了拍自己的肩头。北堂墨看向那瘦瘦小小的臂膀，心头有些沉淀，他缓缓点了头，便迈开步子离开了她的视线。衣角轻摆的画面，是她最后能见到的温暖，接下来等待她的，便是漫无尽头的跪罚。

她知道，北堂风定然会为了罚她而加长上朝的时间，如此便好，如此就可以处理许多压下来的军机大事，慕晴长舒口气，揉了揉自己已然开始发僵的双膝。

苏慕晴，要撑住，只是这点皮肉之苦，又怎可将自己打败？

在这百无聊赖的时刻，慕晴陷入沉思，回想起这两日见到北堂风的样子，总觉得不知哪里有些奇怪。是啊，本身北堂风横征暴敛之事就已经是荒诞无稽，更别说是其他。

因为北堂风仁者治国的原则，明明是扎根般地刻印在他心里的，岂会因为迷恋一个女子说变就变。

其中，果然是有所蹊跷了，会是先前猜测的药物使然吗？

但无论是何种蹊跷，她早晚都会查个水落石出，最重要的是，无论此时北堂风为何会变成今日之况，她都要将这位南岳的皇帝，拉回到帝王正途，决不能让他将自己一手建造的盛世王朝毁于一旦！

然而同一时间在皇龙殿里的情况，却并不像慕晴所想象的那般宁静。

北堂风虽然按照约定来上了朝，也穿上了龙袍，但是还没开始，便感觉到了来自于北堂墨视线中的冰冷。北堂风的心中自是也不怎么愉悦，于是便与北堂墨对峙起来。

"看到心爱的女人在外面跪着，气急败坏了？"冷不丁地，北堂风戳破了北堂墨的面具，众臣为之一惊，不料北堂墨却淡然相对。

是啊，他因为北堂风的这句话感到异常的高兴，因为能从北堂风口中听到苏慕晴是自己的女人，那是何等地让他兴奋。于是他只是淡淡一笑，说了句："啊，是啊。"

然而简短的几个字，却在北堂风心中莫名地卷起了场风浪，他的心中似在

蹿动一场无名的炙火，在疯狂地灼烧着他的内心。

"这么轻易就承认了，朕还以为你要存到朕将她纳入后宫才说。"北堂风低声说道，但字字带着冰冷，周围大臣着实云里雾里，搞不清此刻朝堂上的情况。

"徐锦瑶不过是国策官，她不会进皇上的后宫。"北堂墨淡语，随后轻哼了一声，"皇上让锦瑶在外面罚跪，难道就是为了质问臣的家事？"

"家事？"北堂风眯住眼，莫名对这两个字感到排斥，甚至说，感到一种极度的不快。

但他也不是胡搅蛮缠之人，既然和徐锦瑶约定要好好上朝，便也不会让她白跪，于是他当真开始认真处理政事，让周围方才还有些搞不清状况的大臣着实松了一口气。

皇上虽然近来临朝被动，但他的治国之才却是无人能及，如果皇上慢慢恢复了过去的意识，他们一定要烧香拜佛，以谢天恩。

见北堂风开始临朝问政，北堂墨也稍稍松了口气，垂眸间露出了些深邃。

北堂风虽然忘记了苏慕晴，但是却还有一件事可以肯定……北堂风在下意识地占有着她，在这种近乎执念的占有欲满溢之前，他还是得找机会说服慕晴，将她带离这个地方。

北堂风，太过危险了。

繁杂的国事终于处理得七七八八，下了朝，北堂风没由来地有些踌躇。在用力地按了下自己的眉心后，他才不得已地起身向外走去。

出了大殿，他很快就感到有些不明的焦躁。其实按理说，他若是真心想整治下那不知好歹的女人，他应该在朝堂上停留很久，但是每每想起她跪在大殿外，都会有种不安的感觉，就像是心底的某处，正在被什么人所撕扯着。

有些发紧，有些发疼。

当他来到正殿前的石阶上时，发现那敢与他顶嘴的女人此刻正闭着眼睛，右手却用力地按抚着胸口。那个位置，让他感到有些难受，仿佛是有什么模糊的片段从脑海中搅乱着他。他顿了足，用力地按压了下额头，半晌才再度正视了那个女人。

他走到她旁边，安静地站了一会儿，可她却没任何感觉。

北堂风冷哼一声本欲直接跨走并留下她继续在这里跪罚，只是脚尖却如何也动不了，过了很久，才冷冷丢下一句："走了。"说罢，他便负手离开，长发在身后轻摆，看不透他脸上的神情。

慕晴蓦地一怔,像是惊醒,这才意识到自己因为沉思过度,险些在这里跪着睡去。她低喃着:"这么快就下朝了?"然后起身想与北堂风同走,可双腿刚一动弹,她便摔倒在地,揉了揉,竟发现自己两条腿都已经跪得没了知觉。

她忍耐着坚持,想要开口唤北堂风稍等片刻,抬眸间却看到了盈盈而至的晚儿。她像只蝴蝶般依偎在北堂风的怀中,很快,两人便如天鹅交颈一样从她视线愈走愈远。

慕晴微怔,顿在了原地渐渐垂下眼。

也是该用早膳了,这并非国策官的职责,而他,也不会等她。

她轻叹口气,已经不用急着起来,索性坐在了地上望着眼前的一对龙凤。熟悉的面容,熟悉的姿态,熟悉的相濡以沫,却是陌生的距离。

慕晴淡笑一声,这才吃力地从地上站起。那人已经走远,她也该去用膳。

对她来说,皇上的家事,她且静静看着便好了。

总会有一天,她会看淡一切,不至于像此时这般,心如刀绞。

她踉跄而走,周围官员也纷纷散去,众人皆向她投来怜悯的目光,却无人敢上前搀扶。慕晴心中不解,不明白他们究竟在大殿上又见到听到了什么关于她的流言蜚语。

不过既然他人不提,她也倒懒得去问,流言总有止住的一天,一个皇上便已经令她焦头烂额,其余的,也无暇去管。

慕晴这么想着,却脚尖猛地一颤,总觉得好像有人从身后抱住自己,未等她想明,便忽起一个力道将她横抱起身,慕晴心头一紧,仰头看向这大胆之人,竟见到了那俊逸而沉稳的脸庞。

"王爷……"慕晴有一份讶异,一时僵在了他的怀里。

北堂墨含笑说道:"跪了一早上,走起路来有所不便,本王当你的腿,带你回去。"

"王爷这样会引起流言,会有损王爷声誉。"慕晴冷静地说道,想要挣脱而下,却被北堂墨牢牢锁住。他亲昵地笑了笑,阳光下温暖无比。

"在别人眼里,你已是本王的女人,何来流言?"

慕晴心头一颤,霍然想明白了方才那些大臣的样子。是了,若是王爷看中的女人,那些官员又岂敢靠近。慕晴不解地抬头凝望北堂墨,淡淡而道:"改日慕晴会去澄清,以还王爷清誉。"

"本王宁可天下人都误会。或者,并非误会。"北堂墨轻声说道,见慕晴想要回应,便想要打断,他蓦然松了手,使得慕晴惊吓一下不由自主地揽住北堂墨的脖颈,她喘息着回望北堂墨,眼中多了一份慌乱。

"再问东问西,本王就把你扔了。好了,陪本王一同用膳。"北堂墨像是在吓唬一个孩子般对着慕晴说道,随后不发一语地抱着慕晴往文锦阁走。阳光下的他们,倒是像一对让人羡煞的鸳鸯那般,男才女貌,让周围人不由自主地看向他们,当真如同在欣赏一幅如流水的画卷。

已经伴着晚儿走了一半的北堂风侧眸恰好看到了这一幕,本是淡笑的脸上渐渐多了些阴沉,晚儿在身边叫了他几声,他都未曾去细听,唯一能清晰听到的,就是自己胸口这愈发焦躁跳动的心。

有一种冲动,想将北堂墨从那女人身边扯离,然后让他,永远也无法碰触到她。

忽然一怔,北堂风有些懊恼于自己方才的焦躁,他低头看向略有不快的晚儿,出言哄了几句。

许是今日被那女人折腾得有些混沌,否则对这既敢触犯龙颜,又不检点的女人,他又怎会有半点在意。

除非,他疯了。

他垂下头捧住晚儿的脸庞,他深深落下一吻,然后更加深入地探索。

今日,他一定要好好品尝下晚儿,以将那女人带给自己的烦躁,全部抹去。

北堂墨一路抱着慕晴到了文锦阁,但真的进了门,北堂墨反而有些不快,像是还不想对慕晴放手。与北堂墨不同,慕晴倒先一步从他身上逃开,她甩甩已经恢复了知觉的双腿,然后恭谨地站在北堂墨面前含笑道谢:"多谢王爷将慕晴送回!"她莞尔一笑,显出了一抹酒窝。北堂墨有些看得失神,但在听到那略觉陌生的字眼后,心头忍不住有些失落。他凝望慕晴,指尖滑过,想要将她拉过然后亲吻她的长发。可就在唇瓣即将落下的一瞬,慕晴突然消失在了自己眼前,北堂墨身子一定,抬头看到了另一个不该出现在宫里的人。于是脸色一沉,暗暗说道:"东方楚晏。"

慕晴眉梢有些雀跃,回头看去,果然见到了如约前来的楚晏。她回想起来之前为换脸而与楚晏做的约定,不由得有些失笑。

虽然是楚晏强逼着她答应的,但是如今在这里能看到楚晏,竟然没由来地有些安心。终归来说,独自一人在这冰冷的皇宫太过孤单。楚晏在此停留一月,只要对他和南岳两方不会造成危险,她倒也并不排斥。

对于楚晏,她还是要严加看管,免得这位敌国来客,再套个情报拍拍屁股走人,那她这国策官,可就当真失职了。不过想归想,其实她还是很信任楚晏。因为她曾向王爷了解过,楚晏虽是晋国的王爷,南岳先帝在世时,似乎救过楚晏一命，于是在晋国和南岳的战略方向上他是主和派，自然不会对南岳造成什么大的矛盾。而之所以要稍加提防，则又是因为东方楚晏着实不喜欢北堂风，好像这也是从很久之前就开始的事。这一点楚晏也是知道的，所以他乐于让她来提防，也毫不避讳地展现他的一切，甚至于……身体。

对此，慕晴感到沉默，也就不敢再多探究这个男人的心理了。总觉得，再往下探究，就会看到很多很诡异的东西。

她抬起头正视楚晏，发现他褪去一身花衣，换上了一套整洁的锦服，青色点缀，那由内而外的王者气质凸显而出，慕晴苦笑，琢磨着要如何才能在南岳皇宫里掩盖住他的光辉不致被人发现呢？

但比起慕晴脑中闪过的各种心思，楚晏倒是非常直白地将她扣在身边，他看着北堂墨的眼中依旧存着敌意，而后淡淡一笑道："从今日起，我便是国策官的副官。"

对于东方楚晏的出入自由，北堂墨蹙眉不悦："别以为你可以在南岳随心所欲。"本想警告，但是侧睇看了眼慕晴，这才舒口气说："放你一次，你老实一点，本王的人随时会看着你。"

"我还真是寄人篱下呢。"楚晏轻笑，收紧了搭放在慕晴肩上的手臂，"你说呢，大人？"

慕晴忽然有些不耐烦，她只是来辅助国政，为何说得像要进某人的后宫一般，她顿时将楚晏的胳膊扔下，然后说道："我只是来做该做的事，做完就会出宫然后找个僻静的地方藏起来。别为了我争吵，没有任何意义。"说罢，她便转身离开了院子，留下了回头凝望着她背影的北堂墨与东方楚晏。

"她生气了。"

"还不都是因为你。"

……

用早膳的时候，慕晴一直保持着沉默。并非还是在生王爷和楚晏的气，而是在想着待会去飞霜殿辅政之事。听闻皇上近来夜夜笙歌，曾经堆满奏折的桌案也变得空无一物。她着实想不通，为何短短时间北堂风就会有如此变化。

放了碗筷，她径自起身，看向朝阳，光晕洒在她的脸上覆满了一层安静。

皇上究竟怎么了，这南岳究竟怎么了？

她看向来接她的侍从，长叹一口气。

批阅奏折的时候到了，想来这次与北堂风的相处，不会像早朝时那般顺利了。

## 第二十八章
### 王臣对峙

换好了绫罗锦袍，苏慕晴最后对镜整理了下容妆，面对镜中已经看惯的相伴自己二十余年的五官，慕晴终于有种回归自己的感觉。

她随着侍从一同离开，路上随口问了问北堂风此刻的情况，只闻皇上自早上和皇后娘娘一同进了飞霜殿后便再没有出来过。里面的情形慕晴不听也知道是怎么样，走向飞霜殿迈开的脚步，总觉得沉淀而飘忽。

该来的，总归要来。但是此时乃皇上处理国政之时，决不允许有人玷污了那张为民请命的桌案。

到了门口，慕晴停下脚步，里面徐徐传来的声音，使得外面的太监都忍不住面红耳赤。

还真是一大早就体力充沛，有这精神，不如多看奏折。

慕晴的唇角不禁有些抽动，心中那种失望透顶的悲愤如浪涛席卷着她的每一寸神经。恰见李德喜正悠悠走来，他看了眼慕晴，而后说道："大人还是等等吧，这时候进去怕是不大好。皇上素来宠爱皇后娘娘，不能让娘娘见了尴尬。"

"原来他那么爱苏慕晴吗？"慕晴嗤笑，言语中透着轻蔑。

李德喜心中有隐，虽然知道此苏慕晴非彼苏慕晴，更不知道为何皇上突然一夜之间就混淆了二人，但他不敢提，不敢在皇上兴头上冲了他的喜好，更不敢和现在已经意识混乱的皇上提那等匪夷所思之事。

当然，和这位才见过两次面的国策官，更是不敢多说一句。

然而他的神情看在慕晴眼里，却是知道一二。她抬起头看向那门，终是扬起手，一把推开。

声音轰响，瞬间带着门口刺眼的光芒射入殿内，他们的身体紧紧交缠，香汗淋淋。晚儿满面浮红，忍不住往北堂风怀里钻。北堂风倒沉稳，只是有些不快地侧过眼眸看向慕晴。

"皇上，批阅奏折的时候到了。"慕晴冷语，声音中听不到一丝一毫的情绪。

"你是什么人，竟敢如此无礼！"晚儿忽然开口，眸中透出厉色。

慕晴冷眸相望，第一次为自己曾和这个女人长得一样而感到万分羞愧。她轻笑一声上了前，温柔地执起晚儿的手，北堂风依旧沉默，而晚儿则是有些不解。

但下一刻，慕晴却猛地用力将晚儿从北堂风身下拽开，二话不说就丢出了飞霜殿，速度之快简直让周围所有人脑中都还发着愣。晚儿更是难以置信，疯了一样地拉住衣服企图遮住自己赤裸的身体，满面的羞愧。

慕晴望着门口的她，顺势将她留下的亵衣绸缎扔在了她身上。关门前，她说道："飞霜殿乃国事重地，没打你四十大板，已经是对皇后娘娘的恩宠了。"语毕，便重重地关上了飞霜殿的大门，留下了一脸错愕的晚儿。她愤愤咬牙，狠瞪周围看她的那些侍卫，随后裹着衣服，眼中透出了利光。

关上了飞霜殿大门，慕晴背靠门站。她傲视前方，脸上平静而无波。北堂风亦然，他随意地拉上衣衫遮住了还带着晚儿吻痕的身体，眼神中透着隐隐的凛冽。

"你什么意思？"他开口，声音带着低沉和冰冷，仿佛随时都会将眼前的她击穿。

"只是做了该做的事。"慕晴说罢，便从旁边端上一摞绸布做好的奏折，稳稳放在桌上，然后对着北堂风莞尔一笑，"皇上，请处理国事。"

北堂风蓦地咬牙，然后将慕晴扯过，他按压着她，狠狠地俯视着那双不屈的冰眸。

"你打断了朕的好事，无外乎就是觊觎后宫，若你真有此意，朕也可以给你一席之位。"北堂风冷语，指尖滑过她的衣衫。但是指尖却在下一刻被慕晴牢牢抓住，她仍然淡笑，说道："微臣早说过，微臣对后宫毫无兴趣。还有……"慕晴冷笑一声，渐渐地剥开了北堂风身上的长袍，指腹掠过皇上胸口处的吻痕，淡淡说道："皇上，太脏了。对于被别人弄脏的东西，微臣，毫无兴趣。"

"你——！"北堂风倏然怒意攻心，仿佛有一种极痛的东西自血液中流过，他紧抓着慕晴的手臂，唇角有意无意地抽动。

但是，为什么……为什么，却说不出一句反驳的话。

他忽然从一旁抽出长剑，只对苏慕晴的心口，低声说道："你伤了朕爱妻之心，朕随时能给你心头一剑，让你永世不得超生。"

慕晴先是微怔，顺着利刃看到了最后，从那柄银亮之色中看到了自己淡漠的神情。她抬头，凝视着北堂风，忽然毫不在意地挺起身体，剑尖顿时切入，鲜红之色缓缓蔓延，北堂风一时怔住，竟不知如何是好。

"微臣认命了。这里的伤口，怕是好不了了，再多一道伤，也无妨了。"慕晴再度上前，使得剑刃入心更深，她却始终带着平静的微笑，伸手为北堂风整理好衣衫，她撩过他的长发，想要自前面帮他束好，那剑却阻挡了她的方向，她像是根本无所谓，只是伸手向前，任由那剑越来越深，深到快要穿入她的身体，深到她足够能为他将长发束起。

见到胸口如花般的血红，北堂风的眸子顿时颤动，他蓦地扔开长剑，心头竟在轻轻地颤抖。

这种痛，为什么会如此撕扯着他的心。

这个女人，为什么能做到如此地步？

她是疯子吗？抑或是……自己疯了。

"太医……"北堂风下意识地低喊，忽然间有些飘忽，脑中飞速闪过的画面如藤蔓般开始缠绕。

这个词，他好像为了什么人，喊过很多次。

对，他的慕晴，他的慕晴经常如此让人揪心。

可是为什么……这么乱，这么乱，脑中之事那么不清楚。

慕晴见北堂风安静了下来，径自抚着伤口，她依旧从容淡笑，而后说："皇上批阅奏折吧。为免弄脏了皇上的衣裳和桌子，微臣暂且告退了。"

慕晴说着，便想要转身离开，但霍然被焦躁侵袭的北堂风却突然在后面叫住了她。她顿步，没有回头，静静地听着他的话。

"朕确实应该批阅奏折，但是还是那句话，你若想当功臣，就要付出代价。"他说着，便走近她，将她身子缓缓扳过。他垂眸俯视她，冷语道："你方才说过朕脏，但朕不嫌你脏。这件衣服被血染了，你便可脱了，然后治伤。在飞霜殿。你应该觉得无妨吧，方才不是这么对待朕的皇后了吗？她被众人所看，你被朕一人看，这样，可以吧。"

慕晴渐渐安静了，她明白他的意思，他是想替他挚爱的皇后出一口气。

不过，她从来没有针对过他的女人，只要她能完成她的职责，那么让他看看这被他早已看过千百遍的身体,又有何妨?

慕晴失笑,静静说了一句:"如果,这是皇上的期望。"

她捂着胸口后退一步,静静地解开身上的衣带,然后是外袍,再然后是亵衣,直到那满是伤痕的身体渐渐映入北堂风眼中的时候,北堂风的心突然被揪住,他忽然后退了一步,方才脑中的那层混乱竟又开始折磨着他。

半响,他停步,强迫着自己走近,他以指尖轻颤地抚过她身上的伤,直至胸口那三处伤痕。

"这是怎么弄的。"北堂风开口,声音淡如水,却有着一种隐藏不住的复杂情绪。

慕晴并不想回忆过去,所以只是安静地说:"第一处因一位情同姐妹的女子,第二处因一场为国请命的浩劫,第三处是皇上方才所赐。"她淡淡地说着,而后拉下北堂风的右手,抬眸间依旧毫无波澜,如同看透生死的灵魂。

北堂风忽然好像不知如何思考,眼神本能地透出了些柔软,他倾下头,下意识地想要去亲吻眼前女子绝望的双眸,却在下一刻被倏然拉开了距离。

"微臣已经按照皇上说的做了。但是皇上的行径,不怕挚爱的皇后娘娘生气吗?"她淡笑,却没有任何的表情。

北堂风蓦地一怔,不知自己究竟为何会做出如此行为。在懊恼的同时,却有着另一种不快的想法——她是在为北堂墨守身如玉。

北堂风眼神骤冷,扬袍回身坐到了飞霜殿的座前,当真开始批阅积累已久的奏折。慕晴也不再多话,如北堂风所说开始自己处理伤口。

她掏出一瓶王爷过去送她的伤药,轻轻地洒在了伤口处,然后撕开裙摆,将流血之处紧紧裹住。处理完后,她便站在原地,漠然地等待着他。她不发一语,却在阳光下美得如同雪间仙人。

他时而会抬眸看她,每每都会引起一片躁动。而她则完全不看他,只是垂着眸沉思冥想。

……

大约到了正午,堆积如山的奏折也差不多批阅完成。慕晴看了看身后的太阳,心中估摸了下时间。于是松口气,低身开始将衣袍穿好,而后抬头说:"皇上要是想继续和皇后娘娘鸳鸯戏水,请移驾凤阳宫。只要是在国政时间以外的时候,微臣都不会阻挠。微臣休息时间也差不多到了,微臣告退。"说罢,便推门而出,当真像是准点上下班那般。

北堂风一时有些语塞,就这样看着她转身离去,如风如水。他不快地扔下手上的笔,随后起了身。

可当他出门,确实想要移驾凤阳宫去看看他的慕晴情况如何的时候,忽然看到一袭青衣的男子正与那个徐锦瑶有说有笑,偶尔还勾肩搭背,不似与他在一起那般冰冷,此时的她,笑得灿烂,笑得开怀。

"说朕脏,别人就不脏吗?"他低声轻喃,轻轻眯住眼睛,李德喜上前问驾,却见北堂风忽然向着另一方走去。

只见他疾步走到慕晴身后,然后忽然捉住了她的腕子,顿时慕晴向后倾倒,直接跌入到了他的怀中。一时间所有人都惊住,连慕晴都忘记了如何思考。

东方楚晏渐渐敛住笑容,带着流光的琥珀色中透着一股凉意。

"皇上,微臣的职责已经完成,请皇上移驾凤阳宫。"慕晴顿时拉开了与北堂风的距离,而后冷冷相告。

"你再说一遍。"北堂风压低声音,眼中透出冰冷。

"请皇上移驾凤阳宫。"慕晴再道,毫不动摇。

"再说一遍。"

"请皇上移驾凤阳宫。"

"再说一遍。"

"再说多少次都还是这句话,请皇上……"忽然间,北堂风俊颜凑近慕晴,那阵突然的靠近卷带着一层寒风,他双目凝视着她,像是能看到一层正在将她剥开的火焰。而后一把抓住她的腕子,不带一丝感情地说道:"敢企图支配朕的人,你还是第一个。"

"微臣以为,皇后娘娘是第一个。"慕晴安静而道,带了微微的嘲讽。

北堂风唇角忽然抽动,便要将慕晴拽走,同时放言:"朕确实要去凤阳宫,但你不是国策官吗?既然要时刻监视着朕,便哪里也不许去。"说着,便要将她带走,可步子才刚动,却发现在慕晴身上多了另一股力道将慕晴扯住。北堂风顿足回了眸,看到了正以相反方向紧握慕晴手的东方楚晏。

"皇上,国策官不是宫女,也不是太监,更不是皇上后宫的嫔妃。请皇上尊重为朝廷卖命的大臣。"东方楚晏说得宁静,第一次如此认真,慕晴微微侧目,心中确实有了一分意外。

北堂风渐渐沉下心,手上的力道却完全没松,自他身边,渐渐有一股凛冽的慑然散开。

若是换做其他人,或许早便吓得不敢直视,可偏偏在他面前的,却是即将反朝登基的皇者东方楚晏。他的身上也透着股寒冷,直逼北堂风。此时忽然像是有一股要崩坏的气氛自两人中间迸射而出。

"你是谁？"北堂风问道。

"国策官贴身的副官，南楚。微臣，只听国策官调配。"东方楚晏微微一笑，将慕晴向己方拉动了一下，"与皇上不同，微臣可是，很乐于受国策官大人支配。"

慕晴忽然失笑，着实想不通这男人怎么将这种"变态"的话放到了宫里。但这一转头，却看到了北堂风震惊和嗔怒的神情，让慕晴为之一怔。

早上是王爷和东方，现在是皇上和东方，为何就不能给她一分清净？

慕晴侧眸，见到北堂风身后正徐徐走来的晚儿。于是蓦然用力将双手从他们两人中间抽回，而后说道："皇上，皇后娘娘来了，可别让娘娘误会了。"说罢，便转身牵着这满处闹事的楚晏离开，琢磨着回去如何对他进行思想教导。楚晏懒懒地被她牵着，回眸看了眼一脸铁青的北堂风，露出了带了些挑衅的笑。

北堂风忽然握拳，刚想上前，便有一双柔软的双臂自身后环上。

"皇上，一起用膳吧。"晚儿娇嗔地说道，令北堂风一怔，他回眸看向她，眼神微微有些复杂。而后又看向慕晴清凛的背影，总觉得心中有一种不知名的感觉溢出。

皇上，太脏了。

这句话忽然闪过脑海，令北堂风下意识地动了身子脱离了晚儿。晚儿一怔，随后顺着他的方向看去，眼中露出了狐疑和不悦的神情。

北堂风也没有想到自己会如此，于是按压了下自己的额，淡淡说道："抱歉，慕晴。我们走吧。"语毕，他便挽着晚儿向着凤阳宫走去。

只是莫名感觉到，紧贴着身边女子身体的地方，有着阵阵刺痛的感觉。

回到了文锦阁，慕晴独自进了房并将东方楚晏拒之门外，虽然被隔绝在外，楚晏的心中却还是如同明镜。

方才一路上，他都能闻到一股淡淡的血腥，更是能隐约看到这小女人心口的血红。尽管她尽全力掩饰，但她吃痛而苍白的神情，却毫不犹豫地出卖了她。想来她现在就在房中独自处理伤口。

这是他第一次见到北堂风，比起想象中的印象，更加的让他不爽了。

可是与之相反的，房中的慕晴利索地重新包扎伤口并换了衣服，出奇的冷静，就好像受到诸如此类的皮肉之伤早已在她的预料之中。

是了，她早就在北堂风身边很久了，若是对着不爱的女子，他下手之狠，她早就透彻地明白过了。不过身为国策官要好得多，至少不用整日整夜对着他。

重新出了门，慕晴换了一副轻松的样子，尤其是在看到东方楚晏已经坐到堆满午膳的院中石桌旁后，更是脸色透着喜悦。

多少算是补充些力气，不至于让她第一天就一命呜呼。她坐好，与楚晏随便寒暄了几句，她吃得文静，眉眼间看不出任何不快。

楚晏也有着心思，悄悄地将好东西都夹入到了慕晴的碗中。

"今夜不住宫里，去醉雨阁。"慕晴忽然开口，脸上盈盈带笑，"想来惠蓉对我的事还有些云里雾里。"

楚晏叹口气，道："该解释的，慕枫早就向她解释了，毋庸担心。不过，去醉雨阁，我双手赞成。"

两人对视一笑，一片平和，一边吃着丰富的午膳，一边勾勒着入夜后的行程。

但是在同一时间的凤阳宫，却有着另一种气氛。虽然在和自己挚爱的女子一同用着膳，但是北堂风却始终有些出神，他从始到终没有看晚儿一眼，他只是下意识地张口吃下晚儿夹来的膳食。晚儿终于有些不耐烦了，她放下筷子，默默地开始抽泣。

北堂风闻声抬眸，为她拭去所谓委屈的泪水，但指尖蹭上了她眼角的湿润，却感觉不到任何的疼惜。不禁心中疑惑：他的慕晴，应该是如此多愁善感吗？应该是如此，脆弱如花吗？

"皇上？"见北堂风再度失神，晚儿当真忍耐到了极限，她忽然有些不安地坐到了北堂风的腿上，凝视着他说："国策官的事，臣妾也听说了。皇上若是不喜那叫徐锦瑶的女人，除掉便是，区区一个臣子，还是一个女人，臣妾就是看不过去。皇上是这天下的主人，连一粒米都是皇上的，给她点教训才好。"晚儿口中埋怨，尤其是想到不久前被扔出来的景象，心中顿时怒意渐浓，恨不能即刻将那女人剥皮抽筋。

未曾想，好不容易拾除掉了一个苏慕晴，这里又出来了一个徐锦瑶。

但是对于她的话，北堂风却始终不置可否。他温雅地端起汤碗，轻轻地饮啜了一口。总觉得这平日里动听的声音，今日尤为刺耳，甚至觉得身边的挚爱此刻却与那些庸脂俗粉无异。许是他平日里，太娇宠慕晴了。他记得，他曾最爱的，就是她的不屈和倔强，还有那以国为重的胸怀，正如同徐锦瑶这样。

忽然一怔，不明为何会想起那个女人，北堂风放下汤碗，再度感觉到了焦躁。

"对了皇上，皇城外建宫的事，不知进展如何？"晚儿忽然问道，令北堂风动了下眼眸。

"有些事，还需置办。有些问题，朕也还要斟酌。"说完这句，北堂风便起了身，指尖温柔地拂过晚儿长发，亲吻其上，然后淡淡说着，"待会朕要去太议殿聆听重臣讲朝。待晚上，再与你长谈。"

北堂风淡淡扯动了唇角，随后起身离去。

这时郑荣上前，无视于晚儿的满面红光，只是淡漠地说道："娘娘，您不觉得皇上这两日有些不妥吗？"

晚儿一怔，转眸望去，忽然将语气骤降："啊，确实有不妥。看来，又要让皇上喝下那个了。"

"现在国策官在皇上身边，会不会被人察觉？"

晚儿轻蔑一笑，指尖在杯口滑动："你当那个女人，是苏慕晴吗？"她冷笑一声起了身，"不过就是一个想急着立功的女人，碰几次壁，也就老实了。"

"真能如此吗？"郑荣淡淡而喃，心中隐隐不安。

午后的阳光，总是夹杂着一些沉淀，过不了多久，一天便要过去。

苏慕晴躺在自己稍加改造过的躺椅上，静静地凝神休息。东方楚晏则饶有兴趣地在她身旁，翻看着她尽数搬入文锦阁的书，楚晏心中暗暗赞叹着苏慕晴的喜好，并回想起了两人一同逛书市的光景。

当然，所谓的喜好指的是书目，而非其他的地方。

"徐锦瑶。"在这一片宁谧之中，忽然有一个冰冷的声音响彻耳畔，瞬间打破了慕晴脑海中的一片宁静。因为一时还没有熟悉这个崭新的名字，所以她只是蹙动眉头动了动身子，然后再度沉默，使得唤她之人的脸色不禁微微下沉。

"这就是你的尽职尽责吗？"那个打破她平静的声音再度响起，慕晴眨了眨困乏的双眸，忽然意识到了来人是谁，于是转头起身，有些沉闷地行了礼。

看她那不情不愿的样子，北堂风当真有些不高兴了。若是换做他的慕晴，想必早若小鸟依人般奔来……

北堂风微微有些停顿，像是对"小鸟依人"这四个字有些混乱。

他的慕晴，会小鸟依人吗？

意识到又开始混乱，北堂风即刻甩了甩头，恰好被苏慕晴捕捉到他那一瞬的动摇。于是她侧眸看了眼楚晏，随即若有所思地上前，在北堂风面前轻声提道："皇上现在有些混乱，需要微臣替皇上，'醍醐灌顶'吗？"

慕晴刻意强调了这四个字，使得北堂风的眼瞳顿时收缩，而这一神情，也让慕晴稍稍多了些线索。

北堂风，果然像是将过去的苏慕晴和后来的苏慕晴混在一起，并成为了一个新的，完全的苏慕晴——那就是当今的皇后娘娘，也是那个同名叫苏慕晴，而小名被北堂风唤作晚儿的女子。

"原来如此。"慕晴哼笑，北堂风是将她的存在全部否认，然后将先后苏慕晴都当做晚儿一人了。这倒是轻松，不用再分清谁是谁，更不用因为她这一缕残魂而苦恼。

她淡哼了一声，随即说道："皇上来文锦阁可有事？"

"身为朕的国策官，难道忘记了要去太议殿听讲朝吗？"北堂风低语，声音有些不快。

慕晴琢磨了一下，然后恍然地回了句"哦"。她莞尔一笑，扬起手道："那皇上还不快去，为何来文锦阁？"

北堂风眉头一紧，上前一步，那阵强势的寒风顿时将慕晴缠绕，"这么快就放弃了吗？"

慕晴失笑，回道："那是皇上学习国政的地方，微臣跟去作甚，微臣又不是书童。"

北堂风忽然也笑了，静静说道："你不去也可，以后，朕会让你禁足宫中。"

慕晴微怔，突然意识到国策官再大，也是在皇上之下，若是皇上当真想要拿她个什么把柄，将她困在宫中，那她岂不是得不偿失，最重要的是，她晚上还有安排。

楚晏听闻，着实不快，刚想上前将北堂风顶回去，却被慕晴伸手拦住。

慕晴深吸口气，将胸口的闷气排出后，便抬头说道："好，去就去。如果那是皇上所期望的话。"

又是这句话，又是"皇上你所期望"。

北堂风莫名对这句话没什么好感，仿佛他让她做的所有事，都是在逼迫她那般。

虽然，事实正是如此。

慕晴欲转身，忽然想到什么，然后轻轻地对东方楚晏用口形说了几个字，楚晏看后，回道："明白了，你就不用操心了。"

两人一来一回，让北堂风眉心轻轻蹙动，他蓦地拉上了苏慕晴离开。每每觉得眼前这女人还有着他所不知的世界，就会很不愉快。

　　望着他们离开，楚晏吐了口气。看来，回醉雨阁向柳惠蓉解释的事，就只能落在他身上了。

　　按照北堂风的要求，慕晴果真与他一同前往了太议殿。去往太议殿的路上，两人均是一言不发，只是这样静默着，慕晴直视前方而走，但总觉得北堂风在若有若无地看着她。慕晴倏然停了步子，她回看北堂风低声而道："皇上是在不满微臣的陪同吗？如是这样，那微臣便先行离开，不再碍皇上的眼。"她说得很平静，似乎只是在阐述着一种建议，她会对北堂风扬以淡笑，这样北堂风的心情愈发的不好。

　　他从不记得自己是一个如此容易烦躁的人，但是一旦遇到这个女人的事，好像就会莫名其妙地失控，她究竟是谁，究竟为何能用只字片语来扰乱自己的心？

　　北堂风轻轻侧过身，径自向着太议殿走了。慕晴望着他安静离开的背影，她微微舒口气，随后也跟之而去。

　　太议殿是皇上聆听大臣讲史讲政讲天下的地方，过去因为苏慕晴是皇后之身，所以没有机会来此聆听，可如今是官员身份，所以也就有了这个殊荣。关于这点，她还是相当乐意的，因为对于吸纳可以让她清醒的言论，她百听不腻。

　　进了殿，北堂风坐在正座，而苏慕晴居于次座，见皇上居然来了太议殿，让那些这几日已经百无聊赖的官员们感到极其意外。他们纷纷坐好，脸上满是振奋之色。可是与之相反，北堂风却是有些凝重，总觉得不知为何这个叫徐锦瑶的女人单单只是坐在自己身侧，就有一种那么安心，和那么熟悉的感觉，仿佛曾几何时，她就已经这样安稳地坐在他的身边陪伴着他。

　　他又混乱了不是吗？明明能坐在皇上身边的，只有皇后。而她，不过是不知哪里来的女子。最重要的是，他厌恶她，之所以让她陪同，不过是不想让她拿着俸禄和功名清闲度日。

　　在他心中是这样想的，大概。

　　理清了自己的思路，北堂风便不再动摇，他摊开国政典籍，开始仔细聆听。

　　今日所讲，是商鞅所言变法，北堂风听得尤为认真，时而会与大臣探讨，而且论点掷地有声，甚至能令大臣们都措手不及。

　　慕晴侧眸不禁再次看向身边的北堂风，不知不觉，她的眼中还是划过一道淡淡的光晕。

这种感觉，很是怀念，像是很久没有过了。仿佛眼前的这个男人，又回到了那个她曾深深恋慕，而且极度欣赏的天下明君。

看着看着，她像是有一些失神，仿佛已经沉浸在了一种世外的空间。忽见北堂风鬓旁有发丝垂落，慕晴下意识地探出手，想要为他挂回耳畔。

可就在这一霎，北堂风也回了头，那瞬时间的视线交错，令北堂风和苏慕晴都为之一惊。

慕晴顿时缩回手，心中懊恼着自己的不由自主。而北堂风则是满心的疑惑，疑惑着为何在那一瞬，他竟感到那么的心暖和熟悉。

甚至，还有一点点的开心。

北堂风一怔，随后忽然起身，发出的响动令众大臣吓了一跳。他们紧忙跪下，完全摸不透皇上的想法。

"今日到此为止。"北堂风冷冷丢下一语，便从慕晴身边走过，交臂之际，他侧眸无情地看向慕晴，而后蔑笑一声，道："诸多作为，不过是哗众取宠，到头来，也不过是觊觎后宫。"他冷笑，"只可惜，你显露得太早了。"语毕，他便毫不犹豫地走了，留下了有些怔然的慕晴。

北堂风似乎是因为她细微的动作，以为她是要勾引于他，就像个小丑一样在他面前卖弄风骚。

她忽然掩唇失笑，肩头不住地颤抖。而后有些无奈地拉下指尖。

如他所言，她对他的爱，不过是哗众取宠罢了。她与他之间的那条红线，早就已经断裂无踪了。

慕晴长叹口气，抬头看向一头雾水的官员们，她淡淡一笑，随便搪塞了个理由，便也起身离去。

只不过，心情，似乎更糟糕了。

"又是一个想伤害慕晴的蛇蝎女人。"走在回飞霜殿路上的北堂风低声淡语，但在他的蔑视之言下，却不经意地流露出一种连他自己都没发现的愉悦。

走过回廊，他忽然停下来，像是看到了一个有些熟悉的身影。那是一个内监，北堂风垂眸想了想，下意识地喃出他的名字："小桂子……"

不远处路过的小桂子一见是皇上，即刻跑来行礼，只是在他的身上穿着的，北堂风记得当是浣衣局的人，可如此下等的太监，为何他会有印象，又为何会知道他的名字。北堂风微微有些不明白，他只是上前，询问道："你是哪个宫的太监？"

小桂子心头一紧，诧异于自己能被皇上记住。可又因为回想起自己被现在的皇后娘娘从凤阳宫赶出时的警告，于是只得咬住牙，说："奴才……是浣衣局的太监。"

"除此之外呢？"北堂风想了想，再道，"曾服侍过哪宫的人？"

小桂子用力攥起双拳，却只字不敢提过去的娘娘，于是只是颤着唇瓣，道："奴才，一直待在浣衣局……"

北堂风舒口气，觉得是自己多心了。他自嘲了一声，便从小桂子身边离去。小桂子闷头许久，心中痛不欲生。

明明知道两个娘娘的事，明明宫中有这么大的秘密，但是他却要当做完全不知，还要看着皇上什么都不记得地宠幸着现在的那个毒妇。

但是他仅是一个奴才，除了悼念那消失的娘娘外，他什么都做不了，他好恨自己的无能，好恨！小桂子用力地捶打了下地面，将双手碰破了皮，斑斑血迹印出，染红了一片。

"为什么要如此愤怒？"忽然从前方传来一抹清澈的声音，小桂子一怔，便感觉自己流血的手被一双柔荑握住，他抬头，看到阳光下的慕晴。她温柔地笑着，一边疼惜地抚着他手上的伤，一边用指尖抚过他的长发。小桂子一时失语，已经不知道自己能说什么。他听说过这位奇女子，但却不明白这么高高在上的国策官为何会对自己如此轻柔，仿佛他是她很重要的人那般。

慕晴像是看出他的想法，有些苦涩地笑了，而后淡淡说道："不嫌弃的话，要来文锦阁吗？"

小桂子一愣，彻底怔在了那里，而后将双手缓缓翻过露出了已经溃烂不止的手掌，道："奴才连笔都拿不了，如何去文锦阁……"

看到被水泡烂了的手，慕晴握着他的力道不经意地加大，她缓缓倾身，将小桂子单手拥住，然后痛苦地颤言："是我对不起你……是我。"

小桂子眨眼，着实不知为何这位大人要这么道歉，于是他干笑两声，道："大人，奴才何德何能，大人或许认错……"

"不会认错的。"慕晴忽然打断，而后拉开他身子凝视着他，"了结南城之事，你明明立了大功。我，还欠你一个功名。"

小桂子蓦然瞪大眼睛，双唇哆嗦半天，雾气忽然充满黑亮的眼睛，而后他像是被压抑了许久那般忽然趴伏在苏慕晴的怀中，哽咽大喊："娘娘，娘娘！！！"

慕晴苦笑了一声，而后倾身在他的唇上一点，微微一笑，"答应我，保密哦。"

小桂子抹去眼泪，然后重重地点了头。

慕晴安心地笑了，随后看向已经愈行愈远的北堂风，她的眼中透着些怒意。

抱歉了，皇上。无论现在你多爱那个女人，但唯有她，她决不能原谅！

文锦阁比不久前又热闹了。

小桂子的到来似乎让东方楚晏也跟着兴奋了起来，因为这个天生皇子命的他，终于找到一个可以替代慕枫在南岳服侍他的仆人了。而在这一刻，慕晴才知道原来东方楚晏因为思考谁来为自己打点衣食住行而惆怅了一整天。慕晴失笑，还真有些后悔这么早就将小桂子带回，若是让楚晏头疼头疼，何尝不是一件快事。

吃过晚膳，小桂子一边抹着嘴，一边将在浣衣局经历的所有非人待遇尽数吐出，慕晴就像是一个安静的倾听者，同他一起感着那切身的愤怒。

不久后，话题便转到了凤阳宫上，提及那处，小桂子的脸色不由得变了苍白，而后竟倏然给苏慕晴跪下连连磕头。慕晴并没有去搀扶他，因为她知道，只有这样，才能让小桂子逃出那心中最深的梦魇。

当小桂子跪累了，便开始将那时的事娓娓道来。他知道苏慕晴不愿意将那个女人念作与她同样的名字，便也跟着慕晴将现在住在凤阳宫的那位称作晚儿。他告诉慕晴，晚儿取代了她之后，做的第一件事便是将与慕晴亲近的宦官全部革除，为免露出马脚，更是私下处决了很多人。基本上和慕晴有所接触的人，都不得幸免，连冷宫里的那些女人，也不知不觉地在减少着。

慕晴安静地听着，袖中的指尖却不自觉地攥起，平静的眼中流动着淡淡波光。

这时小桂子忽然想起一件事，使得苏慕晴忽然一怔，敏锐地凝重起来。据小桂子说，晚儿竟假扮过自己，而且还用她煮粥的味道，哄着皇上喝下过一碗她亲自做的粥。这件事本身无可厚非，但是特意假扮她，只是为了让皇上喝下一碗粥，未免有些兴师动众了。

而且……

"晚儿为何要假扮我，皇上不是更宠幸于她？"慕晴轻笑，觉得定是哪里搞错了，她可是冷宫里的罪妇，假扮她究竟有何好处？

小桂子匆匆摇头，而后说："娘娘……啊不，大人，您有所不知。皇上是爱着您的。"

慕晴忽然一怔,心头像是有什么一闪而过,东方楚晏侧眸,心中冷冷地闷哼了一声。

"为什么这么说?"慕晴问道。

"皇上在娘娘离开后,居然亲自去了冷宫,这对皇族来说可是犯了大忌讳的,那日皇上的双臂都被抓伤,奴才偷偷跟去,看得可是真真的。而且……据奴才所见,皇上对晚儿娘娘根本没有任何爱意,而且不知为何还很排斥,只是迫于当时皇后娘娘百姓众臣呼声很大,所以才没有揭穿她的把戏。"

"皇上这样子持续到何时?"慕晴坐直了身子,隐隐感觉出了不对。

"好像是从春祭大典那一晚就变了。"小桂子回忆,然后愤愤说道,"奴才和其他人也是从那日之后便被杀的杀,贬的贬!"

也就是说,不久前北堂风去醉雨阁的时候,他的性子还没有改变,现在想想,他确实好像差点认出她,若是那时就忘记了她,又岂会认出?

"一夜之间性情大变,明君变昏君。"慕晴眯着眼暗暗琢磨。

粥……用尽手段也要让皇上喝下的粥。

慕晴忽然抬眸问道:"那碗粥是什么时候让皇上喝的!"

小桂子被慕晴突然的激烈吓了一跳,然后有些战战兢兢地说:"就是在春祭大典那天……"

"果然不出所料。"慕晴咬唇,这下一切都说得通了,北堂风离奇地改变性子,突然对两个苏慕晴记忆的混淆,更是对晚儿言听计从的态度。

此时她能知道的唯一一件事就是——北堂风的记忆和思想,已经全部都被晚儿用药物支配了。

"说起来,方才看到皇上,他好像是记得奴才,奴才想,是不是皇上马上就要好转了,如此是不是南岳也会雨过天晴?不过,奴才也看到凤阳宫的人好像随着皇上去了,今天特别殷勤。"小桂子忽然说道,简单的一句话令慕晴却蓦地睁大眼睛,而后她像是预感到什么,于是迅速抓住小桂子的双肩道:"皇上现在在何处!"

小桂子吓一跳,然后说:"他们好像同皇上一起去凤阳宫了……"

"凤阳宫……"慕晴倒抽口气。

晚儿如果发现北堂风的记忆开始清晰,定然会对北堂风再加药量,那么别说其他的,光是北堂风的身体也会承受不住那疯女人的折腾!

慕晴狠咬牙,二话不说即刻向文锦阁外跑去。

楚晏向后仰头,靠着双手,长叹一口气。

看来，今夜出宫的行程，要押后了。

出了门的慕晴提裙跑着，心中十万火急。

如果，如果他是相信她的，如果他将她打入冷宫只是权宜之计，如果……如果她在醉雨阁就与他相认，那么今日，是否南岳便不会变成这样，而北堂风亦不会这样？！

我不杀伯仁，伯仁却因我而死。

如果……如果这些如果都是不容反驳，那么她，或许才是这一切罪孽的根源！

既然如此，她便有无可推卸的责任。

至少这一次，由她拉住他的手，将他从那最黑暗的深渊带回！

# 第二十九章
## 不曾放下

　　慕晴一路向着凤阳宫跑去，即使途中碰倒了宫女太监手中的盘子，也只能任由汤汁溅了自己锦袍一身。她匆匆赶到，呼吸急促，而后毫不犹豫地闯入，刚好看到灯火阑珊处，晚儿正拿着一碗米露要喂给北堂风喝。慕晴眼瞳顿时一缩，几步上前一把将那米露打落，瓷碗碎裂，汤洒满地。

　　一时间整个凤阳宫都震惊了，门外的锦衣卫下意识地全部集齐并将刀刃架在慕晴的脖颈上，利刃划伤了她银雪的肌肤，甚至可以看到那鲜红的色泽开始顺着刀刃向下滑来。

　　晚儿脸色极其不好，偶尔瞄到地上洒落的汤汁时，更是让她目露凶光。虽然她脸上保持着平静，可慕晴却将她下意识透露的眼神看得一清二楚。

　　那碗东西中，果然有东西，但是她能告诉北堂风吗？她转眸看向晚儿身边的他，虽然他也有着一份讶异，但却还是稳而不惊，他疼惜地与晚儿说了几句话，便来到了慕晴的面前。他的眼神冰冷而沉郁，像是要将她吞噬的深海。

　　呵，她不能告诉他真相，因为现在的北堂风还在被晚儿全权支配，说了，也只能是打草惊蛇，自取其辱。关于晚儿，只能慢慢地让她出局。

　　"国策官在这个时候跑来朕的后宫，你难道不觉得有不妥吗？"这时北堂风开口，他说得很淡，却透着威慑。

　　慕晴知道硬闯后宫的罪，当然知道，更是知道硬闯凤阳宫的下场。正如同当年硬闯飞霜殿时那般，既然该做的已经做好，北堂风又免于晚儿的迫害，那么她接下来的受罚，也是理所应当。于是不经意地笑了，道："微臣知道，只是……像皇上不久前所认为的那样，微臣也控制不了自己的双脚。"慕晴回答，或许这是唯一能让晚儿暂且不怀疑的理由。

但是简单的一句话，却让北堂风微微蹙动了眉心，想起了在太议殿的事情。

他来到了慕晴面前，半蹲下身，以指尖捏起她的下颌，凑近耳畔低声问道："不要告诉朕，你真的想入后宫。"

慕晴不语，只是轻笑了一声。

晚儿在一旁着实不知两人在说什么，但是她也并不需要知道太多，只要皇上讨厌这个女人，那便一切都不是问题。

"那你还是死心好了，朕，一点都不喜欢你。"北堂风说罢，便露出了森冷的笑容，"不然，朕……来帮你死心？"

北堂风缓缓起了身，负手收了袖袍，而后淡漠说道："再大的官员，擅闯后宫也是重罪。朕不多罚，二十大板总该有。"他扬了手，那些锦衣卫便瞬间将慕晴压下，慕晴唇角微颤，却也在抬眸间露出了倔强不屈的碧光。

又是一阵焦躁，北堂风指尖微紧，忽然大喝："就在这里打！"

一句话落，那些执行者便占据两侧，顿时便有一阵剧痛袭上了慕晴的心头。

还真是相当怀念的感觉，这种钻心的痛，每每都能让她从梦中清醒。

北堂风面无神情，独独凝视着她的眼神，仿佛是有一种极其冲动的欲望，就是将她眼中那刺眼的光芒彻底摧毁。

于是他揽过晚儿，狠狠地亲吻起来。

好一个惩罚，好一个死心。

慕晴渐渐垂了眸，她看着地上被打碎的汤碗，唇角不禁扯动着嘲讽的笑容。

疼的，不仅仅只是皮肉。更让她宛如坠入深渊的，在她胸口的某一处。

至少，她保住了他……

……

不知过了多久，那皮开肉绽的声音才稍稍停止。锦衣卫纷纷退下，终于将这份寂静留在了这里。

慕晴有些仓惶，有些无措。不过还好，二十大板在慕晴的记忆里并不是太多，还不致让她站不起来。于是本能地撑着身体起来，这时才发现身后的伤好像一点都不疼，只是觉得这个身体不再属于自己，疼得已经麻木，疼得已经失去了感知。

她抬头，恰好看到了北堂风示威似的望向她。

他俯视着她，居高临下，冰冷的黑眸中看不出任何的情绪。

慕晴只是干笑两声，忍着剧痛行了礼，淡淡而道："微臣领完了罚，这便告退了。"

刚欲转身，却不料被北堂风用力扯回。她跌撞在他的胸前，被迫仰头望着那如漆的双眸。

"有了教训，以后还会再闯凤阳宫吗？"他挑眉，犹如质问。

慕晴想想，不禁笑了。在她的心里，则是换了一个问题。

知道晚儿会下毒，她还会再来阻止吗？

她欠他的，故而仰起头，静静答道："会。"

这一声会，并非出于爱，而是出于理性的回报，出于对北堂风那时的愧疚。仅此而已。

但是同样是这一声会，却让北堂风的眼眸更加深邃，于是压低声音再问："你还会闯凤阳宫吗？"

"会。"又是一声斩钉截铁的回答。

北堂风唇角微动，心头的焦躁更甚从前，于是一把将慕晴丢下，狠狠说道："那便不用闯了，明日起，朕什么时候来临幸皇后，你便都在旁边看着好了！现在，给朕滚！"

语毕，他便转身，轻柔地将晚儿抱起，动作疼惜，让慕晴垂眸淡笑。

如果说北堂风此刻是将两个苏慕晴混在一起，他越对她温柔，慕晴自己便应该越是欣慰。

但是……

那个人，终归不是她，不是她，便不是她。

她，只不过是一个，局外人罢了。

慕晴无人搀扶，颤抖地重新站好，带着满是血红的身体，静静地向着凤阳宫外走去。

这扇门，她出出进进多少次，也曾多少次将这里当做是自己的家。

此时，却冰冰冷冷，让她心寒透彻。

临出门，她停了下脚步，回眸间绽出丝丝淡笑，"皇上，最亲近的人，也是会背叛的。吃东西的时候，还是多多留心的好。"言毕，她孑然一身地离开，竟带不走任何的留恋。

北堂风回望她的身影，心中有些抽痛。他有些疲惫地靠在了床边，随后看向地上的汤碗。

明明是在惩罚她的无礼，明明是在保护他的慕晴后位不再受别人觊觎。

为何打在了她的身上，而他的心，却如针扎般刺痛。

他闭上眼，渐渐陷入了沉默。

慕晴回文锦阁了，将小桂子吓得面色苍白。楚晏也有些讶异，但很快就知道发生了什么事。慕晴怕他们担心，于是在进门的时候勉强挤出笑容，摆摆手解释说是"摔了一跤"。

能用这种拙劣的借口来掩饰，想必连她的脑子也都已经不大清楚了。东方楚晏想着，便将她一把抱起，回了正房里疗伤。

东方楚晏因着过去总是受伤，久病成医，也多少具备一些医术。他解开了慕晴的衣服，开始为她身后的伤口止血，只是那些让人不敢直视的猩红及皮开肉绽，让他的眉心从始到终都是紧紧蹙动的。慕晴看他的表情，便小心地拉过衣裳遮上，着实怕吓着这尊贵的王爷。但是楚晏却表现出了与平日完全不一样的气愤，他紧紧抓着慕晴拉衣角的手，力道都在颤抖，"为什么要为了他受这种伤，明明没有必要的。"

"如果不这样，南岳百姓又如何……"慕晴想解释，却被东方楚晏倏然打断，"你口中的统统都是借口，即便你爱南岳的百姓，但你更爱的是现在将你打成这副模样却毫不忌讳地享用着别的女人的男人！"东方楚晏厉喝，字字铿锵，字字发自肺腑，使得慕晴的身子也不由得一颤。

她不置可否地笑笑，将指尖从他手中抽回，然后趴在了床上。

"不过是小伤罢了，不必大惊小怪。不要告诉别人，否则我与你绝交。"慕晴故作轻松地说道，而后摆摆手，"盯着女孩子的身子看这么久，可有些失礼了。早些回去休息吧。"说罢，她便闭了眼睛，仿佛是不想再回答任何一句话。

楚晏沉默，随后离开，重重地关上了正房的大门。

房内的慕晴，渐渐敛住笑容，然后喃喃自语："我还爱着他这种事。怎么……可能……"她舒口气，慢慢地陷入了梦境，或许唯有在那里，她才能得到一丝喘息的机会。

次日一早。

慕晴费力地抬起沉重的眼皮，身后的伤，像是比昨夜感觉轻了很多，暗叹着东方楚晏的医术神奇。只是不知为何，自己的头却有些隐隐作痛。是挨打后的后遗症？还是心理作用？

但无论是哪一样，她都无暇去思考。因为在天大亮之前，她必须要动身去明阳殿喊皇上早朝。

有些疲惫地整理完自己的妆容，慕晴抖擞了下精神，推开大门。走到院中之时，发现楚晏的脸色反倒很差很差，而且一句话也没对他说。慕晴叹气，看出是这童心男人在为昨天的事闹别扭了。她轻笑，走过去胡乱揉了把他的长发，见他瞪起双目，这才放心地离开。

一路上慕晴都感觉自己双腿麻木，好像真的有些飘飘然，周围的世界似乎在不停旋转。好不容易才扶着墙走到了明阳殿，却听闻皇上不在，慕晴一惊，追问之下才知道原来是已经早朝去了。

对于这样的结果，慕晴心中有些欣喜，于是便加快了几步也赶往大殿。她记得，她曾给他的约定是，若是他早朝，她便要跪地等待，直到他出来为止。

尽管挨了打，但约定终归是约定，不能毁约。

慕晴辗转宫中，而后当真二话不说地跪在了大殿的石阶上，在她的脸上，却因北堂风的上朝浮现着些许的喜悦。

正阳高照，大殿的议事还未结束，今日持续的时间像是比昨日久了很多。慕晴揉了揉自己的头，感觉好像仍然昏昏沉沉，甚至比方才更加的发痛，就像是在自己的脑袋里长了个木球，会叮叮当当地乱撞。而且每晃一下，头痛就又加剧一分。

慕晴突然有些混乱，连视线都有些模糊，明明是暖日身子却没来由地发冷。一种不好的预感袭上慕晴心头，她双手努力地按压了下额头，启唇喃语："这个身体不会这么没出息吧……"她有些焦急地看向前方，想坚持等待到最后一刻，至少让她看到，他身着九龙皇袍威风凛凛地从大殿走出的瞬间。然后也让她也对他道一声："皇上，万岁。"

眼前，渐渐地发黑了，意识也开始跳跃到不知什么地方了。

"皇上……风……"在混乱的思维中，慕晴轻声低喃，垂眸间像是又看到他曾轻抚她双颊的温柔。

"朕与你约定，等你回来，朕会重新与你认识。效忠于朕，爱朕，永远不许背叛朕……"

"好霸道的话语。"慕晴无力地说着，渐渐地开始往下倒去。

如果，那时候她不是逃避，而是应下了他，那么……一切，会不会都不再是现在这样。

心中低喃了这句话后，慕晴完全地躺倒在了地上，身后的伤口血液渗出，染污了她的冰蓝长袍。唯能隐约听到几个小太监的大喊。

"大人，大人……徐锦瑶徐大人晕倒了，快来人啊！！！"

门口守着的小太监一看，低声喊了句不好，于是赶紧进入殿里说道："皇上！徐锦瑶大人在殿外晕倒了！！"

龙椅上的北堂风瞬间止住了原本说了一半的话，他眉心轻颤，忽然起身毫不犹豫地便向殿外走去。而北堂墨亦然，震惊之后也跟着疾步走离了大殿。

顿时，原本寂静的正殿陷入了一阵窃语之中，大臣们纷纷好奇，也跟着两位王者至尊出了殿门。

刚一出来，北堂风便见到苏慕晴侧倒在石阶上，小太监匆匆报上说是在跪等皇上下朝的时候晕倒了。这时北堂风才倏然想起自己竟忘记收回昨日下的旨。一种夹杂着懊恼的怒意袭上心头。

此时北堂墨也疾步走出，在见到身上浸透着血迹的慕晴后，一双琉璃俊眸顿时缩减，而后毫不犹豫地上前要去抱住慕晴。

这一瞬，两个男人都在往前走，而在北堂墨即刻要碰触到慕晴的瞬间，北堂风竟下意识地将北堂墨的手一把弹开，而后狠狠低语："别碰她！"

一言毕，包括北堂风自己在内的所有人都有了一分震惊。北堂风低头看向自己的手，不明那种下意识的占有欲究竟是为何。

北堂墨震惊过后，怒从心出，他压低声音冷语："皇上管好自己的皇后便可，这个女人，不是你的！"一句连君臣之礼都决然不顾的愤怒，让北堂风有了一丝怔然，他呆呆地看着北堂墨倾身抱起这个徐锦瑶，竟恨不能将她从他身边夺走。

北堂墨紧紧咬着牙，用额头贴了下慕晴的额，在感受到炙热的同时，心中怒火再度迸发。他狠狠看了眼围观的大臣，那些人心头一惊，知道祈亲王真的恼火了，于是纷纷散去，不敢再多看。当周围只剩下北堂墨与北堂风两人时，北堂墨才尽可能地压抑着怒气说："皇上是否上朝随皇上的便，这个女人臣今日带回王府了。待她醒来，臣会说服她辞官。将她送到宫里，是臣这一生做的最错误的决定！"语毕，他便转身离去，墨发飞扬，带走了一片凛冽。

辞官？

北堂风站在原地，紧握双拳，忽然按住自己的胸口，再度感觉到那撕扯般的痛苦。他大口喘息着，单膝渐渐无力跪地，他抬头看向愈走愈远的身影，竟不自觉地探出指尖，像是这个身体不再受他的控制，自顾自地想要抓住那或许再也见不到的女人。

为什么，为什么？他不是应该厌恶她吗，她离开他的世界他不是应该庆幸吗？这样一切都会回到原点，他和晚儿也不会再有人打扰，他的世界也不会再被那不屈服的女人搅乱，更不会为了她而感到莫名其妙的心痛。

明明应该是这样的，为何却是如现在这般……心如刀绞。

忽然间有画面闪过脑海，那是他握着慕晴的手教她吹笛，声音青涩却纯净无瑕，她的眼神不似现在的她那般无助与动摇，而是如同徐锦瑶这般慧黠冷傲。

这是怎么回事，这是怎么回事……北堂风用力捂住头，疯了一样地想要抑制那不停蹿出的画面。

而后，便有一个声音自他心中大喊：不会再放开她的手！

一种本能的驱使，令北堂风蓦地踉跄起身，他脑中一片空白，只是向前走着，然后跑起，然后用尽一切力气拉过了北堂墨的手臂大喊："朕不会让你将她带走的，她绝不能走！"

北堂墨先是一惊，随后他的脸上，也渐渐浮现了愤怒的狰狞。

午时过后，皇宫里渐渐开始忙碌起来。

北堂风一身明黄龙袍，紧抱着苏慕晴回到了明阳殿，但任谁看都能察觉到——皇上刚刚和谁打过一架，脸上或多或少有了些伤。如此死罪，皇上不说，便谁也不敢问，谁也不敢提，权当是没看见，匆匆低头离去。

直到进了殿，北堂风这才把苏慕晴放躺在龙榻上。望着她苍白的小脸，北堂风竟有些失笑。

他真是疯了吗？不惜和北堂墨大打出手，结果只是把这么个自己讨厌的女人抢回来罢了。

太医已经差人去唤了。北堂风独自坐于床边，他漠然地望着这表情不安的女子，竟不自觉地握住了她的手。

她的手不似他的慕晴那般细嫩，反而粗糙得让他蹙眉，翻过来看，发现无论是手背上还是手心上，都有着无法抹去的伤痕，尤其是在她的手心上，好像还残留着握过刀刃的痕迹。回想起不久前在明阳殿她不惜任利剑插入胸口，也毫不动容地为他着衣便知这女人平日里对自己是多么的严苛。

他本能地牵起她的手，恍惚间亲吻着她的指尖，舌尖掠过，竟是有丝丝暖意沁入心田。他好像有些沉醉，于是继而向前吻上她的手背，手腕，手臂……那种让他心中无比怀念的温度，使得他像是上了瘾那般开始琢磨这个女子，最终，还是慢慢来到了她的唇边。

指腹抹过，发现在丰盈的下唇上，残留的竟是被狠咬而留下的齿痕。他的心不由得揪痛，似乎是在揣测着这女人平日里的忍耐。他无声地望着她，而后倾下身，第一次吻上她倔强的唇，未料到在一片血腥之后，竟是一种他似乎熟悉，又似乎从未有过的甜腻。很快他便吻得愈发地深，愈发地无法自拔，连身体都开始变得炙热，那种自己说不清道不明，却被内心支配的身体，开始脱离他控制地渴望着她。

便是在他脑中似乎要有什么东西涌出的那一刻，门声忽然响起打断了他一切的思路。他蓦地抬起身，脸上有着毫无掩饰的惊讶。

见进来的太医也愣了一下，北堂风便忽然咬牙站起，只是留下一句"治好她"便匆匆离开。直到走到门口，走到无人之地，他才再度露出了彷徨。手抚心口，总觉得心底那处在"砰砰"作响。半晌，他咬住牙，眼中透着寒光。

这种失控的感觉，真是让他，特别厌恶呢……

不远处，郑荣静静地望着北堂风的痛苦，他垂下眼眸深深地叹口气。

看来，不再快些对皇上重新下药，皇上便要记起那个女人了。只不过……

他看向明阳殿中，喃喃自语："徐锦瑶……吗？"

雨水渐渐落下，郑荣抬头看向阴霾之天，心中有些复杂，举手托起，陷入了沉默。

夏日的初雨，让南岳的天气稍稍凉爽了一些，祈亲王府里的管家正在匆忙地整理着院子里怕水的东西。这时抬头见到了正缓缓步入的北堂墨，老人家的脸上顿时显出了一分铁青。

北堂墨的俊脸上有着明显打过架的伤痕，他扶着门框，用手背用力地抹过唇角的淤红。独独今日没跟去皇宫的离若白大惊失色，迅速上前搀扶，却还是被北堂墨扬手制止。

"什么都别问。"撂下了这句话，北堂墨缓步走回了自己的房间。离若白和管家相互对视，着实猜不透其中情况。

回了房的北堂墨疲惫地倒在床上，发上黏腻的湿润还在顺着发梢滴滴落下，染湿了衣衫，也染湿了床褥。他抬起手看向自己的掌心，握了握，却感觉有些空荡，而后讥讽地笑起，笑得连身体都在颤抖。

明明心爱的女人就在眼前，却无法将她带回，明明想痛下杀手，却还是会顾及手足情与君臣礼。顾忌得太多，所以才永远得不到她吗？

北堂墨神情渐渐转为痛苦，并将身体用力地蜷缩在一起。

第一次这么愤怒，让他后悔当初的决定……甚至开始后悔，这一切的开始。

他渐渐抬起眼眸，松了身子，脸上的神情也归为平静。

原本还想给他些喘息的机会，但祸国害民，还将苏慕晴摧害至此的晚儿，他便要好好惩罚。

也该是时候警告一下那匹脱缰的小马。

慕晴的这场病，持续了两天之久，但当她醒来的时候，却发现自己赫然躺在明阳殿的龙榻上。她脑子有些发懵，如何也不能想明白究竟是出了什么事。只是喃喃地念着北堂风的名字，并急着想要从床上跑下。可这脚尖刚一挪动，便吃了东方楚晏一记轻敲，慕晴捂着吃痛的额头，嗔怒地望着端着药进来的楚晏。

"别看了，如果可以，我才不想进到这里来。"楚晏蹙眉，眼睛转了下，然后坐到床上霍地将慕晴拉入怀中，药碗一举，道，"我现在耐性不足，杀气有余，赶紧把药喝了，免得受罚。"

慕晴本想说话，但那苦涩的药迎面而来，慕晴百般想躲，却还是被东方楚晏强迫着灌入了口中，这种味道还真是让她难以忍受，而且似曾相识。忽然想起数月之前自己也曾病过，但给她送药的上官羽，可是比眼前这男人要温柔得多了，至少还准备了蜜饯。

"看你眼神很不屈服。"楚晏拧眉，"别让我更进一步的兴奋。你会有危险。"他笑起，而后在她耳畔轻舔了一下，使得慕晴身子一震，从他怀里挣脱了出来。

她摸了摸耳旁的湿润，说道："究竟是怎么回事，我怎么跑到这里来了？"

"你可都躺在这里两天了。"楚晏哼笑，将碗丢在一旁，见慕晴满脸惊讶，挣扎着要下床去的时候，他不禁再度伸手拦住说，"你惦念的皇上像是被你的惊人之举刺激到了，这两天都去上朝了，也好好地在处理政事。他又不是你的孩子，没必要什么时候都想着他。"

慕晴听他都按时上朝，这才舒了心，想来是晚儿还没趁着她倒下的这两天给皇上灌迷药。想着想着，她再度倒下，却感觉到臀上一阵刺激。

"怎么还没好……"慕晴闷闷地说着，僵硬地又将身子翻过趴伏在了床上，楚晏倒是心血来潮，将手贴近她的伤处，道，"再不听话，小心我对你施以重手。"

"你敢。"慕晴瞪了她一眼，忽然想到了一个人，于是问道，"对了，这事没有和王爷说吧。"

第二十九章　不曾放下

"你倒在了大殿门口,全天下的臣子都知道了,别说是你的王爷了。"楚晏悠然而说,像是毫不在意,"最有趣的是,你的皇上上朝了,你的王爷却请假了。"

慕晴却与之相反,脸上青了一阵,而后低声说道:"王爷,会不会生气了⋯⋯"

"生不生气我不知道,但是我知道,他请假前啊⋯⋯"楚晏略微一笑,凑近慕晴耳畔,饶有兴趣地说,"把皇上打了。啊不⋯⋯是两人相互大打出手了。想必,现在凭借这两个人的脸,没人愿意看见你吧。"

慕晴蓦地倒吸口气,心中顿时一阵沉淀。

王爷居然与皇上大打出手了?

慕晴再也待不住,仓惶地从床上爬起,随便说了几句便扶着吃痛的身子向着明阳殿外走去,东方楚晏轻靠床边,脸上露出了丝舒然的笑意。

罢了,看在北堂墨做了一件大快人心的事,他也就不阻止她去探病了。

只是,像是算好了时间那般,慕晴前脚刚走,北堂风后脚便进了明阳殿,见到床上没了徐锦瑶的身影,一张冷脸更是阴沉了不少。

"她呢?"北堂风开门见山地说。

楚晏一笑,拿起药碗起身,随意应付地行了礼,而后道:"祈亲王府,探伤去了。告退。"说罢,他便离开了明阳殿,留下了怔在那里的北堂风。

他以拇指骨节触了下嘴角还泛着疼的伤,因疼痛倒吸口凉气,看着空荡荡的床,他的眸子渐渐流露出了些落寞,而后喃喃自语:"这个没良心的女人。"他说得很淡,声音很浅,却在不经意中透出了一种孩童般本能的心情——明明我的伤,才更重的⋯⋯

因为慕晴是官员而非后宫女子,所以对她来说,出宫则不再是一件难事。慕晴勉强地窝在马车里,终是在一路颠簸下来到了祈亲王府。只是刚一下去,就感觉到一种极其压抑的气氛,定睛看去,发现连王府的门都是紧闭的。

想来祈亲王对皇上出手的事,许多大臣都知道了,因此最近王府肯定是门可罗雀,无人来探,都是不想在这个时候触了皇上的霉头。而王爷也不会想不到这层,故而也就关了门,以谢绝之词通告他人,使得那些犹豫不决的大臣们摆脱了尴尬的境地。

王爷,其实是一个很温柔的人。

慕晴有些苦笑,上前摇动了铜环,这时老管家上前,一见是近来与王爷走得近的徐锦瑶大人，便笑脸迎上，匆匆将门打开。

"不是谢绝来人吗？"慕晴失笑。只见老管家摇摇头，长长地叹了口气，"别看王爷平日里游刃有余，实际也是个倔性子。他虽特别叮嘱了不让您进来，但是我总觉得，王爷还是想着您的。"

慕晴心中一酸，有着难解的滋味。内敛沉稳的王爷竟不顾后果地与皇上动手，当是源起于她，若是她对王爷不闻不问，那还真是枉生为人了。

"既然王爷想见我，我便进去了。"慕晴说道，而后扶着还在痛的身子进了厅堂，老管家看到她伤势未愈，也稍稍露出了些淡笑。

想来这位徐锦瑶大人也是刚刚能走路，便来探望王爷。如果这位大人来日真能与王爷共结连理，那岂不是一桩美好之事。王爷一人，孤单得太久了。

进了厅堂，慕晴小心翼翼地来到了北堂墨的正门口，离若白貌似不在府中，不然也不会让她这么轻易进来。

推开门，发现屋中的北堂墨正穿着一身素衣卧椅而憩，暖阳下的他有着一种不容被打扰的宁谧与美好，长发垂落在肩头，如同星夜的流水，长长的睫毛，时而如羽毛般颤动。在他的身上，则放着一本扣住的史书，慕晴心中有些发暖，觉得如果前去打扰当真会破坏了这份安逸。

她没有叫醒他，而是小心翼翼地走到他身旁，蹲了身察看他的唇角的伤处，红印已经变浅，但也足够知道北堂风下了多重的手。慕晴蹙眉，心中有些不快，有些恼火北堂风。若是当真有气，那便再给她几十板子，何苦对王爷出气。

慕晴左右看看，着实不知眼下应该做些什么。想了想，便趴伏在了北堂墨的身边，指尖握住北堂墨暖暖的大手，伴着那使她安心的檀香一同睡去了。

这种感觉，如同回到家中。她只要这样陪他一会儿便可。

因为这就是她与王爷之间的，最为默契的表达。

日近黄昏。手上拿着的史书倏然掉落，惊醒了熟睡中的北堂墨。他抬眸看了眼外面泛红的天色，心念着一日又过去了。

他看了看四周，空无一人，心中难免有些落寞，倒不是因为平日里打点的那些官员，而是因为这几日没去朝中，故而始终没能见到心念女子的身影。

不知道，她的身体是否恢复妥当。

他起了身，活动了下有些酸涩的筋骨，在扬起指尖想顺过长发的时候，却有了一丝的停顿。他又将手凑近鼻下闻了一闻，顿时有些许沁人心脾的凛香飘入。北堂墨心头一颤，即刻唤来了在外面修剪花草的管家。

"方才是不是有人来过？"北堂墨开口，声音透着些许的急躁。

"啊，刚才啊，刚才国策官徐大人来过，在您身边待了一下午，您不知道吗？"管家有些惊讶。

"本王睡着了。"北堂墨淡淡而喃，脸上却浮现了些许温柔的笑意。他总感觉今日睡得很安稳，原来是慕晴来过了。忽然一怔，他即刻上前说道："备轿，本王要入宫。"

管家微怔，说道："现在吗？"

北堂墨心情甚好，于是回头淡雅一笑，"嗯，就是现在。"

经过了一天的时间，慕晴终于回到了宫中。身上因为持续同一个动作，而酸疼不已。

回到房中，发现东方楚晏已经窝在她的床上熟睡过去，思来想去，还是不想将他扰醒，也算是感激他这几日的照顾。同时，也暂且原谅他变态地抱着她衣服睡觉的行为。

慕晴眉角颤动几下，而后便不客气地拉上了门。

整整两日，她都不知北堂风的近况如何，既然现在无事，是否应该前去看看。这么想着，慕晴便蹒跚地向着飞霜殿走去。

可才走到半路，她便见到了专程跑来见她的北堂墨，慕晴心头一惊，却露出了些苦涩的笑容。

结果，还是让王爷跑了一趟。

此时北堂墨一身银白色衣袍，高领竖起，满身尽是皇族的气息。他走过，心情有些满溢，抬起手抚过了慕晴的右颊。

"不打一声招呼便走，本王心中会失落的。"他倾下头，凝望着慕晴，指尖深入，徘徊在了她的耳畔，顿时间那温热的掌心便将她充满，多日来的艰辛亦让她有些惆怅。但很快，她便将北堂墨的手缓缓拉下，她抬头望着他，铮铮说道："王爷，以后万不可再做这种小孩子才会做的事。"说着，她便以指尖轻触了下北堂墨的唇角，使得北堂墨闷哼了一声。

他有些失笑，未曾想自己有朝一日竟被人当做了孩子。但是更没想到，自己竟会听话地点了头，应下了慕晴的话。

如果说，这世上有谁能有本事让他北堂墨为之在意和珍惜的，怕是只有这个女人了。

"要去何处,本王与你同行。"北堂墨说道,留恋与她夕阳下携手的感觉。但慕晴接下来所说的"飞霜殿",却让他的心中为之一沉。

到头来,去见的还是北堂风。

不过,心中虽然有些烦闷,可在他俊逸的脸上显出的却依旧是那温雅淡漠的笑容,他转了身与慕晴并肩,两人谈笑风生,任周围人看到,都会以为是世间最美好的鸳鸯伴侣。

当然,此时的他们却不知,还有另一端羡煞天地的龙凤也在向着这边走来。

当北堂风与晚儿倏然碰上了北堂墨和苏慕晴后,两边原本各自存在的欢愉顿时降为了冰点,尤其是这两个男人。

北堂风的视线落在北堂墨轻揽着慕晴的手上,而北堂墨的视线则放在了北堂风凝视苏慕晴的眸上,慕晴的视线放在晚儿缠在北堂风手臂上的柔荑上,而晚儿则惊恐地望向慕晴身边的北堂墨。

四个人各有心思,也各自有着不同的心情。

"早上抱病不来早朝,晚上却来宫里私会佳人,祈亲王还真是不将朕放在眼里。"北堂风开口,声音愈发地低沉。

"只是佳人在王府一聚,臣着实不舍,所以才跟来宫里,若是真要解释的话,臣想痴情这两个字,应该更为妥当。"说着,他便再度用了些力揽住慕晴,使得慕晴有一份怔然,然后脸上微微一红,竟当真有些不知所措。

对她来说,王爷虽然说的或许只是与北堂风斗气的话,但是如此说辞,对于一名女子来说,却是太过冲击了。

结果,北堂墨的话并未令北堂风有所动容,倒是苏慕晴这忽然有些娇羞的神情,竟让他的心头蓦地被捏了一下。一股不知名的焦躁再度浮起,令他完全忘记了要陪晚儿用膳之事。他冷笑一声,渐渐前走,而后撂下一句:"朕正打算去飞霜殿处理政事,已经两天没露面的国策官,你打算如何?"问到最后一句的时候,北堂风的视线倏然从北堂墨身上滑落到苏慕晴的脸上,慕晴心头一紧,脸上不久前的愉悦渐渐敛住。

他明明是才从飞霜殿走出,任何一个明眼人都看得出来。

他不过,只是兴趣来了,想继续羞辱她罢了。

北堂墨眯住眼,看向慕晴,等待着她的回答。

慕晴舒口气,看向一旁脸色发白的晚儿,随意说了句:"这样可以吗?丢下皇后娘娘……"一句话还没说完,便被北堂风蓦然止住,他压低声音,以帝王的气势俯视着她冷冷说道:"朕在问你,你只要答朕的话即可。"

完全不知道北堂风为何忽然发这么大的火，慕晴冷笑一声，便只得焦躁地叹了口气，在她的脸上，也丝毫找不到期待的神情。这也使得北堂风的脸色愈发的不好。

对他，是如此这般，对北堂墨，就可以展露笑颜。

这个女人究竟是怎么回事，明明说过……想进他的后宫，难道不知要先讨好主子才是唯一的途径吗？

北堂风冷哼了一声，蓦地上前拉住苏慕晴的腕子，二话不说便向着飞霜殿走去，慕晴几步踉跄，身上的伤疼痛难忍，她回过头强颜欢笑地对北堂墨摆摆手，而后就这么被拉走。

晚儿似乎感觉到只剩下了她与北堂墨两人，脸色刷的变为了惨白，她欲追着北堂风而去，却在听到身后一声淡语后停在了原地。

"你一直在避开本王，嗯？"

一句话落，晚儿突然跪在了地上，她不敢回头，只是全身开始发着抖，牙齿也不停打着寒颤发出诡异的声响，只能哆嗦着喃语着："我……我……"晚儿双手环住手臂，在感觉到有一双手轻轻地覆在她的双肩上后，她的身体便抖得更加厉害，鬓角开始逐渐有汗珠下滑。

"嗯？"一声轻喃自她耳畔飘过，她侧眸，却不敢直视，不安地一下又一下抓着手臂。

"苏慕晴，啊……本王真不愿意管你也叫这个名字。"北堂墨淡淡地说着，气息温热，却夹杂着一些寒冷，"你怎么了皇后，不是应该……看到本王，你难道不高兴吗？还是说……"北堂墨渐渐地收敛了笑容，起身俯视着晚儿，"你在害怕本王？"

"怎……怎么会？"晚儿勉强地笑着，想要撑起身，却还是腿一软摔倒在地。

"你以为，你换了魂想脱离本王的手心，真的能做到吗？"他低语，而后一字一字地说，"对于连主人也敢咬的狗，本王通常只有一个做法……"北堂墨淡淡一笑，优雅地，含笑说道，"那就是一刀一刀将这条狗的肉，从它的身上，剔下来……"

"王爷……王爷……"晚儿颤抖得愈发厉害，恐惧得眼中开始逐渐有泪水下滑。

"别哭，让别人看到，那可就不好了。"北堂墨笑言，却字字让晚儿害怕。

晚儿拼了命地点头，拼了命地忍住泪水，"王……王爷，我去偷，我再去把密卷偷出来，这次不会再跑了，一定……一定给王爷……"

"不需要了。本王现在，想要的是另一样。"北堂墨轻声而道，右手覆在她的头上，当真如同是在碰触着自家养的一条狗，"本王就问一句话。让皇上祸国的人，是不是你？"

晚儿一惊，半晌后苍白地说着："怎……怎么会是我，我从来没有过……慕晴，慕晴只忠于王爷，没有任何私心……"

"哦。是吗。"北堂墨冷笑，渐渐收回了手，"别用那两个字称呼自己。"而后，他便也没再理会晚儿，如同来时那般向着宫外的方向走去，而这一刻晚儿深深地明白了一件事，也是她曾经如此渴望的一件事——北堂墨，将她这颗棋子弃了。

晚儿颤抖地笑，然后笑得更加大声，这时郑荣看到，匆匆赶过来，虽然知道自家主子背后的主人是王爷，但是从没想到自家主子竟会如此……

"为什么，为什么会这样？"郑荣不解。

晚儿干扯了两下唇，眼中渐渐变成了扭曲的残暴之色。

"北堂墨，北堂墨是鬼，是魔……他杀人不眨眼，他很残忍……"晚儿双臂环胸，颤抖地说，"你知道地狱是什么样吗？"她看向郑荣，"他们都不知道，连离若白也不知道……北堂墨是个疯子，是个毫无感情的男人，你知道他竟能面不改色地喝着茶看着犯人受世上最残忍的刑罚……但是为什么，为什么这样一个残忍冷漠的人，会保护那个苏慕晴……为什么只有我才会受到非人的待遇，而她，却可以集宠爱于一身？！"晚儿捂着头，脸色愈发地苍白，忽然狞笑，"北堂墨将我视作了棋子，我自由了……我要报复，报复所有人，我要将苏慕晴找出，告诉她北堂墨的真相，然后在她绝望之时，将她碎尸万段！！！"

郑荣微微愣了一下，秀白的脸上，也露出了一抹不经意的苍白。总感觉，娘娘心中的结，已经让她病入膏肓了。如果再这样下去……怕是真的要出事了。

走了很远的北堂墨渐渐地停了脚步，他听得见身后晚儿的咆哮，更是享受于那种恐惧与癫狂。只是，他们却不能明白他，他确实无情，可是他不疯，他只不过比常人更加理性。

目的，比任何一切都来得重要。

只是……现在的他，似乎稍稍有些变了。

他抬起手看向自己被慕晴握过的手，琉璃色中划过了一抹黯淡。

"慕晴，如果你知道本王早便知道了你的秘密，又知道了本王是一个什么

样的人，你还会在本王身边安心地睡去吗？"他的眼中渐渐露着些痛楚，望着自己仿佛还残留着慕晴手上余温的指尖，轻轻用舌尖舔舐，眼眸凛冽无比，慢慢透着心痛，"旧时的本王明明已经改变，为何还要被翻出来。慕晴……只有这个，本王不想让你知道。"北堂墨轻轻地舒了口气，俊逸的脸上透出一抹别人无法看透的沉寂，而后他便踏着凛冽的步子离开了皇宫。脚步背后，掀起了一阵足以灼烧一切的躁动。

　　一路算计，却深陷其中，原来爱，当真是一种刻入骨髓的毒。甚至会让人，否定了过去的自己。

# 第三十章
## 重振朝纲

慕晴被北堂风一路拽去了飞霜殿，刚一进去，她就被不客气地甩进了屋子。挪了好几个步子，才稍稍站稳。她有些不快，抬头凝视眼前的北堂风，却发现这个男人竟然毫不顾忌地将飞霜殿的大门给关上了。

慕晴心头一紧，莫名有些踌躇，她向后退了几步，小心翼翼地问："关上门，殿里是否太黑？若是批阅奏折，还是……"

"奏折朕都批阅完了。"北堂风冷冷而道，随即转回头看向慕晴，在那幽暗的光下，慕晴终于能好好地看到了这个男人的正脸。

果然伤得不轻，而且好像比王爷还重。

不期然地，慕晴竟笑了一下，然后紧忙掩住唇看向他处。

北堂风唇角微颤，竟因为慕晴一时的笑颜而扫去阴霾。他紧忙恍了下自己的神，而后走到慕晴面前，道："这就是你想进后宫的诚意？"北堂风冷不丁的一句话令慕晴微怔，有些不解地抬头，忽然想起来那日在凤阳宫的对白，不禁失笑。

"皇上不提，微臣险些忘了。不过那些应当不是现在的话题，皇上还是先处理政事吧。"慕晴站好，怔怔望着眼前的他。她的眼神清亮透彻，看不出一丝一毫的杂念，更看不出有任何对他的引诱。

随便说说。

这样的词句蓦然从北堂风脑海中闪过，不禁让他心情不悦到了极点。其实说起奏折，他还真的已经都批阅完了，此时为何会将这个女人拉到这里来，他当真是一点头绪都没有。他有些怔然，而后径自走到了案前，看着空空如也的桌案，虽然面上从容不迫，但心里多少开始不自在。

慕晴也微微有些疑惑，而后说道："不然，微臣去拿些文书来……"

"你安静待着就好。"北堂风冷语，随手拿了一本书开始翻看，只是那数行数列的文字虽然映入眼中，却完全没法进入到北堂风的心里。

慕晴沉下心，便站着靠去了一边，看着她孑然而立的样子，北堂风不禁说道："别站着，让朕看着烦躁。"

慕晴微愣，脸色微微有些不好，她点了头，四下看了看，于是干脆顺了裙子，准备窝身坐在地上。只是坐在那里的同时，因为挨了板子后的痛楚愈发明显，她脸上瞬间变得苍白，渐渐有汗水渗出。

"够了，起来吧。"北堂风有些不爽快地开口，"出去等着吧。"

慕晴听闻，脸上露出了喜色，二话不说便从地上站起，行了礼便推门而出。这动作连贯从容，当真是一点迟疑都没有。北堂风心口有些发堵，却也没有多言。

因着那个女人就在一门之外，竟然让他开始分心。手上的书，早已看过多遍。他抬头看向门外隐约映出的影子，纤细瘦小，却让自己渐渐变得温暖。

不知不觉地，他将手上的书放下，缓缓来到了门边。他垂眸望着门那边她的影子，总觉得心中有一种熟悉感同流水般沁入。于是抬起手，轻轻地碰触，他抚过她影子的脸庞，长发，脖颈……然后静静靠近，将自己的额贴在了她影子上，仿佛是这样，便可以让自己安心。

自从这个女人来此，他好像就开始变得奇怪，奇怪到连自己都无法琢磨透其中原因。

"慕晴……"北堂风蓦然开口，而后连他自己也惊讶于此。

他为何会管这个女人叫慕晴？他蓦地按住头，再度感觉到了那种剧痛之感，致使他站不稳坐倒在地上。

好痛苦，好痛苦，为何近日总感觉脑中一片混乱。

"啊……"他轻喃，有些开始颤抖，而后就这样摔倒在地。

外面的慕晴像是感觉到了什么，蓦地冲入殿中，然后抱住北堂风的身子喊着："皇上，你怎么了……你怎么了？！风……风！！"

一个风字，让北堂风的眼瞳顿时缩起。他颤动着看向慕晴，而后像是发了疯一样将她推开。他踉跄地起身，有些慌张地看着地上同样怔然的她，然后就这样踉跄着离开了飞霜殿，仿佛是在逃避着什么。

慕晴怔在原地，眼中满满都是他的惊恐与彷徨，而后慢慢垂了眸看向自己的双手。

她就令他,那么地厌恶吗?

直到离开了很远很远,北堂风才倏然停下。他手捂心口,第一次这般无助。
为什么会这么痛,为什么……会这么伤!他紧闭双眸,没有叫也没有喊,只是一遍又一遍地撕扯着自己的心口,似乎想要将那颗失控的心挖出来看一看,看看是不是坏掉了、烂掉了。
当一切都陷入沉寂后,他疲惫地撑起身,抬头仰望了天空。
怎么感觉,好像丢了什么很重要很重要的东西,仿佛自己的心,被人狠狠地挖去了一块。
这时李德喜看到,惊慌地追来,但北堂风却没有说一个字,只是安静地走在前面,撂下了一句:"去凤阳宫。"语毕,便独自走在这空荡的宫中。
李德喜长叹口气,见到如此痛苦的皇上终于忍受不住上前低喊:"皇上,够了,别再折磨自己了,那个凤阳宫的娘娘,不是您深爱的那位……那位娘娘,已经离开了!"
北堂风站定,蓦然回头怒视李德喜,而后一字一定地说道:"你……再说一遍。"

自北堂风离去后,慕晴也有些怅然地往回走。刚一进文锦阁的门,就被东方楚晏拉到了一边,看样子今日的他心情还算不错。
"怎么看起来精神欠佳?"楚晏不解,轻轻敲了下慕晴的额,使得慕晴冷不丁打了个激灵,她摇摇头说道:"皇上被我吓跑了。"
"嗯?"楚晏一愣,说是不知道她这几个字的意思,但是总归明白了一件事。
苏慕晴和北堂风,又一次不欢而散。这对他来说,无外乎是件不错的事。可是他却没料到,慕晴的这份沉闷,一直持续到了夜里,连饭都没好好吃。口中时刻都在自喃着:"究竟做了什么能将他吓成那样?"
楚晏冷哼一声,总之没说什么好话,结果连续吃了慕晴几个冷眼。
但本以为白日的事,今日勉强算是翻过去,可谁料到了夜半三更,却忽然有太监跑来了文锦阁宣旨,说是皇上要召见慕晴。慕晴一懵,顿时回想起了不久前挨板子时北堂风说过的话:那便不用闯了,明日起,朕什么时候来临幸皇后,你便都在旁边看着好了!
慕晴心头一紧,烦躁地在心中咋舌。她本以为是戏言,难不成这男人真的想让她日日看着他和那个曾经和自己相貌一样的女子交欢？

排除情感这一点，她甚至还是个没有过经验的女子，当真不想因为这件事，让自己从此嫁不出去。

她掀开了被子长叹口气，看了看也出来迎旨的东方楚晏，便径自跟着那太监离去。

楚晏站在身后，心中同样有些焦虑。他抬头，发现今日夜空五星，总觉得……今日会发生什么不好的事。他叹口气，希望自己是杞人忧天。

就在这时，文锦阁院中的叶子有些不自然的响动。楚晏低语了句"出来"，便见慕枫从暗处悄悄走出。一见是他，楚晏便迅速感觉到晋国有事发生，他摩挲着下颌，陷入沉思。

看来回归晋国的沙漏，已经倒转了。

跟随着太监一路走去，却意外地来到了明阳殿。慕晴心里微微有些失落，回想起过去宫里曾立下的规矩——后宫女人，唯有皇后才能进明阳殿侍寝。

想来，此时自己来这里，也是违反了宫规的。看来她又要做好挨板子的准备。

慕晴轻触了下自己身后的伤，脸色微微发难。真不知道这孱弱的身体，还能再经受多少次这样的折磨。

进了殿，发现这里不再像自己前几日进来时那般阴沉，反倒是稍稍有些熟悉，就像是数月前第一次来到这里那般。阵阵寒香卷入，如丝般缠绕着她的身体，如此这般清澈的香气，是否说明了晚儿并不在此？

那为何要唤她前来？慕晴微微蹙眉，心中有些调侃的意味。忽然见到不远处的北堂风正坐在椅旁独自看着夜间刚送来的急报，慕晴的心微微有些舒然。

或许是因为自己忠言逆耳，使得北堂风没再被晚儿所误导，只要继续下去，相信北堂风很快便会变回过去的明君。

慕晴不语，站在一旁，安静地等待着北堂风处理政事，这时有小太监进门，说是皇后娘娘送来了补气的汤。北堂风收了汤，便遣退了小太监，慕晴敏感地发现，这小太监迟迟不愿意离开，几个眼神透露着想亲眼看着北堂风喝下汤的样子。

慕晴心头微紧，视线落在了汤上。谁料北堂风还是没有按照他的话当场喝下，而是厉声呵退了小太监。小太监自是被北堂风的威严吓住，连忙拔腿跑掉。

安静下来的北堂风冷笑一声，端起汤碗看了看，随后毫不犹豫地将汤倒在了另一个碗中。当他将碗放下，忽地看到了安静站在旁边的慕晴，顿时吓了一跳，然后厉声说道："你这女人，进来了难道不行礼吗？像游魂似的。"

"本就是游魂，怕什么……"慕晴喃喃自语，而后转为了一抹笑，"皇上召微臣来有何事？"

北堂风看了她一会儿，而后说道："喝酒。"

"喝酒？"慕晴挑眉不解，她可不记得北堂风是个酒鬼，甚至刚好相反，北堂风并不乐于喝酒。

北堂风点了点头，从一旁拿出两个玉杯和一个酒壶，像是早就准备好。慕晴慢步上前，稍稍有些犹豫，但还是问道："皇上方才为何要倒掉那汤？"

北堂风一怔，随后沉下心说："你看不出那汤里有东西吗？"

慕晴微怔，这才知道北堂风已经察觉，而这份冷静，宛如过去的他那般。

忽然间一恍，慕晴有些怔住，她走近，然后问道："皇上，你……"

"朕好像前阵子，做了些让朕现在想想，很不愉快的事。"北堂风说道，声音愈发地低沉，"以后，朕会好好履行皇上的职责，更会以百姓为根基。"说着，北堂风便抬头看向了慕晴。

慕晴在揣测着北堂风此话的意思，虽然不知道他为何忽然间转变回来，但是她却明白了另一件事：北堂风，那平定天下的明君回来了。

忽然间明白了这桌酒的意思，好像是在送别她这时刻监督皇上的国策官。

莫名地，慕晴的心有些发空，她扯唇笑笑，却带了些说不出的沉重。

看来，也该是她离开的时候了。

于是慕晴忽然笑开，反倒拿过酒壶给北堂风斟酒，北堂风稍稍有些意外，然后欣然接受。

"这几日，你对朕的鞭策，犹如醍醐灌顶。让朕忽然想起了应该做的事。"北堂风说着，又喝了一杯酒。

就这样，他一杯接一杯地喝，而她则在他身边，为他安静斟酒。

这样的时光，宁静而美好。仿佛可以让人忘记曾经所有的不快，仿佛可以回到很久之前的生活。

那时，她深爱着他，而他，亦会用深邃的眼神，回望着她。

慕晴垂了眸，心中微微有些发痛。想来那些记忆都即将远去，即使他提防了晚儿，却也不会回想起他们之间的事，既然忘记，便不要再去打扰这份清净。

待今日喝完这杯酒，她也准备辞官离去了。往后，她便可以做回自己，游走天地，做一个真正自由的不受束缚的女人。

慕晴淡淡轻笑，再度为北堂风斟酒，水声清幽，点缀了此刻的宁静。

然而这一刻，北堂风的心情却与慕晴完全不同，他像是在疑惑，又像是在思考，过了很久，他才用着很淡很淡的声音说："朕今日才知道，原来朕，爱错了人。听说，朕曾经有另一个深爱的人，只不过，她离开了朕……"

一时间，慕晴手里的酒壶突然坠地，洒洒一片，染湿了地面。便是连北堂风也顿了喝酒的动作，他蹙眉轻望，喃喃而道："怎么了？"

慕晴忽然有些慌乱，她轻咳两声，紧忙蹲在地上捡起酒壶，同时说着："啊……只是一时没拿住，掉了，微臣这就去……"

"呐。"北堂风突然开口，而后缓缓起了身向慕晴走来，他俯视着地上的她，幽幽道："你喜欢朕吗？"

慕晴心头一颤，握着酒壶的指尖渐渐用力："皇上喝醉了。"

"朕不知道应该去爱谁，也不知道想爱的人在哪。朕的脑子近来有些混乱，总是想起一些奇怪的东西。所以朕累了……"北堂风轻轻将杯子放在了桌上，而后缓缓倾了身，"如果是你的话，朕应该可以接受……"便是在说这句话的同时，北堂风忽然上前，将慕晴彻底压倒在了地上，酒杯酒壶四处掉落，慕晴亦是满脸震惊地望着正撑在自己身上俯视着自己的男人，长发垂下遮住了她的视线，仿佛在这一刻里，她唯一能做的，就是看着他。

"代替她们……承受朕的爱。如果是你的话……朕，可以哦。"北堂风忽然冷笑了一声，而后压低了唇瓣吻上了慕晴，一时间慕晴全身激烈地颤抖了一下，她摇头，想要将北堂风推开，但是却被北堂风更加用力地压在了身下。

"我是国策官，你不能……我不是你的女人！！"慕晴喊道，第一次如此的惊慌。

"呐……你不是喜欢朕的吗？"北堂风低笑，开始亲吻她的耳畔、鬓角，随即脸色渐渐冷了下来，"还是说，你喜欢的是北堂墨？"

"我不知道你在说什么！"慕晴咬牙，却发现浑身上下一点力气也使不上，"皇上，你这么做一定会后悔的！！"

北堂风轻轻舔弄舌尖，以齿咬开慕晴的衣带，狭长而冰冷的双眸俯视着她，"深夜来明阳殿，不是早知道会如何吗？口是心非的女人……"说着，他倾下唇瓣凑近了她的脸庞，"朕来告诉你，你这张利嘴，应该是做什么用的。"语毕，他再度吻她，吻得愈发地用力，愈发地深邃，每每慕晴想要还以颜色，都能被他轻易地躲过。其实他也不知道为什么，总之就是知道这个女人会怎么做，更是知道她的反应会如何。

总觉得，哪怕只是舌尖碰触，都会让他无比的愉悦。

如果是这个女人的话，或许真的可以……

思及此，北堂风的脸上忽然起了些莫名的哀伤，这样的神情竟令慕晴心头顿时一紧，像是被他影响。可是在下一刻，毫无防范的慕晴却被北堂风顿时侵入，瞬间的痛苦让她如被撕裂。而那方才还在哀痛的男人，此时却淡淡一笑，在她耳边愉悦地喃语："看，朕抓到你了……以后，你就只能想着朕了。"说罢，便吻了下她的耳畔，但是这个吻却很轻，带着些宠溺。

慕晴僵硬地颤抖，似乎什么都感觉不到，只是在那阵撕裂过后，她无力地躺倒在地，无力地看着明阳殿的天顶，唯有不久前北堂风说的那几个字仍盘旋耳畔。

代替她们……

这，究竟算什么啊……

夜深了，北堂风终于睡倒在了慕晴身边，而慕晴亦不知自己何时已被这个醉酒的男人带到了他的龙榻上。这一夜他究竟要了多少次慕晴也同样完全不知，只知道自己身体酥麻得厉害，几乎每动一下都是一种上刑。

仅剩的体力，完全被这个男人给榨干了。

慕晴无力地攥起拳，满心的怒意，却也无法泄出。她侧眸看向身畔睡去的北堂风，发现他此刻竟睡得如此的安稳。他依旧紧紧抱着她，长发黏腻在额头，轻轻遮掩了他的容颜，他像个孩子一样靠在她的怀中，偶尔低喃几句听起来仍是相当邪恶的梦语。慕晴此刻心乱如麻，仿佛一切都只是做了一场梦。

这一切，本都不该发生，而自己，也应该有更好的方法去将他推开，甚至可以像过去那样用尽手段。可是……她却没这么做，或是因为他最后一瞬露出的痛苦，又或是他不停在耳畔诉说着对离去的她的深爱。

这一行，究竟是谁弄乱了谁的心。

她叹息。罢了，反正，她也要离开了。权当是……做了一场梦吧。

慕晴垂了眸，心中夹杂着一丝的痛苦，而后下意识地拥住北堂风，轻轻地在他的眸上落下一吻，最后道了一声"永别"。

天色亮起，北堂风才稍稍有了些醒意，只觉得头痛欲裂，像是快要炸开。他只记得自己一直在和徐锦瑶喝酒，然后发生什么就完全不记得了。

刚一动弹，他便发现自己竟然未着寸缕。他有些疑惑，只是下意识用手往

旁边摸了摸。冰凉凉的，如同从未有人睡过。

这是怎么回事？

北堂风坐起，有些怔然地按压了下额头，忽然听到外面李德喜的声音，于是便想从床上走下。而他刚一动弹，明黄的丝被却随着他的身体一同滑落到地上，那一点殷红让北堂风的瞳孔顿时缩起。

不对，昨夜有人……昨夜究竟……

北堂风随意披了件外袍，蓦地转身推开了大门，使得李德喜也吓了一跳。

"昨夜朕究竟发生了什么？"北堂风低语，而后又再度敲打了几下自己的头，"朕好像想起来了，想起了很多事……苏慕晴确实有两个，确实……"北堂风喘息着，仿佛完全处于了混乱的世界。

李德喜干笑两声说道："皇……皇上，奴才怎会知道皇上昨夜发生了什么？"

北堂风眼眸顿时射出一抹利光，狠狠说道："别以为你每日都会偷听朕不知道。"

李德喜一怔，紧忙跪下哆哆嗦嗦地说："奴才，奴才这就说……"他吞咽了下唾液，然后继续说道，"皇上邀了徐锦瑶大人来喝酒，然后……"

"然后怎么样？！"北堂风压低声音，明显地没了平日的耐性。

"然后，皇上压倒了大人，还说……还说……"

"再结结巴巴的，朕就要你人头落地！"北堂风蓦地厉喝，使得李德喜舌头即刻捋顺说道："皇上和徐大人说，让徐大人当两位娘娘的替身，还说抓住她了，让她只能想皇上您的事，还质问大人是不是喜欢王爷，并教会了娘娘利嘴应该是用来做什么的……"李德喜越说声音越小，北堂风越听脸色越青。他忽然有些懊恼地单手扶额，狠狠地咋了下舌。

他本不想将这局外人牵扯进来，如今却发生了这等事，可是他自认不是醉酒胡来的人，更不是一个喜新厌旧招蜂引蝶的男人，为何会对徐锦瑶……

"她待会要和朕一同上朝吧，给朕更衣，朕现在就去文锦阁找她。"北堂风说罢，便要回身关门，可却在这时听到李德喜小心翼翼的话语。

"皇上，今儿个一早，徐锦瑶大人便提交辞呈了……想来皇上是见不到大人了。"

北堂风停住脚步，蓦地回头看向李德喜。李德喜将头压低，完全不敢直视北堂风此时的冷眸。

"她什么时候走的？"北堂风尽可能冷静地问道。

"大概，半个时辰之前……"李德喜发虚地说，但很快眼中便划过一缕亮光，"但是大人还要回文锦阁收拾细软，想必还没离宫。"

北堂风眼角抽动了几下，而后连外袍也没有换便直接向着那边赶去，先是走，而后竟然开始跑动。他决不允许，决不允许他在弄明白自己为何对这个女人如此心焦之前她便离开，就算是天涯海角，他也会将她拽回来！

身后的李德喜望着北堂风愈行愈远的身影目瞪口呆。

皇上一生只为两个女人跑过，一个数月前的那位皇后娘娘苏慕晴，还有便是这位徐锦瑶大人。李德喜暗暗琢磨，总觉得，皇后娘娘和徐锦瑶大人的性子和处事极为相似。

"会不会是……"李德喜摸摸下颌，陷入沉思。

"终于可以出南岳的皇宫了。"文锦阁中，首先便传来了东方楚晏的声音。他侧眸看看一言不发地在收拾东西的慕晴，却也没有多说什么。他不是瞎子，自凌晨这女人衣衫凌乱且脖子上还挂着吻痕回来的时候，他便知道发生了什么。

不生气吗？哈……他气得险些冲回晋国然后对南岳直接开战。不过就是到时如果伤了这女人挚爱的南岳，再被她横竖一顿乱批，那就没有任何意义了。而且比起那个，他更想知道眼前的女人究竟在想什么。

"本就是两袖清风地来，现在终于可以功成身退。"落下这么一句话，慕晴深深的伸了个懒腰。身上的酸疼还在继续，提醒着她昨夜的刻骨铭心的记忆。

啊，那个醉鬼想来已经醒了并且什么都不记得了吧。她想。

这样最好，这样她也能图个清静。待离开了皇宫，她便可以自由自在地享受生活了。成就名符其实的功成身退。

思及此，慕晴微微地笑了，只是在笑容中，透露着淡淡的落寞。

"走吧。"说完这句后，慕晴忽然潇洒地将包袱挎在了身后，昂首阔步，准备离开这困鸟之笼。

楚晏轻笑了下，也随着她一同向前走，两人当真如同兄弟那般，爽朗带笑地相伴这条路。

文锦阁的门，终于被推开了，慕晴满心期待着即将迎来的生活。

然而随着门缝愈发地拉大，落入她眼帘的，却是另一个画面，是一个穿了便袍，单手撑在她门口的俊美之人，而他……毫无疑问是不久前才强要了她身

子的男人。

"皇……"慕晴开口，一时有些发懵，还没来得及将一整句话说完，她突然感觉到眼前视线倒转，原来自己竟被这个男人用力地扛在了肩上。

"你……放开我！"慕晴震惊，用力地敲打着北堂风的后背。

"抓到你了……"北堂风淡淡说道，他侧眸看过同样有些震惊的东方楚晏，而后一句话不说地转身就这样带走了慕晴。

东方楚晏先是怔在原地，随后有些失笑。他摇摇头，丢下了手上的包袱。在那俊逸的脸上渐渐透出了一丝落寞。

那个男人的表情，是多么的熟悉，就好像是看到了镜中的自己……

"慕晴，他是爱着你的……"东方楚晏长叹一口气，忽然探手抓住了一只平日里绝不会进皇宫的信鸽。楚晏眯眼，利索地打开鸽子脚下的信件，琥珀色的瞳仁中渐渐流出了深邃，"也是时候离开了。只可惜……还是没能将她带走……"他叹口气，仰头看向蔚蓝一片的天空。

"皇上……北堂风！你放我下来！！"慕晴厉声喊，着实快被他这么扛得有些头疼。

"昨夜，你抱过朕对吗？"北堂风忽然开口，声音虽轻，却让慕晴的心头一紧，不由得回想起了昨夜对他最后的那轻轻一抱。北堂风转眸看了眼，露出了稍有得意的笑容，"原本朕只是猜测，看来你真的抱过。"

"你——！"慕晴有些语塞，平日的冷静在这一刻都因为这个男人的举动而烟消云散。

在这个时候，这个男人居然对她用心理战，还真是让她不得不五体投地哈！

"任性地占有了朕，想一走了之吗？"北堂风自顾自地说着，慕晴真是听得一头雾水。

谁？谁占有谁？谁任性？

慕晴失笑，半个字也吐不出来，只能在那里大喘着气。

北堂风似乎是看透她的心，于是又道："朕醉了，你没醉，其实凭你可以有许多手段拒绝朕的对吗？"

慕晴微愣，当真有些心虚，但她当时一时慌了手脚也是事实，为何到这个男人嘴里却是这般让她无地自容。

见慕晴没回答，北堂风的笑意更浓，第一次觉得这个女人是如此地有趣，于是接道:"你是喜欢朕的吧。或者……"说到此,北堂风稍稍站定了脚步,方才的风风火火的心情渐渐转为了一种平静和深邃,他轻吸口气,又吐出,半晌才说,"朕丢了的那个人,会不会就是你?"

慕晴怔住,渐渐也不再挣扎,她就这样伏在了北堂风的背上,因着北堂风看不到她的表情,而给了自己一个机会将伪装卸下。

有些寂寞,有些酸涩。

北堂风继续迈开步子往前走,眼神也多了些黯然:"朕想起了许多事。好像是有人刻意让朕忘记了一个女人。那个女人,是朕真正爱过的第一个人,也是让朕第一次明白爱是什么感觉的人。她倔强,狡黠,还有一些小坏。她自信,又总是顶撞朕,怎么看都是一个妖后。但是她却捕获了朕的心,同时又拯救了南岳的百姓……朕不明白,为何与你在一起,朕会对她的记忆越来越清晰。"

慕晴静静地听着,眼神很是平静。只是抓着北堂风衣角的指尖,渐渐开始加了力道。

"皇上是在告白吗?"慕晴下意识地低语,竟有些不经意的愉悦浮上心间。而这一刻,北堂风也忽然止住了脚步,眼瞳陡然一缩,曾几何时熟悉的话语,让他静静地平视着前方,不再挪动脚步。

原来如此。他淡淡而笑,垂下了眼眸。

清风吹过,将两人的长发朝着一个方向轻柔地撩起,春日的温暖安静地洒在他们身上。

慕晴有些疑惑北堂风为何止步,突然恍了下神准备从他身上逃离。但刚一动弹,北堂风却忽然开口连串说道:"朕会封你真正的官职,朕承认你的功绩,朕会将你加入官录载入史册,朕不会再不经你同意随意碰你,朕会好好上朝勤政爱民重新做回当年的仁帝。若是你走,将是南岳的损失。为了百姓,为了天下,你愿意……继续当国策官吗?"

慕晴猛地怔住,从未想过北堂风会说这样的话。他不是已经不需要自己了吗?她不是应该即刻离官吗?此时心口的雀跃,心中的期待……她,究竟在抱有着一种什么样的希望?

"你不想要为天下黎民,做些什么吗?就这样永远离开朝廷,过上百姓居家之日,当真如你所愿吗?"北堂风轻轻而道,但字字如针地扎入慕晴心底。

她忽然安静了,闭眸间竟有泪水滑下。这是她第一次这么难过,难过地回想起当年是如何带着满身才学死于非命,是如何还未对国家尽职责,便就这样离开了她的世界。

是啊，她的生命都在从政，她的人生都在国家大事上，她舍不得……舍不得那终生热爱的事业。

　　她的拳握得越来越紧，尽管她努力地克制，但泪水还是染湿了北堂风后背的衣衫。

　　他微微一怔，也感觉到了，他有些苦涩，也有些安心。

　　"你可以不承认喜欢朕，但是为了南岳，留在朕的身边吧。"北堂风苦笑一声，将慕晴缓缓放下。脚尖才刚刚落地，慕晴便意识到了自己的双眼还没出息地挂着雾气，于是即刻想要转身，心中暗骂北堂风的"卑鄙"。

　　但是北堂风却扳住了她的双肩，他凝视着她，渐渐倾下身吻掉了她眼角的泪痕。

　　"就在刚才，朕想明白了一件事。虽然这件事要保密，但是朕却可以告诉你另一件事……"北堂风笑笑，用手抚过她的长发，"对你的认可，朕是认真的。如果现在你还要走，朕便不会再拦。"

　　说罢，北堂风便深深舒口气，从慕晴身边走过，清风吹动，卷起了属于他的寒香，唯剩慕晴安静地站在原地。

　　她指尖抚过被他吻过的脸庞，如羽的睫毛上仍然带着水汽。

　　怎么办，明明打算离开的。

　　可是她好像……真的被北堂风的话打动了。

　　怎么办，怎么办……

　　已经走了几步的北堂风与此时的慕晴一样，他神情充满着无助，甚至平日里冷静的眼眸也有着几分凌乱，他想笑，也想哭，他想在皇宫里扔掉一切然后跑动起来。

　　是了，他想明白了一件大事，一件极大的事。

　　这时李德喜突然冒出，在北堂风身边询问情况，此时北堂风蓦然站定，侧眸凝重地看向李德喜道："李德喜，朕……好像找到她了。"

　　李德喜微怔，然后问道："谁？"

　　北堂风淡淡一笑，脸上覆满了温暖的笑容，"朕的慕晴。真真正正的。"

　　"皇上今日没早朝吗？如果皇上不嫌弃，臣妾陪皇上用膳。"正当这时，一个轻柔的声音飘入，北堂风笑容微敛，侧眸看去，果然是那张熟悉的容颜。

　　只不过，心中不久前徘徊的温热已经消失无踪，药效的失灵让他对眼前的女子再也没有任何的感觉，而后只是淡淡回了一句："以后，朕都不大会去凤阳宫了。晚儿你还是自己用膳吧。"说着，便对李德喜说道，"李德喜，把近日的所有奏折都放到飞霜殿，从今日起，再也没人能玩弄这南岳的朝纲。"语毕，他轻悠地甩开长袍，而后径自向飞霜殿走去，他的凛冽让晚儿微怔，有些不知所措。

李德喜哼笑一声，紧随北堂风而去。

"晚儿……晚儿……"晚儿低声念着，突然坐倒在地，郑荣一见紧忙前来搀扶。

晚儿颤抖着摇摇头，喃声而道："皇上方才叫我晚儿……皇上想起来了……李太医的药失效了……怎么办，怎么办……我会被皇上赐死，会被赐死……"

郑荣一听紧忙扶住晚儿的臂膀说："娘娘，您别着急，皇上虽然已经想起，但是他并没有开口责罚娘娘，说明娘娘还有希望……至少不会命丧黄泉。"

"不。"晚儿突然打断郑荣的话，"我才不要做有名无实的皇后，还好我早有准备，管晋国要了药性更强的药。"晚儿轻笑，而后森森一笑，"我要让皇上永远也想不起来苏慕晴，永永远远……呵呵，呵呵呵。"

郑荣一听，整张脸都变了色，但是他看到晚儿已经有些癫狂，到嘴的话却一个字也说不出。

药效再加重的话，恐怕连日一直被娘娘逼着服药的皇上身子会受不了。万一出事，那便是弑君之罪。往后究竟会变成什么样子……他已经，完全不知道了。


晋国，大殿。

晋国的皇帝东方穆正手拥美人，享受着难得的闲暇时光。当然，对他来说只要东方楚晏不在的日子，都是闲暇而惬意的。

听了来人的传报，东方穆森森然地笑起，将手上的美人推开，他徒步走到了传报人的身边，"就让那个女人好好地不择手段，待她把南岳和北堂风搅得乱七八糟，咱们的机会便也来了。还有这个……"东方穆将一颗红色的药丸放在了传报人手里，道，"让她把这个给北堂风，告诉她，这便是让她可以永远得宠的药。"

传报人得令离去，留下了东方穆一人冷笑，"东方楚晏，你不是保南岳派吗，现在，孤王就让你恩人的血脉，彻底断送！"


当慕晴失神地走回文锦阁的时候，已经逼近午时。慕晴看到了坐在院子里

的东方楚晏，竟只是呆滞地一笑，而后如同牵线木偶般地回了房。便是在临入门的时候，东方楚晏忽然开口说：“这次是决心留下了吗？”

慕晴微怔，回头看去。东方楚晏的脸上微微现出了些无奈。他起身来到慕晴身边，而后捏了捏她的脸颊，"你的心意我知道了。你还是不能忘记北堂风。"

"我……"慕晴开口，而后慢慢抿住，"我不知道，我的脑海有些混乱。我的理智告诉我应该再冷静些，告诉我不管北堂风说什么，都不能再回到这个鸟笼中。可是……"

"可是，美人难过英雄关。"楚晏无奈地笑了，看着慕晴的眼中有着些许的宠溺，而后上前缓缓将她拥入怀中，淡淡说道，"如果这是你的期望，便留在这里一展宏图吧。我会在另一个地方，看着你的。"说到这里，楚晏的眼神微微有些落寞，他凑近，想要亲吻怀中女子，却在碰触之前，停顿了下来。

这个女人的心，终究还是那个男人的，正如青叶所说，他能做的，只有远远地望着她，见证她的一切。

听了楚晏的话，慕晴微微有些怔住，脑中算着时间，指尖不由得收紧，"你……要走了吗？"

"嗯，时候差不多了，我的将士们也已经等不及了。而且，我也感觉到近期皇兄有些动作。"

"以后，应该不会再见到了吧。"慕晴低语，也同样有些落寞，虽然相处时间并不长，但是在来到这里后，楚晏是第一个让她永远都处在欢笑中的人，就像她的好兄弟般，让她根本不用去思考太多，只要去欢笑便可。

"会啊，你是朝中重臣，而我则是邻国皇族，或多或少，都会碰面，只是……我们不能再像现在这般了。"楚晏笑笑，却又像是意有所指，他渐渐松开了慕晴，指尖脱离的瞬间，有着一份不舍的留恋。

"喜欢。我喜欢你。"楚晏轻声说着，他忽然的语言，让慕晴眼瞳一缩，当真不知如何回应。

这一次，楚晏说的不再像过去那般态度玩笑，而是用着让她无法逃避的认真。

似是看出了慕晴的震惊，楚晏揉了揉她的发："你只需要知道即可。如果有一日在南岳待不下去了，一定要第一个想到我。"

慕晴缓缓点头，渐渐地垂下了眼眸。

"我们，会一直是好兄弟，无论走到哪里。"慕晴微笑，爽朗地拍了楚晏的肩，使得楚晏不由得苦笑。

"这还真是一个，让我讨厌的词。"他舒口气，然后拿起早些时候准备的酒，"来，庆祝你的重生，庆祝我即将回归故乡，今夜不醉不归。"

"嗯！不醉不归。"慕晴点头，灿烂的阳光下，照出了一片温暖。

这一日，他们喝了很多，像是将心中的不快和痛楚一一吐出，然后双双醉倒。

直到次日清晨，慕晴才从一片凌乱中渐渐苏醒，她的头很疼，双手才刚动便打翻了身边的瓶瓶罐罐。

她捂着头四下看去，发现周围到处都充斥着酒气，这时才想起昨夜和东方楚晏的"不醉不归"。

"楚晏？"慕晴轻唤，却再无人回应，她叹了口气，勉强地站起。

东方楚晏应该已经离开南岳了。

想必接下来在文锦阁的日子，不会再有那么多欢笑，也只能让她独自面对即将袭来的暴风雨。不过这是她自己选择的路，也没有资格去怀疑什么。

对了，上朝。

慕晴摇摇头，准备清醒下出门。便在这时一名小太监走入，恭敬地说道："大人，皇上方才吩咐奴才转告大人，让大人今日多歇息，待下了朝，皇上会来文锦阁。"

忽然想起北堂风，慕晴的心头冷不丁地又是一紧。下意识地敲了敲自己的头。

光想着东方楚晏的事，结果把这个人给忘了。回想昨日他露骨的话语，慕晴不禁脸色一僵，开始浮现了层层红润。

他应该只是想起了第二个苏慕晴，但还不知道她就是她，所以他的感情，应该只是对苏慕晴的，而仅仅是欣赏徐锦瑶的才干不是吗？至少听他那时候说的话，应该是这个意思。

"暂时安全。"慕晴咬牙，然后长长地舒了口气。她回应了小太监，而后进去重新整理自己的着装。

她先去沐了浴打算洗去一身的酒气，在对镜脱衣的时候，竟发现身上斑斑点点地留着些玫红的印记。慕晴脸上一僵，即刻将头撇开。

或许昨夜是因为太过震惊，她到现在还有些反应不过来，只感觉一阵剧痛，让她几乎昏厥过去。真不知道世人是谁说这种事是享受，简直就是让她难受到无法呼吸。而且也充分地通过这件事明白了自己是一个女人这件事实——除非用些诡计，否则只要北堂风想要，她即使想推也没法将他推开。琢磨到此，慕晴的心头又是一阵发堵，决心将这种事索性抛到脑后。

她可是都市人，就算是在部队长大，也没有固执到连男女之事都想不开。只是身体上的联系，与感情没有任何关系也是可以的！

对，只要这么想，就不会因为昨夜的事而太过在意北堂风。而且，她是为了南岳留下，也不是为了进北堂风的后宫。

绝、对、不、会、再、进！绝对！

将自己的心情梳理清楚，慕晴大大地松了口气，仿佛再度找回往日的朝阳。看了看天色，北堂风应该快要下朝了，慕晴唇角一扬，准备离开。

是了，北堂风说来文锦阁，又没说来找她，这里十几人呆着，他愿找谁找谁。现在的她未免和他产生尴尬，还是少见面为好。

收拾好妆容，慕晴便随手拿了件外袍匆匆离开。

只是她才刚刚出门，便与某人撞了个满怀，紧接着便传来了李德喜的声音："皇上驾到！"

慕晴脸色一黑，总觉得心头被千斤重石所压。

这时一身九龙黄袍的北堂风静默地看着撞在自己怀里的女人，他淡淡一笑，顺势揽过："为何避开朕？"

"微臣不敢。"慕晴干笑两声，想要退开，却发现北堂风却跟着她的脚步凑近了过来。他贴近她的耳畔，幽幽说道："刚刚沐浴过吗？很香……"他轻轻吸了吸鼻子，却在吐气时将一抹凉气滑过她的耳畔。

慕晴心头一紧，不自觉地有些僵硬。着实不明白为何这个男人能这么面不改色心不慌地说出这么令人尴尬的话语，于是轻咳两声，又向后退了一大步。

# 第三十一章
## 红色承诺

"陪朕一起……"北堂风深凝视着慕晴，刚要说出用早膳的话，却不知从哪冒出的人，竟然说是有大臣想要求见，还是紧急事务。

北堂风满心的欣喜顿时被浇得一点不剩。他长叹一口气，重新看过慕晴，掌心抚过她的脸庞，温柔地说道："朕现在在重振朝纲，所以有些忙。待会儿……"

"皇上去忙吧，微臣也是朝廷的一分子，自然支持皇上重振朝纲。"慕晴堆起笑，催促着北堂风离开。北堂风像是还想说什么，但是又确实顾忌正在等候的大臣，于是便点了头原路返回。慕晴目送北堂风，脸上的假笑渐渐地卸下，她手捂心口，不由得现出了愁容。

这种"怦怦"跳动的感觉，好像快要控制不了。

她好像已经不能再像过去那样面对北堂风了……再继续下去，或许会被他吞噬干净。

除了国家大事之外，她应该尽可能避开他才是。

"今儿个一早就看咱们的国策官没来上朝，原来是在这里发呆。"一个轻缓的声音突然飘入，令慕晴心头一紧，急忙回身看去。暖阳之下，俊颜依旧，北堂墨倚门而站，有着一份潇洒不羁。

他今日依旧一身白蓝衣衫，如同下凡仙羽，让人动容。慕晴乖巧地站好，稍稍行了礼，然后说道："今日是慕晴失职了。"

"这次皇上归朝，你功不可没，本王也听说皇上特许你继续担任国策官。不过接下来就不是辅佐皇上，而是指点江山，本王当真期待你的作为。"北堂墨淡淡微笑，语调却诚恳，令慕晴心中生暖。

是啊，下一步就不是辅佐皇上，而是指点江山，不过话说回来，她也不过是做回了她的老本行，所以并不是特别忐忑。

"不是代做，而是真正做国策官，便可以在宫外设府宅了。需要本王帮忙吗？"北堂墨开口，将慕晴此刻突然惊喜的神情落入眼中。他是这世上最了解苏慕晴的人，当然知道她此刻选择接受国策官后的彷徨，想必在他来之前，她正在踌躇于如何躲开北堂风为好。他怎能置她于不顾，而另一方面，他也不想让苏慕晴在宫中与北堂风有过多的接触。尤其是……

北堂墨垂下眼帘，悄然滑过了她颈部的红痕。琉璃色的俊眸中，依稀闪过了一分冰冷。

"如果能出宫，那便最好了。"慕晴眼中闪烁着璀璨。

"那你一定不会让本王失望？"北堂墨扬唇，似是宠溺般地点了下慕晴精巧的鼻尖，像是对待一个年纪尚浅的小孩子。

慕晴轻轻揉了揉，露出了纯美的笑容。然后深吸口气，忽然向北堂墨行了个大礼："慕晴……啊，不，锦瑶一定不会让王爷失望。"

北堂墨缓缓扬唇，揉动了她的长发。却不知不远处，正有一抹淡漠的眼神望见了这一切。

李德喜有些担忧地抬头望向北堂风，却不见他过去的满眼愤怒，只是在俊眸中时而闪动着淡淡的心痛。

"皇上……"李德喜小声唤道，心想着皇上怕是气得说不出话了吧。

像是感觉到了李德喜的想法，北堂风淡淡垂眸说道："这次，朕不想逼她，朕想慢慢让她回到朕的身边。而且，那时候明知这个女人对自己的心，还做了许多残忍的事，如今为了朕回到宫里，结果仍是伤痕累累。朕，想好好珍惜她。"

"皇上的意思是……如果徐大人喜欢王爷，那么也可以让她……"

"不行。"北堂风蓦然打断，回看李德喜的眼神中透着利刃，吓得李德喜一哆嗦，"朕是说珍惜她，没说将她给别人。她现在满身都是朕的印记，谁也抢不走。"像是得意于自己那日的行径，北堂风嗤笑了一声，"现在气得七窍生烟的，应该是北堂墨才对。"说罢，他便转身离开了。

李德喜挠挠头，随后叹口气。皇上果然是皇上，笑里藏刀那是出了名的。看来，无论时间多久，娘娘早晚会回到皇上身边。

李德喜掩唇笑笑。当娘娘回来重掌大局的时候，才是正宫归位的时刻。

莫名的感觉，北堂风在闹别扭。这是苏慕晴酒醒后在飞霜殿与北堂风探讨国事时脑中嗡嗡回响的一个结论。

自刚才开始，北堂风便独自批着奏折一言不发。原本北堂风便是沉默寡言喜怒不形于色的人，所以刚开始慕晴觉得一切都还算正常，可是渐渐地她却发现北堂风开始时而看向她，每当她察觉到回看向他时，都会莫名吃了一记冷眼。

这不是很明显的让她看到他在生气，而故意摆出的表情吗？慕晴的心有些乱糟糟，着实为了北堂风如此孩子气感到哭笑不得。更何况，被莫名其妙地折磨了一晚上的是她，想来生气的也该是她才对。

终于忍不住，慕晴轻咳两声，开口说道："皇上有话对微臣说？"

"何以见得？"北堂风问道，声音不急不缓。

"皇上一直在送微臣冷眼，微臣已经被皇上冻透了，岂会不知。"慕晴同样安静地回答，却让北堂风的唇角稍稍扬动了一下。

"朕还以为你看不出来。"他合上了奏折，轻撩下摆来到了慕晴面前而后道，"你喜欢祈亲王吗？"

虽然不知北堂风为何会出此一问，但是虽不是男女之情，但她很是欣赏王爷是可以肯定的。于是她仰头，斩钉截铁地回答："喜欢。"

一句话落，北堂风像是比刚才更加安静了。他沉寂了一会儿，视线掠过慕晴颈旁的红痕说道："这个……"他眼神深幽，总觉得看到这个，就觉得这女人便哪里也去不了。

"啊，皇上不用担心。"这时慕晴忽然开口，她依旧平和而镇定。手揭红色之处，微微一笑，她继续说道，"皇上不必在意，微臣权当忘记了那日的事。明后两天这种东西肯定会消失，不会惹来任何麻烦。皇上请放心。"

放心？

北堂风的眼瞳顿时缩动，心中有着说不出的闷然。忽然有些失笑，恨不能将这女人直接从飞霜殿丢出去。他便不明白了，为何这女人只要开口，就一定会说出与他作对的话。

这是他的慕晴没错，但是……却也让他在怀念起过去的温暖的同时，也同时想起了她的可恨之处。

他怎么就会爱上这么一个一点都不可爱的女人！

"很快就会消失？"北堂风冷冷而语，忽然向前压低身体，唇瓣贴近，他启口，当真想狠狠地咬下去，咬出一个永远都不会消失的伤，但是唇瓣刚一碰到白皙的肌肤，慕晴便继续平淡地开口，"皇上，别忘了那日您说的话。"

北堂风突然止住，心中一片焦躁，终是无奈地舒口气，放开了这可恨的女人。

　　无妨，他还有时间，他会好好让她知道自己多爱她，而她也绝对比她自己想的要爱他。

　　坐回了龙椅，北堂风看向慕晴说道："你还记得那日朕与你说的，想起的事吗？"

　　"不记得了。"慕晴干脆地回答，当真不想再提起过去的日子。这使得北堂风再度沉默了一会儿，而后冷冷说道："不记得，也给朕听着。"

　　"微臣遵旨。"慕晴安静作答，心中着实郁闷。

　　"朕想起来了朕曾经爱的女人，那个女人，倔强，可恨，但是却才华横溢，让朕念念不忘。朕说的……是后来的苏慕晴。"北堂风强调，随后说，"朕爱她哦，只爱她一人。"

　　慕晴眨眨眼，抬头看向北堂风，只道了一声"哦"。却在心头看不见的地方，渐渐起了些涟漪。

　　她眼中微妙的变化，自是逃不过北堂风的眼睛，他指尖抚唇，露出了深深的笑意。

　　他会让她牢记这句话，会让这句话刻在她的心里。

　　最后笑了笑，他便垂眸再度专注的批阅奏折，独剩慕晴无法逃避地倾听着自己心头那愈发强烈的心跳。

　　她果然，还是应该搬出皇宫。果断地，而且是尽快地……

　　飞霜殿不远的回廊前，晚儿一直站在不远处观望着门口，已经开始有些蜕皮的脸上显出了一种狰狞的神情。她绝不相信这个徐锦瑶能在短短几天内便让很少对女人动真情的皇上倾心，如果这般便只有一个可能……

　　她抬起手用力地咬着自己的指甲，深黑的眼中透出了扭曲的邪恶。


　　夜晚时分，慕晴重新去浴池泡浴，总觉得今日因为北堂风的关系，累得几近不成人形。他像是故意免去她一切可以出宫的机会，凭借她没有上朝的借口，将各种文书堆放在了她的面前。直到不久之前，她才刚刚吃了两口东西，并能来此放松放松。

　　怎么说北堂风也不会追到此处，让她多少放了心。

　　水雾缭绕，暖意沁心。慕晴靠在池边深深地感受着温水抚过身体的轻柔。低头看了看胸口的伤，发现已经基本愈合。如果能恰当地处理好与北堂风之间的嫌隙与尴尬，是否会真的让她在南岳安稳地待下去。

月色渐深，慕晴感觉到有些困乏。于是从水中站起，刚要拿旁边屏障上挂着的衣袍，便听到门口处传来了一个阴森的声音："本宫就觉得其中有鬼，果真是你这只鬼回来了。"

慕晴微蹙眉，顿时便明白了来人是谁，在提高了警惕的同时，也将外袍顺势披在了身上。长发掠下，沾了些湿露，散在空中，仿若美画。而她也并没有回应门口那个声音，而是就这样准备离开。

便是在即将出门的一刻，慕晴忽然感觉到身边人狠狠抓住了她的手肘，她有些不快，淡漠地侧眸看向那人。

果然是晚儿，这个让她完全喜欢不起来的女人。

"皇后娘娘来此，有何贵干？"慕晴挑眉，脸上不动声色。

晚儿诡笑，声音尖锐而刺耳，她侧眸间，显出了一种扭曲的神情。她探出手，抚过慕晴的脸庞，尖锐的指甲忽然蹭过，在慕晴脸上白皙的肌肤上留下了一道细微的划痕，顿时便有血红渗出。

慕晴冷漠看了眼，似乎并不在意，只是用拇指将血从脸上抹去，然后静静问道："这是文锦阁，想来不是皇后娘娘该来的地方吧。您忘了，后宫不干政吗？"说罢，便要扬手离开。晚儿瞳孔一缩，蓦地又用力抓住了她，并低喊着："苏慕晴！！你是在故意与本宫作对吗！对你有何好处，啊？如果你愿意屈服于本宫，本宫则将皇上让给你，让你做个嫔妃，如此这般满意了吧！只要你别碍我的事，怎么样都可以！"

慕晴眼瞳蓦地一颤，下一刻她忽然将晚儿奋力压在了墙壁上，瞬间的巨响让晚儿惊住，仿佛唯一能做的事情就是直视着眼前射出冷光的女人。

慕晴单手压在晚儿的脸侧，她慢慢凑近，直到与晚儿只差分毫距离的时候，她压低声音一字一字地说："我最讨厌的，就是你这种女人。"她说着，指尖缓缓移过，缓缓地凑近了晚儿的纤细的脖颈，稍一用力，晚儿便蹿上一股窒息的感觉，她用双手抓着慕晴的腕子，脸色都发了红。

慕晴向前，在她的耳畔平静而低声地说："旧时的恩怨，我不想与你算讨，终归我也是托了你的福才能重生一次。若不是因为你祸及百姓，我根本就不屑回到这个地方。还有……你将北堂风当做了什么，东西，还是权力？你对他下药，你可知，那药用多了，他的身体根本承受不了。你用这么卑鄙的手段回宫，只为了贪图享乐，你让皇上为你建宫，你将南岳推向亡国……你已经，天理难容了。"说着，她的手上又用了力，使得晚儿开始不由自主地向上翻着白眼。

慕晴冷冷看着她，终是在狠咬了一下牙后，将手蓦然抽回。她负手而立，冷静地俯视着瘫坐在地上用力抚着自己脖颈喘息的晚儿。

"你的后位，我不稀罕。如果想活命，就老老实实地当你享乐的皇后。若是再祸国殃民，就别怪我手下无情。"慕晴倾身，捏起了晚儿的下颔，她冷冷凝视着她，道，"你要知道，我每日每夜，都恨不能将你碎尸万段，剥皮抽筋。生死之说吓不了我，别忘了，我可是你招过来的已死之人。"慕晴冷笑一声，狠狠松了手，而后没有丝毫停留地向外走去。

晚儿喘息着，满眼怒意，突然回头说道："你难道不想知道我是谁的人吗？你难道不想知道我当初为何要选择跪拜凤袍吗？哈……"晚儿踉跄地起身，缓缓走到了苏慕晴身后，"本宫只需告诉你一件事。"她森森然地一笑，亦凑近慕晴耳畔，道，"我这个苏慕晴，可是被一位大人物亲手调教出来的魔鬼。我会弑君，我会背叛，我会冷血，都是因为他。而他，现在可是在你的身边呢……你还以为你有多会识人，呵呵呵……告诉你，我，苏慕晴，可是和茗雪，一起长大的姐妹。我的饲主是谁，你应该，最最清楚吧……"说罢，晚儿再度开始诡笑，笑得癫狂。

慕晴瞳孔一颤，侧眸看向已经扭曲的晚儿。

晚儿躺倒在地，几乎是捧腹大笑，然后说："喂，你想知道吧，想知道他是个什么样的人吧，我来告诉你，我保证你知道后，会心死如灰……我告诉你哈，他……"

"不必了。"慕晴忽然开口打断了晚儿，"过去的事，与我无关。我只在乎，我看到的，相信的。你，便继续活在过去吧。失陪了。"说罢，慕晴便扬袍而去，留下了一脸震惊的晚儿。而后她狠狠地攥拳捶着地上，用力喘息，几近疯狂，甚至开始嘶喊不止。

"苏慕晴！不，徐锦瑶！！你以为你防住我便可阻止皇上吞下神药吗？呵呵呵……你错了！"晚儿低笑，"或许你忘了，这个世上，还有另一个人能让皇上卸下心防……呵呵呵，哈哈哈哈！"

就在同一时间的醉雨阁，坐在包房里的蓝瑶儿竟因惊恐而落掉了手中的杯子，她看向坐在一旁同样在喝茶的郑荣，小心翼翼地问："皇后……皇后是让我……这怎么可以……"

郑荣放下茶杯，也有些沉重地吐口气。他起身欲走，临过蓝瑶儿的时候轻轻拍动了下她的肩，"我是奴才，只能听命皇后。我想，你还是自己决定的好。"

离开一脸呆滞的蓝瑶儿，郑荣紧紧地靠在门外，他看向自己的双手，痛苦不已。

难道，真的要走到这一步吗？难道，真的要……

出了门的慕晴微微攥住双拳，月下的凛眸中闪耀着幽幽淡光。

王爷，如果晚儿说的是真的的话……那么茗雪的死，是为了让我主动投靠，而注定要死的棋子，是吗？

她垂下眸，微微有些痛楚，也有些莫名的……失落。

"徐锦瑶？你……"这时，一个熟悉的声音自上方响起，慕晴微微抬头看向了前方之人，心中突然溢出了许多平日被压抑已久的情绪，脸上的痛苦，也毫不掩饰地显露了出来。

已经换了便装的北堂风看到眼前脸色苍白，身上还只穿了一身单袍且满身湿漉漉的她，心头不由得一紧，上前几步想要询问。可在他还没挪动脚步的时候，却忽然被这个平日里防备甚深的女人紧紧拥住，北堂风一怔，下意识地说："慕……啊，锦瑶。你怎么了？"

慕晴将脸埋在北堂风的胸怀中，呼吸着属于他的淡淡寒香，轻声说道："只是有些累了。"

"不会是朕让你处理了那些文书，所以就将你累成这样了吧。"北堂风微微调侃，却发现慕晴并没有急着回答，半晌，她将脸埋得更深，只是低声说道："啊，是啊。让我这么累，让我这么难过，都……怪你……"

"无礼的女人。"北堂风低声斥责，但与之不同的是，他的双臂却紧紧回拥着慕晴，像是想安抚这个有着淡淡颤抖的女人。

"皇上，为何突然对我这么好？"慕晴忽然开口。

北堂风垂眸，安静了稍许，道："因为喜欢你。"

"皇上不是喜欢苏慕晴吗？"

"嗯，是哦。苏慕晴和徐锦瑶，朕都喜欢。"

"最讨厌了。花心的男人……"说完后，她便靠在了北堂风怀中睡去，身子一沉，使得北堂风微微有些怔然，而后便露出了无奈又疼惜的神情。

他在她的长发上渐渐落了吻，将她轻柔地横抱。月如流水，倾洒而下，将两人的身上染上了一层淡淡的幽光，长发轻摆，安逸而唯美，渐渐描绘了一幅唯有这两个人在一起时才会有的美卷。

深夜，明阳殿。

"唔……"慕晴微微轻动了下眉头，总觉得身上温暖得让她眷恋。她动了动身子，下意识地又往里钻了钻。

"还不满足吗？小东西。"一个悠然而沙哑的声音渐渐响起，令昏昏沉沉的慕晴渐渐睁开眼。

她是在做梦吗？为何会梦到这么让人恨不能钻入洞中的言语，而且这个声音……

慕晴陡然睁开双眼，惊诧地看向眼前说话之人。

幽静的宫殿里，北堂风正掩着一件明黄亵衣安静地半卧着身子抚弄着她已干的长发，他神情蛊惑，还带着些许的笑意，深幽的眼中，倒映出了她的惊慌。

慕晴愣住，下意识地看了被中的自己，让她几乎想要大喊的惊慌失措顿时袭上心头，然后蓦地坐起，低喃着："皇上忘记先前对锦瑶的承诺了吗？如此……如此这般……"慕晴咬牙，狠狠地攥住了被中的指尖。

"朕以为，你方才是在邀朕。"北堂风饶有兴趣地说，"是你想要朕，朕并未强迫你。"

"你——！趁人之危！"慕晴咬牙，索性转身想要从床上下去，可刚一动弹便被北堂风拉回到怀中。

又是那阵淡淡的寒香，又是那阵会让她浑身无力的温暖。

他自后拥着她，唇瓣贴近她的耳："方才你昏了过去，太医说你是过劳及怒气攻心。朕只不过是看你浑身发冷，而且全身湿透，所以才给你暖暖身。"他的声音很淡，手臂也加了些力道，"朕倒是想就这么趁人之危，但是，朕更怕你生气。"说着，他轻轻地在她耳畔啄吻了一下，令慕晴的心猛地一缩，忽然有些嫉妒起徐锦瑶。

"明明说过只爱苏慕晴，却还……"慕晴咬了下牙，莫名有些焦躁，想要甩开北堂风，"滥情的男人，最讨厌了。"

北堂风一怔，在慕晴看不见的时候，愉悦地笑起。

"你在吃苏慕晴的醋吗？"北堂风低语，而后说道，"不必哦，徐锦瑶和苏慕晴，朕都爱。"

"你——！"莫名又是一阵焦躁，使得慕晴愈发地不愉快，但是下一刻，她的身子却忽然被北堂风压放在了身下，他撑在她的上面，垂眸间满满都是她丰富的表情。

他很想唤她的名字，话到嘴边，却悄然消失。他什么都不能讲，什么都不能说，只能这样静静地望着眼前的她，而后倾下身，轻轻地啄吻了她的唇，慕晴微怔，想要将他推开，却不料北堂风反而更加用力地擒住她的手腕。

这个吻，越来越深，也开始越来越剥夺她的理智。

这么下去，会不会就这样被掩埋在了他的世界……？

深吻过后，喘息连连，慕晴侧了眸，始终避开了北堂风炙热的视线。

"看来心情好了许多。"北堂风倾身侧躺，轻柔地将慕晴拥入怀中，幽暗的光线下，谁也看不清他眼中淡淡的落寞。

他知道的，她方才的沉寂，不是因为他。

听了北堂风低柔的话语，慕晴的心头微微有些颤动，她敛住了眸，也不再挣扎，只是借着月光轻声问道："皇上，当年被自己深信的人欺瞒，是一种什么样的心情？"

"痛心。"北堂风言简意赅地回答着，双眼透着黯淡，似是回忆起从小到大的每一场经历。

"有多痛？"慕晴再问。

"很痛，很痛。"

慕晴咬唇，纤细的指尖渐渐收紧了力道紧紧握住北堂风的衣角，而晚儿的话，依旧挥之不去。

"但是，后来朕想明白了。既然是自己相信过的，那么……即使被欺瞒了，也是自己的问题。如果在这之后，依然觉得那个人值得相信，那么……朕宁可继续相信。"

一句话落，慕晴的眸子顿时颤动一下，喃喃的重复着北堂风的话："继续相信……"

"而且……"北堂风顿了一下，略有深意地说，"那种痛，可比自己深爱的女子弃自己而去的痛，要轻得多了……"北堂风说着，垂眸凝望慕晴，"那时候的朕几乎在想，如果连她都走了的话，朕就这么死掉，也可以哦。因为……南岳没了朕，还会有另一位皇帝。"北堂风仿佛看透了那般淡笑着，然后缓缓压下唇瓣，开始轻吻慕晴的唇。

而这简简单单的一句话，却在慕晴的心中荡起了一种无法平息的涟漪，甚至可以说是震惊。

原来，一直以来痛的不止自己，还有这个男人。她始终都将自己放在最最悲哀的角色中独自沉沦着，却忘记了从始到终这个男人曾经拼尽全力地在身边守护着自己，深爱着自己。哪怕被人背叛，哪怕知道了让天下人都完全不能相信的事情，他也会抓着她的手，说一句：如果我相信你说的一切……

慕晴慢慢闭上眼，脸上布满了痛苦与挣扎，她安静地颤抖着，紧抓着北堂风的衣衫，甚至将脸埋在了他的胸口，她不想让任何人看到她此刻的神情，因为那，太过软弱。

北堂风只是静静地拥着她，为她顺着长发，安静地感受着她的温度。

半响，慕晴用着有些苍白而颤抖的声音说："皇上，我一直有一句话想对一个友人说，只是一直没有机会……"

"可以哦。朕，替他听着……"北堂风低声说。

"对……不起，对不起……对不起……"她一直在念着这三个字，一直一直。

北堂风则安静地听着，安静地陪在她身边，一遍又一遍地轻吻着她，直到怀中人儿再度疲惫睡去，北堂风才露出了一抹淡淡的温柔，"这句话，朕记住了。"语毕，他再度吻了她无邪的睡颜，也拥着她缓缓地睡去了。

夜，深了，外面一片宁静。

次日一早，天还未亮，慕晴便感觉有一股冰凉的汤药灌入到自己口中，并且不是用任何冰冷冷的杯碗，而是柔软而炙热的唇送入。

她蹙眉，缓缓睁开眼，看到了北堂风那张俊逸而贴近的脸庞，他依旧是那样的俊朗，却在卸下冰冷之后有着几乎可以将她燃烧殆尽的温柔。

"风……"慕晴喃喃呼唤，却觉得脑子有些昏昏，他给她喂了什么，为何会让她如此困乏。

"这是太医开的安睡之药。这几日你太累了，趁机好好休息。身体养好了，朕才允许你上朝。"北堂风淡笑着，在她的唇上落下一吻，随后转身，就这样离去。

不知为何，慕晴心中隐隐作痛，总觉得有什么话要赶紧说出来，但是启唇半响，却吐不出一个字，她伸着手，想要抓住北堂风愈走愈远的身影，就是指尖无力。

她确实很累，想来皇上已经神志清醒，目前她在早朝上也不会有太多的用处。歇一歇并非不可……只是……慕晴眼睛越垂越低，在闭上的瞬间，总觉得心头那不好的感觉如万蚁啃食。

就好像是，他这一去，便再也见不到了那般……

出了门的北堂风疼惜地关上大门，刚欲离开，便见到一名小太监前来通报，据说是醉雨阁的蓝瑶儿染了重病或许命不久矣，想最后见见皇上。

"如果真是这样，那朕不去一趟于理不合。"北堂风低语，但总感觉有些突然，于是他看向慕晴所在的方向，深幽的眸中闪动着淡光，不知在想些什么。

"慕晴，今日不能陪你了。等朕回来……"说罢，他便转身离去。

只是不知为何，心中沉重异常，如坠千钧。

仿佛方才的温柔，是他们最后的相见。

如果说苏慕晴这一生做过什么让她最为后悔的事，那一定是某天夜里对这北堂风这个混蛋投怀送抱，以至于自己沦落到如此地步。

正午之后，烈阳普照。苏慕晴独自一人站在镜前欣赏着某人的丰功伟绩。可以说，从脖颈到小腿，几乎没有一个地方不泛红的，这究竟是何时何地何种情况被何人种下的，已经不言而喻。总之可以说明一个问题——在她熟睡之后，一定遭到了夜袭。而且身体的沉重则残酷地告诉她，她被吃干抹净了。

"啧！"慕晴咋了舌，用力地将身上的衣袍拉好，一边生着闷气，一边系着那繁琐的布料。

她昨天真是脑子进水了，不然岂会做出如此没有提防的行为，简直是"慕晴之耻"。焦躁地绑好头发，慕晴便抬步出了门。虽然不愿承认，但在凌晨时分被北堂风喂了什么未知的汤药后，她的精神似乎真的恢复了很多，而且可以说是神采奕奕。

慕晴舒口气，多少算是平息了下心中的怒火。

待整完衣装，慕晴从明阳殿走出，右手遮住了迎面刺来的强光，半晌才看向旁边站着的李德喜。李德喜见到慕晴可谓是一脸的喜悦，虽然皇上警告过他要收敛心情以免被慕晴发现，但是李德喜当真是想念这位正宫娘娘很久了。

面对他的满眼灿烂，慕晴只觉背后一阵冷汗。静下心，她便淡笑问道："皇上下朝了吗？"

提到皇上，李德喜的脸色微微有些不好，于是说道："回大人，皇上出宫了。"

"出宫？"慕晴的眉心微拧，对于李德喜给出的回答感到意外。因为按理说皇上很少会在这么繁忙的时候出宫，除非有大事发生，于是紧忙问道，"是不是有什么急事？"

李德喜有些支吾，随后说道："皇上……去醉雨阁见蓝姑娘了。"

北堂风去见蓝瑶儿了？

"哦，是吗。"慕晴平淡地回答，心中隐隐有些焦躁和酸涩。她这是怎么了，完全不像平日的自己。

她随意应付了李德喜几句，便独自在宫中走动。清凛的小脸上，显露着一层淡淡的寒霜。

"到头来不过是个滥情的男人。"慕晴喃喃低语，而后竟被自己脱口而出的言语吓了一跳，她紧忙甩甩头，想将这份烦躁挥之而去。她抬头看了看晴朗的天空，又回想起了王爷说的话，或许与他商讨下购宅的事比较好。皇宫，果然还是不想多呆。

只是刚要挪步，慕晴便倏然想到了昨夜晚儿说的话，黑眸垂落，有着说不出的情绪。

明明对晚儿作了潇洒和帅气的发言，但结果自己还是会在意。这样的她，还真是没出息到了极点。忽然又回忆起北堂风对她说的话，说的那句"继续相信"。慕晴暗暗攥住双拳，长长地呼吸了一下。

是啊，她只需向前看，只需看着王爷便可。他又不是真善美的小白羊，谁人没有过去，尤其是像王爷这种位高权重的男人。

如果心中想要相信，那便继续相信便可以了。

"徐大人？"这时候，一个熟悉的声音响起，慕晴回了头，看到是皇宫里的御医，慕晴记得这位是近日皇上接见最频繁的太医，自己与他也有过几次交集，并不陌生，于是便走近寒暄，淡淡说道："张太医。"

张太医年至五十，在宫里已经算不得年轻了。他恭谨地对慕晴行了礼，而后说道："之前受您的嘱托，老臣给皇上调理了下身子。果真如大人所言，皇上的身子像是吃了什么很不好的东西，导致血脉逆流。皇上本就有气血旧疾，若是再加入那样的东西，怕是就要有性命之忧了。真是千钧一发。"

"这么严重吗？"慕晴心情沉重，但同时也松了口气，还好她及时阻止，否则连晚儿自己都可能不知道自己将会犯下什么样的滔天大罪。

"总之，现在的皇上已经稳定了。老臣也就安心了。那么不打扰大人了，微臣告退。"张太医说着，稍稍地行了礼，慕晴也对他回以礼节，便目送着张太医离去。

晚儿真会罢休吗？

慕晴心中仍然有些忐忑，不过只要北堂风不再碰那种药，应该就会没事。

思及此，慕晴暗暗点头，便准备出宫去了。

收了银彩亮袍，慕晴换上了一身普通的素衣，长发高束，有着翩翩公子的风度。她揪上了便装的小桂子，一同赶往祈亲王府。但是在轿中，慕晴仍然有些惴惴不安。因为对她来说，此时面对王爷，不知自己的心情会如何。

下了轿，仰头便是熟悉的"祈亲王府"四个字，慕晴双脚踏地，安静地站了一会，刚要推门，便见那大门自己开了。迎面见到的，竟是自己方才脑中所想的北堂墨。慕晴一怔，抬着手僵在了原地，如同木雕。

北堂墨有些失笑，轻轻捉住了慕晴的手道："恰好路过门口，听到外面有人徘徊，以为是什么贼人，未想到竟是大人。"北堂墨声音很轻，也很温雅，微风拂面，带起些许宁谧。

慕晴干笑两声，缓缓将手抽回。不过总觉得这么见到王爷，比自己心里想的要自然得多，于是大方笑开，与北堂墨一同进府。

一路上北堂墨一直在和慕晴介绍着周围的府宅，慕晴听了几处，发现都是离祈亲王府不远，她不好意思问，北堂墨也不主动提，但是他心中所想的东西，却是除了慕晴之外任何人都清楚明了的。

总归来讲，这个女人哪里都精明，但是对感情上似乎很没自觉，也很没自信，从来都不会认为男人会喜欢自己，尤其是……他。

进了正堂，北堂墨正襟危坐，他看向慕晴，倏然开口："慕晴，今日你来，应当不是来问府宅这么简单吧。"

慕晴微微一怔，没想到王爷竟如此敏感。不过她今日来，并不是扮演什么善良大使，而是想知道王爷的一个心情，于是拿起茶杯轻饮一口，随即淡淡而道："近日突然想到了茗雪，所以想来找王爷。"

"茗雪……"北堂墨微怔，琉璃色的眼眸渐渐垂下，他亦拿起茶杯轻饮一口，脸上带着些痛楚。

慕晴看在眼里，而后问道："慕晴想知道，王爷是怎么看待茗雪的？"

北堂墨沉默半晌，回道："你想听真话，还是假话。"

慕晴微微一笑："我只想听，王爷想说的话。"

北堂墨倏然叹了口气，而后放下茶杯，他的眼中透着深邃，也透着些回忆，"茗雪是本王最喜欢的孩子，乖巧而听话……本王有很多事对不起她。"

"比如？"慕晴轻声探问。

"比如……"北堂墨忽然沉默，眼中渐渐显出了黯淡，他闭上眼眸，有着一种孤寂和痛楚。这一瞬间的神情，令慕晴忽然愣在原地，像是从未见过王爷有这般的神情。但很快，北堂墨便收回了方才的忧伤，变回了先前的淡漠，他仍然沉默，将王府的空气都凝结着一层寂静。

这时慕晴忽然淡淡笑了，说道："王爷果然是王爷，茗雪一定不曾后悔跟过王爷。"慕晴说着，便缓缓看向外面的暖阳。

是了，她今日前来，只想知道王爷是否真是如晚儿所言仅仅将茗雪当做利用的棋子，用完则弃。但是方才王爷的痛，是真的，王爷是真的将茗雪当做孩子，当做亲人，更重要的是，当做一个人。

茗雪，是在王爷的呵护下长大，那么，便足够了……

"为何突然说起茗雪？"北堂墨开口，抬眸看向慕晴，先是想了想，而后倏然怔住。他有些略痛，也有些担忧，他的眼神竟出现了平日里从未有过的凌乱。于是蓦然起身，震动之大竟让茶杯倒地湿润了一片，他启唇想说什么，但是却一字也无法说出，只能怔怔地望着慕晴，看着她那望向远方的双眸。

她知道了，她知道了他的一切……

北堂墨忽然淡笑了下，渐渐坐回原位。他双眸渐露黯淡，然后麻木地继续喝着茶。

若是知道了他是怎样的人，慕晴……会害怕他，或者厌恶他吧。虽然他从来不认为北堂风比自己干净多少，但是……他还是希望自己能在慕晴的心中留有一席地位，甚至说能给她带来温暖。

怕是以后，或许连她，都会想躲开自己了吧。

他暗暗喝了一口茶，有些发烫，伤了嘴唇。但是他好像并没有感觉到，只是依旧在喝，依旧在伤害着自己。

慕晴回头，当她霍然发现北堂墨的唇有些发红的时候，一双眼睛顿时缩动，而后上前毫不犹豫地将北堂墨手中的茶杯夺走，有些生气地说："王爷你在干吗？再这样下去就烫伤了！"她说着，便慌乱地在房中找冰水，然后舀在小袋子中为北堂墨暂时敷一下，她仍然心急如焚，匆匆唤着离若白。

北堂墨始终有些怔然地望着眼前忙来忙去的小女人，俊眸中有着不解，也有着讶异。忽然抓住了慕晴的手，然后压低声音问道："你……不怕吗？你难道……"

"怕？"慕晴微怔，随后有些失笑反过来握住北堂墨的手道，"仅是烫伤，无碍的王爷。更不会让王爷破了相，王爷放心。"

一句淡淡的调侃仿佛化解了一切的疑惑，北堂墨倏然笑了一声，然后笑得愈发地开心。他向后靠在椅背上，仰望着远处的天空，然后看向慕晴："嗯。本王全听你的。"

慕晴微微淡笑，轻轻拍了北堂墨手背两下，而后便跟着他们去弄凉水了。

北堂墨独自坐在椅子上，长舒了一口气。

是啊，他变了，过去的他不会像现在这样。他为谁而改变，又什么时候变得开始认为重情重义是一件很重要的事。

或许这一切的答案，都只是眼前那个倔强而认真的小女人。

因为见到了她，才让他第一次知道，原来在这权力斗争的世界中，还有一样东西，叫信任，也还有一样东西，叫真诚。

"看来本王，也中了你的毒。以后怕是忘不了了。"他淡笑，单手滑入发间，渐渐有些释然了。

可就在这时，院中忙碌的慕晴毫无征兆地跪倒在地，她不知为何双腿竟一阵无力。她手捂心口，觉得有些不安，她嘲笑自己的多心，想站起身来，但刚一动弹却再度单膝跪地。

这一刻，她当真是觉出了不好，因为她的预感向来都是很准，这种感觉已经重复了一天了，就是从北堂风从明阳殿离开的那时候开始。

慕晴垂眸深思，而后忽然讶异地抬起头，她有些失神，然后用着有些颤抖的声音低喃："风……"

# 第三十二章
## 最后托付

醉雨阁，天字号房。

今日的醉雨阁，与往日完全不同，安静得几乎可以说带了丝森冷。

北堂风坐在天字号房中，沉默地凝视着面前穿着精细的蓝瑶儿，胭脂红粉，玉钗良珠，还有那含羞的笑容，如此这般，可完全不像一个说是自己就要撒手人寰的人。

"皇上，瑶儿给您备了晚膳，今夜一定要与瑶儿共进，瑶儿可是准备了很久。"蓝瑶儿幽幽说着，并用酒壶又往杯子里倒了点酒，然后继续说道，"皇上可是好些日子没来了。"

"瑶儿，敢犯欺君之罪，应该不是只为了喝酒这么简单吧。"北堂风挑起眉，拇指转了转扳指，又将视线瞥向了酒杯，"是什么人让你引朕出来的？"

瑶儿心头一颤，脸色开始发白，而方才的笑容也顿时被北堂风的一句话击溃。她勉强地笑着，小心翼翼地说："没有，怎么会呢……只是瑶儿一直想见皇上，所以……"

"瑶儿，小心说话，说错了，脑袋就掉了。"北堂风压低声音，轻轻向前凝视她的眼瞳，"告诉朕，是谁指使？"

瑶儿酒壶忽然落下，透白色的酒洒了一地，然后她惊慌失措地说："瑶儿，瑶儿不能说……瑶儿只是把皇上叫出来，剩下的瑶儿一概不知。就……就是替人来传话。"

"说。"北堂风压低声音，渐渐散出了一片愤然。

"皇上必须喝……喝下这杯水，否则……瑶儿不会让皇上从醉雨阁走出一步。"蓝瑶儿说着，便将一杯泛着红色的水推向了北堂风，北堂风垂眸看去，顿时明白了来龙去脉，于是冷哼一声，道："皇宫里的那个苏慕晴让你这么做的吧。"

"瑶儿不知！"蓝瑶儿忽然开口说道，虽然惊慌，但还是露着森森笑意，"皇后娘娘承诺了我，要是我能让皇上喝下这个，皇上便会让我进后宫，封为一品贵妃！"

"你以为对朕做了这种事，朕会让你进后宫？"北堂风拧眉，语气近乎嘲讽，而后接道，"朕这一生，都不想再扩充后宫了。她若是这么告诉你的，那就是在骗你。为她卖命，值吗？"

瑶儿忽然有些癫狂，她蓦地起身，对着北堂风大喊："瑶儿不管，皇后说如果您喝下这个，就会听她的话，到时候当然会封我贵妃！而且我已经走到了这步，要是不能让您喝下这药，不能让您忘记今天的事，那么我照样是个死，还不如拼一拼！我待够了……这种地方！！我是贵妃的命，我不是这种地方的贱货！"蓝瑶儿歇斯底里地大喊，但是双手却在颤抖。

"原来，你早就看上贵妃这个位置了。"北堂风淡淡一笑，有些凛冽，随后拿起那杯水，就在他准备随手扔开让她绝望的时候，蓝瑶儿忽然大喊道："皇上可以不喝，可以倒掉，但是……苏慕晴，不，徐锦瑶将会死无葬身之地！！皇上出宫，皇宫便是皇后娘娘的天下了，您以为瑶儿为何要专程把皇上请出来吗？！"

"你说什么！"北堂风蓦然起身，唇齿间发着狠。猛地将酒杯压放在桌上，发出了不小的动静，"你们这是要谋反。"

"我……我只是想进后宫，谋反，谋反也是皇后娘娘！"瑶儿已经慌了手脚，说实话内心深处已经隐约开始后悔，但是既然已经走到了悬崖边，那便没有退路，唯有让北堂风喝下这碗东西，她才能活命！

"你想拦朕，你以为拦得住吗？"北堂风蹙眉。

"当然要有准备！"蓝瑶儿说罢，便拍了拍自己的手，顿时便从各个地方冲出来许多身手不凡的人，将整个醉雨阁重重包围。

北堂风心中微沉，总感觉这些人不像南岳的人。

"晋国……"北堂风眼瞳一缩，"瑶儿你……"他咬牙，未曾想到晚儿竟和晋国联手，如此这般通敌卖国，还真敢在他的眼皮底下进行。若不是慕晴及时将他点醒，怕是南岳真的要葬在他的手上了！

竟然碰过那样的女人，便是连他自己，都开始觉得自己的身体脏得无可救药。

然而北堂风的话却使得瑶儿一惊，于是自言自语："我……我什么都不知道……总之，皇上快点把东西喝了吧！不喝，就救不了您的心上人了！"瑶儿说道，眼神飘忽不定。

想到慕晴，北堂风的心确实狠狠痛了一下，犹如被一只无形的手用力捏紧。

他必须尽快赶回宫，就算是真的赔上这条命，他也不能再将慕晴卷进这场阴谋里。无论是晚儿，抑或是瑶儿，再或是晋国，都是他北堂风的恩怨，如果不是他，慕晴想必已经归于平凡，逍遥度日。

决不能再将她牵扯进来！

北堂风咬牙，慢慢地拿起手上的杯，他不知道即将等待他的是什么，但绝对不会是什么好东西。

"朕喝了，你便让朕回宫？"北堂风挑眉问道。

"当然……"蓝瑶儿脸上露出了些欣喜，"皇上还有用，绝对不会让皇上出事。皇后娘娘特别交代，只要皇上饮下这东西，就放皇上回宫。"

"那朕，再最后相信你一次。"北堂风捏紧了杯子，望了望红液体中映出的自己，他冷冷地咋舌，便是在他杯口碰唇，即将饮入汤药的时候，忽然出现一抹人影疯狂地冲入，连同蓝瑶儿一同扑倒。

"皇上，不能喝！！苏慕晴绝对不会希望皇上为了她喝下这东西的！！"

突然闯入的声音令北堂风及时停住了手，他侧眸看去，竟见到了有些似曾相识的女子。

是醉雨阁的新人吗？还是……

"又是你！！"蓝瑶儿怒火中烧，想要踹开紧紧压着自己的女人。而那人眼中同样迸着怒意，大喊："你不仅利用我，如今竟还要谋反，蓝瑶儿，我跟你拼了！！"她说罢，便一把撕下了脸上的人皮面具，一时间不仅蓝瑶儿惊讶得倒吸口气，便是连北堂风也愣了一下。因为眼前之人，正是被柳良杵牵连而进了冷宫的柳惠蓉。

柳惠蓉死命地抓住蓝瑶儿，侧眸间像是在向北堂风传递什么，她轻轻地摇头，然后便故意大吵大闹地捣乱，顿时所有人的注意力都好像被这突然冲入的女子引去。北堂风亦读懂了她的意思，在他们看向那边的时候，他悄悄地将碗里的汁液缓慢地流入袖口，正当一半药已经消失的时候，却不料周围那几个晋国人没了耐性，上去要用刀解决柳惠蓉，柳惠蓉一惊，下意识闭了眼睛等死。

北堂风见状，即刻大喊："你们若是敢碰她一根汗毛，朕便与你们鱼死网破！"

晋国人一听，纷纷有些犹豫，最为惊恐的很明显是蓝瑶儿，她迅速爬起来，将晋国人手里的刀全部按下，然后喊道："不许杀……不许杀！"而后转头，狠狠地踹了一脚被人压在地上的柳惠蓉。柳惠蓉惊讶地看向北堂风，当真没想到他会出言救她，脸上渐渐浮现了些苦涩。

对于她来说，皇上到了最后没有怪她，没有恨她，她已经足够了。若是能保驾，他们柳家的罪，也算是还清了……而最重要的是，至少她下次见到那个"没良心"的苏慕晴，一定会好好炫耀一番，只要……她还能活着的话。

"皇上，刚才被人打扰了，现在可以喝了吗？"瑶儿尽可能地好声好气地说，"早些喝了，说不定能救回苏慕晴……"

"不用重复说了。"北堂风言毕，蓦地扬手将茶杯中所有的红汁喝下，唇角滑落，如血般妖艳。

这一刻，晋国人的眼神满是窃喜，瑶儿像是大石落定，柳惠蓉却满脸惊慌。

扔了杯子，北堂风冷冰地扯开压着柳惠蓉的晋国人，而后抓着惠蓉的腕子便往外走，通过门口时，几人依旧阻挡，北堂风冷冷看向了身后的蓝瑶儿，看向了这曾经被自己认为是红颜知己，此刻却为了贵妃之位不惜下以毒手的女子。

他真是瞎了眼了，抑或是……身在皇朝，从来便没有看清过。

这一次，当真再没人拦截他。北堂风带着柳惠蓉一路前走，在离开了大门后，他找来了拴在不远处的两匹马，将其中一匹丢给柳惠蓉道："会骑马的话，就走吧。"

柳惠蓉有些怒火中烧，虽然她知道北堂风是不计较她从冷宫出逃的事，但是今时今日的她已经不再对北堂风有任何留恋，她是要去找苏慕晴的，找这个她现在认为唯一的姐妹。于是仰头说道："我要去救苏慕晴，就算皇上现在将我赶下马，我也要去！这个没良心的女人进了宫都没回来看我，我还要去好好质问她！"她咬牙说道，眼中迸射着幽光，随后扯动了缰绳便往前冲。

北堂风看着风风火火的柳惠蓉，微微有些怔然。

柳惠蓉变了，再也不是原来那个骄横跋扈的千金。她也学会了逆境生存，而这一切的功劳，都是那个自己心中无法割舍的女人的。

他攥紧缰绳，也重重地策马前奔。在他的眼中，也透露着焦急与愤怒。

他一定要快，一定要赶在那个扭曲的女人伤害他的慕晴之前赶回宫中主持大局，他不能再让苏慕晴为他受伤！！

北堂风越骑越快，周围一些围观的百姓都被这两匹快马惊得紧靠两边。

然而就在这时，就在皇城已经赫然出现在了他们面前的那一刻，北堂风忽然手捂心口，用力地呼吸，视线开始变得极为模糊。

这是怎么回事，为什么会这么痛苦？

只喝了半杯，还是没用吗，还是避免不了即将迎来的死亡吗？

北堂风拼命甩了下头，即使这样也不想停下前行的步伐，在他眼里只有那座皇宫，只有皇宫中的那个女人。

她还在里面，他绝不会放手！

意识渐渐离他远去，像是被人操控，这种感觉很熟悉，像是不久前从春祭大典中回来时一样。北堂风嗤笑，终于知道自己是从什么时候开始被那个女人利用。但是在下一刻，心口的痛却蓦地加大，混杂着剧烈的头疼让他产生了一瞬间的窒息。

忽然间，他蜷住身体，蓦地从口中吐出一口艳红的鲜血，然后就这样从马上跌下。他重重地摔落在地，红色染满了衣衫。周围人见到匆匆围来，大声呼救。前面柳惠蓉急忙转回马头，大声喊了句："皇上！"

柳惠蓉快马加鞭地向着这边赶来，然后跃下棕马拼命地摇着北堂风，她一脸惊慌，完全无所适从。

"皇上……皇上……你怎么了，你怎么了！你不能有事啊，苏慕晴，苏慕晴还在等着皇上！"

"慕晴……"北堂风低喃，他眼前似乎已经开始染了一层雾状，看不太清楚前方的路。他只是本能地向前面蹭去，双手贴在地上，将那灰暗的土地也染上了一片鲜红。

就在这时，刚从祈亲王府出来不久的慕晴蓦地看到了围观的一幕，她那心头不好的预感陡然袭上，她有些怔然，慢慢地，慢慢地拨开人群，当看到满身是血的北堂风后，她倒吸一口气，而后颤抖地，痛苦地喊着："风……风！！！！"

"慕晴？"北堂风蓦地停住，他在这模糊的世界中寻找着那声音的源头。他的手在空中轻触，想要碰触那不久前还让自己如此温暖的指尖，原本紧皱的眉头，终于舒缓下来，"不在宫里就好……不在宫里就好。"

慕晴上前，即刻紧握了他的手，然后尽可能地压抑着心中的痛苦问道："惠蓉，这是怎么回事，为什么会这样！"

"刚才蓝瑶儿逼皇上喝了一杯红色的水，说是皇上喝了就会听她们的……"柳惠蓉六神无主，仓惶地说着。

"是那个……"慕晴心头一惊，想到了来前张太医说的话，"皇上明知那是毒药，为何还要去喝！"

"因为他们用你来威胁皇上……"柳惠蓉垂眸，也是紧紧握拳，"皇上也知道可能是那些人的权宜之计，但是……皇上宁可自己饮毒，也绝不愿意赌你一丝一毫的性命之危。"

"我……"慕晴脑中突然落入空白。

一切，都是因为她，因为要救她！

如果说，如果说在他走的时候，她能放下那愚蠢的自尊，抓住他松开的手，他就不会遇到这种事。

一切，都是因为她！

慕晴几近窒息，然后忽然恍神，颤抖着要扶北堂风道，"来不及回宫了，先去医馆……先去医馆。不，我去把大夫请来……"慕晴说着，便松开手跑开，北堂风指尖悬空，忽然觉得自己的世界好像顿时空荡。

原来她不在身边的感觉，是这样的寂寞。

"皇上……"晚一步来送慕晴的北堂墨也匆匆赶来，看到了这惊险的一幕，便紧忙唤了离若白先稳住北堂风的心脉。

"皇上，皇上你坚持一下！"北堂墨说道，看着北堂风向自己伸过来的手，于是下意识地握住，他的手很冰，很凉，完全不像很多年前他在宫里，紧紧牵着的小手。

究竟多久了，他疏远了这曾经最喜爱的弟弟。

"皇兄……"北堂风渐渐开口，手上一下又一下地用着力，"我，不是一个好皇帝……晋国派人攻入。我可能坚持不住了，由你来……由你来重掌大局。然后……"北堂风微微怔了一下，脸上露出了一丝平静的温柔，"她……好好待她……"

"我没资格。要是重掌天下，那就由你自己来！我没有理由替你收拾残局！！"北堂墨倏然喊起，心中曾想过无数次皇上死去的样子，却没想到当他真的倒在了自己面前时，竟会让自己如此焦躁和痛苦。他紧握着他的手，呼吸也开始变得凌乱。

"皇兄你一直在找那卷轴吧……"北堂风淡淡而笑，令北堂墨猛地一怔。

"你怎么知……"

"嗯，我不久前知道了，知道是你让苏慕晴到我身边的。"北堂风淡笑，而后咳嗽几声，"卷轴上说的是真的。我是庶出，你才是嫡出……这个皇位，本就是你的。"北堂风渐渐闭上眼睛，爽朗地笑了，"将皇位还给你，我便可以安心去见父皇母后了。皇兄……希望来生，你还能再认我这个，伤害过你的弟弟……"

"北堂风！！！"北堂墨忽然低喊，手上拼命地用力，"要是想补偿，你就给我好好地活着！既然抢走了天下，就给我好好地治理！休想我替你收拾残局！还有苏慕晴……"说到此，北堂墨微微顿了一下，有些落寞地说道，"她始终无法忘记的人，只有你。如果你去了，她一定会随你而去的。"

北堂风安静了，他只是睁着那看不清的双眸，看向洁白无瑕的天空。他伸出手，想要抓住什么，但是在擎起时，却落了空。

"不可以哦……不可以的……慕晴。"他口中喃语，渐渐地侧了脸，他的力气像是用光了，像是马上就要沉入最深的渊底。

"既然不可以就给我好好地活着！你给了我太多的承诺，一个都还没兑现！给我活下去！"一个倔强的声音突然闯入，便是在北堂风的手即将落下的瞬间，忽地被那温热的柔荑抓住，握紧，免他寒冷，免他孤寂。

是谁……是谁……是谁拥有这么温暖的双手，让自己不想放开。

啊……是苏慕晴，是那个曾经被自己伤害过的女人，被自己放弃过的女人。

这一次，不想放开……哪怕只有一瞬……

北堂风轻轻颤动着指尖，缓缓地回握着那双手。

"不想放开……不想……"

"那就不要放开。"慕晴开口，用另一手更加用力地握住了北堂风，随后同跟来的大夫道，"无论付出什么代价，一定要保住皇上的命！"慕晴声音透着威慑，令大夫为之一怔，但是不知为何，仅仅是简短的一句话，却好像扎入他们的心底，令他们当真相信可以治好眼前的皇上。他们面面相觑，而后纷纷点头，"我们一定会尽全力的。"

慕晴点头，看向北堂风，她紧紧咬牙，心痛得仿佛快要被撕开。

原来这个男人早就知道她就是苏慕晴，原来他曾在她耳边一遍一遍说着的"喜欢"，都是在对她说，只可惜她太傻，她没有看出来，她甚至……在逃避着他。他究竟因为她承受了多少的痛苦，她想象不到，只是知道，他的心一定很痛。

如果能更加坦率，如果她不再那么执拗，那他是否会活得更加的轻松，是否不会再将自己逼入绝境。

如果北堂风从未遇见过她，是否也就不会遭遇此难。

只是，已经没有机会去后悔了，因为一切，都来得太快了。

她真后悔，当初为何因为一念之差没有要了那个女人的命。

伴随着这些痛苦，慕晴颤抖地拥住了北堂风冰冷的身体，她强忍着，不想哭，但是那丝丝的痛楚，却顺着眼角毫无征兆地落下，落在了他的眼旁，落在了他的心上。

北堂风缓缓抬手，无助地摸索着，然后来到了慕晴的脸上，为她轻柔地拭去眼泪。

"别哭……不值得。"

"你每日每夜，都会告诉我你多么深爱苏慕晴，多么不舍得离开她。现在苏慕晴在你眼前，你抓住了，抓好了，千万不要让我再离开了。"

慕晴紧咬牙，轻轻地将北堂风的手拉到自己的脸庞："到时候，你要好好看看，真正的苏慕晴。"

北堂风微怔，渐渐地安下了心。他已经感觉到自己的身体开始几近溃败，但是他真的想再好好看看她，好好抓住她，好好地让她幸福。

他，还有这样的机会吗？

"南岳即将遇到前所未有的劫难。待会我要去履行国策官的职责，我不会让任何人染指你的天下。你会好的，南岳也会好的，你有千万次的不信任我。这一次，一定要相信我，然后，活下去，等我回来。"

北堂风从始到终都安静地听着，他没有说一句话，只是渐渐地闭了眼睛。半响，他才颤抖地抬起另一只手，轻轻地覆在了慕晴的手上，这一瞬间的温度，让慕晴蓦地抬眸，眼中透着无法再掩饰的喜悦与痛苦。

"国策官徐锦瑶……不，苏慕晴接旨。"

慕晴迅速抹去了自己眼角的泪痕："微臣接旨。"

"这道圣旨，只有一件事……无论用任何方法，保住南岳，保住百姓……然后，好好地活下去。"说完这句话后，或是吃了大夫拿来的药，他渐渐地闭上了眼，渐渐地沉睡而去。覆在慕晴手背上的温暖亦渐渐滑下，然后垂落在了身边。他的表情安静无比，也没有半分愁容，像是终于能睡一个好觉。

慕晴渐渐攥住双拳，然后缓步起身，她咬着牙，颤抖地说着："微臣……遵旨。"

她蓦地转身背对了北堂风，长发挣脱了发束，被风散开，清风拂过，仿佛在安抚着痛彻心扉的她。她紧闭双眸，忽然冲天嘶喊了一声。这一声喊叫，包含了多少刻骨深情，也包含了多少日夜思念，这一声喊叫将她所有的伪装尽数卸下，只剩下了一颗千疮百孔，正在淌着炙热血液的心。

当她再度睁眼平视前方的时候，阴云遮日，一阵冷风倏然撩过，天上渐渐打起了青色的闪。也渐渐有冰冷的雨滴坠落在了她的身上，如同第一天来到这里时那般，心寒透彻。

城外突然响起了征战的号角，狼烟滚滚。

百姓惊慌，四处逃窜，唯有慕晴，依旧安静地站在那里，冷静地听着周围的一切。

这一刻，她将一切都想明白了。更是明白楚晏走前说的东方穆要有动作是什么意思。

东方穆与楚晏不同，是主战派，他想尽办法想要将南岳吞噬。所以他看中了漏洞百出，欲念极重的晚儿，而那药，想来虽然经手过南岳太医，但是背后操纵的，也是晋国。如今皇上倒下，晚儿不知情，蓝瑶儿不知情，她们还活在可以支配皇上的美梦中。而晋国，便是要趁着宫中无主的时候，强行进犯，借机将南岳全部吞掉。

"楚晏，我想我等不到你阻止东方穆了。"慕晴苦涩一笑，忽然抬起了双眸。眸中有着坚韧不屈，有着一种无人可以征服的慓然。

而后她倾身摘下了北堂风手上的那个雕龙扳指，缓缓挥动，脸上的神情渐渐归于冷静。

"风，这场最终的征战，我会与你一起去完成。"她深吸口气，而后侧过眸看向北堂墨道，"王爷，皇上一定会挺过去的。在皇上醒来之前，我们要替他守住南岳天下。"

北堂墨垂眸看向北堂风，指尖轻轻抚过他的发，然后也起身来到慕晴身边：“我是南岳的王爷，我生长在南岳。无论谁敢侵犯南岳，我都决不饶恕。"北堂墨声音压低，亦紧紧攥住了拳头，"不仅如此。我还要趁这个机会，好好清理下门户。"

慕晴抿唇，随后扬袍前行，孑然而凛冽。北堂墨回头看看已经安静下来的北堂风。

斗了一辈子，到头来才想起，原来这个高高在上的皇帝，依旧是那个十多年前，紧抓着他的衣角，不安地喊着他皇兄的男孩。更是那个，不惜被父皇责骂，也会从御膳房偷出食物与他分享的兄弟。

到头来，最傻的是他，始终将自己孤立的人也是他。

"两个最爱你的人,一定会为你守住这江山。皇上。"北堂墨苦涩淡笑,眼中带了些柔。

语毕,他亦甩袍回身,与慕晴一同向着另一方而走。

独剩北堂风,安静地睡着。

南岳、晋国交界处,晋军大帐内。

大帐里的东方穆半卧在皮毛长椅上,闭着眼眸,旁边的美人时而拿上一串西域葡萄,俏皮地喂着东方穆。

这时一个大将走近,在旁边说道,"王上,我晋国第一批入境大军已经备好,第二批将士随时可入。据探子来报,南岳的皇后也已经给北堂风喂下我们准备的药,想必南岳无主,此刻已经成为了我们的囊中之物。"

"那个蠢女人,呵呵呵……想必她还在做着统领后宫的春秋大梦呢。被利用了都不知道。"东方穆扬扬手,"商女不知亡国恨。那种女人,利用起来倒是很方便。"

这时东方穆扯唇,将身边的女人推开,然后将单手搭放在膝盖径自起了身,"另外,东方楚晏还没找到吗?"

"回王上,还没有。"大将微微有些担忧。因为他知道东方楚晏向来不按规矩办事,而且诡计多端,王上从小便害怕东方楚晏,这也是为何日日遣人追杀的原因。

东方穆狠狠咋了下舌:"我攻下你恩人的城池,南岳和东方楚晏,孤王这一次要一举歼灭!"说罢,他便露出了狰狞而扭曲的笑容,蓦然起身并且将侍卫手上的刀一把抽出。在下一刻,他便扬刀将身边的那个美人的头颅一刀砍下,然后举着那沾满血的刀,疯狂地嘶喊着,"出兵,出兵,出兵出兵!哈哈哈哈!!!杀光南岳的所有人!!没有了北堂风的南岳,便什么也不是了!!!哈哈哈哈哈!"

大将点头,但是总觉得,心中尚有不安。可是为何会不安,城中只剩北堂墨,即便他再有才,但一人之力很难力挽狂澜。除他之外应该再无别人。

大将舒口气:"是我多心了吧。"语毕,便从大帐内退出。

皇宫中,也同外面一样因为那忽起的狼烟陷入了一场前所未有的混乱。沈云之和上官羽驾着骏马将北堂风从宫外接回,众太医纷纷聚集。本应主持大局的正宫娘娘顿时明白自己已经犯了弑君之罪,因此现在比谁都惊恐。她不停地在房间里搜索着值钱的东西，也不知嘴里碎碎念叨着什么。郑荣在一旁虽然始终在帮晚儿收拾，但脸上免不了有些担忧。

"娘娘，真的要去晋国吗？"郑荣问道。

"那是当然！"晚儿咋舌，狠狠斥责了郑荣，"你没看到吗，皇上快要驾崩了吗？如果再留着，无论皇上能否醒来，早晚我们都会引火烧身死无葬身之地，趁着皇上未醒，两国还未交战，我们趁机投奔晋国！"

"可是娘娘，您投奔晋国，已经没有可以让晋王收容您的价值了。"郑荣忽然冷声说道，眼中渐渐蒙上一层黯淡，"收手吧娘娘，奴才陪您下到民间，无论哪国战胜，以后我们安稳度日便可……"

晚儿眼瞳一缩，回头重重一掌打在了郑荣的脸上，然后愤愤说道："你这个狗奴才，别以为本官不知道你的心思，你从很久前就开始就觊觎本官，你这个连根都没有的狗，有什么资格让本官和你一起安稳度日！"

郑荣微怔，捂着发烫的脸颊，眼神亦渐渐冷了下来。

"哦。是吗。娘娘是这么想奴才的吗？"郑荣忽然自嘲地一笑，而后便松了手上的东西，转身离去。

"你回来！你要去哪！"晚儿嘶喊，将手上的东西扔向郑荣，"你这个狗奴才还要叛主不成？！"

郑荣一把接住了晚儿扔来的东西，然后冷冷说道："郑荣是奴才，但从来不是谁的奴才。良禽择木而栖。郑荣之所以当初跟着娘娘，并非是娘娘所想的那种见不得光的感情，而是因为郑荣可怜娘娘孤身一人。但是自从娘娘再度回宫后，郑荣发现娘娘变了，变得卖主求荣，通敌叛国，甚至企图染指天下。但是娘娘，您不是治国之才，郑荣提醒您多少次，您统统不放在心上。直到今时今日竟然还要投靠晋国。您以为，晋国的东方穆真的是仁义之君吗？娘娘，郑荣最后再和您说一句实话。"郑荣站直了身子，将手上东西丢掉，然后一字一字说道，"在郑荣眼里，您比被您当做替身的苏慕晴，要差了千百万倍。与其跟着您一同背叛故土，还不如去见证苏慕晴是如何将这盘大局力挽狂澜。"

"你以为连本官都做不到的事，她能做到吗？！"晚儿歇斯底里地喊，眼中充斥着血丝。

"如果是她的话，奴才认为，能。"郑荣说罢，便将身上的一身太监服利索地扯下，然后甩在了地上，第一次傲视眼前已经疯癫的女人，然后冷冷说了句，"郑荣，告辞。"语毕，他不带一丝留恋地离开，独剩下一脸错愕的晚儿。而后她紧抓地上的东西对门大喊："你一定会后悔的！！"语毕，她眼露狠光，转身继续收拾自己的东西，而后狼狈地从后院准备离开皇宫。

皇城，大门。

慕晴神情凝重地稳步走入，身边侍卫跟从，看到皇宫乱成一团，慕晴蓦地在人群中大喝一声："都给我冷静点，该做什么就做什么，有我在晋国打不进来。"说罢，她怒哼一声随即甩袍向着另一处正殿走去。

国策官是一人之下万人之上，是可以调动三军，号令亲王的大臣。此时此刻，若是连她都乱了，那么南岳便当真乱了。

听了慕晴的这声喝令，那些慌乱的宫女太监果然有些犹豫，他们看向稳而不慌的苏慕晴，面面相觑。

"国策官回来了，应该打不进来吧。"

"就是……徐大人一点都不惊慌，应该是有什么妙计了吧。"

……

周围的低语越来越多，传来传去，确实安了许多人的心。

这时慕晴忽然站定，看到了站在不远处的一行人。为首之人托举着一套冰蓝色的长袍，在他身后，亦跟着十余位宫里的太监宫女。慕晴定睛看去，觉得此人有些面熟，最重要的是，眼前这个人并没有穿着宫里的衣服，而是一身黑色便衣。

"请大人穿上官袍，主持乱局。"为首之人蓦然开口，抬头之际令慕晴的双瞳微微颤动了一下。

那人眉清目秀，有着些阴冷的气息，却也堪称为俊美。而这个人，她可是耳熟能详，于是走近，眯住眼睛问道："皇后娘娘犯了弑君之罪，应该已经离宫逃跑了吧。为何你还留此？"她说着，望着眼前人的眼神愈发的深邃。

而这个人，不是别人，正是帮助晚儿三番四次陷害她的太监郑荣。

郑荣双手微微有些颤抖，有些僵硬地将衣服举得更高，淡漠地说着："只是，不愿做叛国之奴罢了。"

仅仅一句话，令慕晴安静了许多。她望了眼衣服，又望了眼面前这个身子愈发僵硬，脸色苍白的男子，于是豁然抓起长袍，而后潇洒地披在身上，蓝袍随着冷风，纠缠着长发在空中飞散，如同水中飞羽，令人惊艳，更移不开视线。

郑荣惊住，抬头看到苏慕晴已经要从自己身边走过，在交臂的一瞬，他好像看到了她侧眸间的笑容，那是善意的，亦是欣慰的，对于已经抱着必死之心的郑荣来说，这样的笑容简直是一种奢侈，是一种他连想都不敢想的事。

"我缺人手，可以的话，一起来吧。"丢下这么一句话，慕晴愈走愈远，郑荣脸上透着惊喜之色，而后叩谢，转身跟着苏慕晴而去。不远处亦正在走来的北堂墨看到此景，也露出了微微的淡笑。

生死存亡，足见人心。

想必慕晴已经知道了。这个人，可用之。

　　慕晴一路向着大殿而走，在这一路上，郑荣极其利索地帮她穿戴好了女官官袍，长发撩起，带起了一身清凛慑然。她徒步进入大殿，步步沉稳，在龙椅下方陡然转身，衣袖飞舞，徘徊出一种神秘。

"徐大人。"百官陈列在两侧，静静等待着慕晴的决策。

"地图。"慕晴言简意赅地说道，郑荣即刻将一张明确画着南岳和晋国交界的地图放在慕晴手上，慕晴拿过，倏然一甩，那地图便展现在了所有人面前。慕晴将其铺开，见到上面星星点点地做着一些标记，于是问道："这是什么？"

"最后一次去晋国的时候，奴才觉得以后可能会有用，于是画下来的。"郑荣答道，但简单的一句话却引来众臣的惊讶与非议，甚至开始有人提议将郑荣赶出大殿，以免是晋国的细作。但是慕晴却只是冷冷一笑，蓦地将手压在了地图上，说道："你们有本事，也去画一个看看。再在这里吵吵嚷嚷的，就出去领兵打仗！"慕晴咋舌，令周围只会说些风凉话的大臣顿时噤声，脸上露出了尴尬的神情。

这时慕晴看向郑荣，稍稍放软了声音，说道："依你所见，晋王可能会从哪个方向攻进来？"

郑荣微怔，先是没想到苏慕晴会替他说话，更是没想到还会来询问他的意见，心头一紧，于是极其认真地说道："以奴才的观察，晋王看似跋扈嚣张，却是一个胆子极小的人，绝对会是将主力放在其他人身上，然后自己藏在最后捡便宜的人。"

"那便是……"慕晴眯住眼睛，指腹在地图上几处滑动，在移过一个小道时，蓦然点住，"这里。"

北堂墨点头，同时也在地图上画了个圈："东西分别都有草木悬崖，但却大路宽广。中路为平地，不易埋伏，通路人数大约能容纳十万。东方穆，一定会由此而进。"

慕晴深思，如同数月之前最后的那场战役那般，她拿过一支笔，在几处都标上了红，众人围过，都纷纷惊讶，似乎从未见过如此这般的进军方式。

慕晴画完，捏了捏毛笔，随后将其一把扔开，抬头说道："众臣听令。"
一言之下，所有大臣都纷纷站好。

"东路，快马加鞭让左寻将军带南岳三十万兵马拦截。西路，让张浦将军带二十万兵马拦截。"说到此，刚巧看到沈云之送完皇上来此，于是慕晴便借机将地图一扯两半，稳稳放在他手上道："沈云之，你是锦衣卫最高指挥使，此时官里人手不够，唯你可托付。将这两张标着奇袭路线的地图送到两位将军手里。然后再帮我给左寻将军带句话，说别忘了万人将军宴。"

沈云之点头，但尚有不明，于是问道："可是左寻将军向来只信任皇上，而且文武向来不服。就这样给他地图，怕是将军会回以'将在外，君命有所不受'，到时就麻烦了。"

慕晴抿抿唇，倏然抬眸，莞尔一笑道："那便告诉他，这是苏慕晴给他送来的。"慕晴笑得从容，也带着一份让人无法拒绝的自信，众臣纷纷一愣，着实不明白为何这位徐大人会有此一言。但是跟随皇上的沈云之却顿时将近日的种种事务联系起来，他忽地一惊，渐露了沉稳的笑容，"属下这就去办！"语毕，他便匆匆转身离去。

慕晴目送他消失在殿中，随后渐渐垂了眸。

接下来，便是中路了。

"本王带人中路。"北堂墨开口，已经准备离开，但是却被慕晴忽然拉住了衣袖。北堂墨顿步，有些不解地看向慕晴，慕晴深望着北堂墨，随后回以沉着的一笑。

"王爷必须紧守皇上，以防官里有不测。中路，我会带一万军马去。"

北堂墨一听，倏然反拉下她的手臂，冷冷说道："你疯了吗？你以为本王会让一个女人去带兵打仗？而且还是以一万兵马对十万兵马？本王绝不会让你送死！"

"那王爷便可以死吗？王爷的命现在可不是自己的了。"慕晴狠狠说道，随后众大臣也纷纷跪地大喊："王爷乃国之血脉，决不能在皇上病倒之时离城，请王爷三思！！"声音阵阵，使得北堂墨愈发地焦躁。

他知道，他知道如果北堂风就这样撒手人寰，那么他便是现在唯一能直接接手南岳的人。

但是……但是他怎么能，怎么可以！！！

便是看到北堂墨又要出言反对的时候，慕晴倏然开口厉声说道："国策官乃先帝所立官职，官阶高于亲王。北堂墨，你想抗旨吗？！"

北堂墨一愣，完全没想到自己手上的圣旨会有被如此用上的一天，他紧紧咬牙，几乎快要到忍耐的极限。他没有回任何一句话，只是痛苦地，愤恨地看着眼前这让他不忍放手的女子。

就算是圣旨……就算是先帝……

慕晴见状叹了口气，然后上前，轻轻握住了北堂墨的手，他一怔，低头看向慕晴。

"慕晴何时让王爷失望过？"她淡淡地笑着，依旧温暖，依旧如初阳，只是此刻的指尖，却是那样的冰冷。

"一万人，你打算如何攻下？"

"用计，然后是阵法。如果没有突发情况的话，对付东方穆，应该不是问题。"慕晴说道，尽可能地想要说服北堂墨，"王爷，城中百姓现在慌乱，只有威望甚高的王爷才能安抚他们。他们都是南岳的子民，望王爷，救救他们。"

北堂墨语塞，看向他处，回握着慕晴的手，也愈发地用着力，然后蓦然将她拥入怀中，"一定要活着回来。皇上还有本王，都在这里等着你。"

慕晴轻轻地触碰北堂墨的手，然后安静地点了头。

"不过，你说的突发是指……"北堂墨疑惑，于是追问。

慕晴陷入深思，随后爽朗一笑，"没事。可能是我多想了罢了。"

那个人，应该不会……

总之，行军时间还有两日，两日之后，胜负必有结果！

## 第三十三章
## 守城之战

在慕晴和北堂墨的协同合作下，皇宫和南岳皇城终于算是安稳了。已经累得筋疲力尽的慕晴，却在稍作休息后独自来到了明阳殿。这时除了张太医之外，其余的太医都已退下。慕晴稍微问了下北堂风的情况，在得知他因为喝下的药量并不是很多，勉强算是撑住了后，才稍稍安了心。

进了大殿，慕晴看到了守在旁边的柳惠蓉，见她已经疲惫地睡着，便缓步走过，找来了披风为柳惠蓉披上。月光洒在房中，宁谧而安静。

柳惠蓉动了动身子，缓睁开眼眸，见到了苏慕晴后，眼前顿时一亮。她刚要大喊，便被慕晴做手势打断，于是跟着慕晴悄悄出了殿门。

在外面，慕晴闭着眼眸听着柳惠蓉将今日发生的事情一字一句地告诉了自己。慕晴一言不发，只是每听到惊险的地方，心头都会不由得揪痛。

"两日后，我就要去退敌了。"慕晴忽然开口，使得柳惠蓉为之一惊，她有些无措，然后粗暴地抓着慕晴的双臂大喊："你一个女人怎么可以……不是还有很多人……"

"我是女人，也是国策官。"慕晴微微苦笑了一下，然后上前轻轻拥住柳惠蓉的身子，"如果我死了，可不可以重回后宫，替我好好照顾皇上？"

柳惠蓉微怔，随后一把推开了慕晴，愤愤地说："你这个没良心的女人，我要不是来找你，才不会回来这鬼地方，你竟然还叫我进后宫，我打你哦！"柳惠蓉说着，便扬起手，却见慕晴故作无辜地看着她。柳惠蓉嘟着嘴，半晌才放下手长叹一口气。

从很久以前她就知道了，她永远也斗不过苏慕晴。

"后宫你还是自己进吧。我……"柳惠蓉顿了顿，然后轻咳两声说，"外面……还有人在等我。"

慕晴微怔，心头忽然一暖："原来是姑娘倾心了。"

柳惠蓉脸色浮红，然后上前一步说："今日我才知道，皇上究竟有多爱你。我真是傻了疯了，当初才会想要和你争……"柳惠蓉长叹口气说，"当年的那个苏慕晴在宫里的时候，我是记得的。我之所以能有机会受皇上面上的专宠，就是因为虽然皇上以为自己喜欢那个苏慕晴，但是全后宫的人都知道，皇上满心都在国政，连碰都没碰过那时的她。就算是偶尔会加以关怀，但也只不过是懵懂的初识罢了。但是皇上对你完全不同，皇上会在想着你的时候，偷偷地笑开，也会偷偷地为你做许多事。那时的我只是不愿承认，而现在想想，皇上好像从很久很久之前就爱上你了。所以……"她重新正视慕晴，双手握住了慕晴的柔荑认真地说道，"皇上等的是你。不要说什么替不替的，你要好好地回来，然后自己好好地爱皇上。这是我第一次这么诚恳地求一个人，也是第一次这么诚恳地想对你道一声迟来的……"说到这里，柳惠蓉退了一步缓缓跪地，她轻伏在地上说道，"皇后千岁千岁千千岁。"

慕晴突然怔住，从未想过柳惠蓉还会将这些陈年旧事放在心里。她苦涩地笑了一声，上前揉了揉她松软的发，"嗯，我会回来。然后还要看看你挑中的男人。"

柳惠蓉一惊，满脸红晕，羞涩地看向他处。

"我听张太医说了，你为皇上争取了机会倒掉半杯毒酒，为此才能让身体稍稍平稳些。我才要谢谢你。"

惠蓉抬头，与慕晴对视，然后上前静静地伏在她的身边，"苏慕晴，如果你是男人，我想我会喜欢你。但是你是女人，所以我会尽我全力，帮你守护住你的男人。你是我这一生第一次遇到的强敌，也是第一次让我尝到一败涂地的坏人，更是让我体会到原来真心是这样的朋友……活着回来，否则你就算下了葬，我也会把你挖出来。"

"哇，好狠。"慕晴失笑，而后重重地吸了口气，"答应我，至少这几天帮我守护好皇上。"

柳惠蓉自信地仰头，学着慕晴平日的样子拍了拍自己的肩头说："放心吧。在我身上，也流着南岳的血。最热的，最忠义的血。现在，快去陪陪皇上吧。"

"嗯。"慕晴点头，然后伸出手与柳惠蓉用力地手心相握，如同立定誓言。

月光依旧安静，望着走去他处的柳惠蓉，慕晴眼神渐渐多了些温柔。

她忘记告诉她，现在的柳惠蓉也是她心中重要的存在，有时候世上的机遇谁也无法猜透，昔日的宿敌，今日的挚友，谁也不知明天即将如何。

现在，还是去看看风吧，至少在她离开前，好好地与风说说话。

慕晴转了身，再度进入殿中。

推开熟悉的大门，慕晴安静地迈入殿中。总感觉在这曾经来过无数次的地方，此刻却安静得让她感觉寂寞。

月光洒下，照耀在她冰蓝的衣衫上，透了些冷韵，她长发轻飘，在身后静静摆动，如梦似幻。她深深吸气，尽力将心中的沉痛忘却。而后换了一副安静的轻柔面容。

她渐渐向着床畔走去，每走一步，都感觉是那样的沉重，每走一步，都好像有一种满溢的情感即将流露，每走一步，都好像被人划去了心。

她很想就这样抱着那个男人，好想听着他的心跳入睡。但是她也好怕，好怕当她看到他的时候，他已经再也睁不开眼，更害怕他就这样从她面前消失不见。

停在床畔，慕晴深深凝望着面前的他，指尖踌躇着碰触了他的脸庞，冰冷的温度如针般狠狠刺入她的指尖，顺着她的血液流落心间。

多久没有看他的睡颜了？最后一次，好像是在她被礼诇打了板子的时候。

真的感觉那像是很多年前的事一样，遥远到即使伸出手也无法触及。

"风……"慕晴坐在了地上轻声而喃，然后缓缓趴伏在了床边，借着月光她凝望着他，再也不需要害怕任何事。

如果能让时间停在这一刻，那该有多幸福。过去的她总觉得这种陈词滥调是小说里虚幻的话语，但是今日的她却真真切切地感觉到这种极度的渴望。

她小心翼翼地握住他的指，冰冰凉凉的，她将脸庞凑近，像是在感受着他最后的温度。

如果说对于她的前半生过得最为重要的意义，就是守住了大将的性命。对于她后半生最重要的意义，就是爱上这个男人，并为这个男人拼尽一生。

无人之时，慕晴虽未闭眼，却有淡淡湿润滑下，落在了他的指尖，湿润了一片。

她从不轻易哭泣，但如果是今日的话，她不想再忍，她的脆弱与不舍，便是留给他的最后一样东西。

因为她隐隐有种预感，一旦离去，将再也回不来了。

两日的时间，过得是极快的。在这两日，慕晴除了部署战略和检阅将士之外,剩下的所有时间都陪在北堂风身边,他依然一动不动,没有任何知觉,太医说他毒入心脾,若是没有调配者的解药,怕是再难痊愈,就算是勉强靠他们这些太医维持下来,也不过是行尸走肉,再也不会有自己的情感和意识。

可是与那些太医不同的是,慕晴却始终保持着笑容,她坚信着北堂风会好转,唯一不确信的,是自己是否还能见到。但是关于这点,苏慕晴并没有告诉任何人。

在明阳殿守夜的时候,她偶尔会提起笔写些东西,是关于来到这个世界后的所见所闻所感,她将她所知道的一切学识都记录在上。当然,还有对北堂风最深的情感。过去她总是因为自尊而否认,但是此刻她只想大声地告诉这个男人,她究竟是多么的爱他,爱入骨髓,爱入心扉。

在这同时,北堂墨也在积极调配着城里一切的人手,快刀斩乱麻地处事,令城里的治安好转骚乱逐渐平息,慕晴每日听着城里人的传报,都会不由得再度感叹王爷的天赋。

之后不久,沈云之也派人回信,说是战略已经传达给了左寻,确如当初他们所料的,左寻性子不易服从,但是在看过战法,并听闻是苏慕晴传来的信儿后,便马上去做准备了。

总之,一切都在顺利地进行,她的后事也安排妥当。

眼下是最后的时光了,慕晴独自一人静坐在明阳殿的窗旁,月下独酌,如和平盛世。这时李德喜进入,将一个锦盒拿给慕晴,说是皇上一直念念不忘,时常会拿来看的东西。慕晴打开,眼神顿时流露出些许的痛楚。

是那个蓝穗龙雕玉笛。

回想起当日离宫时的意气用事,回想起她曾就那样将北堂风割舍丢下,她的心不禁再度有些沉痛。

"娘娘离去的那段时间,皇上真的很痛苦。"李德喜开口,然后跪在地上,"皇上若是没有娘娘,或许这一生当真只是行尸走肉。还请娘娘无论如何要活着回来。"

慕晴微怔,有些苦涩地笑了。她将手在李德喜的肩头拍了拍,却没有说任何一句话。

这个承诺,她给不了,她只能尽自己所能地活下去,除此之外,她什么也无法说。

"天,要亮了。"慕晴低喃,拿过玉笛,静静地摩挲,然后放在唇边缓缓轻吹,一曲《离殇》,让人心碎,更包含了她的千愁万绪。

若她不在，此去经年，皇上是否还会想起曾有这样一位女子在他心中停留过？

放下笛，慕晴缓缓来到了床边。天色渐亮，在屋中洒下一片光明。慕晴温柔地抚着北堂风的脸庞，然后将玉笛放在他的身边。她倾下身，倾尽自己全部情感地吻了北堂风的唇，唇瓣离开的时候，微微有些颤抖。她为他拨开脸庞的发丝，轻揉眉心因紧锁而常留的痕迹，最后为他好好地盖上被子。

"皇上，好好睡一觉吧。等醒来了，一切都会好的。"她轻柔地笑着，随后转身离去，就像是平日里要去上朝一样，那么平凡，那么安静。

殿门轻掩，一片又陷入沉寂。只是谁也不曾看到，北堂风指尖的轻动，仿佛是要抓住什么。更没人能听到，他口中苍白的低喃："不能去……不能去……"

就在南岳积极备战的时候，晋国大营却迎来了一位特别的客人。

晚儿拿着值钱东西被带到东方穆的大帐，她眼中充满了希望，依旧摆出居高临下的态度。她走近穿着战服的东方穆身边，然后将包袱里的东西往旁边一放，说："这是本官给你带的见面礼。别忘了你的承诺。"

东方穆动作微顿，然后笑着转身捏起晚儿的下颌说："承诺，什么承诺？"

晚儿眼中闪过了一丝惊慌，然后说道："就是你说，如果我能让皇上听我的，让你们得益，就算哪日我事迹败露，你也会保我事后荣华富贵。"

东方穆笑了，然后挑眉说道："是啊，我们现在没有任何得益，所以这个承诺不算数。"

晚儿一怔，怒意丛生。她一把抓住了东方穆的手臂喊道："可是我已经让北堂风命悬一线了，如若不然，你们也不会找到机会攻打过来！这不是得益是什么！你这忘恩负义的小人！"

"忘恩负义？"东方穆听了这个词笑得更开心，他一把将晚儿推开说道，"全天下最没有资格说人忘恩负义的就是你。现在，孤王要出征了，你啊……"东方穆笑笑，俯视着地上的晚儿，"如果你想要犒劳我晋国三军，孤王不反对，那样，或许孤王会考虑考虑施舍你些钱财。"说罢，他便笑着离去。

待他离去，晚儿彻底怔在原处，一种莫名的扭曲出现在了她的脸上。她开始混乱，开始捂着自己的头，然后疯狂地上前抱住自己带来的财宝，在她的口中，一遍又一遍地疯癫低喃着："都是她……都是因为她……她挡我财路，让我落魄至此……我决不放弃，决不放弃……哈哈哈哈，哈哈……"

今日的天，有些阴沉。偶尔能听到一些乌鸦的叫喊，应是有腐尸散落在四周。近交界处便是如此，时有征战，但无人收回的将士遗骨，最终被掩埋在历史的尘埃之中。

东方穆坐在马上，晃悠悠地向着前方逼近，顺便欣赏着周围灿烂的风景。行军令风沙狂舞，马蹄声震慑天边。虽然将这十万大军筹齐，是费了他一些功夫，但是既然已经备好，他便觉得万事大吉了。

"王上，你看那边来人了。"其中一个大将在东方穆耳畔说道。

东方穆用指尖推了推厚重的头盔，然后眯着眼睛向前看去。

似是过了很久，当土色雾气渐渐被风吹散的时候，忽然一个娇小的人影出现在了他的面前，东方穆微愣，晃了晃头，在确定自己眼睛没花后，他便又定睛看了几眼。前方，一身白衣的纤细男子，正双手环胸，独自一人在边界处晃。

东方穆皱眉，转头问向自己的大将："这是什么人？"

"王上，我军探子从未在南岳见过这么一号军士啊。而且……这未免也太瘦小了。"大将笑，不由得轻蔑地看了眼眼前的人。

"哈……让孤王看，先灭了他再说。"东方穆说完，便扬起长剑，可刚要下旨，一旁的大将便揽住了道，"王上，且慢。"

"又如何啊？"东方穆似乎有些不耐烦。

"这个人很明显是看见咱们了，但是他的神情却处之泰然，难道……前方有诈？"

"我们还是再看看。"大将军道，而后又将视线转投向了眼前的人。

而他们此刻如此警戒的白衣男子，正是独自前来，连兵器都没拿的苏慕晴。

与他们不同，苏慕晴倒是一脸悠哉，还在唇边叼着一片落叶，偶尔咬动几许，脸上充满了轻蔑的神色。

正如她先前所说，只要这身衣服，她一个人，就足够拖延他们的时间，让东西两线尽快攻略。她已经让两位将军放出谣言，说是晋王已被擒，只要晋王能延迟前行的路，东西两线便足以拿下。而后两线回攻，晋王也便是瓮中之鳖。所以她所需要做的，只是拖延时间。

她以一敌十，本就是羊入虎口，硬拼绝不行，所以这一次，她与东方穆，比的就是心，玩的就是计。而对付东方穆，空城计最好，因为他这种人，通常"聪明反被聪明误"。

"喂，你们是来踏青的吗？过来，我领你们转转。"慕晴提高声音，眼神多了些轻佻。

"王上，他是在引诱咱们过去呢。"大将说道，然后冷哼一声，"这种伎俩我见多了，看来这是个新手。"

大将冷笑一声，侧眸对这东方穆道，"王上，我们决不能过去。"

"那怎么办？"东方穆一听，有些急了，"不能去不能去，哪来的那么多不能去啊！东西两线都已经交战了，孤王怎么可能止步不前？！"

"不然，先问问这个人？"大将军问道。

东方穆眯住眼，然后缓缓地点了头，"姑且问问看。"

大将军收了令，于是对着慕晴大喊："小哥，我们是来找皇后娘娘的，不是来攻城的，别害怕。"

听到大将军问到晚儿，慕晴的眸子缓缓缩动，明确了晚儿的投敌叛国。

好一个皇后娘娘，真是让她用不得"苏慕晴"这个名字了！

慕晴缓缓扯唇，眼眸轻轻滑动了一下。姑且欲擒故纵试试，说不定能让他们因疑而放慢脚步。只是这条欲擒故纵之计，得要他们先通过她故意放出的蛛丝马迹，来觉得眼前是一个局，让他们不敢在这时候踏过两国交界。

怎么才能让他们加重疑心呢？

想到这里，慕晴眼前蓦地一亮，然后勾动了唇角，道，"不然，我姑且替几位爷问问看看，说不定能找到……"

慕晴说完，便刻意扬起手，然后大喊："那位兵士大哥，这几位爷想问一个人。"

而就在慕晴喊话的这一刻，东方穆的眼前猛地一缩，然后身下骏马下意识地向后缩动了一下，让大将军也微微愣住，低唤："王上，怎么……"

"扳指，那个扳指！"东方穆轻轻吞咽了一下唾液，连方才的气势都不由得压住了些许，"孤王认识那个扳指。"

"扳指？"大将不解，抬起头看向慕晴那依旧高高举起的手，果不其然在她的拇指上看到了一个玉扳指，于是问道："这个扳指有什么特别的吗？"

东方穆深吸口气，似是陷入了很不好的回忆，然后低声说道："那个扳指，色泽与所有的玉扳指都不同，而是唯有南岳皇族才能戴的龙血扳指，而且这个扳指……还用的独一无二的形状，意味着……"

大将倒吸一口气，重新看向眼前这个纤细而不起眼的白衣男子，于是脸色苍白地喃喃自语："意味着，这是南岳皇帝，北堂风身边的人。"

意识到这一点，东方穆猛地缩动了一下眼眸，然后一个手势，便将已经逐渐逼近界限的大军令退了几步，直到已经回归到自家分界线后，才稍稍松口气，道:"果然这里面有诈。"

"方才确实很险,若不是王上告之,我们可能已经全军覆没了。"大将深吸口气,仿佛变得更加谨慎。

慕晴扯唇,缓缓收回了自己戴着龙血扳指的手,侧眸间,露出了一道淡淡的流光。

当那个兵士靠近,慕晴便倾下身在他耳畔说了些什么,然后那兵士便点点头,随后紧忙跑离了交界之处。而兵士如此听话的样子,也更加让东方穆确认了苏慕晴是大有来头,于是更加不敢轻举妄动。

而后,慕晴双手随意地交叠,搭放在马身上,悠闲地问道:"看几位可不像南岳的人,不知找南岳的皇后娘娘有何贵干啊?"

"这……"东方穆收了言,转眸看了看大将。

方才是并没有高看这小厮,才会说出皇后的名字,但是此刻却不一样了,他不能随意进军,必须探出前方的虚实才可。想到此,东方穆又开始有些犹豫了。只见他缓缓眯住眼,开始暗自揣测。于是他微微一笑,道:"这样吧小哥,我们不找皇后了,我们换一个说法,你将你的埋伏带走,我若拿下南岳,必封赏给你一个一人之下万人之上的大官,如何?"

听了东方穆的话,大将也愣了一下,然后侧头看向东方穆道:"王上,这不可啊,若是他将咱们引到埋伏里了……"

"闭嘴。"东方穆蹙眉,扬起了手,然后说,"孤王也不是三岁孩子。"

然而,关于东方穆的这一番话,却让苏慕晴嗤之以鼻。晚儿如墙头草,这般背叛,连晋国都将她视作弃子。可悲,可叹。

而通过方才几句对话,慕晴完全判断出东方穆果然是一个有心无胆的人,在政局上犹豫和畏缩便是他迟迟无法堪比南岳,也无法与北堂风相较的最大因素。这样的他,也难怪从小便活在东方楚晏的阴影中了。

只要她继续使障眼法,或许能继续拖延他一些时间。

想到这里,慕晴看向了不远处的山坳,等待着左寻他们升起的袅袅青烟。但凡青烟一起,她便可即刻撤兵将这十万人引入瓮中。在此之前,她还要继续与这个乏味的男人周旋一通。慕晴垂了眸,指尖轻轻摩挲了下那扳指。

风,就算拼下这条命,我也会让这些人不敢踏入南岳一步。

这时慕晴蓦然抬头,故作愁苦地说道:"哎呀,有机关都给王上看出来了,我还真是失败呢。"

"王上,这人神神叨叨,也不知道究竟有没有机关,末将真的……有些拿不准。"

"孤王也不知道……"东方穆紧皱眉头,"也不知道这是何方神圣,把孤王搅得心神不宁的。不过还好……"东方穆说着,悄悄地转头对着大将说了一句话,使得大将眼前顿时一亮。

而他们的这番窃窃私语,让慕晴微微蹙起了眉,因为在那大将脸上,有着一种得意的笑容。

究竟会是哪里没有算计到呢?究竟会是哪里,使得他们如此泰然呢?

然,就在慕晴闭上眼睛,努力地回想的那一刻,忽然有一个从地下悄然钻出的兵,猛地大声对着东方穆的方向大喊一声:"王上,东西线已经重兵交战了,这里是空城计!!快趁现在攻过来啊!!"

当这一声落,那士兵便被周围的人一下子反射性地砍掉了头颅,而这一刻也使得慕晴猛地抬眸,看向眼前的东方穆,也看出了那忽然得意的神情。

"居然有细作混进来了……"慕晴咬了唇,"看来,要在这里交战是免不了了。"慕晴轻轻抽动剑柄,缓缓拔出。

而在另一面,当东方穆听到了那最为关键的一句话后,他便大喊一声,"这他妈居然是空城计!来啊,踏平南岳,给孤王把这个耍弄孤王的人切成碎肉!!"

慕晴咬住牙,狠狠捏住马缰,冷哼了一声。即使交战,也不过就是抛下头颅,用命来换时间。如此,还能死得其所。

便是在这时,来自晋国的十万大军,在晋王的号令下,顿时犹如洪水猛兽那般尽数袭来,大地为之震动,尘土席卷空中,埋伏已久的南岳士兵也尽数集中,气势如虹。

慕晴扬起眼眸,如火般炙热的蓝晕下,有着一种仿佛要吞噬一切的气势。

她蓦然将利剑扬起,然后对着前面所有的士兵说道:"就算我今日战死沙场,也会力保南岳百姓,力保万千将士!若是死,便同大家一起死,若是生,则与大家一同生!"

将士振奋,连连高呼:"愿与大人共赴黄泉!"

此时,众将大喊,气势高涨。

而后,慕晴便拿利剑用力划过自己的手臂,当有些许的血红渗出后,慕晴狠狠一甩,用着更加坚定的声音说:"徐锦瑶以鲜血起誓,会与大家,浴血奋战,不到最后,决不退缩!"说罢,她深深地喘了口气,仿佛是也想平息自己心中的那份激动之情。

将士们气势高涨，似乎已经一触即发，而后慕晴微微扯了唇，大声喊道："是好汉的，就给我数着敌军人头数，南岳赏罚分明，杀敌最多者，封官加爵，赏！！"

这一句话，仿佛就像是落在水中的最后一颗石，将士们瞬间抖擞万分，一声声的大喊，冲破云端，几乎将天空撕裂。

慕晴身在其中，微微扯动唇角。

鼓声阵阵，大气磅礴。

战场，不是保持妇人之仁的地方，是个我不杀你，便被你杀的地方。既然决定交战，便再无退路可言，唯一能做的，就是以死相抵！死和流血，全都是为了保持大义！是为了保护天下百姓安生，还有国之安稳！既然将她苏慕晴逼到了战场，就别怪她，血染天下了！

而后慕晴缓缓地扯住马缰，将身子转过，同时看到对方开始有一阵巨大的沙雾袭来，连同着大地震动，让慕晴微微扯唇，猛地抽出王将之剑，慢慢地，指向了前方。

当东方穆带人即将逼近的一霎，慕晴亦是兴奋地咬住唇，而后大喊："杀！！！"

一句话落，南岳将士向天高喊，伴随着那疯狂的鼓声，如同洪水浪潮那般汹涌而出。

一鼓作气，再而衰，三而竭，唯有拼死奋战，先在最亢奋之时拼一拼，或许，还有机会。

而在另一面，当随军而出的东方穆听到"徐锦瑶"三个字后，布满血丝的眼中顿时迸出了愤怒，而后狠狠说着："居然是徐锦瑶！你居然敢用计蒙骗孤王！！"说完后，他便狠狠抽打了下自己身下的马。

妨碍他统领天下，那便是死罪，决不饶恕！

慕晴微微扯动唇角，眼中露出挑衅，而后字字清晰地低语："徐锦瑶这三个字，让你怕了吗？"

东方穆瞬间红了眼，举起长剑便向慕晴厮杀而去。

两军交战，剑刃相交碰出的火花如同飞舞的夜莺，激烈地盘旋在战场的每一个地方。主帅交战，更是激烈异常，面对着东方穆的癫狂与嘶喊，慕晴却出奇地安静，她眼神中毫不动摇的清澈，使得东方穆愈发地焦躁。他一下又一下地砍着苏慕晴手上的王将之剑，而慕晴仅仅作防，精准地接住了他的每一次重击。这也使得东方穆更加癫狂。仿佛是在害怕着眼前这个无论如何都从容不迫的女人。而且最重要的是,他感觉到这女人像是在等待着什么。

东方穆咬牙,更加用力地砍去,慕晴接得吃力,步步后退。忽然间一种奇异的鼓声作响,慕晴眼中顿时一亮,喃喃而道:"终于赶上了吗?"见到东方穆大惊失色的脸,慕晴微微一笑,道,"不好意思,东线,拿下了。"慕晴语毕,蓦地扬剑回攻,不消半刻便将东方穆手上的长剑弹开。东方穆惊诧万分,却感觉到手上毫无力气,他猛地抬头,这时才知道着了这女人的道,更是知道为何她方才为何只守不攻。

她就是在等他耗尽力气,就是在等他自掘坟墓。

"狡猾的女人!"东方穆狂喊了一声,"看孤王不杀了你!!!"

便是在东方穆再度扬身要砍杀慕晴的一瞬,剑光下的慕晴突然露出一丝笑容,道:"小女子还有急事,先走一步了。"慕晴说罢,便忽然策马而起,向着来时的方向奔去。东方穆以为苏慕晴服软,顿时狂心骤起,于是举起利剑便追了过去。身边大将见状急忙喊道:"王上,不可追!!"

"你给我闭嘴!!"东方穆嘶喊,毫无顾忌地冲向慕晴。慕晴微微一笑,再度加快了马步。但是当他冲到一个无人之地时,心头突然一颤,急忙拉住马缰,因为这时他惊讶地发现,在他身边仅有残兵数人,难道是……

"不好!"东方穆愤恨咬牙,扭头就想走,结果却见方才追赶的女人不知何时已策马来到高台。她骑着战马,高高在上,她俯视着下面的一切,宛如天人。

"晋国的王,难道不知什么叫做匹夫之勇吗?"慕晴缓缓扬唇,点了点自己的头,"天下最惹不得的,就是女人。因为女人心,猜不得。"说罢,她便将怀里早已揣好的卷好的旗子拿出来用嘴咬住,并拿起一旁的鼓槌,侧身狠狠地敲动了马边放置的大鼓。

一瞬间,这先前疯狂的战场,似乎有那么一瞬处于安静之中,无论是敌方还是己方都看向了那高高在上的女人。

就在这时,一阵巨大的震动忽然席卷了整个战场,没等所有人意会过来的时候,一大群南岳骑兵便从后方奔来,像是早已埋伏。

在一切都准备就绪后,苏慕晴才蓦然转身,拿起双旗,用力地挥动着。

手势一起,那些晋国的士兵便开始陷入了一片慌张之中,因为……这个女人手上所挥动的,竟然是……

"鹤翼阵!"东方穆忽然低喊,仿佛是没有想到苏慕晴在这紧急时刻,竟然还布了阵,而且,还是强攻之阵!

鹤翼阵，乃是两股军力夹击强兵的战术，最终能将看似强大的敌手，围困至死，瓮中捉鳖，可谓是积极的强攻之术。

东方穆抽动了唇角，忽然看到几个小兵开始想要从阵前逃跑，在经过东方穆的时候，恰好被东方穆看到，于是他拿起长剑，毫不犹豫地将小兵的头颅砍下，大声地对着那些仍然想要逃离的人喊："谁要是敢往回跑，便如此人！"

那些人一见，有些害怕了，只得硬着头皮又回到了战场。

但是此时的南岳却已经不再是方才那么简单了，有了东线胜利的消息，加上新骑兵加入，最后还有鹤翼阵锦上添花，一下子将气势推到了顶端，更是将晋国的气势，压到了最低。

然而，就连东方穆也发现了，那些被自己强送回战场的士兵根本就无心恋战，甚至有的都跑到无人之地，或者趴在地上装死，只求能平安活下。

"该死！"东方穆低咒，在觉出了事情不对后，便立刻拽住马缰，因为此时别说是那些丢盔弃甲的兵将，就连他，也不停琢磨着如何突破，然后逃回晋国。于是一咬牙，奋力向着小道冲去，同时大喊："徐锦瑶，别以为这就是胜了！孤王的兵力，远远不止这些！"说罢，便打了头阵，带着身后的兵力一同冲出苏慕晴的鹤翼阵向着外围奔去。他知道，再留下去，只会全军覆没！而他们，也必定是徐锦瑶手上的瓮中之鳖，他用力地夹紧了马匹，步伐凌乱，看样子是惊慌失措了。

慕晴静静凝视，手中捏紧鼓槌。

身为一国之君，竟然丢下自己的十万将士从小路狼狈逃窜。真是让她，不齿……

不过，她今日是来守城，并不想诛杀君王使两国结成死仇。如果晋王真的就这么逃了，也算是圆满完成了今日的这一战。

慕晴苦笑了一声，脸上透出些温柔。

风，情况看来没有那么糟，她终于也有预感不准的一次。

这一次，没有意料之外的……

然而就在慕晴也准备回身转走的时候，忽然天地开始震动不安，连旁边的战鼓都开始有土石落下，如同在颤抖的将士。慕晴停下来，脑中嗡嗡作响，忽听那已经逃跑的东方穆马匹踏停，身后将兵大声喊着："王上，不对……不对！！！快撤兵！！那边不能走！！！"

"啊！！！！"

"这是怎么回事……啊，救命啊！！！啊！！"

风起，变天，东方穆领下的全部残兵大声叫喊，就像是受到了什么极大的震动那般，全部栽倒在了泥泞之地中。而阵外的大军，则鼓声阵阵，像是忽然气势蓬勃。

慕晴心头一惊，即刻将马转回。她看到东方穆身边充斥着一排一排，一片一片的疯跑之人。嘶喊声，马叫声，落地声，甚至还有丢盔弃甲的声音瞬时间响彻了天空。

东方穆亦是愣在原地，用力地擦着眼睛想要看清眼前尘土后究竟发生了什么，同时不停地用嘴大喊，"撤兵！撤兵！该死的都给孤王撤回来！！！！"

尘土散，雾霾清。当东方穆终于将边界那边的情景看清后，整张脸都变得煞白。便是连慕晴也惊得力道尽失，鼓槌落地，掩埋在了泥土之中。

因为在东方穆面前，忽然有数量令之震动的军事集团向己方冲来，威震四方。

五万，十万？不……五十万也不止！！！

而那正在冲来的大军，都身着晋国的战服。

但是为什么，为什么明明是晋军的东方穆却惊恐得连马都坐不稳，狼狈地掉在地上，然后疯狂地向着她的方向跑来。

"徐锦瑶，救我，救我！我什么都应，只要你救我，做俘虏也行！！"

慕晴完全怔住，心中乱成一团，而那心头隐隐作痛的预感，又再度袭上心头。

能让东方穆如此害怕的，能让他甚至不惜做敌国战俘的人……

大军逼近，忽有为首将帅策马而来，他手持长剑，英姿飒爽，他双目如炬，见者无不被其威慑。他抬眸，琥珀色的光晕中透出慕晴惊讶的眼神，他轻笑，便是在冲过东方穆的一瞬，便将手中那把长剑从后面狠狠地刺入到东方穆的后颈，一寸不差，一寸不偏。

慕晴愣愣地看着，永远也不会忘记东方穆此刻双手颤抖，如见魔神般惊恐的神情。他难以置信地抬起手抚向自己的脖子，当摸到那已经将其穿透的剑尖时，他渐渐跪地，用着最后的声音喃着："东方……楚……晏。"

最后一字落定，长剑蓦然抽离，而后他就这样倒在了血泊里，从此再也没了声息。

一切都过得如此的快，让人连想明白的时间都没有。只知道一个事实——东方楚晏，亲手割下了其兄的头颅。

一场晋国的政变，就这样在她的眼前上演。

第三十三章 守城之战

她缓缓闭上讶异的双唇，平静地凝视着眼前。

而他亦面上带笑地抬头看着慕晴。此时的他，已再不是可以为她排忧解难的挚友，他一身青龙战甲，长发飞舞。鬓角长发汇成两缕轻轻地束在后面，融入墨色长发中，有着一份高贵不可亵渎的傲然。而他单手轻握龙身长剑，甩下因东方穆而染上的血红。他身下所骑白马，如他一般，眼中透露着冰冷与傲慢，更是同样紧紧凝视着慕晴，时而拨动下蹄下的灰土，似是随时准备冲破一切的障碍。

周围欢呼异常，声音冲破天际。东方楚晏渐渐敛住了方才脸上一切的神情，他仰起头看向慕晴，眼神有些复杂。他渐渐将那还沾染着血的长剑抬起，缓缓指向慕晴。

忽然一阵狂风卷过，将他们的长发吹起。周围的声音飘渺而遥远，总觉得再也进不去他们的世界。

在这个世界里，她安静地看着他，他亦安静地望着她，唯有那直指心口的长剑，还在泛着幽幽的暗光。

慕晴渐渐地笑了，垂了眸亦归为沉寂。

这个意料之外的事，还真是……让她永远也无法猜到。

于是她亦拔出剑，狠狠插入土地，仿佛在告诉他，死守南岳的决心。

东方楚晏有些心痛，攥着剑柄的手愈发用了力。而后忽然扯动马缰向着慕晴的方向策马奔去，便是在这相遇的一瞬，楚晏扬起长剑击来。慕晴咬牙阻挡，却步步吃力。

她早就知道的，东方楚晏要比东方穆强上了太多，如果她与东方楚晏对峙的话，那么……这一战，她必死。

"只要现在你投诚，从此归我所用，我便还能饶你一命。"楚晏低语，俊颜上挣扎着痛苦。但同时，又扬起重剑狠狠地落在了慕晴的面前。

"如果你曾经认识过我，便知道我的答案。"慕晴笑，但额角却已经渗出淡淡汗水。

"你就那么爱北堂风吗？他能给你的，我一样可以给你！"东方楚晏低喊，像是这句话已经忍耐了太久太久，便是在这时，周围的那些晋国将士已经举起刀剑不约而同地大喊："杀！杀！杀！"

"就不能退兵吗，你已经得到皇位了，而且你也不想与南岳敌对不是吗？楚晏！"一句楚晏，让面前的男人眼瞳蓦地缩动，然后他长剑横舞，瞬间风沙卷起，使得身后的喊杀之声更加汹涌地爆发而出。

"我再亲近南岳又如何？但是……如今他们已经杀红了眼。不见将血，根本不可能退兵。你唯一活命的机会，就是顺从我。"东方楚晏咬牙低喊，然而声音颤抖地说着，"算我求你，不要再固执了。投诚于我，放弃南岳！"

慕晴蹙动眉心，渐抬起头看向他："如果执意进军，就踏着我的尸体过去吧。"她扬起倔强的双眸，眸中闪动着毫不犹豫的光芒，令东方楚晏顿时焦躁不已。

"啊！！"东方楚晏厉喝一声，蓦地扬起剑，在下一刻，便重重落下，将早已筋疲力尽的慕晴狠狠震到了地上。

他狠狠甩剑，并用剑尖直指慕晴的喉咙，似乎只要他稍一靠前，便会将其刺穿。

慕晴双臂撑着身子，仰头望着怒视她的东方楚晏，她缓缓探出手，握住了他的剑，鲜红的血液顺着剑缓缓下落，染湿了一片。

"我知道的，你必须了结我的性命。因为只有杀掉名义上砍杀了前朝皇帝的大将，才能登基为皇。我从不认为你会做伤害南岳的事。所以，我的命送给你，然后由你亲手了结。相对的，我只想求你一件事……退兵。"

"你明知战场上除非降将，便是统统要诛杀，你为何要逼我，难道归顺于我，是这么痛苦的事吗？！"楚晏咬牙，慕晴说的话字字扎入他的心中。

他不想杀这个女人，不想！

但是他亦不能断送自己的国，自己的家，还有那些跟着自己出生入死的将士！

"杀了我，然后退兵。"慕晴依旧从容淡笑，侧过头望着东方楚晏，好像是早已料到这样的结果。

"苏慕晴！！！！"东方楚晏忽然大喝，用力扬起长剑，就在要刺入她心口的一霎还是忍不住停下，他颤抖着，在痛苦着，齿间因用力而不停作响。

终于，楚晏垂下眸，淡淡地陷入了沉寂。

就算背上历史上篡逆的骂名，就算被百姓唾骂，他还是不想断送这个自己深爱的女人的性命。

他不舍，他痛心。

罢了，罢了。

他挣扎着咬着下唇，渐渐地将剑尖滑下。然而就在这一刻，忽然从不远处传来一个尖锐的声音，那人嘶喊着，癫狂不已，披头散发地向着东方楚晏冲来："我要杀了你们，你们绝了我后路，你们……你们都背叛我，苏慕晴，苏慕晴

在哪！！"

　　是晚儿，晚儿从宫里逃出，而且看样子已经疯了！

　　东方楚晏蓦然回身，眼看着就要被晚儿双手端着的匕首刺中。他有些怔然，想阻挡似乎已经来不及，而就在这千钧一发之刻，东方楚晏只觉得自己的身子被身后人狠狠拽了一下，在被迫摔向后面的时候，同时见到一抹纤细的身影倏然挡在自己身前，而晚儿那尖锐的匕首，就这样毫不犹豫地刺入了慕晴的胸口。

## 第三十四章
## 生死相离

"嗯……"慕晴闷哼一声，然后狠狠将晚儿踹开。

晚儿癫笑着："哈哈，苏慕晴死了，苏慕晴死了！！啊……我是苏慕晴，我是苏慕清，我是不是死了，啊，死了！！死了！！"她尖叫着逃跑，终是被赶来的慕枫一刀砍下。

这一刻，慕晴终于忍不住剧痛，身子向后倒去，楚晏一惊，顺势接住了慕晴满是鲜血的身体。他颤抖着抱着怀中的女人，琥珀色的眼中第一次充斥了惊慌。

为何会这样，为何会这样！他明明想放弃了，他明明宁可背负骂名也要保住这个女人的命，他明明是如此深爱着这个女人……为什么她现在会满身是血地倒在他怀里，为什么，为什么！！！

"为什么，为什么！！！明明只要我死，南岳就会大胜……为什么！！！"楚晏紧拥着慕晴，一下又一下地用力，甚至慌乱地在用手捂住她的伤口，恐惧着那些不停溢出的红色，"青叶，青叶！！！"

也是有些吓惊了的青叶迅速扔下头盔，匆匆跑来慕晴身边，但是在看过她伤口后，脸上也透了丝苍白。他看向他处，缓缓地摇了几下头。楚晏眼瞳不停颤抖，然后低头看向这依旧带着笑容的女人。

慕晴忽然抬起手抓住了楚晏颤抖的指尖，然后无力地苦笑着摇摇头："你是我一辈子的朋友，我始终相信着你……你一定会将南岳与晋国带上一条谁人都没有去过的方向。而我，这次……也不会再有那么大的命了。"她淡笑，抬起手抚过楚晏的脸颊，在他苍白的脸上染了血色的炙热，"等我死了，将我带回晋国……你便能堂堂正正地登基，做一个好皇帝。"

楚晏大口地呼吸，似是想要喊，似是又无比的悲伤，但是他却发不出丝毫的声音，只是已经不见了血色的唇，在一下又一下地颤抖着。

"我要将那个女人碎尸万段，碎尸万段！！"楚晏颤抖地说着，看向倒在旁边奄奄一息的晚儿，右手的骨节也被他捏得吱吱作响。

"我由她而重生，又由她而终结。天地循环，本就如此。"慕晴缓缓抬起手，覆在了楚晏颤抖的手上，"如果你曾经当我是挚友，是否能……最后答应我的一次任性。"她似乎想起了什么人，然后急促地呼吸着，眼中透着急切与痛苦，"解药……唯有晋国才有的解药，东方穆身上……"慕晴断断续续地说着，已经无力的手像是在用着最后的力气紧抓着起了身的青叶的衣角。

楚晏静静地望着，静静地垂了眸。

这个女人，到了最后的最后，最爱的，仍然是北堂风。

而他明明知道这一点，明明知道的。

一切都是因为他，如果不是他还抱存着最后一丝得到这个女人的希望……如果不是他逼她，或许这一切都不会发生。

"啊！！！！"东方楚晏忽然朝天嘶喊，阴云笼罩，大雨落下，冲开了沙场上纠缠的血腥，也打湿了他与她的脸庞。他有些哽咽，然后紧紧拥着慕晴，忽然大喊一声："青叶，解药！"青叶微怔，然后即刻点头，在东方穆的衣服里摸索着，忽然找到一个药瓶，他打开闻了几下，确定了药性，而后便将瓶子放在慕晴手里，道："这个是你想要的东西。"

慕晴微怔，轻轻地用力捏着瓶子，然后突然想起了什么，她紧抓着楚晏的身子，而后拼了命地想要爬起来，然后缓缓地，艰难地向着自己方才骑来的马匹爬着，每往前挪动一点，便会将心口的血，无情地留在那里。

"风……风……"她低喃着，执着，雾水模糊了双眼。

她要将药送去给风，她要看着风好起来……

东方楚晏在身后看着，脸上布满了震惊，痛苦，挣扎，还有懊悔。

"青叶，让所有人在这里等我。"

"在这个时候你要去哪？"青叶一怔，难以置信地看向东方楚晏。

楚晏蓦地咬牙，然后将自己的战袍倏然扯下，并套上了倒地的南岳士兵的衣服，回眸间，他满是痛彻："我不能让我爱的女人……死不瞑目。"在撂下一句几乎透着一种极度的痛苦的话语后，东方楚晏突然将慕晴抱起，然后没有任何犹豫地跨上了马。

"慕晴……如你所愿。等你死后，我会来接你。现在……我会把你送回北堂风的身边。"说罢，他便蓦地夹紧了身下的骏马，而后奋力地向着南岳方向策马奔去。

"晋国已经退兵了，徐大人受伤了，都让开！！"东方楚晏坐在马上，一路向着皇城奔去。所有的将士见到满身是血的慕晴，无人不惊，无人不让，马蹄溅起了雨水，扬起，又落下，一瞬即逝。

进了皇城，百姓纷纷错愕，没有人知道她是谁，也没有人知道她做过什么，他们在窗边窃窃私语，清淡的说着"啊，又死一个，还是个女人"，仿佛只是在讨论着一件茶余饭后的可笑的事。

这些人，真的值得你献出生命吗？苏慕晴！！

东方楚晏咬着牙，再度加了一鞭子，长袍在风中缱绻，飞舞如丝。

怀中的女人，依然安静地抓着他的衣角，她在拼命地忍耐，在用尽全力抓住最后的一丝生命。

而后不久，东方楚晏终于带着慕晴回到了皇宫，他怒吼着传令，众侍卫惊慌，即刻开门迎接。宫女大臣纷纷围上想要一探究竟。但是东方楚晏却没有丝毫的停留。他依旧骑着马，用尽全力地向着明阳殿赶去。

在那里，有这个女人为之归心的地方，也是任何人都无法取代的归葬之地。

在那里，有这个女人，用尽一生去深爱的男人。

"都给我让开！！！"下了马的楚晏一路向着殿内奔走，当他将正房的大门撞开时，里面正在守着的李德喜顿时怔住，便是连张太医也被满身是血的慕晴惊得说不出话，尤其是在看到落在她心口上那深深的一刀后，更是在脸上蒙上一层哀伤。

这一刀，直入心口，回天乏术。

见到张太医的神情，李德喜也猜出了大概。他忽然跪倒在地，眼中渐渐落下了泪水。

为何到了最后，苍天还要如此折磨这个女人，为何还要如此折磨皇上。

难道，皇城之人，便不能拥有爱吗？

难道，只有死无葬身之地以后，才能相拥彼此吗？

"别哭。"这时，被东方楚晏轻轻放下的慕晴苦笑着用细微的声音安抚着李德喜，"这是我最后的时光了，笑笑吧。"慕晴安静地笑起，然后颤抖着将手上的小瓶子拿过，颤抖着想将塞子拿开。可是已经几近无力的指尖，只是一遍又一遍地在空中用着力。她的眉头微微有些蹙起，像是在怨恨着自己的无能。

楚晏咬牙，脸上尽是痛楚。他上前，握着慕晴的手，这才轻轻地倒出两颗药。张太医一见，即刻上前，在确认了药性后，便道："这个能解皇上身上的毒！只是，皇上现在只能喝汤药，老臣怕……"

慕晴呆呆地看着手上的药丸，微笑着摇摇头，然后疲惫地跪倒在北堂风的床边，她将药丸放入口中，然后颤抖着饮下一口水，就这样吻上了北堂风的唇，也将药丸送入了他的口中。

这个吻，夹杂着浓浓的血腥，有些苦涩，有些冰凉。

这个吻，让慕晴想起了很久很久之前，在飞霜殿时，北堂风喂送她药时对她的深吻。

"原来，是这种血腥的味道，一点都不好。北堂风那个……笨蛋。"慕晴喃喃地说着，却在离开唇瓣的时候，深情地望着面前的他。

此时，日渐黄昏。屋中被洒上了一层宁谧的暖色，没有战乱，也没有惊慌，就好像一切都回到了平日的安静中。

东方楚晏叫走了李德喜，亦支走了张太医。大门被关上的一瞬，楚晏透过那渐渐掩住的门缝，最后在看着那脸上带笑的女人。

这种笑容，唯有在那个男人的身边才会出现。他第一次见到，亦是最后一次见。

以后，以后他将再没有机会……与这个女人好好下一盘棋，好好地谈天说地。

以后，将永远分别。

最后，东方楚晏用力地关上了大门。他疲惫地坐在门口，双手掩面，双肩亦在不停地颤抖，"啊！！"楚晏最后低喊了一声，狠狠拭去眼角不曾被任何人看到的湿润，而后扬袍离开了明阳殿，也离开了皇宫。

身为君王，身不由己。最后的最后，至少他看到了她的笑容……如此，足也。

明阳殿中，很快便只剩下了慕晴和北堂风两个人。在这里，没有泪水，没有哭喊，只有如午后般的安逸。

慕晴像走前那般，静静伏在北堂风的床边。长发已经散开，如流水般披散在她的身边。她温柔地将北堂风的手心摊开，然后将自己的脸庞缓缓贴附在上，她淡淡地笑了，仿佛是找回了温暖的归宿。

北堂风的体温在渐渐回暖，慕晴的脸上亦绽开了淡然。

最后的时光了，她谁也不想见，只想与她的风好好聊聊天。只是刚要开口，却露出了些许的苦涩。

她似乎有很多很多的话想和他说，却好像一个字也说不出。似乎过了很久很久，慕晴才倏然叹了口气，仅仅说了一句："风，我爱你哦……一直一直……无论生还是死，我都会爱着你。风，我爱你哦……"像是欠了很多很多次，像是错了很多很多回。慕晴一遍又一遍地说着，直到感觉眼角有些湿润，她才渐渐敛住了笑意，多了一层不舍和心痛。她开始不停地颤抖，然后紧紧抓住北堂风的手，她像个无助孩子那样环抱着他，然后开始大哭，开始将满心的留恋全部流出。

"风……以后，没有人再会和你顶嘴了。等我死后，你是否还会记得有这么一个女人，曾经那么那么的爱过你……风……"慕晴哭着，像是再也看不清眼前的路，眼泪颗颗滴落在了北堂风的手上，染湿了一片。

但是很快，慕晴却又渐渐地冷静了下来，淡淡而语："风，还是……忘记我吧。忘记我，便不会再痛。就这样约定吧。"慕晴说罢，便缓缓扬起手，在北堂风的小指上勾动了一下。

慕晴温柔一笑，而后回忆了很多很多事，想起了很多很多人。她说了最想去的东陵雪山，说了最喜欢的西湖美景，也聊到了最喜欢吃的阳春面，当然也少不了南岳的女儿红。她聊得很开心，眼中再也不见悲伤。

聊着聊着，她有些累了。于是再度靠在了北堂风的身边，她将借走的扳指拿下，可惜上面染了血，她擦了几下，却都无法擦净。身子忽然一颤，让她不禁再度咳了一口血。

"已经……该走了吗。"慕晴喃喃而语，随后将那扳指，小心翼翼地套回北堂风的拇指上。

她最后看向依旧安静躺在床上的北堂风，指尖抚过他俊美的面庞，她微笑着，然后亲吻他的长发，半响，她疲惫地叹口气，像是个撒娇的孩子般躺在了北堂风的身边，她的眼睛缓缓垂闭，眸中的光亮也渐渐消失。

她最后捏了捏北堂风的指尖，低声说着："风啊，我好累……等不到你醒了。我就睡一会儿，等我醒来……再叫你上朝……到时候，不许生气……不许赖床……不许……"当说到最后一个字的时候，慕晴的眼睛渐渐地闭上了，握着北堂风的指尖也缓缓松了力，然后用了最后的一丝声音，低低地喃语着："风，我爱你……"

夕阳落下了，最后照映在了北堂风的脸上。他依旧安静地睡着，依旧平静地躺在那里。只是有一滴谁也没有看到的湿润，渐渐地顺着眼角落下，渐渐地滴在了慕晴安静闭上的眼上，然后那滴泪，亦顺着慕晴的脸颊滑下，渐渐消失不见……

外面，起风了。吹开了窗子，静静地摆动着……只是再也没有人会去留意，然后为他温柔地合上……

此后多日，南岳终于在晋国的退兵下又恢复了平静。时而能从通商的人口里听到东方楚晏称王的消息。两国终于休战，百姓欢呼，鞭炮声声，似乎已经忘却了已经逝去的人。

在这几天里，北堂风终于在解药和众太医一起的努力下，恢复了神志。但是在醒来的那天，他神情淡漠，甚至在得知了徐锦瑶死去的消息后，除了一言不发之外，也没有任何的变化，仿佛一切的一切，都只是做了一场梦，而那个叫徐锦瑶的人，也不过只是故事中匆匆过路的角色。北堂风的身体渐渐好了，他依旧平静如水地过着日常的生活。在所有人眼里，皇上除了不再说话之外，并无异症。只有像李德喜这样亲近的人，才能偶尔发现皇上会时常看着手上染血的扳指发着呆，他不会让任何人碰，更没有将血迹擦掉，仿佛这是他曾深爱的女人留下的唯一活过的证明。除此之外，便是偶尔会遥望着窗口，一站就是一整日。

关于皇上的失语，太医们用尽了方法，却都束手无策。常伴在皇上身边的李德喜发现，皇上似乎吃的东西也日渐变少，甚至到最后，每日仅仅只喝一碗粥。周围的人没人敢多提关于徐锦瑶、苏慕晴的任何一个字。就算提了，皇上也不会回复半句，仅仅是再度发呆罢了。

有人说皇上冷血，处处非议。但是常跟在皇上身边的李德喜知道，皇上只是将所有的一切都压在了心里。总有一天，会将一切爆发出来。

李德喜的预感，终于还是在苏慕晴下葬的那天应验了。

这一天，全南岳的朝臣都集中在了宫里，听说是要给国策官下葬。对于交集甚少的那些大臣来说，她的葬事，不过是过眼云烟，谈谈笑笑便过的事情。没有人会去真的在意棺材里的是谁，更没人会去回忆棺材里的人为何会躺在这里。他们唯一记住的，便是参加了这场葬事，或许会讨皇上的欢心。

在经过了繁复的下葬仪式后，做礼祀的大臣便准备让人封棺。盖子渐渐压上，黑色的影渐渐地遮住了她安详的睡颜。就在这时，北堂风的眼瞳倏然缩动，然后就像是疯了一样将所有人都推开，然后紧紧地拥着已经冰凉的她。他不安地摇着头，双手一下又一下地用着力想要抓紧这个女人，他粗暴地推开了任何一个试图将慕晴抢走的人，然后像个孩子一样躲在一旁，手上紧紧拥着她。

这一日，便是这么过的，究竟是如何将苏慕晴放回的，已经没有人敢提了，但是所有人记得最清楚的一件事就是——苏慕晴离开的那一刻，皇上哭了，哭得撕心裂肺，仿佛万箭穿心。究竟哭了多久，谁也记不清了，只是记得，很久很久，久到声音沙哑，久到连最后的声音也发不出来。

那日过后，民间便传开了。

南岳的皇上，一夜之间完全失语了，而且满头墨发不再，取而代之的是根根银丝。

还有一个传闻，那就是不久之后，这位国策大人的棺木似乎也莫名消失了。

众人担忧，连这位大人的棺木都失去了，那皇上又该如何承受？

然而让这些人为之一惊的是，自从那日后，皇上好像又突然恢复了不久前的样子，平静到感觉不到任何悲伤，也没有加派人手去找寻。只是会独自在夜里吹着龙雕玉笛，遥望着远处的星空。

在这场战役中，另一位大功臣祈亲王也忽然离了朝，开始云游四海。在苏慕晴下葬的那天，他是唯一缺席的亲王。他也同皇上一样，平静到好像什么事都没发生，又好像发生了很重要的事。

不久后，朝堂又恢复了正常，大臣们也找到了与不再开口说话的皇上得以交流的方式。皇后则对外宣称病逝人间。有着讽刺的是，徐锦瑶的大葬，没有一位百姓参加，反倒是苏慕晴的大葬，挤满了人，有的痛苦，有的悲愤。唯有北堂风始终苍白地笑着，仿佛他的心，早已飞去很远很远。

# 第三十五章
## 雪落风吹

　　一晃十年过去了。南岳又恢复了先前繁茂的样子，更是在多年的努力下，终于达成了南岳与晋国的盟约，使得战火平息，盛世万代。百姓和朝臣还是周而复始地从早到晚地忙碌着，秋去冬来，一切都归于了平常。

　　曾经还有些年少气盛的北堂风早已用十年的时光蜕变成了更加沉稳的帝王，他的治国才华也在盛世之中得以让众人惊讶。只是唯一与过去相同的是，这位千古明君十年没有说过话，除了处理国政大事外，他不接见任何人，也从不临幸任何女人，他像是活在了一个别人完全无法进入的世界，幸福而美满。

　　另外，北堂风还多了一个常人无法理解的习惯：他每个月都要去一趟东陵雪山，也会踏访西湖美景，更会来到再平凡不过的小店，吃上一碗阳春面，同时也点上一罐女儿红。

　　出宫踏访的时光，或许是唯一会让他绽开笑容的时间。而且他每来一次，都会带上苏慕晴的画像，不厌其烦地寻找着，而且一找就是十年，风雨无阻。

　　在这期间，李德喜也曾忍不住上前劝说北堂风："苏慕晴已经死了，放下她吧！"但是对于他的话，北堂风只是淡淡地笑了，然后轻轻地在纸上写下"总有一天会找到她"。

　　不久后，南岳入冬了。终于到了去晋国出访的日子。

　　南岳与晋国交好，是慕晴生前最大的期盼，因为这里有她深爱的男人，也有她深信的挚友，更有她无法放下的千万百姓。

　　临走的这天，李德喜拿着暖衣正冒雪向着明阳殿赶去，在经过文锦阁的时候，发现皇上竟然站在文锦阁的院中，静静望着落雪。

　　李德喜惊讶，因为这是皇上十年来，第一次踏入这里。对他来说，这里有着太多的回忆，太多的美好，也有太多的悲伤。

李德喜叹口气，悄悄走近，在门缝外安静地看着皇上。

落雪纷飞，如同画卷。

北堂风身着明黄龙袍，披着雪白的狐裘披风，银丝随风轻动，高贵、唯美又安静。

他依旧俊美无比，却也年近四十，岁月的风霜悄然地落在了他原本明亮的眼中，带走了那份清澈，沉默成为了他唯一的语言。他抬起指尖，接住飘落的雪花，落在手心，消失不见，只剩下了如同泪水般的滴滴清澈。

他的表情是悲伤的，像是在为这一瞬即逝的生命而心痛。

然后他进了屋，闭着眼，指尖拂过每一处他深爱女子曾生活过的痕迹，感受着每一处她存在过的证明，只是透过肌肤的，只有冰冷的触感。不久后，他好像有些累了，于是躺在了文锦阁的床上，安静地睡去，神情安逸，仿佛只有这个地方，才能让他放下所有的戒备。他像个孩子般，紧紧拥着被角，安稳地呼吸着。

李德喜怕皇上会着凉，于是进去叫醒他。在迈步到床边的时候，守护皇上的江听雨忽然走出并拦住了李德喜，他摇摇头示意李德喜，然后也同样沉默着低头看向熟睡的北堂风。

有时，爱就像是冬日落雪，落下时是那么美，逝去时又是那么无声无息。唯一能留下的，就只有冰冷的温度。

前往晋国的行队终于要出发了。御轿中的北堂风一路上只是安静地坐着，十年来，他最爱看的就是那本从苏慕晴那里强要来的、被处处标记了的一本书。指腹每每抚过上面圈起的"龙"，还有用着稚嫩的笔画注写的"风"，北堂风都会露出温暖的笑容。

很快就要经过交界了，北堂风莫名地想要看看外面的景色。于是他合上书，用指尖撩开轿帘，看到了远处一片村庄。在那里，他看到一个身形娇小的女子，正在努力地晒着刚刚染好的丝布，阳光照下，竟将她漾出一片璀璨。北堂风莫名地伸出指尖，描绘着那正努力的身影，唇角绽笑，随后便将帘子拉上不再看。

大约经过了整整一日，一行人终于进了晋国的界地。唯有这时才会深深感叹，原来这对宿敌，原来曾经是这样的近。

对于南岳皇帝的亲自到来，晋国人普遍还是欢迎的，街道上处处都张贴着彩纸。随之而来的沈云之与上官羽自然警戒非常，害怕在这其中会有企图弑君之人。

但是在走到一半的时候，北堂风却忽然令轿止住，然后独自从轿中走出。众人皆惊，尤其是那些晋国的百姓，在看到这样一位满头银发，神情平和的帝王后，竟然都不由得纷纷让开了一条路。

总觉得，这个男人正如这漫天的飞雪。如果让尘世的污浊所染，或许就会这样消失不见。

高贵、美丽……而又脆弱。

对于这样的视线，北堂风似乎早已习以为常。他仰头望向近在眼前的皇城之路，指尖紧握。

这条路，曾有一个女人，用尽一生为之努力。

这条路，他想亲自替她走去。

北堂风深深吸了口气，终是迈开了步伐。一步一步地向前，稳稳的。每走一步，都好像会有曾经的画面涌上脑海。

是臣妾没死，还是皇上也殉情了……

若是打到皇上，欢迎皇上打回来……

北堂风与苏慕晴，是否可以……重新认识，重新认识这个新的苏慕晴……

风起轻抚，落雪飘扬，如同在为他绚烂地舞蹈。

步伐止住，他仰起头，终是来到了晋国的皇城大门。

重门拉开的一瞬，风卷乱舞，扬起了他无瑕的长发，而在门的那一边，也渐渐地映出了一身黑龙长袍的东方楚晏。

"终于等到你了。"东方楚晏调侃而笑，似是见到了很久没见的友人。而北堂风也只是淡淡点头。

他与他，相视而笑。

在这一瞬，百姓欢呼，因为南岳与晋，终于不用再受战火纷扰，百姓终于得以平稳地生活。他们欢笑，他们喜极而泣，他们的一切一切，都曾是那个女人，深深的期盼。

如今，终于达成了她最后的愿望。

只是，那个她，是否还能再见？

北堂风在晋国一共停留两日，楚晏就像是旧友那般，带着他观览了这里的每一处美景。而每经过一处，北堂风都会用笔画下，像是要将这美好的画面记下，然后带回南岳，每每被楚晏问起，他都会在纸上写下"等找到她，要给她看"。

"你还没放弃吗？"东方楚晏开口，脸上有些淡淡的悲伤。

北堂风沉默，只是带笑地看向天边，看向那洁白无染的云，他那毫不怀疑的清澈眼神，令楚晏亦有了一分沉痛。

"人都已经下葬了，为什么这么相信她还没死？"

北堂风静静闭眸，无论楚晏说些什么，都无法动容。

半晌，楚晏长叹一口气，"十年了啊……我们都在老去。"楚晏像是放弃了什么坚持，渐渐地走到北堂风的身边，风撩起他们的长发，也卷起了一份属于两个人共同的寂寞。

"去那个女人最希望去的地方看看吧。"楚晏忽然开口。

北堂风先是有些不解，转头看向楚晏。但是在下一刻，他却渐渐睁大眼睛，脸上有着一份怔然与彷徨，还有着一份不知所措的惊喜。他蓦地上前拥住楚晏，下一刻便转身骑上楚晏的马即刻离开。

"喂，那可是我的马。"楚晏无奈地说。这时青叶从不远处走来，搭上了楚晏的肩，道："这样好吗？说不定会让他更寂寞。现实往往是残酷的。"

楚晏凝望那愈走愈远的身影："是寂寞还是幸福，只有他自己才能知道。"

"那你为何没告诉他来龙去脉？"青叶调侃。

"你让我告诉他，苏慕晴生前承诺死后归葬晋国？然后你连夜把她的坟掘了埋在晋国？然后还做了个身体给苏慕晴？"楚晏挑眉，"那便等着两国开战吧。"

"我看是你想霸占她十年，看样子，你是终于认清了自己非人所爱了。但是，还有一件事需要他自己确认……"青叶倏然叹口气，眼中滑出淡淡的伤。

"啊，那个啊……"楚晏也深深地叹口气，"世上没有完美的爱，这份痛，只有他们自己去承受了。"

"嗯。"

离开了晋国的北堂风一路策马，他找寻了慕晴曾喜欢的一切地方，他的脸上布满了喜悦与焦虑，便是在经过两国交界的时候，他忽然勒住了身下的马，仿佛是忽然想明白了东方楚晏的意思。于是便从马上跨下，牵着马，一步一步地向着方才路过时看到的小村庄走去。

他又看到了不久前所见的染坊，又想起了那个曾有一瞬被自己在意的女子。莫名地，在牵引着他的步伐。

高高挂起的染布，充斥着各种美妙的颜色。在染布的那一面，他听到了轻灵而青涩的哼唱。他慢步走近，慢慢抬起手想要拉开染布看向那边。

会不会……

会不会是……

哪怕，只有极小的可能。

他想确认，想要确认这份可能……

便是在北堂风的指尖即将碰到染布的一霎，那染布倏然被另一面的人拉开，当那七彩的颜色扬起绚丽的水露时，那曾经熟悉的容颜赫然映入了他的眼帘。

这一刻，北堂风怔住了，眼瞳在不停地颤动着，他只是不知所措地站着，不知所措地看着她，看着她那暖阳下无比清丽的脸庞。

是他的慕晴，是她……

十年了，终于等到了这一天……

一种莫名的满溢，忽然如潮水般涌上他的心间。

想要紧抱她，不想再放手，想就这样将她带走……

可就在他即将伸出手将她紧紧拥入怀的瞬间，那女孩却疑惑地侧过头，问道："请问，您是……"她说着，不由得看向北堂风满头的银发。

北堂风蓦地顿在了原地，他无助地，呆呆地望着眼前的她。

她，忘记了他。

他深望她的容颜，发现她却与十年前一样，一样的温暖与年轻。

北堂风微怔，用指尖抚过自己的脸庞。

十年了，老去的，却只有他。

一种几近颤抖的痛苦渐渐袭上。

明明就在眼前，明明伸手便能碰触，为何却忽然如同千斤重。

她还会爱他吗？他……已经不确定了。

"啊，我想起来了。不久前我让青叶帮我找人帮忙，你是来帮忙的吗？还是说，需要我帮什么？"她依旧面带笑容，如同暖阳。

北堂风渐渐安静了，他扬起手，抚过她的脸庞，女孩一惊，不禁向后退了半分。

她的身体，很凉，很冰冷。

女孩有些尴尬地笑了，然后说："青叶告诉我，我已经死了。这个身体，只是个没有体温的罐子。而且过去的事也什么都不记得。"女孩干笑两声，不好意思地挠挠头，"是不是觉得很恶心。吓到你了。不过……"女孩抬起头看向北堂风，"您的手，好温暖。"

北堂风安静地低头看向自己的手，又看向看起来自由自在的她，眼中流露着一种比之前更加痛彻的沉寂。

"是不是，我的话吓到您了？啊……我没有别的意思。"女孩惊慌地摆摆手。

北堂风苦笑了一下，然后温柔地摇摇头。他弯下身，捡起木枝在地上写着："现在，你幸福吗，快乐吗？"

女孩想了想，然后说："青叶和楚晏经常给我带很多好东西，村里人对我也很好。快乐那是当然的。"她说着，露出了璀璨的笑容。

北堂风静静凝望，然后渐渐地释然。他抬手揉了揉女孩的头发，脸上有着平静的笑容。

如此，便好。

忘记了他，便不会同他一样痛。

这份痛，只要他来承受便好。

如此，便好……

他上前，捧住了女孩的脸庞，似是想吻她的唇，但是在碰触的瞬间，却停下了。然后他低头，静静地将额头贴在了她的额上，银丝落下，遮掩了周围的一切，仿佛在这一瞬间，这个世界只有他们两个人。

而后，他放开了她，决绝地转了身。在那一瞬，他的脸上，有着无比的痛苦，甚至都在颤抖。

就这样离开，就这样消失，不再打扰她的生活……然后静静地从远处看着她，然后静静地独自老去。

这，便是他唯一能为她做的了。

然而就在他即将踏出的那一刻，他却忽然站住了脚，忽然感觉自己的手，似乎正被那毫无温度的指尖紧紧握住。

他有了一份怔然，有了些许彷徨。他缓缓转过身，缓缓地看向了她，心头蓦地一紧，像是被狠狠地撕扯。

此时的她，虽然仍像方才那样笑着，只是眼角正在不住地淌下泪水，握着他的手，在颤抖，但却越来越紧。

"您从南岳来的对吗？您一定知道很多东西。所以能不能告诉我……"女孩忽然像个孩子一样忍不住地哽咽，泪水朦胧了一切，颗颗滴落在了他的手上，也颗颗刺入他的心底。

"能不能告诉我，我是谁……我每天都会做着同一个梦。我好像丢了一个很重要很重要的人……能不能帮我找到他。我……我想不起他的相貌，什么都想不起来。但是我知道，那个人很重要，我不可以忘……"

一瞬间，北堂风彻底地怔住了。他的心亦在跟着她的哭泣而颤抖，然后紧咬牙，被她攥住的手也紧紧握着。

"您为什么哭了……"女孩忽然问道，然后渐渐地松了手，"抱歉，是我太无礼了……"她干笑着，然后扬起另一只手，想要为北堂风拭去眼泪，可就在碰触他的瞬间，她忽然被北堂风紧紧拥入怀中，紧到几乎窒息，紧到让她的泪水再度泛下。

"跟……我走……一起……"北堂风忽然用着生涩而沙哑的声音开口，十年来第一次开口，他紧紧地拥着她，紧紧地……

女孩微微怔住，仰头看向再度飘落的雪。她伸手接住，脸上淡出温暖的笑容。忽然觉得，冬天，不再寒冷。

不知不觉地，她将手抚在了他银色的发上，如同在安抚着一个受伤的孩子，然后淡淡地答着："嗯。那你要答应我，帮我找到那个人。"

北堂风笑了，埋在她的颈窝，感受着她那熟悉的香气，淡淡应着："嗯……"

然后，他与她离开了，飞雪缠绕，如在画中。

她问：南岳有雪山吗？

他说：那里有最美最美的东陵雪山。

她问：南岳有西湖吗？

他说：那里有即使是冬天也不会结冰的西湖美景。

她问：南岳有好吃的阳春面吗？

他说：南岳的阳春面天下第一。

她问：南岳有醇香美酒吗？

他说：你可以尝尝味道绝佳的女儿红。

她最后问：南岳会有风吗？

他答：南岳风吹不落，但晴日满天……

冬日，渐冷。

他和她在雪中笑起，唯独十指相扣，再也不分离。

那一世，你为古刹，我为青灯；
我知道，我将生生世世与你结缘。
于是我跪在佛前求了500年，
求他让我在最美丽的时候遇见你……
来世，让我们转世为人，生死相依。
奈何桥上，烟雾袅绕，
即使饮过孟婆汤，也要记住你的模样……
直到，永远。
——《三生石》

第三十五章 雪落风吹

番外

# 篇壹
## 若如初见

我这一辈子，经历过三个阶段，也遇见过三个男人。

一个是我以为他爱我的；

一个是我以为我爱他的；

还有一个是我以为他恨我的。

但是世上的结果，往往与我们所以为的截然不同。

那一年，我进宫了，也是在同一年，我的爹爹升作了相国。家里门客一下子变得多了起来，而堆放在我闺房的礼物也是数不胜数，多到让我烦躁。

不过我仍是高兴的，因为我知道我光耀了门楣，很快就可以成为天下女人为之羡慕的天子的女人。在爹爹的帮助下，我想我也很快可以成为后宫之主，然后母凭子贵，最后成为名留千古的女人。我一直是这么认为的，也因此而自满着，仿佛我已经走上了那个位置。

但事实上，我曾有一个婚约，他叫张韶，是爹爹友人的公子，翩翩风度，让人动容。而我也与他曾经有过一段懵懂青涩的情窦初开。但是比起他，我或许更乐于接受爹爹的安排，我总是像一只渴望新生的鸟儿，对未知的一切感到期待与幸福，但是如果我能够早早地知道未来的结果，我想，我一定会选择他，而不是满怀欣喜地走入那黄金的牢笼。

在我进宫前的那天，张韶过来找我，他在我面前不停地流着眼泪，然后抱着我一遍又一遍地说着多么爱我，多么的不舍，还说了会等我，一辈子不会再找任何一个女人。

啊，那是多么海枯石烂的爱情啊。那时的我是这样想的，于是我也跟着他大哭，哭到眼睛发了肿，哭到哽咽不止。只是，哪怕我哭到了这样，在我的心里，却仍然感受不到任何的悲伤。

我想要的，只有高高在上的皇后之位，我是为了皇后之位而活的。

这……是爹爹从小便让我记住的。

于是我记住了，仅仅是，记住了。

那日之后，我结束了我的第一阶段的人生。如此迅速，如此决绝。

不久，我终于进宫了，迎亲的队伍是那样的盛大，对于我来说过于平凡的百姓纷纷驻足两侧，用着羡慕的眼光仰望着光芒下的我。这时我看到了一路追着我来的张韶，他对我喊着一定会等着我。

当是我的心是在嘲笑他的，我真的很想告诉他，女人进了宫，又岂能再出来，谁又舍得再出来过着平凡无奇的生活。

多年后的我，每当想起那时的想法，都会忍不住地自嘲而笑。嘲笑着自己，那幼稚而愚蠢的自负。

……

经过了浩浩荡荡的送行，我终于准备踏入宫门。那厚重的红色，让我的心雀跃不已。我满眼期待，甚至想向天喊出我进宫了这几个字。那日的我，盛装打扮，美如凌雀。我步步轻盈地向内而走，然后，便看到了我即将服侍的夫君——当朝天子北堂风。

啊……这个男人，竟是如此的俊美。初见他时我为之一愣，甚至连身子都快要不听使唤。

他就站在那里，安静而沉默着。墨色长发时而会被风轻轻撩起，他负手而站，那份傲然冰冷，如同不能被世间任何事情染指的纯白。

他会如何对我，会像张韶一样对我说出那样的海枯石烂之语吗？

我心里有着淡淡的羞怯，脸上的浮红可想而知。但是……当我真的站在这个男人面前的时候，等来的，却是那冷如冰霜的视线。

这一刻，我怔了一下，因为我看不到这个男人眼中任何的兴趣和爱意，有的，只是将我看做一个传宗接代的物件，更是将我当做一个笼络爹爹的棋子。

这个男人，好冰冷。

我蓦然打了个寒颤，下意识地回头看向皇城的那边，红门渐渐地关上了，外面的世界也在渐渐缩小，直到彻底消失。

我心中愈发地不安与害怕，就像是不久之后，便会陷入最深的地狱那般。

"这里，很冷的。"皇上忽然开口，我即刻像惊弓之鸟一样哆嗦着看向他。

他淡淡扯唇，将手放在我的发上，像是在安抚着害怕的我。

我微微有些惊讶，没想过这么高高在上的男人，也是会如此温柔。

但是当他收回手，转身离去的时候，我不经意地看到了他唇角的一丝轻蔑，还有一丝透寒。那时的我便深深地知道了一件事——这个男人，不会轻易爱上任何人，他的世界，太冷，太冷。

这样的预感，不久之后便得到了证实。在册封贵妃的仪式当夜，他宠幸了我，仅仅是宠幸，当一切都结束，他便走了，连一句话也没有落下。

现在想想，我是皇上第一个临幸的女子，我应该荣幸万分。但是却感觉，这不过是为了我爹爹，而做的一场戏罢了。

自那夜后，皇上便再也没有碰过我，虽然时常来我的筱月殿，但是也不过是小憩一会。我总是默默地看着他，在想着这个男人为何总是如此冷漠，同时也在猜测在这个世上，是否能有女人能让他一展笑颜？

在这期间，我渐渐地了解到了关于皇后的事。听闻皇上曾经很珍惜她，甚至未曾在她深恋自己之前临幸她。听到了这个消息，我忽然有些自嘲。

原来，皇上宠幸我，并非因为我的独特，而是因为……我对他来说，不过是一个没有生命的东西罢了。但是万幸的是，那个皇后却背叛了皇上，究竟怎么背叛的谁也不知道，只是知道，皇上下了一则圣旨，要将她送下最痛苦的地狱。

如果一个男人爱一个女人，真的……会舍得这么做吗？

那时的我真的想不明白，但却也没见到皇上有任何的悲伤。只不过就是越来越冷，越来越不易近人。

后来，那个女人因为熬不住自尽了。喜与悲，我都说不上。只是觉得，皇上的心一定会很痛很痛。可是却又感觉，皇上应该没有那么痛。这一切，只不过是我的感觉，但是……曾有人说过，女人的直觉，向来都是很准的。

不久后，我终于再次见到了那个从封棺里爬出来的女人，那时候她刚从南陵被带回，徒步入宫，没有任何随从。我知道苏慕晴是怕我的，于是我一身彩袍，神采奕奕地赶到门口去迎她，就是想看到她那惊慌失措的表情。

但是当我真的见到她的时候，我发现一切好像都变得不再一样。她回过头，脸上没有丝毫的恐惧，取而代之的是一种和皇上一样的慑然与冰冷。我的心为之一震，竟因为想到了皇上而开始胆怯。

"你是谁？"她开口问我，然后渐渐向我走来。

我有些无措，只是佯装着镇定地说道："本宫……本宫是……一品贵妃。"

苏慕晴像是有些疑惑，然后问道："我好像是皇后。那你……不是应该行礼吗？"

简简单单的一句话让我愣在了原地，我第一感觉就是这个女人是在嘲笑我，甚至在讽刺我或者警告我，但是我又在她的眼睛中找不到丝毫这方面的情绪，她的眼睛清澈而光亮，像是真的疑惑。

"或者说我不是皇后？"苏慕晴反问，步步向我走来，我的步子有些凌乱，跟着后退，我侧过头看到众多宫人都在看着我们，我终是不得已行了礼。但是迎来的，却不是颐指气使，而是苏慕晴好像明白了什么一样拍拍我的肩道："我明白了。"

她好像有些失落，然后就这样拖着下葬时穿的袍子走了。身后还在半膝跪着的我，着实有些茫然，脑中嗡响一片。

直到后来我才知道，原来苏慕晴得了癔症，竟将过去的事情忘得一干二净，也同时将曾经被她无形地压在脚下的我忘得彻彻底底。甚至可以说，她从来就没有刻意地记住我，所以忘的时候，则会更加干净。

我坚信是后者，坚信着苏慕晴打心底是瞧不起我，于是我对她的执着便愈发地强烈，我想将她狠狠地踩下，然后让她有朝一日也像那天一样跪在我面前喊一声皇后娘娘。自此，我对她的态度便越来越恶劣，甚至用尽一切方法来折磨她。我希望再度看到她当年恐惧我，害怕我的样子，让她永远没法再忘记柳惠蓉这个人。但是我发现，一切都错了。无论我怎么对她，在她眼里再也找不到一丝一毫的惧意，反而永远是一副傲然独立的样子，每每看到这样的她，我都会怒从心生，感觉自己就像是一个不停跳脚的戏子。

不久后，皇上终于微服回宫，我照例去服侍皇上并找了苏慕晴前来送东西。苏慕晴不怕我，总该怕皇上吧。我记得，她可是曾跪在皇上面前浑身发抖的孬种。

然而这一次，苏慕晴却再度让我惊住了。一句"为皇上醍醐灌顶"，使得我顿时手足无措，万万没想到苏慕晴会说出如此大逆不道的言语。那时我不经意的看了眼苏慕晴，而后发现她的眼神始终没变，她是如何看我的，便如何看着皇上，反倒是那句不经意的顶撞，让皇上的眼神，开始变得不再一样——皇上第一次从冰冷，变为了愤怒。

我讶异于此，也气愤于此。我隐约地感觉到，从这一刻起，皇上与苏慕晴之间，似乎有什么要变得不再一样了。

而后的岁月，便开始将我那日的想法逐一付诸现实。从那日开始，皇上再也不来筱月殿了，我度日如年，只能倚靠在窗边看着孤寂的月光。身边的人总是不厌其烦地告诉我，说皇上有多么多么的讨厌苏慕晴，每天都会做什么伤害她的事。

先前我听了，确实喜悦，但是渐渐地，我发现已经听到麻木，甚至听到有些开始发疯，发疯到竟然从皇上的伤害中，看到了越来越深的在意。尤其是在后来听说苏慕晴归复了皇后之位后，我更是夜不能眠。

总觉得要是不再做些什么，我便没法再帮爹爹光耀门楣。

因为这份离我想要的东西越来越远的恐惧，我开始不止一次地陷害苏慕晴，我发了疯一样地想要让她被埋在历史的尘埃里永不翻身，直到筱月殿失火事件的发生，我才知道祈亲王居然已经站在了苏慕晴的那边。

我不是瞎子，我是一个女人。从在紫御宫审判的那天我便看到了祈亲王想尽力掩饰住的爱意，更是看到了皇上那眼中迸出的嫉火，还有……在苏慕晴受伤时，皇上那几近疯狂的心痛。

啊……那时我便明白了，原来这就是爱啊，他们嘴上都说不爱她，但是心中却有着比张韶所谓的爱，更加刻骨铭心的爱。只可惜，那份爱不是我的，我能努力去抓的……只有让苏慕晴根本不屑一顾的皇后头衔。

但是我却万万没想到，噩梦总是来得很快。不久后爹爹南城禁粮的事东窗事发，不太明白国政的我开始还以为那只是爹爹的某种小计，但是没想到，那是夺取了上万人性命的不可饶恕之事。知道真相的我顿时感觉到自己肩上一下变得千斤重，我日日夜夜不能睡好，只是在寒冷中瑟瑟发抖。而后我也因受到那件事的牵连，未能保住贵妃的头衔，也第一次尝到了被戴上枷锁扔去冷宫的滋味。

进冷宫的时候是夜里，那天我从冷宫抬头看向遥远的夜空，连一颗星都没有。当时我就在想，我一生一世都要在这里了吗？我真的很想哭，却又一点都哭不出来，只是觉得有些好笑。

原来这就是皇宫，原来这就是我当年那样渴盼的地方，原来这就是那个，一夜之间可以颠覆一切的地狱。

本在绝望边缘徘徊的我，却忽然看到了一张熟悉的脸，细细一看，竟是那个现在应该享受着万人跪拜敬仰的皇后苏慕晴。

看到她的时候，我懵了。于是我不顾一切地挣脱了锦衣卫的手，拼了命地跑向苏慕晴抓着她大喊，可是换回来的，是一双凛冽而空洞的眼眸。那时我松了手，一句话也不敢说，因为那个眼神，我曾是那样的熟悉，就如同我刚入宫时，皇上看我的眼神一样。

不久后，锦衣卫走了。冷宫里只剩下了我们，不……还有一群身着白衣的疯子，我吓坏了，看着她们笑吟吟地向我走来，我能感觉到身后的衣衫已经被冷汗渗透，于是我下意识地跑到了苏慕晴的房里，紧紧地关上门。我想我是疯了，但是在这种恐怖的地方，我不知道我还能去哪。

苏慕晴只是安静地望了我一眼，然后便没有说话，我有些惊喜，至少她没有将我赶出去。

就这样，我们这两个宿敌住到了一个房间，更确切的说，是我赖在了她的房间。总觉得，好像只要待在她身边，我就会……比较安全。

但是慢慢地，我发现好像有人要对苏慕晴不利，我刚知道的时候，还觉得有些逗趣，以为是什么人看不惯苏慕晴想恶整她，但是在看到她们真的下了狠手，我才发现这一切绝非那么简单，而是有人要杀她。结果在千钧一发之际，也不知道是怎么了，我竟头脑一热地冲了过去把苏慕晴给救下了。

这只不过是报答她允许我住她房间的恩情，而且她死了我也会很麻烦。

就这样，我被卷入了事件，陪着苏慕晴在冷宫里波折了几番。最终被她卷出了皇宫，成为了一名"堂堂正正"的通缉犯，而苏慕晴，也在临走时将自己的脸庞划伤，仿佛是决绝地割舍过去的一切。

自此，我人生辉煌而华丽的第二阶段因为苏慕晴的关系被迫落幕，开始和这个让我气得齿间作响的女人流浪街头。

在马车上的我，始终在发着呆，苏慕晴一脸疲倦地躺在我的身上，没有任何的戒心。她睡得很香，像个孩子，我时而低头看她，竟会不由得笑开。原来，过去的我并非是因为皇上所以嫉恨苏慕晴，而是因为嫉恨苏慕晴，所以才更加想靠近皇上。

我在北堂齐和上官羽的帮助下易了容，算是准备成就新的人生，而在下了马车后，我们便送走了他们两个人，然后孤零零地站在街上。

是的，绝对是孤零零的，因为苏慕晴竟然和我说要赚盘缠。虽然我知道这是必需的，但是对于从小娇生惯养的我来说，简直就是比登天还难。在一番周折下，我们来到了蓝瑶儿所在的醉雨阁，这是唯一一家在招工的酒楼。掌柜的还算是客气，勉勉强强地接收了我们，还给我分配了个不错的房间。不过苏慕晴就不是太好了，被分在了很少有人会去的"甲字号房"，而且还莫名遇到个奇怪的帮工。

在这里的生活，除了讽刺地知道了曾经被我当做好姐妹的蓝瑶儿的真面目，

基本上一切都算是顺利。只是后来不知怎么的，苏慕晴竟然做了官员重回了宫中。

这件事我是最后才知道的，那天我喝了很多酒，无论北堂齐如何向我解释，我还是有种被丢弃的感觉。

或许对苏慕晴来说，我从一开始就是一个累赘。

是啊，我曾经将她害得那么惨，她又岂会当我是姐妹？我冷笑，没出息地从酒楼跑了出去。

在冰冷的夜中，我不知道自己究竟何去何从，仿佛曾经日夜追逐的光明已经消失在了尽头。这时我忽然想起一年前不停追在我后面跑的张韶，也想起了他曾说过会一直等我。

我心头一阵惊喜。是啊，还有一个那么爱我的男人，或许我真正的幸福在这里。

于是我喜极而泣，拼了命地往张府跑。

这是我第一次感觉到张府的路是这样的遥远。我凭借着模糊的记忆穿过了几条小巷，终于来到了一个看样子还算不错的府宅，那熟悉的地方，让我仿佛回到了许多年前。

我本想上前搭话，却看到有一辆马车接近，我下意识地贴在了石壁后，结果却看到了张韶和一位相貌平凡的女子一同下车，在女子的手上还抱着一个哇哇大哭的孩子。我的心上一紧，感觉到满身的血液都开始变得凝固，我手足无措地站在冷风里，已经不知道要如何是好。

若是换做以前的我，会直接冲上去毫无顾忌地质问张韶，但是现在，我却做不出这种事。只是轻声地叹息着：原来，这就是我曾以为深爱我的男人。当年是我没有抓住他而选择了最残酷的道路，归根结底，都是我的错。

我侧头小心翼翼地又看了眼，恰好看到张韶用着温柔的眼光看着那女子，眼神不似当年看我那般炙热，但是却温柔，温柔得让我感到一阵心酸。

有时候，过于炙热的爱情会让我们如同飞蛾扑火，但是这种看似平凡的生活，或许才是心底最为渴盼与羡慕的。

渐渐地，我平静了下来。摊开掌心看了看日益粗糙的手。不禁自问：这只手，还能撑起往后的天空吗？

到最后，我还是没有出去打招呼，像只野狐狸一样灰溜溜地钻了回来。我并没有急着回醉雨阁，而是一个人在街上漂荡，反正这么急着回去，也不会有人在那里等我。

我漫无目的地走着，渐渐开始觉得身子发轻，仿佛已经飘起来，不再属于这个世界。这便是孤独的感觉，这就是一个人的感觉。

走着走着，我来到了郊边，这里有一处小河，潺潺流水，让人安静不少。我坐在河边仰望星空，享受着这片刻的舒适。

其实我是知道的，苏慕晴正在为这个濒临绝望的南岳拼着命。如今的我，也不过是像个寂寞的孩子一样，排解着心中不愿承认的寂寞。

然而就在这时，忽然有一行人自我身边跑过，我没来得及回头，突然感觉到有人撞到了我的肩膀，让我就这样掉入河中。

瞬时间的冰冷让我胆怯不止，我在水中大声地喊着救命却无人来应。我慌乱地动着手脚，同时懊恼着年幼时的娇生惯养，如若当时学会游水，是否就不会有现在的遭遇。

忽然间，我安静了。我开始有些犹豫和矛盾，因为我想不明白我为谁而活着，说不定我这么无声无息地死了，对谁都是最好的。

我放弃了挣扎，顺水而沉，我感觉那飘渺和虚幻离我越来越远。

就这样去吧，忘记所有的烦恼，忘记所有的懊悔，忘记所有的人。

我闭上眼睛，放任呼吸溜走，安静地等待着最后一刻。

然而就在这时，我忽然感觉到有一只强有力的手紧紧地握住我的腕子，我瞪大眼睛，却看不清眼前人的面貌。意识离我越来越远，不久，我便失去了意识……

当我再度醒来的时候，是在一间安静的客栈里。周围沁着些清澈的香气，凉凉的，让人感觉仿佛身在水中。

水中？

我忽然间惊醒，蓦地坐起身四下看了看。我记得我是掉到河里，那这里又是哪？是地狱吗？但是这种真实的触感，很明显应该是在人间，而且还是客栈。

我不安地环住身体，而后惊讶地发现自己已经不知何时换上了一件干净的亵衣。摸了摸头发，好像也已经干了，如果推断得没错，应该过了好一段时间了。

我小心翼翼地从床上走下，尽可能地想要先摸清现在的情况，谁料这时门却突然开了。毫无征兆的声响让我脑中轰隆一片，于是狼狈地抱头坐在地上，并将身子缩成了一团。

慢慢地,我听到一个正在靠近我的脚步声,随之而来的还有一袭白色衣角。

"咦?你怎么在地上?"一个清脆的声响传出。我有些迟疑地抬起头,看向了站在我面前的一位个头稍矮的少年。

这个人是推我的,还是救我的?我脑中止不住地疑问。

少年见了我的神情,于是笑了,将手上拿的水壶放到一边,道:"姑娘,别误会。是我们家老爷救的你。"

老爷?我一怔,从未想过救我的是位老人家,于是轻咳两声,有些尴尬地从地上爬起,说:"能带我去见见吗,我想当面道谢。"

对于我的请求,少年只是耸耸肩,他告诉我这位老爷性子比较沉闷,如果真是要见的话,也要先有心理准备。

对于这点,我倒是自信满满,毕竟在宫里遇见的,似乎都是沉闷之人。

在少年的陪同下,我来到了客栈里最尽头的房间,推了门,我已经做好了会看到一位尊者的准备。然而出乎我意料的,是里面坐着的根本就不是什么络腮胡须的长辈,而是一位仅仅比我稍长的俊美男子。

那是我第一次见到他,那个场景我永生难忘。

这个人虽然不及皇上那般让人过目不忘,但是却也有着独树一帜的气质。一身银丝黑衣的他坐在窗边,单膝弯曲,正安静地凝视着窗外的风景。他长发顺在一边,用细绳随意地系着,如刀刻的脸上,没有丝毫的表情。肌肤泛着深麦色,当是经常在外走动之人。

听到我进来,那人缓缓地侧过眸,深黑而低沉的眼中,透着些经历过地狱的沧桑。当我们四目相交的一瞬,我的心陡然一沉,像是冷不丁被这个男人的眼神牵动。而在这间屋子里,则时而飘过些幽冥般的香气,让人感觉此人不易与人亲近。

"你们先谈。"少年开朗地笑笑,随后退出房门,我有些不自在地回头,眼神充满了向他的求救,但是少年只是微微一笑,便悄然关了门。

我僵硬在了原处,忽然有一个感觉,那名少年……一定不是看起来的那般单纯。

"听齐皓说你要见我?"黑衣男子开口,声音低沉而沙哑,却带了些可以直入心间的魅力。

我即刻站好,尴尬地说道:"是,我是想对你说声谢谢……"我声音有些僵硬,忍不住地轻咳两声。

那人只是安静地听着，半晌，才冷冷丢下一句："知道了。"

那一刻，我僵在了原地，像是已经完全不知道怎么接话。为免尴尬，我上前几步，带着笑容地想与他多聊两句，可是无论我说什么，这个男人都只是沉默地看着窗外，像是根本就懒得回答我。

那时我当真有些挫败，叹口气问了最后一个问题："请问，您是从哪边来的？"

本来我并不认为他会回答我，但是那再度响起的低沉嗓音，让我为之一震。

"南城。"

然而，短短的两个字为我带来的不仅仅只有惊喜，还有一种如同被狠狠击打后的沉重。

南城，那因为柳家而几乎变为死城的地方。

我的眼神忽然变得飘忽与凌乱，觉得站在这里多一份不自在，仿佛是在面对着柳家所犯下的罪责。

"我家本是富甲一方的商户，因为被京城里的相国所害，故而游走他乡，父母因受不了旅途劳累，也都相继去世。我继承了家业，难得来了京城，准备在这里继续经商。"他的声音很低，像是陷入到某种回忆，但是他却不知，他的每一个字都如同尖针，无情地在我心头深刺着。

不要再说了，不要再说了！

我的心里不停地喊着，忽然转身跑走，因为太过慌乱，我遗失了柳家唯一传下来的玉佩，只是没有料到的是，这块玉佩竟被那个男人捡到。

就在我即将跑离这家客栈的瞬间，我忽然被这个男人抓住，我回过头，看到了他那深刻而又凝重的黑眸。那时我愣住了，甚至不敢再动，仿佛只要稍稍打破了这份寂静，就会被眼前这个男人吞噬殆尽。

他蓦地拉住我，而后将我硬生生地拽回了他的房间，然后将我狠狠甩在了屋中。

门，被关上了。我的心几乎提到了嗓口，我无助地看着他，无助地摇着头，但是千言万语，却堵在口中如何也说不出来。

"你是柳家的人？"他问，然后将那块玉佩提在手上，"你掉的。"

"我……"我不知如何回答，只能怔怔地望着他眼中倒映出的满脸惨白的我。

"我，叫李诺。"他言简意赅地说着，然后蹲在了坐倒在地上的我的面前，他凑近，那阵幽香袭来，让我无处可躲，只能将脸侧开。他冷笑一声，捏着我的下颌，强迫我看向他，然后说道："你怕我？"

我不置可否，只是紧咬着唇忍耐接下来可能会对我的羞辱与谩骂。

他倒是配合，忽然变得满脸怒容，从容地扬起右手，用力向我打来。我一惊，迅速地紧闭眼睛，连身体都不由得缩成一团。

然而，当我感受到那阵扑向我的凉风后，却没有接下来的刺痛，反而一双炙热的唇，就这样毫无征兆地贴向了我冰冷的唇瓣。我怔住，迅速将眼睛睁开，结果看到了那离我很近很近的他，正深深地吻着我的唇。

当时我脑中一片空白，完全不知如何反应。只是在感觉到他想要侵入我口中的温软后，我吓坏了，也不知道哪里来的力道将他狠狠推开，顺带还给了他狠狠的一巴掌。

我仓惶地站起身，欲哭无泪，只能捂着自己的唇瓣向外跑去，临出门的时候，我顿了下脚步，然后用着很冷很冷的声音说："如果恨我，想报复我，大可不用这样。直接杀了我好了。"我说完，头也不回地就跑出了客栈，更是没有勇气回头看他当时的神情。

对于这种趁人之危的混蛋，他的神情是怎么样的，又与我何干！

我心中咒骂着，但是眼泪却奔涌而出。

柳惠蓉，你真的好可怜，当年的风光不再，如今，也成了任人可碰的女子。

我一路跑着，究竟何时跑回的醉雨阁我已经完全不知道，只记得当我回到自己的房间后，我哭了整整一夜。

而那个叫李诺的男人，也让我骂了整整一夜。

自从那日大哭了一场过后，我的眼睛彻底的肿了。次日一早，我便对着镜子看了半天，终是以放弃作罢。而每每想起那个让我眼睛肿成如此田地的男人，我都会忍不住愤懑难平。

我本以为我与这个男人将不会再有任何见面的机会，但上苍似乎很喜欢捉弄像我一样的人，就在当天夜里，那个男人，又毫无征兆地出现在了我的面前。

这天，醉雨阁像平时一样的热闹，而我，也像平时一样擦着桌子。但是就在我收拾最后一桌残骸的时候，忽然出来了一个醉汉，是一个当官的，二话不说拉着我就要进房。

当时我真的是吓懵了，不停地向周围的人求救，但是他们好像都在瞬间瞎了一样，竟没有任何人看向我。或者，假装看不到我。

就这样，我被强行拖入了房间，那人上来就开始撕扯我的衣服，我拼了命踹了他几脚，结果还被他狠狠打了一巴掌。我躺倒在地上用力地捂着脸颊，嘴唇被我咬得渗了血丝。

柳家覆灭，这就是我最后的结局吗？

我的心有些发酸，有些发痛，我在心里拼命地叫喊着张韶的名字，但是换来的只有那醉汉的污言秽语。

正当这时，大门忽然被踹开，突然出现的李诺让我惊得说不出话。他穿着一身黑衣锦袍，长发依旧被束到一边。他有些慵懒地倚靠在门边，深黑的眼中看不出任何的情绪。

"找了你好久。"李诺说，而后几步上前，扯住我的手就走。那醉汉见状，气得眼睛只瞪，可是当他看到随之进入的锦衣卫指挥使沈云之之后，一张脸顿时由红转白。而我，也在见到沈云之后一双眼睛瞪如铜铃。

"兄弟，你先回去吧。我再待会。"李诺对沈云之说道，沈云之看了眼我仓惶的脸，随后点头离去。

李诺像是看出我的惊慌，于是说道："他好像没认出你。"

我一怔，抬头看向眼中稍微带了笑意的李诺，顿时便知道他是故意用沈云之来吓我，于是我开始胡乱挣扎，就是想从这可恶的男人身边挣脱。

"你的房间在哪？"他言简意赅地说道，而后因为看到我完全不合作，便随便推了一间房就进去，不过让我为之惊讶的是，他推开的房，正好就是我的房。意识到这一点，我的脸色不用想也知道很难看。

"你想怎么样，直说就好，还是说你打算要我命了吗？"我仰头说道，一副即将赴死的模样。

李诺静静地看着，然后用我的杯壶倒了水，径自饮入。

半晌，他才抬头说道："上次你除了给了我一巴掌，就没再让我说过一句话。"他似乎对那一巴掌记得很清楚，这使得我心中顿时沉下。

我确实有些害怕，但还是努力让自己保持冷静。随后上了前，索性扬起另一边脸说："打回来好了。"

李诺只是看着我的脸，而且越看越认真，看到最后甚至连水杯都放下。他这突然的眼神让我即刻警戒，终于忍不住开始向后退去，就在靠到了窗边退无可退的时候，他终于停了下来，指尖在我脸上摩挲了一下，然后说："你的脸被刚才那人打掉了。"

我一怔，一时间没反应过来这怪人的话，可是下一瞬间，我却像是受了极大惊吓那般迅速跑到铜镜前查看，果然见到人皮面具有些微微的损坏，而我的脸也疼得厉害，根本不适合再贴着这种东西。

我在原地踟蹰，着实不知如何是好。我侧头看了看李诺，见他没有一点想走的意思，只好在他面前卸下面具，反正他也知道我的身份不是吗？

于是我也不再管他，开始对着镜子揭开人皮面具，有些刺痛，但也只得忍耐。

在大功告成后，我将面具放在一旁，轻咳两声，准备回身道谢。虽然这个男人总是将我惹恼，但是就结果而言，他却已经救了我两次。

我叹口气，渐渐将身子回过，我看到他见到我容颜后有了一丝的怔然，随后竟有些不快地将脸瞥过。

那时我是有些失落的。我也不知道为什么会有这种感觉。也许是因为我自认为相貌还算是不错，但这个男人竟然厌恶到连看都不愿意看。

我苦笑了下，然后说道："刚才，谢谢了。不过……我那日打你，也是因为你羞辱我在先。反正……反正不能怪我。"我乱七八糟地说了一堆，连我自己都不知道说什么，我不好意思地抬起头，看向了他难得回头直视我的双眸。

"羞辱你？"李诺似乎有些不解。

"就是你强吻我，然后……总之……"我越说越尴尬，总觉得这些话从我自己口中说出来，是那样的让我别扭。我不由自主地捂住嘴，脸上微微有些发烫。

"我并没有羞辱你的意思，不过是想知道柳家大小姐的唇是什么滋味。"他声音带了些许的轻蔑，让我蓦然失笑。

这不是羞辱是什么？而且还夹带着讽刺！

我闷哼了一声，索性从他身边走过，我想离开这里，至少到一处看不见这男人的地方。可是当我与他交臂的时候，忽然感觉到他拉住了我的手，紧接着我便又被他拽回，而且还被强迫地扣在了他的面前。

"另外，你说我恨你。你何德何能，让我恨你？"李诺说道，声音没有丝毫情感。

"可是我姓柳，而且……我还是相国之女……"我越说越小声，甚至不敢直视他的眼睛，我想，在他的心里，一定将我恨透了，恨不能将我千刀万剐。

"我还不至于心胸狭隘到欺负一个女人，然后父债女偿。何况，你们柳家不也已经付出代价了？"他轻描淡写地说着，然后凑近了我，忽然像是解了惑般勾动下唇，道，"原来如此，我明白了。你觉得，对不起我，想要我杀了你补偿柳家的罪。"

我一惊，慌乱地低下头，那份心中的痛楚，仿佛再度被掀开。

"那就好好补偿我吧。柳家大小姐。"李诺说着，淡笑了一声，他倾下身，忽然在我的唇上轻啄了一下，而后凑近我耳畔说道，"你的味道，还是不错的。"语毕，他便丢下一脸错愕的我独自离开了房间。

我失魂落魄地瘫软在地上，指尖抚过唇瓣，心中五味俱全。

我的未来，究竟会如何？

苏慕晴，我，到底该怎么办？

自从那日之后，我真正的人生低谷出现了，因为那个将我折磨得几夜都辗转反侧的男人开始经常在醉雨阁出没，而且每次都是我出面应酬。每每喝醉，掌柜的都会将他安置在我的房间，并点名让我来照顾。每当这时，我都会怀疑掌柜的是不是收了他的好处，正所谓官官相护，商商相帮。

不过幸运的是，这个男人没再对我做出什么无礼的行为，最多的接触也就是勾肩搭背去房间的时候。而总是与李诺一起出席各种应酬的齐皓经常会用着一种满是玩味的眼神看着我和李诺，让我觉得他好像在期待什么进展，令我感觉极为郁闷。

今日，李诺又与商会的人一同用膳，结果又是被人灌醉的结果。其实我就奇怪，明明是商人，却这么不胜酒力，若是哪天被人卖了都不知道。我不由得有些担心，于是上前，下意识地拦住了他再度要喝的酒。

"够了，别再喝了。"我拿过杯子，看着周围几个大汉说道，"老灌他一个算什么本事。"

"新入商会，肯定要走这流程的啊。"其中一人说道，眼神中隐隐透了些暧昧，"小姑娘，不然你替他喝。"说着，那人便伸出手，开始磨蹭我的手背，我突然感觉到一阵反胃，恨不能狠狠地踹他一脚。

如果是以前的我，一定会这么做。但是现在，却只能选择忍耐。我咬住唇瓣，感受着他得寸进尺的手，正当这时，只听啪的一声，那人的黑手就被狠狠打掉，他难以置信地捂着手看向我这边，而我也一脸惊讶地看向身侧。

只见李诺将我用力揽入怀里，虽然醉意十足，却多了些强势。

"她，我的。"李诺言简意赅地说着，揽住我的手臂更加用力。

"区区一个酒楼的女子，别伤了和气。让给我也无妨。我会低价将宅子卖给你。"那人说道，仍然堆着笑，但是就在他即将伸手将我拽过下一刻，他却被李诺毫不客气地抓住了手，然后几个扭转，就将他扔倒在地。他的动作极其利索，完全不像是醉了。我怔怔地站在那里，什么都不能做，只是傻傻地看着他。

他冷冷上前，一把提起那人的衣襟然后说道："我要的东西，别想碰。"说着，他便松了手，而那人也吓得屁滚尿流，一边跑着，还一边回头咒骂着李诺。饭桌上的其他人见到，纷纷有些尴尬，对视了几番，而后找了托词尽数离开。

李诺冷哼一声，转身看向我，他不客气地拽过我的手，说道："没被他怎么样吧。"

"你……没醉？"我尴尬地说。

"我醉了，谁救你。"李诺整了下有些凌乱的衣服。

我的脸顿时黑了一半，看他这样子，酒量应该极好，如果不是真的醉的话，那么就只有一个可能——一直以来，他在装醉。

"那，他说的宅子……"我小声念叨，想起方才那人说的话，总觉得自己又在无意中给李诺增添了不小的麻烦。

李诺冷笑了一声，"我看起来，像是个连府宅都买不起的人吗？倒是你……"他说着，便靠近了我，"你们这些大小姐，是不是都是打不还手骂不还口，还可以任人摸手的女人？"

我猛然一怔，难以置信地抬头看向眼前的他，在那漆黑的瞳中，第一次见到了一丝丝怒意，这时他蓦地将我的身子拉过，然后重重地压在桌上，他单脚踩踏在凳上，冷冷俯视着惊慌失措的我，然后说："既然是高高在上的官家小姐，就不要让地位低贱的商人碰你。"

我心中怒火难忍，狠狠对他说道："啊，是啊，别忘了你也和他们一样！"

一瞬间，李诺顿住了身子，"嗯，我和他们一样。"他毫不避讳地承认，只是在看我的眼神中莫名透出些深邃，像是将原本浮现的真心深深掩埋。

他忽然一笑，松开了我，随后洒脱地转身离开了醉雨阁。周围的姐妹都被他深深地吸引，羞怯地站在两边目送他离去，唯有我，呆呆地坐在桌上陷入了深深的懊悔。

我听得出来，他明明是在担心我。但是我的无心话语，却好像伤害了这个男人……

之后的几天，李诺都没再来过醉雨阁，我不知是不是着了什么魔，竟开始习惯每日趴在窗口翘首以盼。可是每日最终都会失落而归，这让我不免开始焦躁了起来。

这是我第一次有这样的感觉，那种渴盼，又有些胆怯的心情，如同千万根丝，日夜缠绕着我。

　　直到几天后的傍晚，听说东边的李府落成，掌柜的让我帮忙送些礼物前去祝贺。虽然知道掌柜的误会了我与李诺的关系，但是我却难得地没有嘴硬地拒绝。

　　是的，我想见他，或许只是对他说声抱歉。

　　提着几个锦盒，我小步地走在街上，周围喧闹不断，还真有些活泼的气氛。不多时，我便来到了这座众所周知的李府，抬头看去，匾额上却没有挂任何新府的挂饰。

　　我敲动了门环，却没人来应，但是才刚一用力，这门就自己开了。我小心翼翼地走进，时而会唤上两声，但都是无人回应，周围空荡荡的，让我有些踌躇。

　　但是当我推开正堂大门的时候，我却突然怔在原处，那正拥吻的画面，瞬间炸开了我的心房。

　　是啊，拥吻。李诺坐在椅上，在他的腿上正揽着一个艳丽的女子，她正用着泛着红的唇用力地蹭上李诺，也将他的嘴染上了一层红。

　　恶心。

　　这是我脑海中晃过的唯一的一个词。这时李诺也看到了我，他蓦地怔住，口中喃喃念着我的名字。

　　当时我愤愤难平，冲动之下将锦盒毫不留情地扔在了那女人和李诺的身上。我转头就跑，泪水忍不住地往下溢出，甚至染花了难得修好的人皮面具。但是此时的我根本就没心情去管这些，只是下意识地将面具摘下，然后飞快在街上奔跑着。

　　身后不断传来了李诺的唤声，但我却不愿回头，我想就这样将他忘记，那该有多好。

　　但是我的步子终究没他快，在跑到中街的时候，我的腕子倏然被他抓住，然后就这样被他拽了回来。他凝视着我哭花的脸，想要为我拭去眼泪，但是却被我狠狠打开。

　　"你没资格碰我！"我狠声低语，字字铿锵充满了怒意。

　　"刚才是个误会。"他简单地说着。

　　"那你告诉我是什么误会啊！"我继续问着，呼吸却愈发地急促。

　　"没必要告诉你。"他冷声回答。

简简单单几个字，让我觉得我简直可笑至极，我蓦地甩开他的手，连话都不想再说。

然而就在这时，一个熟悉地声音自旁边响起："惠……惠蓉？"

我回头望去，然后惊讶的发现竟然是曾经相恋的张韶，我一惊，急忙摸了摸自己的脸，这才想起方才竟任性地扔掉了那宝贵的面具。

"真的是你吗惠蓉！"张韶兴奋地唤着，上前便要拥住我的身子，但是下一刻，却被李诺狠狠地甩在了地上。

"别碰她。"李诺低语，声音没有丝毫的感情。

正在气头上的我，终于还是爆发了。我反过来推开了李诺然后上前扶起张韶，然后充满怒意地看着李诺说道："够了！如果你觉得我欠你的，那你要什么写给我就是，哪怕是命我也会给你，我也不会再多管闲事，你爱和谁好就和谁好，只求你别再伤害我爱的男人！"我连珠般地说出，然后带着张韶就走，我以为李诺仍会追来，但是这一次，身后却空空如也。

我顿了下足，不禁回身望去，只见李诺仍然站在原处淡漠地看着一切，随后安静地转身，越走越远。

我心中有些不知名的抽痛，让我一路上失神，直到快来到了张府，我才忽然想起了站在身边的张韶，于是即刻松开了他的手道："抱歉，我……"

"我看得出你心情不好。"张韶说着，眼中有些担忧，然后温柔一笑道，"惠蓉，我想你出宫都没来找我，是不是因为知道我成亲了，所以……"

我微怔，干笑两声，不知如何回答。

张韶叹口气，明白了我的顾虑，于是说："这门亲事是父亲安排的，因为据说柳家……"张韶说一半，然后戛然而止，接着忽然抬起头上前抓了我的手说，"但是我还是爱着你，就算不能成亲，我们还像以前那样好不好，我仍然很爱你，爱你到可以为你去死。"

张韶的话来得太突然，让我一时有些不知所措。但是我曾在远处见过他的夫人，是那样的贤惠而端庄。现在的我，已经不再像过去那样争强好胜，更不想让另一个女人为我而遭受以泪洗面的痛楚。

我伤害的人，已经够多的了。

思及此，我再一次想起李诺，结果到最后，我连他的眼神都没有看到。

最后，我还是不得已地将一切告诉了张韶，他听得惊心动魄，我讲得满面愁容。不久后，我找了个托词终于离开了张韶，只因我发现和他呆在一起，除了会愈发感到张韶对婚姻不忠外，竟没有任何的感觉。

离开后的我漫不经心地在路上走着，还是忍不住地回想起了李诺的背影，当我意识过来的时候，已经停在了李府门口。

这是今日第二次来了，如果第一次来是为了道歉，那么这一次又是来做什么……？

结果，还是道歉。为刚才的一时冲动和不礼貌而道歉。

我发现我总是会做许多许多让李诺生气的事，而我本身的存在，也是让李诺家族骤变的原因之一。有时候我甚至会想，我会不会是李诺天生的克星。

我再度深吸口气，沉重地拉起门环，然而这时大门倏然被拉开，我一怔，本是有些惊喜，却终是对上了齐皓的脸。

"老爷不在哦，还没回来。"齐皓说道，时不时地看向门里，"方便的话，和我谈谈可好？"

我有些失望，也想往里看，却被齐皓横跨一步挡住。我叹口气，还是点了点头。

后来，我们约在了一家不起眼的小馆子里，齐皓随便点了几盘下酒菜，然后开始与我交谈。他说，李诺从来不将李家的不幸加诸在任何人身上，他不是那种失败了就四处怨人的男人。他之所以会如此在意我，或许因为我是柳家的千金，但更重要的是，他喜欢我。

对于这两个字，我懵懵懂懂，只是安静地听着，时而饮上一口茶。

这时齐皓笑了，然后说其实李诺在很久很久之前就见过我。

他说，李家在很多年前，曾是柳家最得力的御用商家，为柳家做了很多脏了手脚的事，那时候李老爷忠心耿耿，不料还是遭遇了被主人狠狠抛弃的命运，自此一家几口搬去了南城重新开始。就在李家和柳家分道扬镳的那天，李诺也随着李老爷一起去了柳府，在大人争吵的时候，他则在院子里看着一个漂亮的女孩，并对那女孩一见钟情，懵懂的他本想与父亲说下这女孩，但是当时刚刚与主人决裂的李老爷醉后说了狠话，他告诉李诺，柳家的大小姐是自家高攀不起的，李家就是柳家的狗，是肮脏而低贱的狗，连说出这句话都只会弄脏柳家大小姐的清白。

听到这里，我豁然拍桌而起，性子有些急躁的我怒不可遏："他怎么能那么说呢！我……"

"出宫前的你，难道不是这么想的吗？"齐皓说道，一句话竟将我刺透。

是啊，我险些忘记了，在和苏慕晴出宫之前，我是多么的不可一世，我也曾认为那些平凡的百姓，根本不会入了我的眼，更别说是地位低贱的商户。

我慢慢坐下，双手掩面，忽然感觉到羞愧万分。

齐皓轻笑了一声，又说："总之，我告诉你这些，是想说李诺，啊……不，老爷之所以会总是执拗于大小姐的事，是因为他父亲的话早已刻进了他的心底，而且无论柳家是否覆灭，在他心里，你永远都是身份高贵的柳家大小姐，而他，永远都是……"

"够了！"我突然开口打断，心中万分排斥齐皓所说的话，我明白，我是不喜欢听到任何关于李诺的坏话的，因为那会比听到别人辱骂我让我更加地生气。

这种感觉，是第一次有。

突然想起了我之前因为嫉妒而对他的恶言相加，一时开始坐立不安，于是我霍然从桌前走出说道："我去找他。"

"不吃点再去吗？"齐皓悠哉地说着。

我双手攥拳，愈发地急躁，用力地摇了下头："我等不及了，我要见他，然后向他道歉。"说罢，我便冲出了小店。

在路上，我不停地回想着这些日子来李诺对我说的每一句话，啊，是啊……如果他原本就认识我，那么一切都说得通了。

但是同样是这样，柳家却在无形中伤害着这个男人近二十年，在我享受荣华富贵的时候，他抱着那样痛苦的心情，又身在何处，在做些什么！

我没有苏慕晴的坚强，我会哭，我会任性，直到刚才，我才知道原来自己是那样地喜欢李诺，喜欢他的霸道，喜欢他的沉默寡言，更喜欢他看我时那深刻而深情的眼神。

我一路跑着，无法停止心中的那份痛彻与焦躁，甚至会忍不住地哽咽。仿佛此刻的我，只能呐喊出那个让我日夜思念的名字。

可是就在这时，我却突然被什么人扳倒，然后狠狠地摔在了地上，甚至撞翻了旁边菜商的筐子。

那菜商很是愤怒，对我叫骂。我踉跄地爬起来，本想与他道歉，但是那菜商却忽然指着我的脸大喊："你是柳家的人，我见过你！大家快来看啊，这是柳良杵那个奸佞的女儿！"

我的心一颤，指尖抚向脸庞，这时才想起我现在是真颜示人。

人群越围越满，我捂着脸想从这些人中间逃走，但是他们却将我当做玩物一般推回到中间，然后不停地用烂菜叶与臭鸡蛋向我扔来。

黏腻而腥臭的味道，渐渐地铺满了我的脸上，身上，我害怕极了，却无法反驳他们口中任何的辱骂，我紧咬双齿，看向那人群，忽然见到了方才还口口声声说爱我的张韶，他对上了我的眼神，蓦地一惊，而后连连闪躲，在他的口中，好像在喃喃说着什么。

我静静凝视，复述而出："对不起……"

在念出这几个字后，张韶倏然跑掉了，像是怕被我连累。我忽然笑意不止，明白了这满嘴爱情之下是丑陋真容。

我开始不再躲避，任由那些人将臭烂的东西扔向我。

我真的累了，也真的放弃了。

我想，就这样被淹没在腐臭之中，多少能平息这些因爹爹而愤怒的人吧。

就在我准备闭上眼，彻底放弃的一霎，忽然有一个黑色的披风遮住了我的身子也遮住了我的视线，我像是被隔绝在了一个可以让我暂时躲避的宁谧中，我愣愣地站着，感受着那披风的主人将我紧拥入怀。

香气，透着些幽幻。

这个味道，我永远也不会忘记。

我蓦然一惊，撩开披风看向紧拥我的人，然后竟见到了那从未说过爱我，而且还处处对我尖酸刻薄的男人，现在的他依旧镇定，然后回看向我，原本扔向我的东西，毫不犹豫地扔在了他的脸上，身上。

"帮助柳家人的人也不是什么好人，打啊！！"他们大喊，更加激烈地拿起东西在扔他。

他就这么不躲不闪，然后执起我的手说："走吧。"

他淡淡一笑，然后牵着我的手便往外走，本想阻挡我的百姓在看到他的眼神后，都惊吓得不敢多言，纷纷让开了一条道，然后他就这样，带着我离开了这梦魇般的地方，他走得很缓，抓着我的手是那样的温暖，他像是怕我跌倒或哭泣，时而还会侧过眼眸看向我正凝望他的双眸。

"回我府上清清身子。"他冷静而霸道地说着，不经我回话，然后就径自将我拉走。

"这么救我，你在京城的生意或许就完了。"我低声说道，小心翼翼地回握着他的手。

我真的已经害怕了，我不想再害任何一个人，我只想平凡地过日子。

可是，就连我活着这样的事，这些人都不允许吗？

似是感觉到了我的颤抖，李诺静静地停下脚步，然后将手覆在我的发上，"李家最擅长的，就是东山再起。"他忽然笑了，然后有些宠爱地拉过我的双肩，轻轻地将唇落在了我的唇上，见我没有闪躲，便含笑地吻得更深，吻得更加急切。

我无力的抓着他的手臂，慢慢地沉沦其中。

许多年后，我仍无法忘记我们的第一个吻，无法忘记这个虽然带着鸡蛋和蔬菜的味道，却极为暖心的吻。

进了李府，我不自在地去浴房沐浴，然后惊奇地发现，在这个府宅里竟然没有任何一个服侍的人。

浴桶中的水，暖而柔和，还带着些许花香。我将脸埋在水中，感受着这份温柔。

我蜷住身体，时而俏皮地吐出水泡。

沐浴过后，我拿过李诺为我准备好的衣衫，我知道这是李诺的衣服。轻柔地贴在脸颊，我闭着双眼感受着上面传来的淡淡香气，手臂越缩越紧，竟然仅仅因为感受到他的气味而幸福。

穿好衣服，我在铜镜前面照了照，然后带着羞怯走出了浴房。我伏在门旁，安静地凝视着樱花树下正靠树休息的他。

此时的他，已经换了一身白衣，银绿色的束带将他的身段完好地凸显出来。他的脸庞冷峻而安静，五官如刀刻般完美。而他的长发，则静静地垂在身后，时而沁下水滴，如沾染了雨露的墨花。

我不由得走近，然后也选了一个较为舒适的地方坐下，我靠在他的身边，感受着此时片刻的安宁。

原来，这就是爱，在这个只有两人的世界里，是没有任何人能进入其中的。

这时我终于明白了苏慕晴与皇上之间的刻骨铭心，也明白了为何我想尽办法，也无法在皇上心中占有一席之地。

因为一个人的心，只放得下一个人。

而我的心里，现在已经满满都是这个人。

我淡淡而笑，轻探指尖捏住了他的衣角，只要是这轻微的小动作，都会让我无比的安心。

这时李诺似是被我吵醒，他刚一动，便感觉到了我紧抓着他的手。我有些羞怯地看向他的眸，而他则是有着一种更为复杂的情感。

"那个女人，只是一个生意来往的伙伴，她突然扑上，我真的是毫无准备所以才……"李诺解释，然后小心翼翼地靠近，将额头缓缓贴在了我的额上，温暖沁入，让我心中有着满溢的幸福。

"诺。"我打断，然后轻唤，第一次觉得这个名字是如此的好听。忽然想起很久很久之前，似乎也有个叫诺的少年曾出现在我的眼前。也是像今日一样，将狠狠摔倒在地的我扶起。

但是那时的我，却将他用力地推开。

如果说二十年前的红线是被我生生切断，那么如今的这条线，则由我重新拴起。

我伸手环住他的身子，长长地舒口气。

"嗯？"他回应我，声音是那样的轻柔。

"我一直觉得，我配不上你。"我低语，眼神透着落寞。

我抬头看去，瞬间捕捉到了李诺眼中的惊讶，他有些不解，有些疑惑，而后只是淡淡地说："明明……是我……"

"但是我不管了。"我忽然开口，洋溢着满脸笑意，"我以后会好好易容，不会再让你为难，然后，我要和你在一起！"我倔强地说着，声音没有丝毫的犹豫。

是啊，这样才是我，这样才是柳惠蓉！

我知道这是我的任性，但是只有这回，我想再好好地任性一次。哪怕，只是我这一生最后的任性。

李诺渐渐沉默了，而后侧过头轻吻了我的额头。

"即使不易容也可以哦。我会带你去天涯海角，去你喜欢的任何一个地方。"他紧拥住我，然后一遍又一遍地亲吻着我的脸庞，长发。他是那样的专注与疼惜，仿佛我是他最最珍贵的宝物。

我笑开，眼中也渐渐留流下了幸福的泪，然后点点头，窝入了他的怀中。

樱花随风飘落，将南岳染上一层美妙的颜色。原来皇城的她，也一定会默默地祝福着我。

双手交叉，紧紧相握，我不愿再和你分开片刻。

黄昏夕阳，喧闹漫天，我只愿与你在此一生一世。

爱，炙热而又美好。

但是真正的爱，是在我们都老了以后，仍然可以执手天涯，相约夕阳。

我相信来世，在新的地方，新的面貌，新的一切，而我们也会再次相遇。

唯一永世不变的是：我爱你，深爱着你。

这是我，永远不会忘记的承诺。

## 篇贰
## 落叶归根

  自从苏慕晴死后，已经整整一日了，我都完全没有任何的感觉。那是我一手养出的棋子，但棋子很多，我从来不会认为棋子会和主人有任何其他的关联。

  最重要的是，这个棋子背叛了我。让她替我找的东西，她始终谎称没有，但是皇上已经开始全城搜找，很明显是被她藏了起来。

  这样的棋子，对我来说是废弃。没能亲手将她处死，才是我最大的遗憾。

  本想就这样再找一枚棋子送入，却突然从宫里传来了一个匪夷所思的事情，据说苏慕晴又复生了，而且得了癔症？这件事令我有些费解，于是在打点一二后，便准备找机会去亲眼见见。

  这天，趁着下早朝，我按照原先想法来到了深宫。远远地就看到了苏慕晴和两个太监起了争执，她就像过去那样可怜兮兮地坐倒在地上接受着太监的颐指气使，虽然看不清她此刻的神情，但我知道一定是眼带湿润，装出一副惹人怜惜的可怜相。

  是的，我知道的，那是苏慕晴的拿手好戏，也是通过这个才俘获的北堂风。虽然不知道北堂风是否真的爱她，但是我知道北堂风已被她的眼泪蒙骗了数次。

  我逐渐向着那边走去，一点都不着急，若是有人能替我先教训下那个女人，也不会是一件坏事。

  然而很多事情，都是突如其来的。我万万没有想到，当我走近的时候竟看到这个平时眼泪婆娑的苏慕晴竟然完全没有哭泣的痕迹，反而是满脸的倔强与不屈服，甚至还出手将太监打得摔了个跟头。

"混蛋！谁再碰本宫，本宫就让谁全身残废！"

这是我靠近后，听到的从苏慕晴口中说的第一句话。怎么说呢，我确实震惊了，因为在我看着苏慕晴成长为棋子的这十几年中，从来没有听过她喊过这么刚强的话语。

我不由自主地看向她，和往日一样从侧面观察着这个女人，我自认为可以看透她。于是我上前，阻止了接下来的争斗，小太监自然对我有所惧怕，他们战战兢兢地躲在一旁不敢多说，如此的景象，我也不知看过多少遍，心中麻木。

可是这样的麻木，却在苏慕晴转过头的一瞬间土崩瓦解。她回头的一瞬，刚好有暖阳照过，金色下透出的倔强不屈，还有强忍颤抖绝不服输的眼神，带着熠熠神采，让我心中为之一震。甚至连那从未被人开启的地方也不经意地划过了一条缝隙。

这真的是苏慕晴吗？我不禁自问，险些就望着这双眼睛发了呆。

"皇后。"我轻声喃了一句，见到她眼中一闪而过的惊喜，她看着我的眼神是那样的善意，这让我醒悟，确定了这不是苏慕晴的眼神。因为那个苏慕晴，只会害怕我，逃避我，甚至藏着冷箭想要将我送入地狱。

这是怎么回事？我再度询问着自己。

随便应付了下那些太监，我终于可以有机会与苏慕晴独处，若是以前的她，一定会马上露出警备颤抖的神色，所以我想借此机会来看看她是不是真的得了癔症。

于是我执起她的手，故作怜惜。她不仅没有逃离，反而有些手足无措地看着我。在这双眼中透着的淡淡羞涩，竟让我当真有些心疼，于是下意识地说了一句："本王为你上药。"

说出这句话的时候，我也感到有些惊讶，因为这不像平日的我。关于这一点，我从身旁离若白惊讶的眼中也得到了完全的确定。

不过，于我，也无所谓，刚好借此机会与这个女子聊上一二，若是旧时苏慕晴，便要逼问出密卷，若是得了癔症的苏慕晴，便重新纳之为我所用。不过关于苏慕晴的事，因为是机密，我并未和离若白透露过，想来也有些对不住他。

上完药，我已没有理由多呆，于是便告辞了，转身离去时，我感觉到身后女子眼中淡淡的失落。从那时起，我便更加确定——这个苏慕晴或是得了癔症，或是根本不是苏慕晴。但我想，即便不是，也会与旧时苏慕晴有所联系，而且如果这个女子不怕我的话，说不定能用另一种方法使之为我所用。

于是我转头对一直很不满的若白说："皇上的家事本王也不想参与，但至少让茗雪进宫照应她一下吧。"若白应了，我看出他在担心什么，我不置可否地笑笑，并未做解释。

女人，天下皆是。于我，只不过是夜间消遣罢了。

之后的日子过得依旧平常，我像平日里一样在院中逗弄着笼中所养的凤鸟，此鸟羽翼未丰，但是却执着地想要离开，我用黄金为她铺设的笼子，看起来璀璨夺目。它对我来说，并非是一般的鸟，而是皇族。终日困在黄金笼中的皇族，我也身在其中，被紧紧束缚。

近日总是莫名地想起苏慕晴的双眸，旧时苏慕晴是什么样我好像已经有些记不清楚。说起来，我从未正眼看过那个女人，因为我知道那个女人的根性是多么的卑劣，所以我打心底是厌恶她的。也只把她当做棋子。

"王爷，茗雪来了信儿，说筱月殿的柳惠蓉果不其然地开始针对皇后了。"离若白的声音突然蹿入，将我的思绪引去。我沉默，没有急着回答，心中却有着微微沉痛。

是了，我将茗雪送入宫中，便是接近苏慕晴，我希望了解到苏慕晴所有的事，更希望苏慕晴能帮我除掉阻碍我扩充党派的障碍。可是随着茗雪回来的信件，我每天都会看到一个完全不一样的苏慕晴。我看到她会卧床不想起，会偶尔与宫仆一起玩闹，会安静沉着地看着史书，更会趴在窗口渴望着透白的天空。

我看得出，她想要自由。

这时凤鸟忽然啄伤了我的指尖，令我陡然回神，看到离若白惊讶的样子，我这才意识到自己竟然在想着她的时候不自觉地笑了。这种笑并非是戴在脸上的假容，而是发自内心的笑。

我隐隐有种不好的感觉，总觉得近日来，我太过在意那个女人，若是继续下去，她便会失去了棋子的意义。我挥挥手，没有多加理会离若白，只是丢下了一句："坐山观虎斗。"

当我说那句话的时候，我从未想过一切会来得如此之迅速。没多久，宫里就传来了皇后娘娘硬闯飞霜殿的消息，在茗雪以外的其他眼线的信件里，将苏慕晴那日的壮举描写得栩栩如生，我为之惊讶，甚至是惊喜，过去的苏慕晴进宫整整一年，都未能与长居飞霜殿的北堂风靠近一步，而今才短短几日，这女子竟就这么进去了，甚至还得到了常伴皇上身边的心腹上官羽。

这样的举动虽然看似有些莽撞，但是却是反其道而行之，不得不让人眼前一亮。

我莫名地又笑了笑，侧靠在椅边重读这封信，大约三遍之后，才放在烛火上将其燃烧殆尽。我不明白心中这种期待是什么样的感觉，就是感觉自己已经无法从这个女人身上移开视线，总觉得，她会给我这百无聊赖的生活里带来些不一样的东西。

不过另一面，茗雪的事却让我不由得有些心痛。因为茗雪是我一手养大的孩子，其实我从未将她看作是棋子或细作，或许曾经有过这样的想法，但是茗雪的纯净与开朗，让我最终还是将她当做一个普通的孩子对待，茗雪对我很是尊重，这次进宫的事未等我提及便主动开口，或是因为她怕我难做，或是因为她真的想见见这位替代了原先苏慕晴的新娘娘。

而今，她被柳家毁得不成样子，我的心还是不由得痛了，对于除掉柳家，我势在必行。算算时候，也差不多了。于是我写了一封信回复给茗雪，准备速战速决。

尽管在意，但是不能被这个女人有再多影响了。我想着，然后喝了一口淡淡的酒，味道有些微苦，凉入心间。

不久后，事情终于爆发了，柳惠蓉当真将茗雪看做诱饵想以此击垮苏慕晴，但是能看出茗雪是诱饵，并加以利用，似乎有些让她不解。因为以柳惠蓉那种直来直去的性子，又岂会让事情推进得如此顺利？想来，是有人从中作梗。

对此，我虽然有些不愉快，但是却没有加以干涉，仅仅是闭着眼睛，听着由自己一手养大的孩子，是怎样被虐打如此。

我便是这样一个人，我从来不认为生命有何可贵，我认为人生来就是一副身躯，死便是死了。而疼痛与死亡，也是我们还能得知自己存有意识的唯一证明。

对周围的人来说，我无外乎是利益，是靠山，是权力。现在想想，唯一会将我看做一个人的人，想必也只有现在突然出现的苏慕晴了。

"人……吗？"我淡漠笑笑，似乎连我自己都觉得嘲讽。

如果我还是一个人的话，又岂会……将自己心疼的孩子，丢进最可怕的深渊。

不久后，我终于接到了苏慕晴和北堂风一同来的信，北堂风让我迫使茗雪自己认罪以保全苏慕晴，而苏慕晴则要我出面牵制柳家以给她机会来保护茗雪。

那夜，我像与妖魔狂欢那般，尽情地欣赏着火烧筱月殿而渐起的将夜空照亮的色泽，我对着它饮酒，奏乐，我满心期待着这位新的苏慕晴投入我怀中的征服感。同时，还准备迎接茗雪的死亡。

是啊，为了得到苏慕晴，茗雪是必需的牺牲品，只有通过茗雪，才能让那个提不起劲的女人明白皇宫是一个多么残酷的地方，才能明白只有我，才能对她伸出手。

那夜火烧了久久，我也看了久久，直到天色初亮，我才扔下了已经空了的酒杯，套上官袍向着皇宫出发。

天色，骤亮。

我扬袍进入宫中，在我身后则跟着文武两排大臣，这都是我通过多年经营而来的朝中势力，因此北堂风早就想将我根除。

但是牵一发而动全身，我的根，太深，因此我与北堂风，总有一天要面临一场风雨撞击。在我前行的一路，所有官人全行跪拜礼，那种站在端点的兴奋感，别人是永远也体会不到的。是啊……我的双手污秽不堪，只为爬上那最光明的顶端。而苏慕晴，便是我有生以来，最为得意的一颗棋子，一颗最让我兴奋的棋子。

我岂能让她有事？当然不可能。

只是，如果这个棋子的生命力太过脆弱，那么总有一天，她也会像茗雪一样。

所以我选择了北堂风与苏慕晴提议之外的策略，一个会让这个女人或死或生的策略，因为走过太多地狱之路的我坚信一个永远不变的原则——只有死透了人，才能真正地活下去。

当我用双手亲自推开紫御宫的大门时，里面的许多人就像见到光的老鼠般将头藏起，但是唯有那个女人，从容站立，并对我回以淡然的一笑。

明明是我站在光处，而她身在暗处。但是我却有种莫名的感觉，感觉到这个女人如同一朵不会被任何人染污的雪莲，她傲然，她清凛，在她倔强的眼中有着如水般透彻的光晕。她比里面的任何一个人都要耀眼，耀眼到几乎可以将我刺瞎。

没错，这就是我第一次见到她时她给我的目光，让我永远也忘不了。

忽然有种让人讨厌的感觉，在她的面前，为了权力而弑母，杀兄，最后变得冷漠，扭曲的我，好像是那样的不堪入目。

这一瞬，我心底那陈旧而糜烂的地方，仿佛有什么东西在动着，想要破土而出。仿佛真正想要得到救赎的，是我，而不是她。

啊……当时就有种感觉。如果能拥有这个女人，将她永远地捆锁在自己的身边，那该有多好。那样的话，我会不会……也会稍微快乐一些，而不会像现在这般，对任何的事情都失去了感知。

想到此，我不由得抬头看向了坐在最上面的北堂风，看向那曾经我最为疼爱的皇弟。他好像也在看着苏慕晴，他的眼神同过去那般冷漠，但是很快，我便发现他那伪装下的深眸中，有着一闪而过的焦虑与担忧。这一刻，我知道，不仅仅是我，就连那个男人也被这如冰莲般的女子引去了所有的目光。

过去那个苏慕晴如何也办不到的事，这个苏慕晴却如此轻易地就做到。这么好用的棋子，很快就会属于我……我应该高兴万分，高兴终有一日可以掌控北堂风，但是看着他那深望的眼神，我的心中渐渐起了焦虑与抵触，甚至有一种冲动——此刻，现在，就将这个女人从这里拉走，然后带到北堂风一生也无法找到的地方，不……是全天下任何人也找不到的地方，然后只有我一个人欣赏，只有我一个人知道她的美好。

我渐渐眯起了眼眸，忍不住地忽然嘲笑了下我的执着。我不明白我的这份情绪究竟为何，只是占有吗？不知为何我会变得如此自相矛盾。

我淡淡地笑了下，将心中那不该有的焦躁清除再度恢复了原先的冷静。而在一番与柳家势力的激辩之后，终于到了最后的节点。

茗雪忽然挣脱了束缚冲出牢笼，然后在这满是朝臣的地方开始大闹不止，然后将手中的金钗狠狠刺入了苏慕晴的心房。

在我看来，即使茗雪认罪，柳氏也会找机会说茗雪是顶罪之人，拖拖拉拉不停不止。所以我让茗雪这么做，就是为了此后将其他人的嘴堵住。

做事，就要决绝，就要无情，就要狠。

这也是我的准则，而茗雪知道这一点，所以自然会遵从。但是，当苏慕晴的胸口开始有血色渗出的时候，我的心有种莫名的牵扯，就好像由我亲自撕开了白莲的花叶。

我一遍又一遍的地告诉自己，我是为了让她得以重生，所以才会如此判断。但是，为何感觉，我的心，也在流着血……

第一次感觉到有一种莫名的窒息，让我几乎忍不住想侧过头不愿意再看。而几乎是同一时间，北堂风抱起了她向着宫外奔去，在交臂的一瞬，我听到了来自皇上的警告，也听出了他声音中的愤怒，这让我更加的确信，北堂风已经陷入了这个女人的沼泽无法踏出。

但是……我却笑不出来，因为……我感觉，她好像，在吞噬北堂风的同时，

也连同我一起，完全掌控了。

"怎么可能。"我低笑，最后看了眼已经被人当做疯子制伏的茗雪，在看到她不经意看着我露出的温暖的笑容时，我不禁愣住，心中再度泛起了忍不住的悲伤。

再见了，茗雪……再见了，孩子……

我垂下眸避开了她依旧清澈的视线，而后转身没有丝毫停留地离开了紫御宫。

我想，茗雪的心底一定是恨着我的，恨着我的无情，恨着我的不择手段。

我想，如果让她再选一次人生，一定再也不会来到我身边。

是啊，像我这样的主人，便是连我自己，都是那样地厌恶着的……

回到府中，我虽似平日那般没有太多的变化，但是我的心却没来由的疲惫不堪。听说北堂风将苏慕晴送到太医院后就一直在守着，我的心又开始担忧和焦虑起来。

她的伤是否好了一些，是否伤及了要害处，即使知道她不会因此香消玉殒，但是我还是不安地在屋里不断地失神。直到深夜，就在我又不禁想起茗雪的时候，忽然得知了苏慕晴来到王府的消息。

那一刻的心情，我已经不知如何来形容，只是好像有种突然被救赎的冲动。因为这时的我，真的无法再伪装得如此坚强。

今夜，有雨，冰冷而又残酷。我打着竹伞静静地从房中走出。当那穿着黑斗篷的纤细的身影落在我面前的时候，我再度微微有些沉默。

那个身影，曾经的我是那样熟悉，我面对了她已经不止十年，但是现在，她却第一次让我感觉到如此特别，让我移不开视线。

于是我向前走，渐渐来到了她的面前，谁知等来的，却是她狠狠地掌掴。

当时我脑中有那么一瞬间停止了一切思考，我没有算计，没有运筹，我只是有一种难以抑制的情绪蓦然袭上心头，那种对茗雪的愧疚，那种对自己的厌恶，一切的一切，全部涌上心头，于是我将头转过，我想好好地发泄，却在这时，看到这个女人牵着我的衣角跪在了面前。

那时，我真真正正地愣住了，我第一次感到有些手足无措，只是就这样安静地站着。安静地听着她告诉我，她因为我的自作主张而愤怒，但是同时因为她没能将茗雪保护到最后而向我谢罪。

我感觉得到，那时我的指尖在轻轻地颤抖。我想告诉她，是我，是我，一切的源头都是我，茗雪的死是因为我！

但是话到嘴边，却还是悄然地消失，这是第一次我并非筹谋而缄口不言，而是因为想说，却不敢说。因为如果她知道茗雪对我来说，不过是一颗没有生命的棋子，又将会如何看待我？

我只是安静地凝望着她，然后用指尖轻柔地抚着她的长发，感受着她从生命中透出的痛苦。

最后，她终于说出了我想听的那句"助我一臂之力"，我心底的情感，是复杂而又交错的。我很兴奋，同时也很悲伤，我向她提出了得我相助的条件，只是说的时候，感觉自己的喉咙都在发烫。

本应该就是这样，但是看着她坚定而执着的双眸，我便再度感觉到……自己的肮脏与不堪。

于是我不禁在想，如果这个女人与我的相遇是在另一种环境，我还会不会如此。

但是很快，我就自嘲地笑了。因为我知道，如果真是那样，我依然会用尽计策让她来到我的身边，而我，依然是那样的肮脏。

后来，她走了，带着对我的承诺。我不由自主地扔下伞追到了街上，我看着她马车的背影，然后欢快而复杂地笑着。

我是那样地渴望着她，而她又是那样地离我远去。

可是我依旧开心，因为无论是否用计，这个女人从今日开始都会深信于我，我，便是她唯一的羁绊。我很期待，也很兴奋，我不禁用双臂紧紧将身体束缚，正如同……我想紧紧地将她束缚在身边一样。

此后，我大病了一场，没有告诉任何人，只是独自任由这徘徊在心中的炙热，将我燃烧殆尽。

在后来的日子里，我们也曾相扶相伴，也曾渡过了重重难关。但是我慢慢地发现，在她心中对我的情感，却并非我所期盼的，而那让她铭记不忘的，是我曾怨恨过、又深深爱着的弟弟。

最开始，我愤怒异常。因为原本的我自认为是世上最爱这个女人的男人，而那个男人也不过是将她当做后宫的凤鸟，总有一天会忘记。但是他却在后来失去她的十年里，执着地深信着她，甚至连我都被他们的爱深深震撼。

直到这一刻我才知道，未经算计的爱，竟可以如此的深刻，仿佛刻入骨髓，沁入血液。也是在那一刻我才知道，原来爱，真的可以支持一个人的呼吸，而他，正是靠着这份爱而生存。

到了最后，他终于还是等到了她。而她，也将有关我的一切永远地从心中抹去。

或许这个结局是悲伤的，是痛苦的，但是对我来说，这样的结局，或许才是最好的。

因为忘记我，便会忘记所有的痛苦，永远活在新的明天。

每每看到天上下起的静雨，我都会不由自主地想到那一天的情景。或许那时候，是我这一生，唯一一次拥有她的心，哪怕只是片刻却已心满意足。

多年后的雨，不再像那般纯净，我关上了窗子，不再继续回忆。我回到床边，继续翻开已经看过不知多少遍的书，忽然见到书页上那属于我的一丝落发，细细看去，发现已经快要找不到曾经残留的墨色，我捏起，然后任由它散落在无名的地方。

从那之后，究竟过了多少年，我已经记不清了。只知道经过岁月的洗礼，我已是一个与世无争的老人，我放弃了皇权之位，放弃了一人之下万人之上的辉煌，我在最巅峰的时候选择了一条谁也不能理解的道路。

因为，我真的累了。不想再沉浸在永无休止的斗争中，我也忽然想看看洁白无瑕的天空，还有一望无际的原野。

正当我想得出神的时候，门外忽然传来了离若白的声音，大门推开，一个同我一样已经有些秀发斑白的男人进入，淡淡地说道："王爷，皇上来了。"

皇上。

听到这两个字，我忍不住地还是想到了那曾经意气风发的男人，但是如今，他也同我一样等待着生命尽头的来临。

我颤抖地起身，扶着拐杖在离若白的搀扶下，一步一步地从这仅有几步大小的房子里走出。

外面的雨，还是在连绵不断地下着，我眯起眼睛看向前方正背对我而站的男子。

他一身白袍，安静如风，仿佛泛着白羽之光。在他的手上举着一把似曾相识的竹伞，雨水静静落下，在伞上泛起了些许的浪花。

"皇上……"听到我颤抖的声音，那人转身。伞下，渐渐透出一张俊逸年轻的脸庞，然后微微一笑，仿如暖阳地唤了一句："皇叔。"

啊……我想起来了，原来，我们都已经老了，这天下，已经是孩子们的了。

我静静地望着他，看着他眼中透着的那倔强不屈的光芒，心中总是会忍不住激起旧时的回忆，仿佛再度让我想起那雨中熟悉的容颜。

我温柔地看着，探出指尖，似是想要抓到，却发现他仍是那样的遥远，我不知不觉地往前挪步，忽然间失了力要摔倒，便是在我嘲讽了自己奢望的这一刻，忽然有一双温暖的手扶住了我的臂膀。

"皇叔，朕会一直在皇叔身边，皇叔不需要走过来，只要唤朕一声，朕便会过来。"他的声音很轻，很柔，但是很快，便有一丝惊讶浮现在他的脸上。

我像是感觉到什么，用手抚过自己已经沧桑的脸庞，然后淡淡地笑了。

原来，那是眼泪。

我静静地笑了，然后回握住他的手。

这个孩子，身上流着我深爱的那两个人的血。

看着他，或许才是我这一生唯一的救赎。

是啊……我好像已经不知不地挣脱了那份曾经紧紧锁住我的束缚，也不知不觉地放开了曾经执着紧握的手。

我深吸口气，看向天空，阴云渐渐被风吹开，晴天骤现，我闭上眼睛，满脸的幸福。